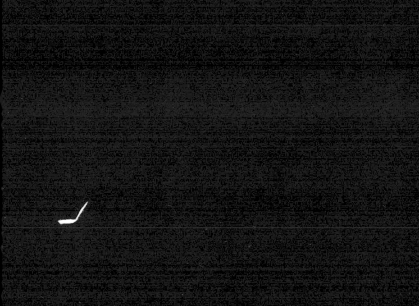

Arne Dahl

Dunkelziffer

Kriminalroman

Aus dem Schwedischen
von Wolfgang Butt

Piper München Zürich

Mehr über unsere Autoren und Bücher:
www.piper.de

Die Originalausgabe erschien 2005 unter dem Titel »Mörkertal«
im Albert Bonniers Förlag, Stockholm.

Von Arne Dahl liegen im Piper Verlag vor:
Misterioso
Böses Blut
Falsche Opfer
Tiefer Schmerz
Rosenrot
Ungeschoren
Totenmesse

ISBN: 978-3-492-05350-1
© Arne Dahl 2005
Deutsche Ausgabe:
© Piper Verlag GmbH, München 2010
Satz: Kösel, Krugzell
Druck und Bindung: CPI – Clausen & Bosse, Leck
Printed in Germany

1

Schon als er das Skelett zum ersten Mal sah, wusste er, dass etwas Besonderes daran war.

Es war an einem Freitag gewesen, unmittelbar vor Beginn des Wochenendes. Er war allein in der Grube, die Kollegen waren schon hinausgeklettert und unterhielten sich über ihre lichtscheuen Aktivitäten an den freien Tagen. Unter dem Zelttuch über ihm baumelten ihre Beine, als der letzte Spatenstich verklang – es hätte auch der letzte Spatenstich dieser Woche sein sollen.

Das war am Freitag gewesen. Jetzt war jetzt. Und das war etwas ganz anderes.

Fast ein ganzes Wochenende lag dazwischen.

Ein tristes Wochenende.

Ein wahnsinniges Wochenende.

Ein unnötiges Wochenende.

Aber jetzt war jetzt.

Er lenkte den Firmenwagen auf die Stora Nygata, die einen feinen Schnitt durch Gamla Stan legte und den Blick auf die Reiterstatue Karls XIV. Johan bei Slussen freigab. Sie ruhte im fast horizontal erscheinenden Sonnenlicht, als ob die Sonne den großen Zeh vorsichtig in den Mälaren steckte und überlegte, ob sie kurz eintauchen sollte.

Aber das war eine Illusion. Obwohl es Abend wurde, stand die Sonne hoch am Himmel. Dass Stockholm so seltsam verzaubert aussah, beruhte vermutlich auf der doppelten Spiegelung der Sonne in Salz- und Süßwasser, im Saltsjön und im Mälaren.

Er konnte sich nicht freimachen von dem Gefühl, dass das Licht bei Slussen etwas sehr Besonderes war, hier, wo der See ins Meer überging. Gottes eigener Spiegeltrick.

Er riss sich zusammen und richtete den Blick auf Stora Nygata.

Wer läuft an einem frühen Abend mitten im Juni in Gamla Stan herum? Vor allem Japaner, dachte er mit einem schiefen Lächeln. Vielleicht auch mal ein Amerikaner, ein paar Deutsche oder Holländer. Vielleicht eine Familie aus Småland, die sich verlaufen hat. Kaum jemand aus Stockholm.

Kaum irgendwelche Zeugen, die sich noch in der Stadt aufhielten.

Aber er hatte jetzt anderes vor, als an Zeugen zu denken.

Der Firmenwagen glitt langsam zwischen die uralten Hausfassaden; sie schienen sich um ihn zu schließen, einen Pfeil zu bilden, der genau auf ihn zeigte, ihn bezeichnete. Es war ein Gefühl, als ob ganz Stockholm ihn anstarrte.

Aber nach ein paar Sekunden tauchte in der Ferne das Zelttuch auf, wie eine verirrte Sanddüne. Es sah wohltuend unberührt aus. Eine Luftspiegelung.

Nein, keine Luftspiegelung. Eine Oase. Eine Zufahrt in eine bessere Welt.

In ein besseres Leben.

Es gibt eine detaillierte Anweisung für Handwerker, die auf archäologische Funde stoßen. Die Richtlinie des Archäologischen Reichsamtes, Ausgrabungen in Gamla Stan betreffend. Der Boden ist ein Minenfeld der Geschichte. Man kann keinen Spatenstich tun, ohne auf das verborgene Vergangene zu stoßen.

Unter jedem Schritt, den man auf der alten Stadtinsel macht, liegen Welten. Untere Welten, überlebte Welten, unbekannte Welten. Welten, die die jetzige Welt verändern können.

Dunkle Welten.

»Leute, ihr wisst ja, jeder kleine Fund fügt der Geschichte Stockholms ein Puzzlestück hinzu.« Er sah den aufgeblasenen Allhem vor sich, diesen Trottel, wie er seine Nase in das Zelt schob mit dieser pseudokollegialen Ermahnung, die er schon Dutzende Male gehört hatte. Er grub ja nicht das erste Mal in Gamla Stan.

Er war auch nicht zum ersten Mal auf ein Fundstück gestoßen. Bei einer Ausgrabung am Drakens gränd hatte er vor ein paar Jahren ein Silberservice aus dem frühen achtzehnten Jahrhundert freigelegt, und vor wenigen Monaten erst hatte er einen kompletten mittelalterlichen Frauenschädel aus einem Loch in der Köpmangata geholt.

Der aufgeblasene Allhem war natürlich aufgetaucht und hatte etwas von Totengräbern bei Hamlet getönt.

Jetzt würde er wirklich was zu tönen haben, dachte er, während er den Firmenwagen die Stora Nygata entlanggleiten ließ.

Es kam vor, dass Handwerker auf die Anweisung pfiffen und ein kostbares Gefäß oder einen schwarz gewordenen Ellenbogenknochen etwas tiefer in den Lehm traten und pfeifend weiterarbeiteten, als wäre nichts geschehen. Um die ständigen Unterbrechungen und zeitraubenden Besuche weltferner Archäologen zu vermeiden, deren ganzes Leben sich in einem anderen Jahrhundert abspielte.

Schließlich *war* ja nichts geschehen.

Er hasste das Wort »Leute«. Es war nichts weiter als eine modernere Art, von einem sehr hohen Ross herab »Untertanen« zu sagen.

Die Kumpel – nicht ›Leute‹, niemals ›Leute‹ – hatten ihre Beine zu ihm hinabbaumeln lassen und davon geredet, wie viel leichter man Weiber aufreißen kann, wenn man sich die Mühe macht, zu einem Tanzlokal außerhalb der Stadt zu fahren.

Rille sagte: »Ein Radius von hundert Kilometern. Da draußen gelten ganz andere Regeln.«

»Stimmt«, sagte Berra. »Sie pfeifen drauf, dass sie verheiratet sind.«

Das war der Moment gewesen, als das, was der letzte Spatenstich der Woche hatte sein sollen, verklungen war.

Dann war das Wochenende gekommen. Es war so blöd, so daneben gewesen. Frauen sind Teufel. Und Engel.

Glaubt man, sie seien Engel, dann sind sie Teufel, und umgekehrt.

Marja. Wenn du es doch zugeben würdest. Sag, mit wem du dich triffst. Erzähl, warum er besser ist als ich. Aber lüg mich nicht an. Ich ertrage keine Lügen mehr.

Ein höllisches Wochenende. Nur Zoff. Schwärzeste Eifersucht.

Stunde für Stunde war ihm das Skelett deutlicher vor Augen getreten. Je tiefer er und Marja in ihrem Morast versackt waren, desto deutlicher war es geworden. Wie ein Weg in ein besseres Leben.

Ein Weg, den ich jetzt betreten habe, dachte er, als der Firmenwagen das Zelt erreichte. Er lenkte die geschlossene Ladefläche so nah wie möglich rückwärts an die Grube heran und sah sich um. Ein paar abendliche Spaziergänger. Ausschließlich Touristen. Auch die üblichen Japaner mit Kameras vor dem Bauch.

Dann sprang er hinaus, kletterte in die Grube, schloss das Zelttuch über sich und knipste die Taschenlampe an.

In dem Augenblick, als Berra gesagt hatte, ›sie pfeifen drauf, dass sie verheiratet sind‹, in dem Moment, als das, was der letzte Spatenstich der Woche hatte sein sollen, verklungen war, da hatte er verstanden: Das hier war etwas anderes als das Übliche. Die Ecke eines Sargs. Er hatte sie eine Weile angestarrt. Während er den Sargdeckel freizulegen begann, hatten Rille und Berra weiter von willigen Nynäshamnerinnen und geilen Weibern aus Enköping geredet. Schließlich verschwanden die Beine hinter dem Zelttuch, und Rille rief: »Was ist, Steffe? Kommst du mit zum Systembolaget?«

»Bevor die Schlange zu lang wird,« ergänzte Berra.

»Ich geh erst nach Hause«, rief er. »Hab ein paar blöde Ölflecken auf der Hose.«

»Armer Kleiner«, schrie Rille.

»Wir sehen uns Montag«, sagte Berra. »Nimm's nicht so tragisch mit deiner Alten, Steffe.«

»Am besten, wir fahren nach Gimo«, sagte Rille. »Da hat keine Braut 'nen Slip an.«

Er hörte sie weiter reden, immer leiser, bis nichts mehr zu verstehen war. Es wurde totenstill. Vor ihm der freigelegte Sargdeckel. Er zitterte ein wenig, als er fühlte, dass er lose war. Er schob ihn zur Seite.

Aber das war am Freitag gewesen.

Kann sein, dass er den Anblick während des Höllenwochenendes geschönt hatte, doch jetzt – denn jetzt war jetzt – war er sicher, dass ihm schon in dem Augenblick alles klar gewesen war. Gleich beim ersten Anblick.

Er zog die Arbeitshandschuhe an. Im scharf begrenzten Lichtstrahl der Taschenlampe fegte er die dünne Schicht Erde von der Plane, mit der er den Sarg bedeckt hatte. Alles schien unberührt. Intakt. Sollte Freitag- oder Samstagnacht ein Besoffener in die Grube gefallen sein, dann jedenfalls nicht auf den Sarg.

Er zog die Plane zur Seite und schob den Sarg vorsichtig an den Rand der Grube. Dann sprang er auf den Gehweg der Stora Nygata, sah sich um, wartete, bis es ganz ruhig war, und schwang sich auf die Ladefläche des Firmenwagens. Er drehte den Kran über das Zelttuch, sprang hinunter und zog das Seil in die Grube. Bevor er es um den Sarg legte, hielt er inne.

Das war nicht geplant. Es sollte so schnell und reibungslos wie möglich geschehen. Das war der Plan.

Aber er hielt inne. Wie man vor dem Unsagbaren innehalten muss. Wenn man noch am Leben ist.

Er schob vorsichtig den Deckel zur Seite.

Und wieder stand er vor dem Skelett.

Ein Beben ging durch seinen Körper.

Und er glaubte, den Zusammenhang zu erkennen. Die Verbindung mit dem Höllenwochenende. Die Verknüpfung mit der besseren Zukunft. Das neue Leben mit Marja. Das Leben, in dem er besser war als diese anderen, die sie ihm ständig wegnahmen. Und sie sollte endlich nicht mehr lügen müssen.

Alles würde gut werden.

Sein Blick wich vor den Umrissen des Skeletts zurück. Er vermochte seine Bahn nicht zu vollenden. Es war zu unheimlich. Zu bizarr.

Dann schob er den Deckel zurück, befestigte das Seil, sprang auf die Ladefläche, hob den Sarg mit dem Kran in die Höhe und hievte ihn auf den Firmenwagen.

Er machte sich auf den Weg in das bessere Leben.

2

Ich weiß nicht mehr genau, was ich in dem Moment tat, als klar wurde, dass etwas passiert ist, aber ich war auf jeden Fall in der Küche. Ich glaube, dass ich die Arbeit beaufsichtigte. Alma kam rein, bleich wie eine Leiche, und sagte, dass Marcus auf dem Hof mit uns reden wolle, es sei superwichtig. Draußen wimmelte es. Ich gestehe, dass ich sie nicht so gut ertragen kann, wenn sie alle auf einem Haufen zusammen sind, es liegt eine Wolke von verschwitzter Hormonüberproduktion über ihnen, aber sagen Sie das keinem. Marcus hatte sich wie üblich in die Mitte gepflanzt und sah aus wie ein Zirkusdompteur. Es fehlte nur die Peitsche. Aber er trug nicht die übliche maskulin dominante Miene zur Schau, sondern war fast so bleich wie die arme kleine Alma, die die ganze Zeit um ihn herumschwänzelte und ihm den Hintern beschnüffelte wie eine läufige Hündin, aber sagen Sie das keinem. Die Lehrerin – ich vergesse immer ihren Namen, Astrid, Asta, Kurt-Egil – stand da und zitterte. Waschlappige Weiber, eine Schande für das weibliche Geschlecht. Marcus (ich bin inzwischen sicher, dass er schwul ist – nicht die kleinste Reaktion auf meinen neuen Stringbikini) teilte uns in ernstem Ton mit, was geschehen war, und bevor ich mich versah, war ich draußen im Wald und schrie. Wir verteilten uns auf das ganze Gelände. Ein paar gingen auf die Landstraße, ein paar in dieses alberne kleine Kaff, aber die meisten stürmten in den Wald, die Kinder zu zweit, wir Eltern allein (als verfügten wir über einen besseren Orientierungssinn als sie, besonders der Vater von Anton oder wie er nun heißen mag, der scheint ja nicht rechts und links unterscheiden zu können, geschweige denn Norden und Süden). Dieser Scheißwald erstreckt sich ja das ganze Stück von Südwesten nach Nordosten, hundertachtzig Grad Wald, bevor er nach ungefähr einem Kilometer in einem fast perfekten Halbkreis von der Flussbiegung aufgefangen wird. Sie wissen ja, wie es aussieht. Ich ging fast genau nach Norden, wo der Wald natürlich am dichtesten war. Undurchdringlich. Ich habe mir meine neue Jacke zerrissen, von Ralph Lauren – ich geh mal davon aus, dass sie mir aus der Klassenkasse ersetzt wird. Schließlich entdeckte ich einen Pfad, der zum Fußballplatz führte, Sie wissen schon, am nördlichen Rand der Ortschaft. Manchmal sah ich ein paar von den Jungs zwischen den Bäumen. Alle brüllten ›Emily‹, so laut sie konnten mit ihren krächzenden Stimmbruchstimmen. Wer sie genau waren, weiß ich nicht, aber auf einer Lichtung sah ich einen von ihnen – den Großen, diesen Wichtigtuer, ich glaube, Jesper heißt er –, wie er etwas in die Höhe hielt. Ich dachte, dass ich mich damit nicht weiter befassen müsste, also ging ich schnell zur anderen Seite und stieß auf den Pfad. Ich kam mir vor, als wäre ich allein auf der Welt. Als ich fast beim Fußballplatz war, flog ein Schwarm Krähen auf, wahrscheinlich Krähen, mit einem richtigen Knall, ungefähr zehn Meter vor mir. Sie haben mich zu Tode erschreckt. Mit rasendem Herzen trat ich auf den Fußballplatz hinaus und sah mich um. Am anderen Ende tauchte meine hübsche Felicia auf, zusammen mit dieser unerträglich unförmigen Vanja, die sie immer im Schlepptau haben muss. Sie tat, als sähe sie mich nicht. Der Pfad ging auf der anderen Seite des Fußballplatzes weiter, ich folgte ihm und kam kurz darauf an den Fluss. Keine Spur von irgendetwas, nur diese verdammten Mücken und Gnitzen und andere Gottesplagen. Wirklich eine tolle Idee, die Klassenfahrt in diese Walachei hier zu machen, wo Banjospieler mit sechs Fingern an jeder Hand gedeihen. Kann ich jetzt gehen?

Es ist wahrlich nicht einfach, eine Gruppe wie diese im Zaum zu halten, das muss ich schon sagen. Und ich verfüge über einige Erfahrung in der Leitung von Gruppen auf ganz verschiedenen Ebenen. Aber in einem Zusammenhang wie diesem sind unterschiedliche Sprachen für unterschiedliche Gruppierungen notwendig, und eine so ausgeprägte Heterogenität ist nicht leicht zu beherrschen. Dennoch bin ich der Meinung, dass ich auf das Verschwinden sehr schnell reagiert habe. Sie kann nicht länger als eine Viertelstunde fort gewesen sein, als ich die Suche organisiert habe, und ich glaube, dass wir das Gelände ziemlich gut abgedeckt haben. Die Organisation funktionierte über Erwarten gut, Jugendliche und hoffnungslose Fälle unter den Erwachsenen an den unwichtigen Positionen, die Zuverlässigen an den wichtigen. (Ich meine zum Beispiel, wie heißt sie, Lisa, die Mutter von Felicia, es ist schwer vorstellbar, dass überhaupt ein Kind in ihr heranwachsen konnte. Als gäbe es die geringste Spur von Biologie in dem Körper.) Nun gut, ich organisierte es auf jeden Fall so, dass Nils, der Vater von Anton, ins Dorf ging und dort nachforschte, Sven-Olof, der Vater von Gina, musste den westlichen Teil des Waldes übernehmen und Reine, Albin und Alvins Vater, den südlichen, während die zuverlässigsten Jungen, unter der Führung meines Sohns Daniel, den nördlichen Teil übernahmen. Ich selbst habe die Landstraße unter die Lupe genommen, die Reichsstraße 90, und konnte so als mobiler Koordinierungspunkt dienen. Leider musste ich die arme Alma mitschleppen, die nicht zu den selbstständigsten Wesen gehört, weshalb mein Tempo auf ein kümmerliches Niveau gesenkt wurde. Jedenfalls muss ich gestehen, dass meine Beobachtungen sich auf drei vorbeifahrende Autos beschränkten, einen luxuriösen silberfarbenen Volvo S60, einen alten dunkelblauen Opel Astra und einen ziemlich neuen rot-metallicfarbenen Volkswagen Passat, ich bin sicher, dass es ein 1.8T war. Alle Autos hatten schwedische Nummernschilder und fuhren in südliche Richtung. Ich habe mir alle Details dieser Wagen notiert. Hier bitte. Als ich später die Ergebnisse der Suche zusammenfassen wollte, musste ich ganz einfach akzeptieren, dass Emily spurlos verschwunden war. Ich hoffe wirklich, dass ich nicht auch noch Kontakt zu ihrer Mutter aufnehmen soll. Ich kann ja nicht alles selbst machen.

Scheiße, war das eine Quälerei durch den Wald. Was glaubten die denn, was wir finden würden? Emily, die hinter einer Tanne sitzt und plärrt? Oder in den Händen eines Pädophilenarschs mit bluttriefender Motorsäge? Und was, verdammt noch mal, hätte es genutzt, uns zu zweit loszuschicken – zwei Vierzehnjährige gegen einen irren Pädophilenarsch. Marcus hat uns in den Tod geschickt, hat an nichts anderes als an seine, wie heißt es, Autorität gedacht. Es war wirklich ein Scheißjob, sich durch den Wald zu quälen. Ich bin ganz sicher, dass ich und Mara den beschissensten Teil im ganzen Wald hatten, man kam keinen Meter voran, ohne sich überall Verletzungen zu holen. Scheiße, hab ich mir das Gesicht zerkratzt, sehen Sie mal hier, die Schramme. Nein, hier, auf der Stirn. Marcus hat wie immer auf die Mädchen gepfiffen, als er seine »Richtlinien« ausgab – ich weiß nicht, ob sich überhaupt jemand darum gekümmert hat –, also haben wir mit Astrid geredet, ja, unserer Lehrerin, und sie suchte eine Richtung heraus, in die noch niemand gegangen war, und sagte, sie würde ganz in der Nähe bleiben, wir bräuchten also nur zu rufen, falls irgendwas wäre. Ja, die ist echt in Ordnung. Mara hatte ihren kleinen Taschenkompass mit, und wir zogen genau nach Westen, mitten durchs Dornengestrüpp. Dann kamen natürlich Anki und Lovisa und haben sich an uns rangehängt. Was dann auf dem Weg zum Fluss passierte? Nichts Besonderes, glaub ich. Wir sahen Astrid ein paar Mal von Weitem, und dann sah ich Anton, Jonatan und Sebastian ein Stück, was ist

das, ja, nördlich von uns, ich erkannte Sebastians bescheuerten militärgrünen Fleecepulli. Dann kamen wir runter zum
Fluss. Der rauscht und tobt mit einer Wahnsinnsströmung, da
kommt keiner rüber. Aber ich glaube nicht, dass sie sich er-
tränkt hat, Scheiße, niemals, aber man weiß ja nie, was Emily
sich einfallen lässt, sie ist ziemlich, na ja, schwierig. Doch, wir
sind schon Kumpel, aber das heißt nicht, dass ich checke, was
sie macht. Anki sagt, dass sie sie um zehn vor eins gesehen hat,
oben in ihrem Zimmer, und als wir uns sammeln sollten fürs
Vorlesen, war es wohl so zehn nach eins, da war sie weg. Sie
war nirgends zu finden. Glauben Sie wirklich, dass sie tot ist?

Ich bin seit einem Jahr ihre Klassenlehrerin, ja, die ganze
Siebente, und natürlich frage ich mich manchmal, was für ein
Leben ich führe. Wenn die Jungen auf den Bänken toben und
die Mädchen mit ihren schrillen Stimmen schreien, als wollten sie testen, wie gut sie tragen, kann ich mich ans Lehrer-
pult setzen und im Vorlesebuch lesen und versuchen, mich
daran zu erinnern, was mich eigentlich dazu getrieben hat,
Lehrerin zu werden. Schwedisch und Englisch, ja klar, aber
in erster Linie war es doch der Wunsch, etwas zu vermitteln,
auch dass Wissen Spaß macht. Dass es schön ist, Dinge zu
verstehen, statt sich in einer Welt zu bewegen, die einem
immer unbekannter erscheint, je älter man wird. Dass die
Sprache unser Weg zur Freiheit ist. Dass die Vielseitigkeit der
Literatur unübertroffen ist, wenn man etwas über die Vielseitigkeit des Lebens lernen will. Sich selbst ein wenig besser
zu verstehen und dadurch andere. Jedes Mal, wenn ich im
Vorlesebuch versinke, denke ich daran, dass ich nicht aufge-
ben will, trotz allem nicht. Also beharre ich auf dem Vorlesen, sosehr sie auch protestieren und es als Kinderkram oder
Cyberpunk bezeichnen. Ich sehe in ihren Augen, dass sie
eigentlich wollen, aber es gehört eben dazu, auf alles zu spu-

cken, was die Erwachsenenwelt anzubieten hat. Ich beschäftige mich seit einiger Zeit mit einem ziemlich ambitionierten Projekt, wir lesen *Herz der Finsternis* von Joseph Conrad und sehen uns dazu unterschiedliche Verfilmungen an, angefangen bei sehr texttreuen Sachen wie der Neuverfilmung mit Tim Roth als Marlow und John Malkowich als Kurtz bis hin zu *Apocalypse Now*. Vierzehnjährigen *Apocalypse Now Redux* zu zeigen, das klingt vielleicht hochgestochen, aber bedenken Sie, wie anders die Welt für heutige Vierzehnjährige ist. Klar, dass ganz andere Menschen aus ihnen werden. Fragt sich nur, was für welche. Nun ja, verzeihen Sie die Abschweifung, das Projekt dreht sich im Grunde um die Frage, wo die Finsternis eigentlich lebt: außerhalb von uns oder in uns? Es hat ein paar anregende Diskussionen darüber gegeben, das kann ich immerhin behaupten. Zu einer sollten wir uns gestern um ein Uhr sammeln, nach dem Mittagessen. Das gab mir die Möglichkeit, die Kinder zu zählen – man kann nicht behaupten, dass Marcus Lindegrens sogenannte Sammlungen ihre Funktion als Anwesenheitskontrolle erfüllten. Es herrschte jedenfalls kein Zweifel daran, dass Emily wirklich verschwunden war. Wir hatten eine Abmachung getroffen, dass niemand den Garten verlässt, ohne einem der Erwachsenen Bescheid zu sagen, und daran haben sich alle gehalten, auch Emily. Ich war von Anfang an nicht begeistert davon, dass die Klassenfahrt zu einem Hof so dicht am Wald führen sollte, doch es gab einen breiten Konsens bei den Eltern, also hatte man sich zu fügen. Marcus erteilte den männlichen Anwesenden seine Befehle, und ich musste wie gewöhnlich in aller Stille die riesigen Risse in seinem patriarchalischen System verspachteln. Ich ließ die ängstlichsten Mädchen in meiner unmittelbaren Nähe gehen, Julia mit ihrer aufgesetzten müden Art, die kleine Mara und Lovisa und Anki. Dann wanderten wir durch den Wald. Ich kann nicht behaupten, dass ich etwas sah, der Wald war viel zu dicht, aber ich kam zu der Einsicht, dass es dumm von mir war, allein durch einen Wald zu gehen, in dem sich vielleicht wirklich ein Vergewaltiger und vielleicht sogar Mörder verbarg. Und dann erst die zwanzig Kinder. Wie Vogelfutter, das man einer hungrigen Gans hinstreut. Emily hätte nie aus freien Stücken das Haus verlassen. Er muss oben im Haus gewesen sein. Im eigentlichen Herzen.

Ich weiß, dass sie geschieden sind, verdammt, alle sind doch geschieden, aber sie hätten ja nicht mitten bei der Suche zu poppen brauchen. Scheiß-Marcus, Scheiß-Plastiksoldat, der glaubt, er wäre der fucking King, und dann liegt er unter einem Busch an der Straße und bumst die Mutter von Tunten-Johnny, Pimmel-Alma, als Emily verschwunden ist und alles drauf ankommt, dass es schnell geht. Ich hab das nicht selbst gesehen, aber Albin und Alvin, die haben es erzählt. Ich selbst bin in nördliche Richtung gegangen, mit diesem feigen Arsch Daniel, der ganz sicher war, dass hinter jedem Baum ein Pädo steht, um ihm den Lümmel gegen seine vom Weinen zitternden Lippen zu klatschen. Während sein eigener Alter die Wurst in Gay-Johnnys Mutter steckte. Eigentlich ziemlich komisch. Die Zwillinge kamen angesaust und zeigten auf Daniel und erzählten von der Fickorgie seines Alten. Die Schweineschnauze vom fucking Daniel wurde noch käsiger, und er wäre am liebsten selbst in den Wald gelaufen, wenn er nicht so einen Schiss gehabt hätte vor all den Pädoschwänzen dort. Die Zwillinge haben sich angehängt, und dann zogen wir weiter in den Wald, in dem man kaum noch vorwärtskam. Wir schrien nach Emily, und am Ende öffnete sich eine Art fucking Lichtung. An einem Wacholderstrauch oder was es nun war, hing ein Stück von Emilys dunkellila Pulli – eine Spur, verdammt, ich hatte eine Spur entdeckt –, und ich hielt den Fetzen in die Höhe und wedelte damit und brüllte, aber niemand kam, verdammt, Marcus

17

lag in den Büschen und bohrte Dumm-Alma an, und die übrigen Idioten hatten sich wohl im Wald verlaufen. Außer den Pennern, die in der Laube saßen und soffen. Felicias scheißgeile Mutter, die willig ihren Altweiberspeck vor allen Teenagern entblößt, hat uns gesehen, änderte aber blitzschnell die Richtung. Sie hatte wohl Angst, vergewaltigt zu werden, wie alle Weiber, die nie einer vergewaltigen würde, selbst wenn sie auf Knien darum betteln würden. Dann verschwand sie, und wir zogen weiter zum Fluss, aber jetzt wurde es wieder so dicht, Scheißnadeln und Scheißäste und Scheißmücken. Albin oder Alvin schrie auf, ich kann sie nie auseinanderhalten, und sagte, er hätte einen Elch gesehen. ›Es kann kein Elch gewesen sein‹, sagte ich, ›die sind ja riesig, du würdest dir in die Hose scheißen.‹ ›Ich hab ihn auch gesehen‹, sagte Chicken-Daniel. ›Aber ich glaube, es war ein Hirsch, ich hab seinen Rücken gesehen, braungrün, wie ein Rothirsch.‹ ›Haltet die Schnauze, ihr Nullen‹, sagte ich, und da wurde es still. Dann kamen wir runter an die verdammte Flussbiegung. Ein Haufen Krempel schoss vorbei und ein verdammtes blaues Stück Tuch. Dann trieb eine aufgequollene Ratte vorbei, und als einer sie umdrehte, sah man, dass sie ihre Därme ein paar Meter hinter sich herzog. Wie eine verdammt komische Qualle, und da kotzte Albin oder Alvin auf Alvin oder Albin, und sie fingen an, sich zu prügeln. Scheiße, ist das spaßig mit Zwillingskumpeln. Aber Emily ist tot, das schnallt wohl jeder. Sie war wahrscheinlich beleidigt wie immer und ist am Fluss entlanggegangen, alle Mädchen wollen sich ja dauernd umbringen, jedenfalls fast alle, und wer in diesen Scheißpissfluss fällt, ist innerhalb von einer halben Minute tot. Verdammt.

Man kann nicht direkt sagen, dass wir es darauf angelegt hätten, mit den Dorfbewohnern in Kontakt zu kommen. Also war ich nicht besonders erfreut, als mir der Auftrag zugeteilt wurde, mich im Ort umzuhören. Wir kauften im Supermarkt bei Näsåker ein, also hatte ich nicht mal eine Ahnung davon, dass gleich um die Ecke ein kleiner Ica-Laden war. Lebensmittel, Videoausrüstung, Auslieferung für Medikamente und Spirituosen. Und Treffpunkt der Dorforiginale. Drei Alte saßen auf den Parkbänken vor dem Laden und glotzten mich misstrauisch an. ›Ich heiße Nils‹, sagte ich, und das sollte ein Gruß sein. ›Ich wohne mit einer Schulklasse im Gamgården hier drüben, ihr habt uns bestimmt gesehen.‹ Einer der Alten beugte sich vor und sagte: ›Gehört.‹ ›Was?‹ ›Nicht gesehen‹, sagte der Alte, ›sondern gehört.‹ ›Teufel, wie ihr schreit‹, sagte der Alte neben ihm. ›Auch nachts. Nullachter, was?‹ Ich nickte und sagte: ›Ja, wir kommen aus Stockholm. Und jetzt ist einer von unseren Teenagern verschwunden, und ich wollte mal fragen, ob ihr jemanden hier im Dorf gesehen habt.‹ Es ging wie ein Beben durch die drei Alten, kurze, scharfe Blicke wurden ausgetauscht. ›Mädchen oder Junge?‹, fragte der erste Alte, den Blick auf den Boden gerichtet. ›Mädchen‹, sagte ich und begriff nicht, was vor sich ging. ›Dann also nicht Calle‹, nickte der Alte Nummer drei dem Alten Nummer eins zu. ›Schön‹, sagte der Alte Nummer zwei und nickte. ›Weil, wir angeln mit Calle‹, verdeutlichte Nummer eins in meine Richtung. Ich guckte sie der Reihe nach ungeduldig an. ›Ich wollte nur wissen, ob ihr ein Mädchen allein hier habt vorbeigehen sehen‹, sagte ich. Die Alten schüttelten die Köpfe. Es war wie eine einzige träge Bewegung, die sich zwischen ihnen fortpflanzte. Als ich weiterging, hörte ich hinter meinem Rücken: ›Es heißt nicht Gamgården, es heißt Gammgården.‹

Ich weiß nicht, ob man uns wirklich Freundinnen nennen kann, Felicia und mich. Ich weiß, dass alle glauben, ich hänge mich an sie, weil sie so hübsch ist, aber ich weiß inzwischen, dass sie mich viel mehr braucht als ich sie. Ich mag das, was unter dem hübschen Äußeren in ihr ist, das, was ganz und gar zerbrochen und kaputt ist, und wenn man ihre Mutter sieht, dann versteht man, was es ist. Es ist der Mangel an Liebe. Felicias Mutter Lisa hat nie einen anderen Menschen geliebt als sich selbst – und mich hasst sie. Ich weiß, dass sie mich deformiert nennt, obwohl ich nicht begreife, warum. Vermutlich weil alles, was in die Nähe ihres perfekten Schmuckstücks von Tochter kommt, deformiert wirkt. Man kann viel gegen meine Eltern sagen, die Armen, aber Liebe haben sie mir genug gegeben. Deshalb braucht Felicia mich, um Liebe aus mir herauszusaugen. Und das ist ganz okay so, ich hab ja genug davon. Aber ist das Freundschaft? Wenn Astrid laut aus *Herz der Finsternis* vorliest, dann ist es Felicia – und übrigens auch Emily –, die am stärksten ergriffen zu sein scheint. Als hoffte sie, zumindest *das* in ihrem Herzen zu finden, ein wenig Dunkelheit, wenn schon nichts Besseres. Ich weiß, dass ich frühreif bin, und ich weiß, dass Sie das denken, Sie brauchen es nicht zu sagen, das haben schon so viele andere getan. ›Vanja ist so frühreif. Sie musste schneller erwachsen‹ werden als die anderen.‹ Na ja, wir fühlten uns schon ein bisschen so wie Marlow an der Mündung des Kongo, als wir aufbrachen, Felicia und ich, am Waldrand entlang in nordöstlicher Richtung. Wir kamen an der verdeckt liegenden Laube vorbei und sahen, wie Sven-Olof, Ginas Vater, und Reine, der Vater von Albin und Alvin, da drinnen saßen und sich jeder ein Bier aufmachten und eine Kippe rauchten. Sie hatten offenbar nicht vor, in den Wald zu gehen. Aber wir. Dort in der Nähe der Landstraße war der Wald nicht ganz so schrecklich dicht, wir kamen also einigermaßen schnell zum Fußballplatz, Sie wissen, der dort am Waldrand. Und da stiefelt Lisa auf den Platz, ihre Ralph-Lauren-Jacke zerrissen, und ich sah Felicia an, dass sie nicht vorhatte, so zu tun, als wäre ihre Mutter da. Ich hatte nichts dagegen. Also sind wir weiter nach Norden Richtung Fluss gegangen. Nein, eigentlich haben wir überhaupt nichts gesehen. Aber wenn Sie mich fragen, dann sage ich, Emily ist abgehauen. Durchgebrannt. Felicia und sie sind Zwillingsseelen irgendwie. Deshalb ertragen sie sich nicht. Sie haben da einen Hohlraum, wo das Herz sitzen sollte, aber es ist einer, der wehtut. Jetzt vielleicht nicht mehr.

Tja, Kollegen, es ist wohl meine Schuld, dass ihr heute hier sitzt und versucht, Fäden zu entwirren. Ihr wisst ja, dass die Kürzungen die lokalen Stationen am härtesten getroffen haben, es gibt hier keine Polizeipräsenz mehr, die nächsten sind wir in Sollefteå. Es wäre jetzt verdammt gut, wenn wir hier einen Ortspolizisten hätten. Saltbacken ist für uns fast so fremder Boden wie für euch. Sobald wir erkannten, dass es eine internationale Verbindung geben könnte, habe ich Kommissar Bengtsson unterrichtet, und der hat den Ball weitergespielt zum Reichskrim. Ein Abteilungsleiter namens Wörner, oder nein, Mörner, hat entschieden, dass es ein Fall für euch wäre. Worin die internationale Verbindung besteht? Mindestens drei baltische Autos – litauische, glaube ich – wurden zum fraglichen Zeitpunkt in der Nähe von Saltbacken gesehen. Ich konnte nicht umhin, an trafficking und geraubte Mädchen zu denken, die in Sexspielzeug verwandelt werden und denen in gesamteuropäischen Bordellen der Unterleib zerfetzt wird. Eine frische Vierzehnjährige wie diese Emily wäre doch ein Juwel in der litauischen Bordellkrone. Salopp ausgedrückt. Sie sieht ja wirklich gut aus. Man kann sich Mädchen in seiner eigenen siebten Klasse mit diesem Aussehen ja überhaupt nicht vorstellen. Ist etwas passiert mit der menschlichen – oder zumindest der weiblichen – Genbank in den letzten zwanzig Jahren? Wir reden von erwachsenen Vierzehnjährigen. Wenn ihr gestattet, meine Damen, so vermute ich, dass nicht einmal ihr, die ihr so jung und frisch wirkt, in der siebten Klasse so ausgesehen habt. Aber was soll's? Dies ist zwar eine phantastische Gegend, das Flusstal vor allem, aber es ist nicht unbedingt der geeignete Ort für eine Klassenfahrt. Da war Ärger vorprogrammiert. Ihr versteht, worauf ich hinauswill. Nicht nur der Wald, der unmittelbar ans Haus heranreicht, nicht nur der Fluss mit extremem Hochwasser und entsprechend starker Strömung, sondern vor allem die lokalen Sorgenkinder. Ob diese oder die Litauer die Schuldigen sind – es ist jetzt an euch, das herauszufinden. Die Suche durch den Rettungsdienst und die Freiwilligen wird noch einige Stunden fortgesetzt. Aber hiermit lege ich hoffnungsvoll den Fall der verschwundenen vierzehnjährigen Stockholmerin Emily Flodberg in die vielleicht nicht ganz so hoffnungsvollen, aber desto routinierteren Hände der A-Gruppe.

3

»Sind das wirklich die besten Zeugenaussagen?«, fragte Gunnar Nyberg skeptisch.

»Nicht nur die besten«, sagte Lena Lindberg. »Es sind die einzigen.«

»Die einzigen, die die Bezeichnung verdienen«, sagte Sara Svenhagen und sah zum Abendhimmel auf, der nicht dunkel werden wollte.

Reicht die Mitternachtssonne bis hinunter nach Ångermanland?, dachte sie und betrachtete die beeindruckenden Wolkenformationen, die in einem tiefen Orange glühten. Obwohl es windstill zu sein schien, war eine Bewegung am Himmel, unterschiedliche Himmelsschichten, die sich ineinanderwälzten wie zähflüssiges Hexengebräu. Es war ein tiefer, drückender Himmel, der das kleine Dorf gleichsam in eine Kuppel einschließen wollte, ein Stück Universum, abgetrennt vom Rest der Welt.

Sara Svenhagen erschauerte. Sie hätte es auf die Abendkälte schieben können, aber das hätte bedeutet, all dem anderen, was auch in dem Schauder enthalten war, auszuweichen.

Und auszuweichen war nicht ihre Art.

Dagegen erlaubte sie sich eine Reise in die Vergangenheit. Nicht besonders weit, aber ein paar Stunden genügten schon, um das Gefühl zu haben, in einer anderen Epoche zu sein. Da befand sie sich noch in einem relativ beschützten – und relativ beschäftigungslosen – Großstadtleben. Die Spezialeinheit für Gewaltverbrechen von internationalem Charakter bei der Reichskriminalpolizei, besser bekannt als A-Gruppe, hatte in der letzten Zeit nicht gerade Lorbeeren eingeheimst auf internationaler Ebene. Es lief ein bisschen schleppend.

Bis zu dem Augenblick, als ein blühend rosiges Gesicht ins

Zimmer der Kriminalkommissarin Kerstin Holm im Polizeipräsidium auf Kungsholmen in Stockholm geschaut und mit unverwechselbarer Wortwahl geprustet hatte: »Jetzt passiert was, meine lieben Mädels. Darauf verwette ich meinen kleinen Schinken.«

Wenn man bedachte, dass Gunnar Nyberg unter den drei Anwesenden war, offiziell der größte Polizist Schwedens, dann war die Anrede vielleicht nicht ganz glücklich gewählt. Anderseits waren glücklich gewählte Worte nicht die starke Seite des Abteilungsleiters Waldemar Mörner. Was tatsächlich seine starke Seite war, blieb sowieso im Dunkeln. Aber er war eben der Chef der A-Gruppe. Eine rein formale starke Seite.

Kerstin Holm dagegen war die *operative* Chefin, und das war etwas ganz anderes. Sara Svenhagen, die als Vierte im Zimmer war, hatte immer das Gefühl, dass etwas beinahe Magisches geschah, wenn beide Chefs im selben Raum waren. Das Vage und Undefinierte des Daseins wurde plötzlich glasklar und wohldefiniert – zum Beispiel Begriffe wie Qualität und Kompetenz.

Kriminalkommissarin Kerstin Holm betrachtete die blühende Miene mit schmalen Augen und sagte: »So klein ist er nicht.«

»Was?«, keuchte Waldemar Mörner und trat ins Zimmer.

»Der Schinken«, verdeutlichte Holm.

»Außerdem müsstest du zwei haben«, sagte Gunnar Nyberg.

Mörner klopfte sich genüsslich aufs Hinterteil. »Zwei Trainingseinheiten pro Tag, meine Damen.«

»Eine für jeden Schinken«, sagte Nyberg.

»Was passiert denn?«, fragte Kerstin Holm.

»Passiert?«, sagte Mörner und sah von seinen wohlgeformten Schinken auf.

»Du hast gesagt, jetzt passiert was«, verdeutlichte Nyberg.

Waldemar Mörner sah aus, als hätte ihn eine Offenbarung oder auch ein Schlag getroffen; er beugte sich mit bedeutungsschwerer Miene über Kerstin Holms Schreibtisch und sagte: »Ångermanland.«

Die Pause, die folgte, war in Mörners Augen vermutlich elektrisch geladen. Die anderen warteten auf die Fortsetzung. Die kam.

»Ein vierzehnjähriges Mädchen aus Stockholm ist abgängig. Auf einer Klassenfahrt nach Ångermanland. An einem Ort namens Saltbacken, direkt am Ångermanfluss. In der Gegend von Sollefteå.«

»Was heißt abgängig?«, fragte Kerstin Holm.

»Das ist es eben«, nickte Mörner. »Besondere Umstände.«

»Sie müssen sehr besonders sein, wenn der Fall auf dem Tisch der A-Gruppe landet. Verschwundene Personen sind sonst nicht unser Gebiet.«

»Normalerweise nicht«, sagte Mörner. »Aber wir haben dort internationale Präsenz. In der fraglichen Zeit sind in der Nähe mehrere Fahrzeuge gesehen worden, die im Baltikum registriert sind. Aber nicht nur das.«

»Sondern…?«

»In der Gegend halten sich drei aktenkundige Pädophile auf.«

»Drei?«, stieß Gunnar Nyberg aus.

»Drei«, nickte Mörner zufrieden. »Zwei verurteilt, einer angeklagt, aber freigesprochen. Die Kombination mit der baltischen Fahrzeugkolonne lässt nichts Gutes ahnen. Aber du, Kerstin, bist natürlich die operative Chefin.«

Genau, dachte Sara Svenhagen. Das ist die starke Seite von Waldemar Mörner: Er mischt sich selten ein in polizeiliche Entscheidungen.

Kerstin Holm nickte, nahm Block und Bleistift und sagte: »Kontaktperson?«

»Kommissar Alf Bengtsson bei der Polizei in Sollefteå.«

Kerstin Holm notierte Namen und Telefonnummer.

»Ich rede mit ihm und teile dir meinen Beschluss so schnell wie möglich mit.«

Mörner nickte und ging zur Tür. Bevor er auf den Flur trat, blieb er stehen, strich sich über sein roggenblondes Toupet und sagte: »Du solltest berücksichtigen, dass der Reichspolizeichef es begrüßen würde, wenn wir uns des Falls annehmen. Es dürfte bei den Medien gut ankommen.«

»Ich werde es bestimmt berücksichtigen«, sagte Kerstin Holm und lächelte so süß, dass Waldemar Mörner in den Flur zu schweben schien.

Sie wandte sich an Gunnar Nyberg und Sara Svenhagen, die beide in unbequemen Positionen auf ihrem Schreibtisch saßen: »Ein scheußlicher Zufall«.

»Dass ausgerechnet wir hier sind, meinst du?«, sagte Nyberg.

»Genau. Zwei routinierte Pädophilenermittler.«

»Die beschlossen haben, sich nie wieder mit Pädophilie zu befassen«, sagte Sara Svenhagen. »Die völlig ausgebrannt waren, als sie zuletzt damit zu tun hatten.«

»Genau«, wiederholte Kerstin Holm. »Aber wir wissen ja gar nicht, ob es darum geht. Sollte das aber der Fall sein, habt ihr, besonders du, Sara, am meisten Routine.«

»Sag jetzt nicht, dass du uns nach Ångermanland schicken willst«, sagte Gunnar Nyberg beunruhigt.

»Wir *könnten* drauf pfeifen«, sagte Kerstin Holm stilsicher. »Wir könnten so tun, als ginge uns diese verschwundene Vierzehnjährige nichts an. Wir könnten behaupten, wir hätten genug mit wichtigen Fällen von internationaler Art zu tun. Was meint ihr?«

Besonders die letzte Frage war in ihrer Unschuld ein elegantes Crescendo.

»Böse Frau«, sagte Gunnar Nyberg.

»Packt schon mal eure Koffer«, sagte Kerstin Holm.

In Befolgung dieses Befehls befanden sich Sara Svenhagen und Gunnar Nyberg samt Saras ständiger Partnerin Lena

Lindberg jetzt in der Umgebung des kleinen Dorfs Saltbacken, ungefähr auf halber Strecke zwischen Sollefteå und Näsåker im südlichen Ångermanland.

Sara Svenhagen ließ den hexengebräuähnlichen Himmel weiter brodeln und schob sich widerwillig vom Balkon ins Innere des alten Gebäudes, das passenderweise Gammgården genannt wurde. Der alte Hof.

Lena Lindberg saß an einem Tisch im oberen Speisesaal und ließ die Finger durch einen Papierstapel gleiten. Gunnar Nyberg saß neben ihr und beobachtete die schmalen Finger.

»Du hast schöne Hände«, sagte er.

Lena zog die Hand erstaunt zurück und wandte sich dem großen Mann zu, mit dem sie bisher eigentlich nicht besonders viel zu tun gehabt hatte. Sie verspürte einen kleinen Anflug naiver Freude, den sie zu verbergen vermochte, indem sie besonders ausführlich entgegnete. »Eine seltsame Konstruktion, diese Stimmenleser. ASR. Automatic Speech Recognition. Die Dinge geschehen in der Außenwelt. Die Menschen versuchen, Worte zu finden, um, jeder aus seiner begrenzten Perspektive, die Ereignisse zu beschreiben. Ein Mikrofon fängt ihre stockenden Worte auf und verwandelt sie in eine digitale Datei. Einsen und Nullen. Die wandern durch einen Computer, der sie in geschriebene Wörter verwandelt. Fertige, voneinander getrennte Wörter, in denen aber die Pausen, die Betonung, die Phrasierung der Sprechenden nicht enthalten sein können. Oder doch? Der Drucker bringt sie zu Papier, ohne dass wir einen Finger zu rühren brauchen, außer dass wir ein Mikro vor den Sprechenden stellen. Und das hier sind ihre Worte. Die Grenze zwischen dem gesprochenen und dem geschriebenen Wort ist aufgehoben.«

»Sieht es gut aus?«, fragte Sara.

»Tadellos«, sagte Lena.

»Obwohl es reiner Unsinn ist«, sagte Gunnar.

»Das finde ich nicht«, sagte Lena. »Sie haben sich wirklich

bemüht, und erstaunlich viele haben eine wertvolle Zeugenaussage produziert.«

»Wertvoll in welcher Hinsicht?«, fragte Gunnar und schnippte an den Papierstapel.

»In der Hinsicht, dass sie Zusammenhang haben«, sagte Lena. »Sie liefern uns die Konturen des gesamten Ablaufs der Ereignisse. Der Rest ist unsere Sache.«

»Kann es sein«, fragte Sara mit Unschuldsmiene, »dass du, Gunnar Nyberg, alt und bitter geworden bist?«

»Ich habe getötet«, sagte Gunnar ohne Zögern. »Es ist doch klar, dass ich bitter bin. Ich habe es Tag für Tag vor Augen und frage mich, ob ich nicht anders hätte handeln sollen. Ob alt, das ist eine numerische Frage.«

»Das glaube ich ganz und gar nicht«, sagte Lena. »Man ist so alt, wie man sich fühlt.«

Gunnar Nyberg war gut über fünfzig – das war eine Vermutung, niemand kannte sein genaues Alter –, und im vergangenen Jahr hatte er, nach einem Leben, das den Weg vom aggressiven steroidstrotzenden Bodybuilder über Ehefrauenmisshandler und büßenden Kirchenchorsänger zum abgespeckten Ersten Liebhaber umfasste, einen Menschen getötet. Und nicht in Notwehr, sondern zielbewusst und kalkuliert. Um eine kleine Chance zum Weiterleben zu haben. Und die Früchte des Glücks zu genießen, das er mit seiner neuen Frau Ludmila erleben durfte.

Das war eine lange Geschichte.

»Ich glaube, du hast völlig recht«, sagte er.

»Wie?«, sagte Lena sehr verwundert.

»Ich nehme meine frühere Aussage zurück. Alter ist *keine* numerische Frage.«

Gunnar wandte sich an Sara: »Aber du, meine Schöne, wie zum Teufel kommst du auf die Idee, ausgerechnet mich alt und bitter zu nennen?«

»Ich habe nur gefragt«, sagte Sara versöhnlich.

»Das hast du eben nicht. Dass du ein Fragezeichen hinter

deine grobe Attacke gesetzt hast, macht sie noch nicht zur Frage.«

»Okay«, sagte Sara. »Der jüngere Gunnar Nyberg hätte keinerlei Probleme gehabt, die vielen Anhaltspunkte zu erkennen. Ich wollte dich nur wecken, Gunnar. Ich weiß, dass zwischen Chios und Saltbacken ein gewisser Unterschied besteht, aber bis zu deinem Urlaub ist noch ein guter Monat Zeit.«

Gunnar Nyberg nickte und musste wiederum zugeben, dass die weibliche Gesprächspartnerin recht hatte.

Aber es war Lena Lindberg, die begann: »Jetzt ist der Tag danach; es ist drei Minuten nach zwölf frühmorgens am fünfzehnten Juni. Vor ziemlich genau elf Stunden ist die vierzehnjährige Emily Flodberg von dem restaurierten Bauernhof Gammgård in Saltbacken im südlichen Ångermanland verschwunden. Der Hof gehört einem Bauern aus dem Dorf, Arvid Lindström, der hin und wieder eine Anzeige in die Großstadtpresse setzt. Wie die Entscheidung zustande kam, ist noch nicht ganz klar, jedenfalls fiel eine solche Anzeige einer Gruppe von Eltern ins Auge, die nach einem Reiseziel für die Klassenfahrt der Siebten suchten, wobei der Entschluss Ende März gefasst wurde. Es war in der Gegend also fast zwei Monate bekannt, dass über zwanzig Vierzehnjährige kommen würden.«

»Gefundenes Fressen für die lokale Pädophilenmafia«, sagte Gunnar Nyberg.

»Von der man natürlich nichts gewusst hat«, sagte Lena Lindberg, »und über deren Existenz man auch nicht unterrichtet wurde.«

»Dann sollte man sich fragen«, sagte Sara Svenhagen, »ob man das wirklich eine ›Mafia‹ nennen kann. Es ist noch nicht ganz geklärt, aber im Moment deutet nichts darauf hin, dass sich die drei nicht rein zufällig in diesem Umkreis von hundert Kilometern angesiedelt haben.«

»Die ortsbekannten Sorgenkinder sind also Robert Karls-

son, Carl-Olof Strandberg und Sten Larsson«, las Gunnar
Nyberg von einem Papier ab. »Keiner der drei war zu Hause, als die lokale Polizei gestern bei ihnen war. Nach allen
dreien wird gefahndet.«

»Um 12.50 Uhr wurde Emily zum letzten Mal gesehen«,
sagte Lena Lindberg, »und zwar von ihrer Klassenkameradin
Anki Arvidsson.«

»Anki – heißt die so?«, fragte Sara.

»Das ist ihr Taufname, ja. Ich habe extra nachgefragt. Kein
Mädchen heißt heute noch Ann-Katrin oder so ähnlich.
Diese Anki hat jedenfalls gesehen, dass Emily allein auf dem
Bett in ihrem Zimmer lag, das sie mit Felicia Lundén und
Vanja Persson teilt. Sie schrieb in ein Heft, das Anki für ein
Tagebuch hielt. Sie sah, Zitat: ›richtig froh‹ aus. Dieses Tagebuch ist nicht wieder aufgetaucht. Was darauf hindeuten
könnte, dass sie es mitgenommen hat. Was wiederum darauf
hindeuten könnte, dass sie aus freien Stücken gegangen ist.
Aber es ist natürlich zu früh, um dazu etwas Vernünftiges zu
sagen. Als die Klasse sich um ein Uhr zum Vorlesen versammelte, fehlte sie, was um 13.08 Uhr festgestellt wurde, worauf die Klassenlehrerin Astrid Starbäck den selbsternannten
Leiter der Klassenfahrt, Marcus Lindegren, informierte, der,
statt die Polizei zu rufen, alle zu einer Art Suchaktion zu-
sammentrommelte. Die begann etwa um 13.15 Uhr, und um
13.55 Uhr versammelten sich alle wieder auf dem Hof. Erst
dann wurde die Polizei verständigt.«

»Wie groß ist eigentlich die Wahrscheinlichkeit, dass drei
polizeilich bekannte Pädophile sich ›zufällig‹ am gleichen
Ort niederlassen?«, fragte Gunnar Nyberg.

»Leider gibt es ziemlich viele«, sagte Sara Svenhagen.

»Und diese drei, was sind das für Männer?«, fragte Lena
Lindberg.

Sara setzte sich in dem dunklen Speisesaal auf den Tisch
und hielt ein Papier in das schwache Licht einer Tischlampe.
Die hinteren Teile des Raums lagen im Dunkeln. Vermutlich

brach vor den Fenstern doch noch eine flüchtige Dämmerung herein. Die Balkontür stand offen und ließ Schwärme von Mücken und Schnaken herein. Das war der Preis, den sie für den kühlen, nach Wald duftenden Wind bezahlen mussten, der es überhaupt nur möglich machte, zu dieser späten Stunde zu denken.

Sara las und fasste gleichzeitig zusammen: »Robert Karlsson ist fünfundfünfzig, Maler, wegen Erwerbsunfähigkeit in Rente. Wohnt dreißig Kilometer nördlich von hier in einem abgelegenen Haus, in das er vor zwölf Jahren fast eine ganze Schulklasse gelockt hat, ein Mädchen nach dem anderen, alle um die acht Jahre alt. Die Polizei – es gab damals eine lokale Polizeistelle – brachte das Kunststück fertig, ihn auf frischer Tat zu ertappen. Allerdings nicht in einer sexuellen Situation, zu eindeutig sexuellen Übergriffen ist es anscheinend gar nicht gekommen. Er wurde wegen Kindesentführung angeklagt, kam aber frei. Seitdem ist er mehrmals nach Thailand gereist, und es ist nicht ausgeschlossen, dass er einer unserer Thailand-Pädophilen ist. Beim Prozess gab es widersprüchliche psychologische Gutachten – die einen behaupteten, er sei ein kaltblütiger Vergewaltiger, die anderen, er stehe mental auf dem Niveau eines Neunjährigen. Eines Neunjährigen von damals, muss man hinzufügen. Er gab ohne Umschweife zu, mit den kleinen Mädchen ›geschmust‹ zu haben. Was das bedeutet, weiß man bis heute nicht genau.«

»Und dieser Carl-Olof Strandberg müsste der Calle sein, der in einer Zeugenaussage erwähnt wird?«, sagte Nyberg.

»Höchstwahrscheinlich«, nickte Sara. »›Doch nicht Calle‹, sagt einer von diesen Dorforiginalen zu einem anderen. ›Wir angeln mit Calle.‹«

»Genau«, fiel Lena Lindberg ein. »Natürlich. ›Calle kann es nicht gewesen sein, er mag keine Mädchen.‹«

»So muss man die Zeugenaussage wohl deuten«, sagte Sara. »Und das stimmt mit seinem Strafregister überein. Er ist erst vor Kurzem in ein Haus am Rand von Saltbacken gezogen. Von Kumla aus, genauer gesagt aus dem Bunker, wo er eine siebenjährige Haftstrafe wegen Vergewaltigung eines dreizehnjährigen Jungen abgesessen hat. Vielleicht erinnert ihr euch an den Fall, er hat ziemlich viel Staub aufgewirbelt. Carl-Olof Strandberg, jetzt vierundsechzig Jahre alt, lebte damals in Stockholm, in Vasastan, als renommierter Kinderarzt und Kinderpsychiater. Mehrere Schulen arbeiteten mit ihm zusammen, weil er so gut mit Kindern umgehen konnte. Nahm sich der schwarzen Schafe an und machte sie zu Menschen, wie man in gewissen Kreisen zu sagen pflegt. Drei Jungen aus drei verschiedenen Schulen verschwanden, und die einzige Verbindung zwischen ihnen war Strandberg. Einem der Jungen gelang es, nach einer Woche zu fliehen, er war aber nicht mehr ansprechbar. Mithilfe von Faserspuren konnte man beweisen, dass er sich in dem isolierten Landhaus des Kinderarztes bei Strängnäs aufgehalten hatte. Man suchte das Grundstück und die nähere Umgebung ab, fand aber keine Spur von den beiden anderen Jungen. Und der Überlebende war körperlich und seelisch derart verletzt, dass er vermutlich nie wieder ein Wort sagen wird. Strandberg weiß, wie man Kinderseelen blockiert. Ein wahres Scheusal, so scheint es. Es gab eine Menge anderer verdächtiger Fälle, aber keiner ließ sich ihm zuordnen. Er ging für die eine Vergewaltigung in den Knast, für nichts anderes. In Kumla hat er die ganze Zeit seine Unschuld beteuert und behauptet, ein Kollege, mit dem er zerstritten war, habe ihn dorthin gebracht.«

»All diese Unschuldigen in unseren Gefängnissen«, sagte Gunnar Nyberg.

»Und schließlich Sten Larsson«, fuhr Sara Svenhagen fort, ohne den lästigen Nyberg eines Blickes zu würdigen. »Ein Mann mit einem anderen Hintergrund. Wie Robert Karlsson eine lokale Größe – sie sind also nicht hierhergezogen, sondern in der Gegend aufgewachsen –, aber ein etwas größerer Verbrecher, wenn es denn Abstufungen in der Hölle gibt.

War der doppelten Vergewaltigung von zwei Teenagern aus der Gegend schuldig. Er saß eine fünfjährige Gefängnisstrafe in Härnösand ab, einer Anstalt zweiter Klasse, kehrte dann nach Hause zurück und nahm seine Arbeit als Tischler wieder auf. Er ist achtunddreißig Jahre alt und allen Dokumenten zufolge seit mindestens zehn Jahren völlig sauber.«

Lena Lindberg setzte eine schwer zu definierende Miene auf und sagte: »Sauber … Es gibt ja inzwischen ein ganz anderes Medium, wo man als Pädophiler ungleich schmutziger sein kann, ohne dass es bemerkt wird.«

»Das Internet«, nickte Sara. »Aber in den Pädophilennetzwerken, die in dem ganzen Dschungel bisher aufgedeckt worden sind, taucht keiner der drei Herren auf. Aufgedeckt ist aber bekanntlich nur ein Bruchteil. Manche Netzwerke verfügen immer noch über Methoden, die es ihnen ermöglichen, völlig ungestört im Netz zu arbeiten.«

Gunnar Nyberg betrachtete die beiden Frauen. Nach einem extrem hektischen Tag war es Balsam, sich auf dem Stuhl zurückzulehnen und den Blick im schwachen Licht auf diesen Schönheiten ruhen zu lassen. Da er inzwischen ein durchaus gesetzter Herr war, konnte er sich unter objektiven Kriterien weiblicher Schönheit nähern, ohne ein schlechtes Gewissen haben zu müssen. Und diese beiden waren wirklich zwei sehr unterschiedliche Schönheiten. Lena Lindbergs selbstbewusster und manchmal aggressiver Sex-Appeal hatte ihn nie so recht angesprochen. Aber im letzten Jahr war etwas geschehen. Als Gunnar Nyberg wieder einmal zu einem Ringkampf mit seinem Gewissen gezwungen worden war, schien Lena das Gleiche getan zu haben. Sie war nachdenklich und grüblerisch geworden, aber gleichzeitig viel weniger aggressiv. Wenn man sie allein überraschte, war da eine deutliche Falte zwischen ihren Brauen, die sie in den Augen des objektiven Beobachters viel attraktiver machte. Die Zeit war vorbei, da Sara Svenhagen in ständiger Sorge war, die Partnerin könnte Gewalt anwenden.

Sara ihrerseits war wie immer – das liebliche Geschöpf, das ihn einst, als die A-Gruppe vorübergehend aufgelöst worden war, mit behutsamer Hand in das grauenhafte Universum der Kinderpornografie eingeführt hatte. Auch sie hatte im letzten Jahr eine Veränderung durchgemacht. Nyberg ahnte, dass irgendetwas zwischen ihr und ihrem Mann, dem Kollegen Jorge Chavez, nicht ganz stimmte. Vielleicht hatte es damit zu tun, dass ihre Tochter Isabel zwei Jahre alt geworden war. Das war eine kritische Zeit für alle Eltern. Das Stillen und die lange Periode der Veränderungen des weiblichen Körpers war vorüber, und sie mussten sich entscheiden, ob sie das gleiche umwälzende Ereignis wirklich noch einmal erleben wollten.

Da Gunnar Nyberg spürte, dass er sich in seinen objektiven Betrachtungen zu verlieren drohte, raffte er sich zu einer Bemerkung auf: »Ganz instinktiv scheint ja Sten Larsson unser Mann zu sein. Strandberg ist schwul, und Robert Karlsson macht einen recht infantilen Eindruck.«

»Obwohl Karlssons Thailandreisen nicht in das Bild passen«, antwortete Sara Svenhagen. »Und Strandberg ist derjenige, der Kidnapping und vermutlich einen Mord begangen hat.«

»Wir müssen eben die ganze Truppe zu fassen kriegen«, schloss Gunnar Nyberg und lehnte sich schwer auf dem wackligen Sprossenstuhl zurück.

Die Nacht machte eine Pause. Abend- und Morgendämmerung schienen zusammenzufallen, das schwache Leuchten des Himmels war eine seltsame Mischung von Licht, das entstand, und Licht, das erstarb; und es war schwer zu sagen, ob es Zeit war einzuschlafen oder aufzuwachen.

»Schlafen oder arbeiten?«, fragte Nyberg.

Lena Lindberg und Sara Svenhagen sahen sich an.

»Es ist Nacht, und sie ist vierzehn Jahre alt«, sagte Sara.

Damit war es entschieden.

»Außerdem haben wir noch über ein paar Balten nachzudenken«, sagte Lena Lindberg und schlug die Hände zusammen.

In dem Augenblick klingelte Sara Svenhagens Handy mit einem klaren Ton, der die unschlüssige Nacht durchdrang.

4

Der Mann betrachtete seine linke Hand, die auf dem Lenkrad lag. Kein kleiner Finger. Nicht als wäre er bei einem Unfall abgerissen worden, sondern als hätte es ihn nie gegeben. Die Schnittfläche war sehr, sehr exakt. Keine Narbe.

Nur ein Fehlen.

Er sah sich die Hand mehrmals am Tag an. Sie war eine Erinnerung. Eine notwendige, dauerhafte Erinnerung.

Wie eine Schnur um einen Finger.

Die ein bisschen zu stramm gezogen wird.

Er hob den Blick von der Hand und schaute durch die Windschutzscheibe. Da draußen wimmelte es. Er hatte es schon so viele Male gesehen, dieses bunte Gewimmel von Vorschulkindern.

Es gab eine spezielle Form des Wartens. Es kann sich Stunde um Stunde in die Länge ziehen, doch das bedeutet nicht, dass man sich entspannen kann, nicht eine Sekunde. Denn wenn es geschieht, geschieht es blitzschnell.

Inzwischen hatte er es gelernt.

Während er wartete – ohne sich eine einzige Sekunde zu entspannen –, kehrte er zu seiner Überlegung zurück. Er war nicht sicher, ob er je eine Antwort bekommen würde, aber die Fragen reichten weit. Er durfte nie aufhören, sie zu stellen.

Kann man das Leben zurückerobern? Wie viel Schlimmes darf man anderen angetan haben und dennoch weiterleben? Wann ist die Zeit, die unaufhaltsam vergeht, etwas anderes als ein Leben? Gibt es eine Möglichkeit zu sagen, dass man jetzt den Punkt erreicht hat, wo man wieder das Recht hat zu leben? Und hat man dann eine Vorstellung davon, was es heißt zu leben? Kann man, wenn man das Leben einmal verlassen hat, zum Leben zurückkehren?

Es war früher Sommer. Vor seinen Augen wurde gespielt, geklettert, gerannt, geschrien, gesprungen, hinter dem Zaun der Kindertagesstätte. Diese farbenfrohe Bewegung. Dieses Leben.

Dieses aufsprießende Leben.

Sein eigenes Leben bestand nunmehr aus Aufträgen. Die Zeit, die neben den Aufträgen verfloss, war nicht der Rede wert, aber immerhin konnte er inzwischen von sich sagen, dass er lebte, zumindest während der Aufträge.

Ein zwischenzeitliches Leben.

Das war mehr, als die meisten für sich in Anspruch nehmen konnten.

Man kann die Zeit mit einem Strom vergleichen. Oder warum nicht mit einem Fluss? Er fließt. Er fließt immer. Aber manchmal ist Hochwasser, da fließt er schneller. Manchmal ist Niedrigwasser, da fließt er langsamer.

Jetzt war Niedrigwasser. Hochwasser war gestern.

Ein abwechslungsreiches Leben, dachte er und lachte.

Ein Glück, dass niemand das Lachen hörte.

Dann wieder Hochwasser.

Er hatte den Wagen noch nie gesehen, dennoch begriff er sofort, dass es der war, der langsam die Straße entlanggerollt kam. Es war etwas an der Art zu fahren. Eine spähende Art zu fahren.

Es war glasklar.

Er öffnete das Handschuhfach und holte die Schnur heraus. Sie legte sich wie ein Vogelnest in seine rechte Hand. Die linke Hand ruhte noch auf dem Lenkrad.

Er betrachtete sie und dachte: Ich habe einen Teil meines Lebens abgeschnitten. Aber ich muss die ganze Zeit daran erinnert werden, dass ich es getan habe. Wenn ich es vergesse, habe ich alles verwirkt. Und viel, viel mehr dazu.

Als der Wagen anhält, versteht er, dass es so weit ist.

Jeden Moment ist es so weit.

Er nimmt das bunte Gewimmel dort drinnen wahr. All das Leben.

Das Leben in spe.

Er macht trotz allem einen Unterschied.

Eines der Kinder ist vorn am Zaun. Es bewegt sich sanftmütig und neugierig an den Stäben des Zauns entlang. Es flimmert vorbei.

Es ist ein einsames Kind.

Als die Wagentür dort draußen sich öffnet, tritt der Fluss über die Ufer.

Er erreicht die Stromschnellen.

Der Mann nimmt die linke Hand vom Lenkrad, führt sie in das Vogelnest ein und zieht. Zieht mit beiden Händen.

Ein spröder, aber klarer Ton ist zu hören, als die Leine sich zwischen seinen Händen spannt.

5

Sie hätte es einem anderen überlassen können. Sie war ja die Chefin. Es war erlaubt, Aufträge zu delegieren. Sogar angeraten.

Aber in der Kampfleitzentrale – dem kleinen Konferenzraum im Polizeipräsidium – kam sie zu einem Entschluss.

Es war kurz nach vier Uhr nachmittags am Montag, dem vierzehnten Juni. Kriminalkommissarin Kerstin Holm überblickte die restliche Schar der A-Gruppe, die gerade Platz nahm.

Da war Arto Söderstedt, unverändert und unvergleichlich, da war Viggo Norlander, erschöpft vom Hüten kleiner Kinder, da war Jorge Chavez mit diesem neuen, leicht gequälten Gesichtsausdruck, und da war Jon Anderson, freier und froher denn je.

Nein, dachte sie ganz kurz. Ihr taugt nicht dafür. Ihr Kerle.

Wie idiotisch, dass sie die beiden Frauen der Gruppe nach Ångermanland geschickt hatte. Die dezimierte A-Gruppe hatte gerade Platz genommen, das Geplauder verstummte, die Aufmerksamkeit richtete sich auf sie, als sie plötzlich aufstand und sagte: »Nein, so geht das nicht.«

Sie starrten sie an.

»Übernimm du die Runde, Arto«, fuhr Kerstin Holm fort, während sie ihre eben ausgepackten Papiere wieder in die Schultertasche stopfte. »Ich muss nach Hammarby Sjöstad.«

Dann war sie verschwunden.

Was folgte, war eine fast greifbare Verwirrung, eine Handlungslähmung.

Die Katze verschwand, und den Mäusen blieb die Luft weg.

Schließlich räusperte sich Arto Söderstedt und sagte in sei-

nem Finnlandschwedisch, das nicht ganz so rein klang wie
sonst: »Welche Runde?«

Worauf sich die Schar zerstreute und nach Hause ging.

Kerstin Holm dagegen versuchte zwischen den neuen
Häusern von Hammarby Sjöstad auf der Südseite des
Hammarby-Kanals voranzukommen, genau südlich von
Södermalm, wo in nur wenigen Jahren ein neuer Stadtteil
entstanden war. Es war nicht ganz leicht, sich zwischen den
schnurgeraden Hausreihen zurechtzufinden.

Es war ein bisschen peinlich, sich selbst einzugestehen,
dass sie schon einmal in Hammarby Sjöstad gewesen war
und jetzt genauso desorientiert war wie damals.

Die Zweizimmerwohnung in der Regeringsgata war ein
bisschen eng geworden, seit ihr zehnjähriger Sohn Anders
immer häufiger Spielkameraden mit nach Hause schleppte.
Und die meisten freien Wohnungen in Stockholm gab es
eben in Hammarby Sjöstad. Sie hatte sich eine Dreizimmerwohnung angesehen, für die die Kapitaleinlage zwar relativ
gering war, was aber durch die monatlichen Kosten allemal
kompensiert wurde. Aus dem versprochenen Bauboom in
Stockholm war nicht viel geworden, und das Resultat war
eine seltsame Mischung von Wohn- und Mietrechten: teils
monatliche Kosten, die stark an eine ganz normale Miete erinnerten, teils eine Kapitaleinlage, die hohe Bankdarlehen erforderte. Das Schlimmste aus beiden Welten.

Schließlich war sie am Ziel. Die Babordsgata, ein Stück
zum Kanal hinunter. Seeblick, wie es in der Anzeige hieß.
Was ungefähr bedeutete: Steht man auf der obersten Stufe einer Leiter und reckt sich über das Balkongeländer, kann man
bei entsprechendem Wetter und mithilfe eines Periskops die
Spiegelung von Wasser im Fenster eines Nachbarn erahnen.

Kerstin Holm parkte das Auto direkt vor der Haustür und
hoffte, dass die Politessen Sommerferien machten. Sie tippte
einen Türcode ein. Auf einer Tafel im Flur fand sie den Namen Flodberg und nahm die Treppe mit leichtem Keuchen,

was sie daran erinnerte, wie sträflich sie das Joggen vernachlässigt hatte. Dann klingelte sie.

Während sie wartete, dachte sie nach. Die Maschinerie war extrem schnell in Gang gekommen. Zunächst hatte die Polizei von Sollefteå unerwartet schnell auf die Anwesenheit von Pädophilen reagiert, weil sie erst kürzlich einen ähnlichen Fall gehabt hatte. Es war gut ausgegangen, sollte sich aber nicht wiederholen. Dann hatte Waldemar Mörner mit unerwartetem Fingerspitzengefühl reagiert. Und zuletzt hatte sie selbst, Kerstin Holm, sofort einen unwiderruflichen Entschluss gefasst: Der Fall war alarmierend genug, um alle Kräfte darauf anzusetzen.

Außerdem war es eine allgemein bekannte Tatsache, dass die ersten Stunden oft entscheidend waren.

Die Frau, die schließlich die Tür öffnete, war klein und hatte verweinte Augen. Sie schien in den Vierzigern zu sein und machte einen erschöpften Eindruck. Vielleicht hatte sie zwei Jobs, um als alleinstehende Mutter das Geld für die Monatsmiete und das Darlehen zusammenzubekommen. Was mehr war, als Kerstin Holm je würde aufbringen können. Und sie war immerhin Kriminalkommissarin. Emily Flodbergs Mutter war den Angaben zufolge Telefonistin bei Telia.

»Birgitta Flodberg?«, fragte Kerstin Holm vorsichtig. »Ich bin Kerstin Holm und komme von der Polizei. Haben Sie ein paar Minuten Zeit?«

Birgitta Flodberg musterte die etwas größere und etwas frischere Frau, öffnete die Tür und verschwand in der Wohnung. Kerstin Holm folgte ihr.

Sie fand sie in einem hellen Wohnzimmer wieder, auf einer roten Sofagruppe aus Leder sitzend. Ihr Blick verlor sich im Blauen.

Der Himmel über Stockholm war an diesem Montag im Juni tatsächlich blau. Viel mehr würde der Sommer nicht zu bieten haben. Es sollte der schlechteste Sommer in Schweden seit achtundsiebzig Jahren werden. Aber das wussten weder Birgitta Flodberg noch Kerstin Holm. Bis Mittsommer war noch eine gute Woche Zeit.

Holm setzte sich Flodberg gegenüber und begann. »Es tut mir wirklich leid, was passiert ist«, sagte sie und merkte selbst, wie unpassend das klang. Aber gab es Worte, die irgendeinen Trost enthielten? In solchen Situationen zeigen sich die Worte von ihrer schlimmsten Seite.

»Sie ist gerade erst dreieinhalb Stunden verschwunden«, sagte Birgitta Flodberg mit heller, spröder Stimme. »Es muss nicht unbedingt etwas passiert sein. Sie ist ziemlich selbstständig. Sie ist auch früher mal weggeblieben.«

»Wie – weggeblieben?«, fragte Kerstin Holm.

»Auf dem Schulweg zum Beispiel«, sagte Birgitta Flodberg. »Oder wenn sie nur schnell Milch kaufen wollte. So ist sie, ein bisschen verträumt. Vergisst Zeit und Raum. Grübelt über ihren Platz im Dasein nach. Wie man es als Vierzehnjährige tut.«

Selbstverständlich, dachte Kerstin Holm, aber hier geht es um Wildnis, Stromschnellen, Pädophile, Balten. Aber sie sagte: »Das meine ich auch. Trotzdem müssen wir alles tun, um sie zu finden. Ich muss also möglichst viel über Emily wissen. Wie haben Sie erfahren, dass sie verschwunden ist?«

»Ihre Lehrerin hat angerufen und geweint. Es war schlimm.«

»Asta Svensson?«, warf Kerstin ein.

Birgitta Flodberg blickte mit energischem Gesichtsausdruck auf, wie um zu zeigen, dass sie wusste, wovon sie sprach. »Ihre Klassenlehrerin, ja. Sie ist mitgefahren nach Norrland.«

»Ihre Klassenlehrerin heißt also Asta Svensson?«

»Ja.«

Hm, dachte Kerstin Holm und folgte einer anderen, aber parallelen Spur: »Wie ist Emily in der Schule?«

Birgitta Flodberg schüttelte den Kopf. »Man weiß ja nichts mehr«, sagte sie. »Sie bekommen ja keine Zeugnisse.«

»Aber Sie haben doch sicher Elterngespräche und so etwas gehabt? Kontakt mit der Schule?«

»Ich konnte nicht hingehen. Es hat nie gepasst.«

»Gepasst?«

»Zeitlich. Ich hatte einfach keine Zeit.«

»Und Emilys Vater?«

Birgitta Flodberg lächelte trocken. Ja, es war ein trockenes Lächeln. Nicht bitter, nicht böse, nicht nostalgisch. Eben trocken. »Das kommt kaum infrage«, sagte sie noch trockener.

Kerstin Holm überlegte, ob sie das Thema vertiefen sollte. Nicht jetzt, entschied sie. »Haben Sie so viel zu tun?«, fragte sie stattdessen.

»Nicht unbedingt. Es hat einfach nicht gepasst.«

Was gibt es Wichtigeres, als zu den Elterngesprächen über Teenagertöchter zu gehen?, dachte Kerstin gereizt. Aber zum Glück dachte sie es nur. »Sie arbeiten also als Telefonistin bei Telia?«, fragte sie.

»Stimmt.«

»Was heißt das konkret?«

»Was hat das mit dem Verschwinden meiner Tochter in Norrland zu tun? Wenn die Polizei immer so arbeitet, verstehe ich, dass nie ein Fall gelöst wird. Man kann es ja in der Zeitung lesen, alles landet auf großen Papierstapeln, um die sich keiner kümmert.«

»Stimmt nicht ganz. Einige sehr tüchtige Polizisten versuchen, Ihre Tochter zu finden. Ich bin deren Chefin, und ich muss so viel wie möglich über Ihre Tochter wissen, inklusive Familiensituation. Was bedeutet es also konkret, als Telefonistin bei Telia zu arbeiten?«

Birgitta Flodberg starrte Kerstin Holm an, und ihr Blick war schärfer, als sie bei es dieser kleinen, eingesunkenen Frau erwartet hätte.

»Ich bin die Frau, die antwortet, wenn Sie 9 02 00 wählen«, sagte sie. »Kundendienst.«

»Sie verstehen sich also auf Telefone?«

»Ich verstehe mich darauf zu wissen, wer sich auf Telefone versteht. Und wer sich aufs Internet versteht. Und auf Mobilfunknetze. Und so weiter.«

»Ist das eine volle Stelle?«

»Fünfundsiebzig Prozent.«

»Haben Sie noch andere Jobs?«

»Nein, keine anderen. Jetzt ist es aber genug. Worauf wollen Sie hinaus?«

»Entschuldigen Sie«, sagte Kerstin Holm. »Kehren wir zu Emily zurück. Hat sie Geschwister?«

»Nein.«

»Wie würden Sie sie beschreiben?«

»Als ganz normale Vierzehnjährige«, sagte Birgitta Flodberg immer noch etwas verärgert. »Sie wissen doch, wie Vierzehnjährige sind?«

»Sie sprechen viel von Vierzehnjährigen, aber mir geht es um Emily. Sie haben doch sicher eine Vorstellung von der Persönlichkeit Ihrer Tochter?«

Zu hart? Hart genug? Immer schwierig zu entscheiden. Aber Kerstin glaubte mittlerweile eine Vorstellung von Birgitta Flodberg zu haben. Einer Frau, deren Arbeit mit typischen Fällen zu tun hatte – dieser muss dorthin, jener hierhin vermittelt werden –, einer Frau, die darauf bestand, über ihre Tochter als typischen Fall zu sprechen. Und die viel souveräner war, als ihr Körper zu erkennen gab. Als wäre die jämmerliche Körpersprache eine Maske oder jedenfalls ein Schutzmechanismus. Um die Leute in die Irre zu führen. Irgendetwas stimmte nicht mit dieser Frau.

»Sie ist eine Grüblerin«, sagte Birgitta Flodberg barsch, »das sagte ich schon. Schwer zugänglich mittlerweile. Als sie kleiner war, konnte ich leichter mit ihr reden. Wenn ich jetzt versuche, an sie heranzukommen, blockt sie ab. Sind Sie jetzt zufrieden?«

»Etwas zufriedener«, sagte Kerstin Holm. »Ich weiß, diese

Sache ist hart, glauben Sie mir. Aber je aufrichtiger Sie sind, desto leichter wird es sein, Emily zu finden.«

Birgitta Flodberg sah ihr wieder tief in die Augen. Die seltsame Kraft in ihrem Blick wurde stärker. Aber auch der Schutzmechanismus.

Da war etwas an dieser Frau, was Kerstin Holm wiedererkannte. Es war deutlich. Und gleichzeitig ganz unerreichbar. Wiedererkannte? Wieso wiedererkannte? Von wo?

Von sich selbst?

»Das glaube ich Ihnen«, sagte Birgitta Flodberg, und auch diesen Tonfall erkannte Kerstin wieder. Sie war ihm früher begegnet. Bei diversen Verhören.

»Gut. Wir versuchen es noch einmal. Hat Emily Freundinnen?«

»Mittlerweile nicht mehr viele. Als sie in die Siebte kam, wurden mehrere Klassen zusammengelegt, und ihre besten Freundinnen landeten in einer Parallelklasse. Anfangs fand sie neue Freundinnen. Erst Felicia, dann Julia, aber irgendwie gab es Streit.«

»Wissen Sie, worum es dabei ging?«

»Ich habe versucht, es herauszufinden, aber damals wendete sie sich schon ab. Das begann so richtig um diese Zeit.«

»Ein Freund?«

»Emily? Mein Gott, nein. Sie tut, als existierten Jungs gar nicht. Sie findet sie kindisch.«

»Hat sie irgendwelche Hobbys? Aktivitäten?«

»Meistens sitzt sie vorm Computer.«

»Computer? Internet?«

»Ja. Und Spiele. Auch Videospiele. Playstation. Ich sage immer, die Augen werden viereckig, dann wird sie natürlich wütend.«

»Sonst nichts? Reiten, Schwimmen, Briefmarkensammeln?«

»Nein. Aber sie ist gut in Form, muss ich sagen, wenn man bedenkt, wie wenig sie sich bewegt. Sie sieht gut aus.«

»Apropos, ich brauche Fotos, so viele wie möglich«, sagte

45

Kerstin Holm und stand auf. »Könnten Sie welche heraussuchen, während ich mich in ihrem Zimmer umsehe?«

»In ihrem Zimmer?«, entfuhr es Birgitta Flodberg. »Mein Gott, sie würde mir den Kopf abreißen. Ich bin seit einem halben Jahr nicht mehr da drin gewesen.«

»Es wäre prima, wenn ich mich umsehen könnte«, sagte Kerstin Holm und fragte sich, wie lange sie noch gute Miene machen würde. »Sie wird nichts merken, ich verspreche es. Aber ich muss einen Anknüpfungspunkt finden. Ich habe nichts. Geben Sie mir etwas.«

Birgitta Flodberg sah von ihrem nagelneuen Ledersofa zu ihr auf und sagte, ohne eine Miene zu verziehen: »Geradeaus nach rechts.«

Kerstin Holm ging durch den langen Flur der Dreizimmer-Neubauwohnung. Dabei versuchte sie, den professionellen Gedanken ›Wie kann sie sich das als Teilzeittelefonistin leisten?‹ von dem privaten ›Wieso kann ich es mir nicht leisten?‹ zu trennen.

Und was zum Teufel sollte das mit dem Verschwinden ihrer Tochter zu tun haben?

Sie kam in ein Zimmer, in dem die Zeitalter wie die Jahresringe eines Baumstamms zu erkennen waren. Wie in einem Museum aufbewahrt; Puppen, Puppenwagen, ein Teddy, ein Puppenschrank. Aber die Wände waren, um einen Interessenwandel anzudeuten, hinreichend mit Pferden, schimmernden Lagunen und glatt rasierten Schwimmerkörpern bedeckt. Ganz zu schweigen von einer Truppe verschwitzter Hip-Hopper mit deutlich sichtbaren Poritzen. Nur etwas Einzigartiges gab es in Emily Flodbergs Zimmer eigentlich nicht, etwas, das sie besonders machte. Auf den ersten Blick glich das Zimmer Tausenden Teenagerzimmern in Schweden. Was nötig war, waren ein zweiter und ein dritter Blick. Leider war die Situation nicht so, dass sie einen dritten Blick erlaubt hätte, höchstens einen zweiten, und auch den nur kurz.

Eine Telefonkonferenz mit Sara Svenhagen, die im Taxi auf

dem Weg nach Arlanda war, und dem Berater Jan-Olov Hultin, der in der Sauna am See Ravalen nördlich von Stockholm saß, hatte nämlich zu dem Resultat geführt, dass Emily Flodbergs Leben vorläufig nicht völlig durchleuchtet werden sollte. Es war keine einfache Entscheidung gewesen. Zwischen diesen Kollegen, die Kerstin Holm von allen am meisten schätzte, wechselten die Argumente hin und her. Eine Weile hatte sie erwogen, zwei weitere hinzuzuziehen: ihren ehemaligen Kollegen Paul Hjelm, der in letzter Zeit allerdings ziemlich lahm wirkte mit seiner verspäteten Scheidungsdepression, und – aus eindeutig dunkleren Gründen – einen kompetenten Kommissar aus der Abteilung für Gewaltverbrechen bei der Stockholmer Kriminalpolizei namens Bengt Åkesson.

Aber die Zeit war knapp, und sie musste sich mit Svenhagen und Hultin begnügen.

»Zum dritten Mal«, sagte Sara. »Man bekommt keinen Schlag, wenn man mit dem Handy in der Sauna sitzt.«

»Bist du ganz sicher?«, fragte Hultin besorgt.

Wenn ich dich nicht besser kennen würde, dachte Kerstin, würde ich denken, du wirst allmählich senil. Dann fasste sie die Argumentation zusammen: »Finden wir Emily also schneller, wenn wir ihr Leben mit den Wurzeln ausreißen und jeden Winkel durchleuchten?«

»Vermutlich«, sagte Jan-Olov Hultin. »Aber ich würde trotzdem abwarten. Im Augenblick scheint es wahrscheinlicher, dass sie sich verirrt hat oder einem Pädophilen in die Hände gefallen ist. Ich würde mich zunächst auf den konkreten Ablauf der Ereignisse konzentrieren. Eine gründliche Suchaktion und Überprüfung der lokalen Pädophilen. Wenn es etwas Geheimes in ihrer Welt gibt, das sie veranlasst hat zu fliehen – einen Kerl, allgemeiner Freiheitsdrang, jemanden, der sie bedroht –, sollte die Ermittlung das in einer zweiten Welle berücksichtigen. Den Fokus erst auf das Verschwinden, dann auf das Mädchen selbst.«

»Ich bin nicht ganz einverstanden«, sagte Sara Svenhagen. »In ihrem Computer könnte eine Mail sein, die uns weiterhilft: ›Wir sehen uns Montag um eins. Hol mich mit dem Auto am Fußballplatz in Saltbacken ab, dann verschwinden wir und machen uns ein schönes Leben in St. Tropez.‹ Das wäre peinlich.«

»Noch peinlicher wäre: ›Ich werde dich in Ångermanland killen, du Schlampe‹«, sagte Kerstin Holm.

»Ihr habt recht«, sagte Hultin. »Sieh dir den Computer an, Kerstin, aber ohne großes Aufsehen. Tu's heimlich. Und das Handy?«

»Ist verschwunden«, sagte Kerstin. »Wahrscheinlich hat sie es mitgenommen. Es geht nur die Mailbox ran. Vermutlich hat sie es abgeschaltet. Aber wir versuchen, eine Liste der Gespräche zu bekommen, und wir rufen weiterhin an.«

Wir rufen weiterhin an, dachte Kerstin Holm und startete den Computer in Emily Flodbergs Mädchenzimmer. Sie sah sich um und versuchte, die Atmosphäre zu erspüren. War es etwas Spezielles, dass hier alles Spezielle fehlte? Kaum. Keine direkten Vibrationen. Sie versuchte sich zu erinnern, wie es war, vierzehn Jahre alt zu sein, was man für Geheimnisse hatte und wo man sie verbarg.

Wer war man? War eine Vierzehnjährige heute wirklich anders als vor dreißig Jahren? Hat sie mehr gesehen, mehr gehört, mehr erlebt? Die Kluft zwischen Theorie und Praxis ist heute größer: Man weiß alles über Analsex, noch ehe der erste Kuss in Reichweite gekommen ist. Aber sehen die Geheimnisse nicht trotz allem gleich aus – umgeben von dem atemlos zitternden Auf-Leben-und-Tod-Gefühl? Man hat die Sexualität entdeckt, und obwohl das Blut jeden Monat aus einem herausläuft, ist sie etwas sehr Heimliches – nicht einmal der Mutter kann man zu erkennen geben, dass man weiß, wie ein erigierter Penis aussieht, und dass er eine eigenartige Lockung ausübt.

Von alledem wusste Kerstin, wenn auch nur in der Theorie. Sie selbst war viel zu früh mit der Schattenseite des Eros in Berührung gekommen, durch ihren sogenannten Onkel Holger, in einer Garderobe und mit Vorliebe auf Familienfesten. Es hatte viel Zeit und Leid gekostet, darüber hinwegzukommen. Obwohl – darüber hinweg war sie wohl kaum.

Sie versetzte sich zurück in ihr eigenes Mädchenzimmer. Die Einzelheiten traten ihr der Reihe nach vor Augen. Die standesgemäße Wohnung im Göteborger Stadtteil Tynnered. Der Vater Vorarbeiter bei der Werft, die Mutter Krankenschwester. Und keine Geschwister.

Wie Emily Flodberg.

Und keine Geheimnisse. Keine versteckten Nacktbilder oder erotischen Romane. Alle Geheimnisse verblassten im Schatten des allumfassenden Geheimnisses. Das nie verraten werden durfte.

Also war das Mädchenzimmer vollgestopft mit Trostobjekten, Teddybären, Kuscheltieren. Aber ohne Besonderheit.

War es das, was sie in diesem Zimmer sah? War es der Mangel an Eigensinn? Je mehr sie von diesem Mädchenzimmer aufnahm, diesem sorgsam isolierten Mädchenzimmer, das die Mutter – die abwesende Mutter, die nicht die geringste Ahnung hatte, wie die Klassenlehrerin ihrer Tochter hieß – seit einem halben Jahr nicht hatte betreten dürfen, je mehr Kerstin Holm also von diesem Zimmer aufnahm, desto unpersönlicher wurde es. Und trotzdem war es nicht die gleiche Unpersönlichkeit, die sie in ihrem eigenen, inzestuös verseuchten Mädchenzimmer etabliert hatte. Es war etwas anderes.

Als ob dieses Zimmer nur ein Alibi wäre, etwas, was man haben musste, während sich das wirkliche Leben woanders abspielt.

Kerstin Holm hielt inne und versuchte, sich von Vorurteilen und übereilt gezogenen Schlüssen frei zu machen. Dann vergegenwärtigte sie sich alles noch einmal, das sporadische ›Wegbleiben‹, die herbe Mutter, keine Geschwister, wenig

Freundinnen, Hobbys, das unpersönliche Zimmer, das Verschwinden in Ångermanland, das fehlende Handy – und den Computer, der gerade piepste und ein Kennwort haben wollte.

Sie betrachtete den leeren Bildschirm, auf dem sich nur ein blinkender senkrechter Strich bewegte. Er forderte gleichsam einen Entschluss. Einen polizeilichen Entschluss.

Haben oder nicht haben. Nehmen oder nicht nehmen.

Während sie mit sich rang, begann sie das Zimmer zu durchsuchen. Sie tastete die Unterseite von Schubladen ab, fixierte Hohlräume verschiedenster Art, Bettpfosten, Spieldosen, Sparschweine, sie ließ die Hände über die Rückseite von Spiegeln und Pinnwänden gleiten, sie drehte alles um, was sich umdrehen ließ. Und sie fuhr mit der Hand über die Tastatur des Computers. Die Tasten waren abgewetzt, und die Leertaste war spiegelblank.

Die Dinge hatten eine neue Wendung genommen. Heimlich in Emily Flodbergs Computer zu schauen war keine Alternative mehr. Kerstin musste sich ernsthaft mit der Frage auseinandersetzen, ob schon jetzt, wo Emily kaum vier Stunden verschwunden war, der Zeitpunkt gekommen war, alle Rücksichten auf das Privatleben der Vierzehnjährigen hintanzustellen. Mit anderen Worten: War es angebracht, den Computer zu beschlagnahmen?

Die klassische Situation, in der kein Polizeihandbuch weiterhilft, dachte sie und blätterte einen Stapel gelber Post-it-Blöcke durch. Hier ging es um reine Intuition, es ging darum, auf geringer Faktenbasis die Wahrscheinlichkeit zu beurteilen, ob Emily nicht einfach nur nach Sollefteå getrampt war, um sich Schminke oder CDs zu kaufen. In dem Augenblick, als sie den untersten Block in der Hand hielt, kam sie zu einem Entschluss. Sie drehte den Block um und sah, dass die Rückseite mit einem Wort beschrieben war.

»Mistah« stand da.

50

Kerstin Holm betrachtete das unbekannte Wort und dann den blinkenden senkrechten Strich auf dem Bildschirm. Langsam tippte sie »Mistah« in die Passwortzeile ein.

Der Computer antwortete mit einer rot blinkenden Sicherheitswarnung: »Falsches Passwort. Sie haben noch zwei Versuche, dann wird die Festplatte gelöscht.«

Das waren klare Worte.

Sie nahm ihr Handy und wählte eine Nummer. »Jorge«, sagte sie, »kannst du reden?«

»Ich bin in der Kita«, sagte Jorge Chavez. »Du hast mich ja für unbestimmte Zeit zum alleinerziehenden Vater gemacht.«

»Ich bin in Emilys Zimmer«, sagte Kerstin Holm und hörte in unmittelbarer Nähe des Kollegen mindestens vier Zweijährige krakeelen.

»Isabel«, rief Chavez. »Lass sofort Kalles Nase los.«

»Bist du sicher, dass du reden kannst?«

»Frag mich was anderes, großer Häuptling.«

»Wenn ich versuche, in Emilys Computer zu kommen, sagt er: ›Falsches Passwort. Sie haben noch zwei Versuche, dann wird die Festplatte gelöscht.‹«

»Hmmm«, sagte Chavez. »Es gibt zwei Möglichkeiten. Entweder hat sie das selber reingeschrieben als Warnung an Familienmitglieder, die in alles ihre Nase stecken müssen, und dann ist es sicher nicht wahr, oder ...«

»Oder was?«

»Ich habe gehört, dass es solche Programme gibt. Wir leben in einer Zeit, in der Datenklau das häufigste aller Verbrechen ist. Vielleicht abgesehen von Geschwindigkeitsüberschreitung und sexuellen Übergriffen. Die Kriminalität ist bekanntlich ein Spiegel ihrer Zeit.«

»Ganz zu schweigen von den Möglichkeiten.«

»Genau«, sagte Chavez enthusiastisch. »Lieber die eigene Festplatte zum Absturz bringen als einen anderen sehen lassen, was sie enthält. So ist unsere Zeit.«

»Ich bringe den Computer morgen früh zu den Kriminaltechnikern. Hast du Lust, ihn dir vorher anzusehen?«

»Unbedingt.«

»Gut«, sagte Holm. »Bist du in einer Viertelstunde zu Hause?«

»Ich richte es ein. Isabel, du sollst nicht in Sigvards Ohr beißen.«

Sie beendete das Gespräch, und für einen Moment empfand sie etwas wie Freude darüber, das Kleinkindalter ihres Sohnes nicht erlebt zu haben. Aber sofort meldete sich der große Schmerz, die ersten sieben prägenden Jahre seines Lebens tatsächlich verpasst zu haben.

Auch das war eine lange Geschichte.

In diesem Augenblick kam Birgitta Flodberg ins Zimmer. Sie sah sich ein wenig nervös um, als beträte sie heiligen Boden, und hielt Kerstin einen Stapel Fotos hin.

Emily Flodberg war zweifellos ein sehr schönes Mädchen. Sie hatte äußerlich nicht viel gemeinsam mit ihrer Mutter, aber unter der blonden Mähne hatte sie einen bestimmten Zug um das Kinn, der nicht zu verkennen war. Und sie sah deutlich älter aus als vierzehn. Der Gesichtsausdruck war meist ernst oder sogar abweisend, und es gab kein einziges Bild, auf dem sie lachte. Das Lachen, das so viel über einen Menschen aussagt.

»Danke«, sagte Kerstin Holm und sah Frau Flodberg an. »Ist Emily ein ernstes Mädchen?«

Birgitta Flodberg ließ ihren traurigen Blick auf den verschiedenen Aufnahmen ihrer Tochter ruhen und nickte kurz.

»Mittlerweile ja. Aber sie war ein sehr fröhliches Kind.«

»Ich werde Emilys Computer mitnehmen«, sagte Kerstin. »Sie kennen nicht zufällig ihr Passwort?«

»Müssen Sie den wirklich mitnehmen?«, fragte Birgitta Flodberg mit besorgter Stimme.

»Er könnte uns sagen, wo sie ist. Das Passwort?«

»Damit soll ich vermutlich ferngehalten werden«, sagte Flodberg finster. »Ich habe keine Ahnung.«

Kerstin Holm nickte, packte die Fotos und den gelben Post-it-Block in ihre Schultertasche, zog die Kabel aus dem Computer, klemmte ihn unter den Arm und sagte: »Wir lassen von uns hören, sobald wir etwas wissen. Haben Sie jemanden, der bei Ihnen bleiben kann? Es wird eine schwere Nacht …«

»Ich weiß«, sagte Birgitta Flodberg. »Nein, ich komme allein zurecht. Das bin ich gewohnt.«

Da war es wieder, das Wohlbekannte. Keine Miene, keine Geste, kein besonderes Verhalten, es war die Atmosphäre, die die besorgte Mutter umgab. Kerstin schüttelte das seltsame Déjà-vu-Gefühl ab und machte sich auf den Weg.

Aber wohin? Zur Wohnung von Jorge Chavez und Sara Svenhagen natürlich, um den Computer abzuliefern, aber aus irgendeinem Grund wollte sie an diesem Abend nicht allein sein. Sie dachte an die verschwundene Emily Flodberg, angekettet in einem Keller, im Ångermanfluss zur Ostsee treibend oder verirrt und weinend in den dunklen Wäldern von Sollefteå, und sie wollte nicht allein sein. Irgendetwas in der Flodberg'schen Wohnung hatte sich wie ein Stachel der Trauer in ihre Seele gegraben.

Vor ein paar Monaten hatte Kerstin Holm vorsichtig den Kontakt mit Kommissar Bengt Åkesson von der Stockholmer Polizei wieder aufgenommen. Es war nicht ganz leicht gewesen. Es war fast zwei Jahre her, seit sie sich nähergekommen waren; aber damals hatte es andere Menschen gegeben, die im Weg standen, nicht zuletzt eine blonde Sexbombe namens Vickan. Nach zahlreichen Seitensprüngen hatte Åkesson einfach genug gehabt, wie er während eines Essens in einem italienischen Restaurant auf Östermalm offenherzig erzählte, und hatte Vickan vor die Tür gesetzt. Sie hatte es nicht weiter schwergenommen.

»So wichtig ist man also«, hatte Bengt Åkesson mit einem bitteren Lächeln gesagt und Kerstin Holm zugeprostet.

Sie hob ihr Glas und erwiderte: »Ich habe einen Betrüger

namens Viktor rausgeworfen. Das war meine letzte Beziehung. Ist fast zwei Jahre her.«

»Da kann man mal sehen«, sagte Åkesson, und das Lächeln veränderte sich. »Viktor und Vickan.«

»Weggeräumte Hindernisse«, lächelte Kerstin. Weiter war es nie gekommen. Ein paar Mal zusammen essen. Ein paar Versuche der Wiedervereinigung von Kerstins Sohn Anders und Bengts Tochter Vera. Das ging gut – die Kinder hatten den Sommer vor zwei Jahren zusammen verbracht, unter Aufsicht von Åkessons Mutter, und sie nahmen den Kontakt sofort wieder auf. Mit den Eltern ging es etwas langsamer. Als ob die Hindernisse überhaupt nicht weggeräumt waren.

Und jetzt war es fast zwei Wochen her, seit sie sich zuletzt gesehen hatten.

Vielleicht war es schon vorbei. Bevor es überhaupt begonnen hatte.

Draußen auf der Babordsgata blieb sie im scharfen Sonnenlicht stehen und holte ihr Handy hervor. Sie tippte auf dem Display den Namen Bengt an und blieb in der vor Hitze zitternden Stille stehen.

Das Einzige, was sich in der Welt bewegte, war die Uhr auf dem Display, die auf 17.08 Uhr wechselte.

Emily Flodberg war jetzt seit genau vier Stunden verschwunden.

6

Kommissar Bengt Åkesson von der Polizei Stockholm trug nie etwas anderes als Jeans. Er hatte sich nie Gedanken darüber gemacht, dass dies ein Armutszeugnis sein könnte, bis Kerstin Holm über einem Glas Wein in einem italienischen Restaurant auf Östermalm gesagt hatte: »Du solltest vielleicht mal was anderes ausprobieren.«

Es war, als ob ein Weltbild einstürzte. Oder eher entstand. Bengt Åkesson musste sich eingestehen, dass er in seinem ganzen Leben noch nicht über Kleidung nachgedacht hatte. Er sah zwar, wenn eine Frau schick oder sexy gekleidet war – so verhielt es sich zum Beispiel mit dieser Frau auf der anderen Seite des Tisches –, aber an seine eigenen Klamotten hatte er nie einen Gedanken verschwendet.

Von diesem Moment an dachte er umso mehr darüber nach. Jeans nahmen einen beinahe symbolischen Charakter an. Sie wurden ein Zeichen für sein Unvermögen, sich selbst von außen zu sehen. Ein Zeichen seiner Egozentrik.

»Solipsismus«, sagte Arto Söderstedt eines Tages in der Kantine des Polizeipräsidiums, als sie einander gegenübersaßen und Åkesson auf die Idee kam, der sonderbare Finnenschrat könnte die richtige Person für eine Beichte sein. Ein Mann bar aller Vorurteile.

»Was?«, fragte Åkesson.

»Solipsismus«, wiederholte Söderstedt. »Wenn ich meine Augen schließe, hört die Welt auf zu existieren. Ich würde tippen, dass es sich um die allergewöhnlichste existenzielle Fehlerquelle unserer Zeit handelt.«

Und Åkesson konnte ihm nur beipflichten. Die Welt hatte ihren Ausgangspunkt in ihm. Sie existierte nur, wenn sie durch seine eigene Wahrnehmung gefiltert wurde.

Es war eine durchgreifende Erfahrung. Er hatte das Gefühl, ein anderer zu werden.

Er sah sich selbst plötzlich als einen Menschen unter vielen. Er war in der Lage, sich Bengt Åkesson in den Augen anderer vorzustellen. Und die Welt kam ihm plötzlich reicher vor. Gefährlicher, unsicherer, aber reicher.

Verflixte Kerstin, dachte er und zog das Handy aus der Tasche seiner Jeans. Er meinte, es habe geklingelt. Hatte es nicht. Dagegen sprang die Zeitangabe auf dem Display gerade auf 17.08 um.

Das Wort ›sexy‹ ist ein tückisches Wort. In der Regel vermied er es. Aber jetzt konnte er nicht anders.

Er beobachtete die sexy aussehende Frau auf der anderen Seite seines Schreibtischs, überlegte einen Augenblick, was sie vor sich sah – hoffentlich einen gut erhaltenen, jeansbekleideten Fünfundvierzigjährigen mit blondem ergrauenden Haar und einem scharfen blauen Blick –, und sagte: »Ist Ihnen klar, Maja, auf was für Bergen mit Verschwundenenakten wir sitzen?«

»Ich heiße nicht Maja«, sagte die Frau mit dunkler, fast singender Stimme. »Ich heiße Marja, Marja Willner.«

Soulstimme, dachte Bengt Åkesson und sagte: »Entschuldigen Sie, Marja. Also Ihr Mann Stefan Willner ist gestern Nachmittag verschwunden? Sonntag, um wie viel …?«

»Um vier Uhr am Nachmittag.«

Sie war so dunkel, dass vermutlich irgendwo in ihren Adern afrikanisches Blut floss; er versuchte sich vorzustellen, wie es dorthin gekommen war. Sie trug ein leichtes Sommerkleid, das nicht viel der Phantasie überließ, aber das, was es ihr überließ, war mehr als genug.

Wie lästig, dachte er plötzlich, so offensichtlich sexy zu sein. Wie anders das Leben sein muss. Statt der üblichen Schwierigkeiten bei der Partnersuche ganz andere Probleme. Dauernd von potenziellen Partnern belagert zu sein. Musste man nicht zynisch werden? Musste man nicht irgendwann

dem gesamten männlichen Geschlecht misstrauisch gegen-
überstehen?

»Sie haben sich nicht vielleicht gestritten?«, fragte er.

Es war schon nach fünf, und theoretisch hatte er Feierabend. Kein Grund für übertriebene Feinarbeit.

Marja Willner beobachtete ihn finster. Er versuchte, eine
Schublade für sie zu finden. Schubladen erleichtern die Beur-
teilung von Menschen, Aber er hatte auch – verflixte Kerstin – begriffen, dass Schubladen nicht ausreichten. Trotzdem,
sie blieben ein Hilfsmittel.

Elegant war sie nicht, eher roh sexy, ohne Umschweife
und Getue. Einigermaßen gut gestellte Arbeiterklasse. Keine
abgeschlossene Ausbildung.

»Doch«, sagte Marja Willner nach einer Weile.

»Doch?«, sagte Bengt Åkesson.

»Steffe ist sehr eifersüchtig«, sagte sie.

Åkesson nickte. »Ein erwachsener Mann, der nach einem
Streit das Haus verlässt und einen Tag fortbleibt, hat bei uns
nicht unbedingt oberste Priorität. Ich nehme an, das verstehen Sie.«

»Es war nicht wie sonst«, sagte Marja, den Blick auf die
Tischplatte gesenkt.

Åkesson dachte an Machtpositionen, an männliche Über-
legenheitspositionen – verflixte Kerstin – und versuchte, es
nicht zu tun. Es war beängstigend leicht, sich an Marja Willner stellvertretend für die gesamte Weiblichkeit zu rächen.
Und vielleicht hätte er das vor ein paar Wochen wirklich getan – so gedemütigt, wie er sich durch Vickans ständige Un-
treue gefühlt hatte. Und Steffes Eifersucht war sicher nicht
unbegründet – sieh dir doch nur das Kleid an, all die solari-
umgebräunte nackte Haut.

Aber etwas hielt ihn davon ab.

Verflixte Kerstin.

»Also erzählen Sie von Anfang an«, sagte er und lehnte
sich zurück.

Marja Willner strich sich über ihre schöne gerade Nase und sagte: »Ja, er ist früher schon abgehauen. Er war auch mal länger als einen Tag fort. Aber nie von der Arbeit. Und diesmal war es anders. Erstens war alles viel schlimmer als sonst – seine Eifersucht war stärker, als ich es mir hätte vorstellen können. Es war ein fürchterliches Wochenende, die Hölle. Er wollte mich um jeden Preis zu einem Geständnis bringen. Es war, als stünde er vor einem entscheidenden Entschluss.«

»Schlägt er sie?«

»Nein, nie.«

»War seine Eifersucht begründet?«

»Was hat denn das damit zu tun?«

»Ich benötige ein möglichst umfassendes Bild. Es wäre von Vorteil, wenn Sie so aufrichtig wären, wie Sie können.«

Marjas Blick flackerte. »Ich war ihm einmal am Anfang unserer Beziehung untreu«, sagte sie. »Vor vier Jahren. Es passierte einfach, bedeutete nichts. Seitdem ist es nicht wieder vorgekommen. Aber er ist nie damit fertig geworden.«

»Ihre Schönheit ist vermutlich eine Bedrohung«, sagte Bengt Åkesson und fragte sich im selben Moment, woher das kam.

Sie begegnete seinem Blick. Eine dunkelbraune Klarheit schlug ihm entgegen. »Manchmal wäre ich sie am liebsten los«, sagte sie leise.

»Aber Sie kleiden sich ziemlich aufreizend«, sagte er und fragte sich, ob er auf dem richtigen Weg war.

»Ich darf ja wohl gut aussehen«, sagte sie. »Für mich selbst. Männer sind so egozentrisch. Sie glauben, dass eine Frau nur an sie denkt, wenn sie sich hübsch macht. Und wenn sie davon nichts abbekommen, nennen sie es aufreizend.«

Du hast recht, dachte Åkesson. Das Wort ›aufreizend‹ hat wirklich einen ganzen Berg von Vorurteilen auf dem Buckel. »Ich bitte um Entschuldigung«, sagte er aufrichtig. »Wir fangen noch mal von vorn an. Erzählen Sie bitte zunächst, wie Sie so leben. Ganz allgemein.«

»Wir wohnen in Årsta. Steffe ist fünfunddreißig und arbeitet als Elektriker bei einer Firma, die sich auf unterirdische Elektrizität spezialisiert hat. Leitungen unter der Erde, meistens in der Stadt. Ich bin zweiunddreißig und arbeite als Friseurin in der Stockholmer City. Wir wollen seit drei Jahren Kinder, aber es klappt nicht. Es hat irgendetwas mit seinen Spermien zu tun. Sonst sind wir ein ganz normales Paar mit ziemlich vielen Freunden. Was uns voneinander unterscheidet, ist seine Eifersucht. Wir haben vor Kurzem mit Golf angefangen. Was kann ich noch sagen? Er gräbt zurzeit in Gamla Stan, wechselt Stromleitungen in einer der Nygator dort aus.«

»Und zweitens?«

»Zweitens war es das, was Steffe sagte. Oder schrie. Als er abhaute.«

»Das, was Sie dazu veranlasst hat, ihn als verschwunden zu melden?« Marja Willner nickte, holte tief Luft und sagte: »›Jetzt ändere ich verflucht noch mal die ganze Geschichte. Du wirst schon sehen, du Sau. Und das wird niemand ignorieren.‹«

Einige Minuten später war sie fort. Åkesson saß noch auf seinem Stuhl. Er schrieb die grundlegenden Fakten mit der Hand in das provisorische Protokoll und las es noch einmal durch.

Er sog die Luft tief durch die Nase ein – doch auch ihr Duft war gut.

Was machen wir mit unserem Begehren?, dachte er. Wie schaffen wir es, einander als ebenbürtige Individuen zu begegnen, wenn das Begehren ständig vorhanden ist?

Er blickte auf die letzten Zeilen, die er geschrieben hatte. Er würde es morgen abtippen. Heute nicht mehr. Es war schon halb sechs.

Er las: ›Jetzt ändere ich verflucht noch mal die ganze Geschichte. Du wirst schon sehen, du Sau. Und das wird niemand ignorieren.‹

Größenwahnsinn? Oder Terrorakt?

Gab es eine reale Gefahr, dass der eifersüchtige Elektriker Stefan Willner aus Årsta einen Terrorakt großen Stils plante? Kaum. Åkesson tippte den Namen in den Computer ein. Es gab keinen Stefan Willner im Straftäterregister.

Åkesson schrieb den Bericht zu Ende, klappte die braune Mappe zu, ging zum Regal und blieb vor einem Stapel gleichartiger Mappen stehen. Dem Stapel mit verschwundenen Personen.

Er schob Stefan Willners Mappe in die untere Hälfte.

Aller Voraussicht nach würde Stefan schon morgen wieder angekrochen kommen und in seiner Eifersuchtshölle weiterleben.

Sein Handy klingelte. Er verblüffte sich selbst mit ein paar tänzelnden Laufschritten zum Schreibtisch.

»Hej, hier ist Kerstin«, sagte das Handy ein wenig zitterig.

»Ich habe es fast geahnt«, sagte Bengt Åkesson nicht weniger zitterig.

7

Als Jorge Chavez den Computer in Empfang nahm, war er von oben bis unten mit Babynahrung bekleckert. Kerstin Holm hatte noch nie einen derart bekleckerten erwachsenen Menschen gesehen.

»Sag einfach gar nichts«, sagte er, nahm den Computer und machte ihr die Tür vor der Nase zu. Sie stand noch eine Weile da, mit dem Handy am Ohr, und betrachtete die geschlossene Tür. In jedem anderen Augenblick wäre sie zumindest ein bisschen beleidigt gewesen, aber dies war kein normaler Augenblick. Sie war gerade mutig gewesen.

»Ich nehme den Bus vom Polizeipräsidium«, sagte Bengt Åkesson in ihr Ohr. »Bin in zwanzig Minuten zu Hause. Wo bist du?«

»Vor einer verschlossenen Tür in der Birkagata«, sagte Kerstin Holm.

»Dann bist du ja fast bei mir«, sagte Åkesson. »Gehst du beim Konsum in der Tomtebogata vorbei und kaufst ein halbes Kilo Lachs? Alles andere habe ich zu Hause.«

»Lachs? Geräucherten Lachs?«

»Frischen, zum Henker«, sagte Bengt Åkesson und legte auf.

Auf der anderen Seite der verschlossenen Tür registrierte Jorge Clavez ganz objektiv, dass Klumpen von Babynahrung von seinem Körper auf den Computer fielen. Mindestens ebenso objektiv sagte er sich, dass sich die Kriminaltechniker am nächsten Tag fragen würden, wie auf den Computer einer Vierzehnjährigen Babynahrung kam. Es würde keine Rolle spielen, wie sorgfältig er die Klumpen entfernte – er wusste, dass sein Schwiegervater Brynolf Svenhagen, Chefkriminaltechniker der Reichspolizei und ohne Zweifel auf diesem Gebiet der beste Mann in Schweden, Spuren davon finden würde. Andererseits sollte er ruhig etwas zu grübeln bekommen – das geschah ihm nur recht, allein schon deswegen, weil er Brynolf war, das härteste Urgestein von Schwiegervater, das man sich vorstellen konnte.

Chavez war mit anderen Worten nicht in bester Laune. Isabel war völlig aus dem Häuschen, nachdem sie die Jungen im Kindergarten eine gute Stunde lang gepiesakt hatte, und das Essen flog nur so in der Küche umher, das reinste Bombardement.

Er gab auf. Wenn sie nicht essen wollte, dann eben nicht. Ein bisschen Hunger hat noch keinen umgebracht.

Er zügelte den Gedanken, der mit ihm durchgehen wollte, und ließ sie in aller Freiheit die Küchenwände mit Mamas selbst gemachten Fleischklößchen tapezieren.

Chavez schloss sich kurzerhand im Schlafzimmer ein und stöpselte seine eigene Tastatur und seinen Bildschirm ein. Nach einigen Minuten erschien die Aufforderung, ein Passwort einzugeben, in Begleitung eines feuerroten Fensters mit dem Text: »Falsches Passwort. Sie haben noch zwei Versuche, dann wird die Festplatte gelöscht.«

Die Warnung war also noch da, obwohl der Computer ausgeschaltet gewesen war. Daraus ergaben sich die Voraussetzungen für die Arbeit der nächsten Stunden. Es bedeutete, dass man die Drohung ernst nehmen musste.

Die Schlafzimmertür blieb geschlossen, während die Stunden vergingen. Chavez suchte Umwege und Abkürzungen. Es war die reinste Frustration.

Als er schließlich »Zum Teufel!« brüllte und dem Computer einen saftigen Hieb verpasste, der natürlich zu einer blutenden Wunde führte, war es schon nach Mitternacht. Er richtete sich auf, starrte auf den verfluchten Bildschirm – und blankes Entsetzen packte ihn.

Isabel.

Wie eine Gazelle sprang er durch die Wohnung und in die Küche.

Isabel war verschwunden.

Er stand eine Weile da, völlig gelähmt, dann stürzte er weiter in Isabels Zimmer. Auch dort niemand. Schließlich sprintete er ins Badezimmer und schaute vorsichtig, Eiswürfel im Blutkreislauf, in die Badewanne.

Da lag sie. Zugedeckt mit Babynahrung. Und schlief.

Mein Gott, dachte er, hob sie hoch und drückte sie an sich.

Sie wachte halb auf und sagte mit schwerer Zunge: »Papa weg.«

Er war vernichtet. Eine Weile. Dann gab es nur noch die Scham.

Sie war wieder eingeschlafen, und er wischte sie vorsichtig mit einem Handtuch ab, trug sie ins Elternschlafzimmer, legte sie auf Mama Saras Seite und platzierte seinen eigenen beschämten Körper direkt neben sie. Sie streckte den Arm aus und legte ihn auf seine Brust.

Dort durfte er liegen bleiben. Die ganze Nacht, wenn nötig.

Er fummelte sein Handy aus der Tasche, betrachtete es eine Weile, während sein Atem ruhiger wurde, und tippte eine Kurzwahlziffer ein. Nummer eins.

»Ja, Sara«, sagte eine wache Stimme im Handy.

»Hej, ich bin's«, sagte Jorge so forsch wie möglich. »Ihr seid wach da oben?«

»Wir haben gerade beschlossen, wach zu bleiben. Ist etwas passiert?«

»Nein, nein, alles ist gut. Isabel schläft.«

»Das will ich doch hoffen«, sagte Sara Svenhagen ein wenig streng. »Es ist nach zwölf.«

»Nur eine Sache, die euch vielleicht nützen kann«, sagte Jorge Chavez. »Ich habe Emily Flodbergs Computer hier zu Hause.«

»Was du nicht sagst«, antwortete Sara.

»Nur bis die Techniker ihn morgen übernehmen. Ich hoffe, sie haben mehr Glück als ich. Ich komme nicht rein. Er ist gründlich passwortgeschützt. Und es gehören schon ziemlich gute Schutzprogramme dazu, wenn ich keine Hintertür finde. Ist für euch vielleicht gut zu wissen.«

»Okay, danke«, sagte Sara und fügte hinzu: »Gute Nacht. Ich liebe dich.«

»Ich liebe dich auch«, sagte Jorge Chavez und fühlte, wie er schrittweise, Wort für Wort, einschlief.

Sara Svenhagen drückte ihren Ehemann weg und betrachtete ihre beiden Kollegen an dem schwach beleuchteten Tisch im Gammgård in Saltbacken in Ångermanland. »Macht es für uns einen Unterschied, dass Emily ihren Computer fast professionell mit Passwort geschützt hat?«, fragte sie.

»Es bedeutet, dass ein weiteres Moment von Geheimhaltung aufgetaucht ist«, sagte Gunnar Nyberg. »Jetzt sind es drei: das verschwundene Handy, das verschwundene Tagebuch und der geschützte Computer. Die Frage ist, ob sich das vom normalen Bedürfnis vierzehnjähriger Mädchen an Geheimnissen unterscheidet.«

»Wir brauchen doch alle Geheimnisse«, sagte Lena Lindberg.

Sara sah einen Schatten über Lenas symmetrische Gesichtszüge gleiten. Er glitt nur vorbei, trotzdem war er in Saras Augen die Bestätigung eines Verdachts: Lena steckte in einer Art seelischem Befreiungsprozess. Der aber Überwindung kostete. Die aufgestauten Aggressionen lösten sich, aber sie zahlte einen Preis dafür. Und dieser Preis war eine drastisch vergrößerte Menge an Geheimnissen.

Die Frage war, wie hoch der Preis war, den Lena bezahlte.

Aber es war zu spät in der Nacht, um weiter darüber nachzudenken.

Sara sagte: »Dass sie einen ausgeklügelten Passwortschutz benutzt, braucht ja eigentlich nicht mehr zu bedeuten, als dass sie einen Kumpel hat, der Hacker ist. Oder dass sie Hackerin ist.«

»Was für sich genommen allerhand bedeutet«, sagte Gunnar Nyberg. »Nämlich dass ein großer und wichtiger Teil ihres Lebens sich in diesem Computer befindet.«

»Aber ist das nicht bei fast allen Vierzehnjährigen in Schweden so?«

»Vielleicht. Ich bin nicht auf dem neuesten Stand, was den Kontakt mit Vierzehnjährigen betrifft.«

»Ich glaube, wir lassen das jetzt auf sich beruhen«, sagte Sara Svenhagen und nahm Anlauf zu einem Neuanfang. »Lena, was war das Endergebnis der professionellen Suchaktion, also nicht der, die von den Eltern arrangiert wurde?«

»Ich habe den Bericht hier«, sagte Lena Lindberg. »Beteiligt waren an die dreißig Personen, und das Resultat war absolut null. Nichts.«

»Und jetzt ist die Suche eingestellt worden?«

»Ja, sie wollen morgen weitermachen. Einen Tag noch, sagte der Leiter des Suchtrupps. Aber ich glaube, wir sind uns alle einig, dass die ersten Zeugenaussagen am wichtigsten sind. Die Suchmannschaft wird das Mädchen nicht finden.«

»Sehen wir uns also die Zeugenaussagen noch einmal genauer an«, sagte Sara. »Die wichtigsten sind diese acht: 1) Lisa Lundén, zweiundvierzig Jahre, Mutter von Felicia Lundén, 2) Marcus Lindegren, achtundvierzig Jahre, Vater von Daniel Lindegren, 3) Julia Johnsson, vierzehn Jahre, 4) Astrid Starbäck, zweiundfünfzig Jahre, Klassenlehrerin, 5) Jesper Gavlin, vierzehn Jahre, 6) Nils Anderberg, fünfundvierzig Jahre, Vater von Anton Anderberg, 7) Vanja Persson, dreizehn Jahre, und 8) Inspektor Lars-Åke Ottosson von der Polizei in Sollefteå.«

»Dreiundfünfzig Jahre«, sagte Lena Lindberg.

»Das ist eine ungeheure Menge von Namen«, stöhnte Gunnar Nyberg. »Zweiundzwanzig Schüler, sieben Erwachsene als Begleitung, über dreißig Personen in der Suchkette.«

»Wir müssen also aussortieren«, sagte Sara, »was wir zum Teil schon getan haben. Wir haben fast alle Zeugenaussagen der Kinder aussortiert, weil sie entweder nichtssagend waren oder sich nur gegenseitig bestätigten. Dieses Waldstück zwischen dem Weg und dem Fluss hat also die Form eines aufgespannten Fächers, der in nordöstlicher Richtung liegt. Der runde obere Rand des Fächers entspricht dem Lauf des Flusses, während die Landstraße, die Reichsstraße 90, die gerade Basis bildet. Im Südwesten, gleich außerhalb des Dorfes, fließt der Fluss unter der Straße durch, die dort über eine kleine Brücke führt, im Nordosten verläuft er parallel genau neben der Straße. Wenn man also das fächerförmige Waldstück verlassen will, muss man auf die Straße – über den Fluss führt auf dieser Strecke kein Übergang.«

»Vorbildlich dargestellt«, lobte Gunnar Nyberg.

»Danke«, sagte Sara. »Wie die Lamellen des Fächers haben sich nun ein paar Gruppen unseres ursprünglichen Suchtrupps in Richtung des Flusses verteilt. Von Südwesten nach Nordosten waren die wichtigsten: 1) Lehrerin Astrid Starbäck, 2) die Schülerinnen Julia Johnsson, Mara Myrén, Lovisa Svensson-Johansson und Anki Arvidsson, 3) die Schüler Jonatan Jansson, Anton Anderberg und Sebastian Klarström, 4) die Schüler Jesper Gavlin, Daniel Lindegren, Albin und Alvin Gustafsson, 5) die Mutter Lisa Lundén mit 6) den Schülerinnen Felicia Lundén und Vanja Persson. Das sind die wichtigsten Waldwanderer. Dazu 7) die Eltern Marcus Lindegren und Alma Richardsson, die die Straße entlanggingen, sowie 8) der Vater Nils Anderberg, der über die Straße ins Dorf ging. Sowie möglicherweise 9) die Eltern Sven-Olof Törnblad und Reine Gustafsson mit Bier und Zigaretten in der Laube. Damit haben wir einen Überblick über das Tun und Lassen sämtlicher Erwachsener in der fraglichen Zeit. Und wir wissen auch, was die anderen Kinder taten. Fast alle gingen zurück auf ihre Zimmer…«

»Ich frage mich«, sagte Lena Lindberg, »ob es im Hinblick auf die polizeilichen Ermittlungen nicht doch gut war, dass sie diese erste Suchaktion durchgeführt haben.«

»Danke, Marcus«, sagte Gunnar Nyberg trocken.

Sara Svenhagen fuhr unberührt fort: »Dann ist es an der Zeit, dass wir uns genauer ansehen, was bei den Interviews herausgekommen ist, und es dann mit den übrigen Informationen vergleichen. Wer hat diese baltischen Autos gesehen, wo und wann?«

Lena Lindberg blätterte hektisch in den Papieren und las vor: »Die Fahrzeuge sind an zwei verschiedenen Stellen gesehen worden, einmal fünfzehn Kilometer nördlich bei Resele, auf einem Rastplatz, dort waren es dem Zeugen zufolge vier Fahrzeuge, und einmal zehn Kilometer südlich, in der Gegend von Krånge auf dem Weg Richtung Sollefteå, und da waren es drei. Der Zeuge im Norden, ein Glasermeister, identifizierte die Autos als litauisch, die Zeugin im Süden, eine Witwe, sagte nur, Zitat: ›vermutlich baltisch‹. Im Norden wurden sie kurz nach zehn, im Süden etwa um halb drei gesehen. Irgendwann zwischen – sagen wir – halb elf und halb drei haben sie also wirklich Saltbacken passiert, und es ist durchaus denkbar, dass es genau um ein Uhr geschah.«

»Haben wir die Namen und Adressen der Zeugen?«, fragte Sara.

»Ja«, sagte Lena. »Lokale Größen. Wir können morgen ausführlicher mit ihnen reden und versuchen, ein paar mehr Fakten zu bekommen.«

»Gut«, sagte Sara. »Und dann müssen wir herausfinden, wo unsere Pädophilen Robert Karlsson, Carl-Olof Strandberg und Sten Larsson stecken. Karlsson wohnt allein dreißig Kilometer weiter im Norden, Strandberg im nördlichen Randbezirk des Dorfes und Larsson ein Stück weit westlich.«

»Das Scheusal Strandberg ist also eindeutig am nächsten«, sagte Gunnar Nyberg und fuhr in einem anderen Tonfall fort: »Dann zur Frage, ob unsere Zeugen wirklich etwas Wichtiges gesehen haben. Ich behaupte also, dass das nicht der Fall ist. Alt und bitter, wie ich bin.«

»Von nachtragend gar nicht zu reden«, sagte Sara Svenhagen. »Lasst uns die Dinge gründlich durchgehen. Man kann sich verschiedene Szenarien vorstellen, wonach Emily schon weit weg war, als sich die Klassenkameraden im Wald verteilten. Das Einfachste ist, dass sie auf die Landstraße ging und von irgendeinem Auto mitgenommen wurde – baltisch oder nicht –, dass sie also nie in der Nähe des Waldes war. In diesem Fall war sie schon weit weg, als ihr Fehlen bemerkt wurde. Nur in diesem Fall werden alle Zeugenaussagen sinnlos, Gunnar.«

»Und das Einzige, was diesem Szenario widerspricht, ist eigentlich das hier«, sagte Lena Lindberg und hielt einen kleinen Fetzen dunkelvioletten Stoff hoch.

Gunnar Nyberg verzog das Gesicht und sagte: »Das hat also der Klassenkamerad Jesper Gavlin gefunden, ›an einem Wacholderstrauch oder was es nun war‹, ungefähr dreihundert Meter genau im Norden?«

»Und es ist von verschiedenen Zeugen als ein Stück von Emily Flodbergs Jacke identifiziert worden.«

»Sie ist also in den Wald gelaufen«, sagte Sara mit einem schnellen Blick auf Gunnar. »Darüber sind wir uns einig, selbst du, Gunnar. Sie verschwand zwischen zehn vor und zehn nach eins. Zehn Minuten vor eins lag sie auf dem Bett und schrieb eifrig in ihr Tagebuch. Sie kann also kaum früher als gegen eins verschwunden sein. Dass niemand sie gesehen hat, als sie durchs Haus ging, dürfte darauf hindeuten, dass man sich draußen auf dem Hof bereits zur Lesestunde versammelte. Wenn sie also von niemandem gesehen wurde, kann das daran liegen, dass sie nicht gesehen werden *wollte*. Sie wartet, bis die Klassenkameraden das Haus verlassen haben, und benutzt den Küchenausgang. Wir müssen also davon ausgehen, dass sie eher kurz nach eins als vor ein Uhr gegangen ist. Um zehn nach eins begreift man allmählich, dass sie verschwunden ist. Sagen wir also, sie ist um fünf nach eins aus dem Haus. Sagen wir, Marcus versammelt die Leute für die Suchaktion bereits um zwölf, dreizehn Minuten nach eins. Um Viertel nach eins sind sie draußen im Wald. Etwa um zwanzig nach eins finden Jesper und die Jungen das Stück Stoff – mehr als fünf Minuten braucht man doch nicht, um dreihundert Meter in den Wald zu gehen? Tatsächlich liegen nicht mehr als zehn Minuten zwischen dem Zeitpunkt, als Emily in den Wald geht, und dem, als der Suchtrupp loszieht. Wenn wir genau rechnen, ist das sehr schnell, Marcus. Sehr schnell.«

»Merkwürdig schnell?«, fragte Gunnar. »*Verdächtig* schnell? Wusste Marcus Lindegren von den Pädophilen? Hatte er begriffen, dass jedes Verschwinden Lebensgefahr bedeutete?«

»Oder fürchtete er nur die starke Strömung des Flusses?«, sagte Lena.

Sara fuhr fort: »Auf jeden Fall haben wir damit zwei wichtige Fakten: Erstens: Emily läuft so schnell durch den Wald, dass sie ihre Jacke zerreißt. Also ist sie entweder sehr eifrig, oder sie wird gejagt oder gezogen. Man kann sich vorstellen, dass sie bereits geschnappt worden ist und durch den Wald geschleppt wird. Man kann sich auch vorstellen, dass sie gejagt wird, in Panik rennt.«

»Aber dann hätte sie geschrien«, sagte Lena.

»Ja«, sagte Sara. »Einverstanden. Das Hinausschleichen aus dem Haus deutet darauf hin, dass sie irgendwohin unterwegs ist, und außerdem auch noch schnell, mit so viel Eifer, dass sie nicht auf ihre zerrissene Jacke achtet. Aber dann zweitens: Der Suchtrupp ist so schnell an Ort und Stelle, dass sie immer noch im Wald sein kann, als sie auftauchen. Einen Moment in dem dichten Wald umherzuirren würde schon reichen, um aufgehalten zu werden. Und Emily kann sich da drinnen nicht gut ausgekannt haben.«

»Sie kann zum Fluss gerannt sein und sich hineingestürzt haben«, sagte Gunnar Nyberg. »Es kann ein zielgerichteter Selbstmord gewesen sein.«

»Obwohl es dafür keine Anzeichen gab. Als sie das letzte Mal gesehen wurde, von der Klassenkameradin Anki Arvidsson, lag sie auf ihrem Bett, schrieb Tagebuch und sah ›sehr fröhlich‹ aus.«

»Fröhlich wie nach einem endlich gefassten Entschluss, der nur noch verwirklicht werden muss«, sagte Nyberg mürrisch.

»Stellen wir uns trotzdem vor, dass sie noch im Wald ist«, beharrte Sara Svenhagen. »Klassenkameraden, Lehrer, Eltern laufen umher und rufen. Warum antwortet sie nicht?«

»Das Logische ist natürlich: weil sie schon weg ist«, sagte Lena Lindberg. »In dem Punkt bin ich einer Meinung mit Gunnar.«

»Auf dem Weg nach Norden also? Auf direktem Weg in den Fluss? Die Selbstmordtheorie wird immer überzeugender?«

Gunnar und Lena sahen sich an. »Na ja«, sagten sie im Duett.

»Was passiert also?«, bohrte Sara weiter. »Wir müssen zurück in dieses Zimmer. Sollen wir annehmen, dass sie sich hinausschleicht? Die Lehrerin, Astrid, glaubt, ein Gewalttäter habe sich ins Haus geschlichen, ›ins Innere des Herzens‹, und sie mitgeschleppt. Das erscheint doch eher unwahrscheinlich. Und wenn sie von einem Vergewaltiger im Zimmer überrascht und gejagt worden wäre, hätte sie auf dem ganzen Weg durch das Haus geschrien. Aber sie schreit nicht. Sie begibt sich in den Wald. Und sie bleibt so fest an einem Wacholderstrauch hängen, dass ihre Jacke zerreißt. Warum? Da ist großes Tempo im Spiel, große Kraft. Wenn sie in Panik wegrennt, warum schreit sie dann nicht? Eher muss man glauben, dass sie durch den Wald geschleppt wird, vielleicht mit einem Knebel im Mund oder einer starken Männerhand, die ihr den Mund zuhält. Sie wird doch wohl entführt? Obwohl – im Wald. Was macht sie da? Warum geht sie dorthin? Warum sieht niemand sie hingehen?«

»Zurück zu dem Zimmer«, sagte Gunnar Nyberg. »Sie nimmt das Tagebuch mit. Warum nimmt sie das Tagebuch mit, wenn sie zur Lesestunde will? Es ist ein intimes Buch, den Zeugen zufolge mit einem Schloss versehen, das nimmt man nicht mit zu gemeinsamen Zusammenkünften. Wenn sie es ist, die das Tagebuch mitnimmt – andernfalls müssten wir mit einem Eindringling rechnen, was wohl niemand glaubt –, dann hat sie nicht vor, zur Lesestunde zu gehen. Sie hat etwas Wichtigeres vor. Wie zum Beispiel, mit dem Tagebuch in den Wald zu gehen.«

»Und das Handy«, sagte Sara. »Haben wir über das Handy nicht mehr Informationen? Warum kann uns der Anbieter nicht einfach eine Gesprächsliste geben?«

»Sehr problematisch«, sagte Lena und blätterte wieder in den Papieren. »Es ist ein neuer Anbieter, es hat mit Prepaid-Karte und Geheimnummer zu tun. Sie verbraucht nur das Guthaben, ohne irgendwelche Spuren zu hinterlassen. Sie versuchen, eine Gesprächsliste zusammenzustellen, aber es ist offenbar nicht sicher, ob es gelingt. Nicht ohne SIM-Karte.«

»Jeder technische Fortschritt scheint einen entsprechenden Rückschlag zu beinhalten«, sagte Gunnar. »Jedenfalls nimmt sie das Wichtigste, was sie hat, an sich und geht in den Wald. Warum? Warum nicht das Offenkundige denken? Wahrscheinlich hat sie einen Jungen getroffen. Einen siebzehnjährigen Motocrossfahrer aus dem Dorf mit unwiderstehlichem Oberlippenflaum. Sie läuft fröhlich durch den Wald, um, sagen wir, zum Fußballplatz zu gelangen. Sie pfeift darauf, dass sie sich die Jacke zerreißt. Sie bebt vor Vorfreude. Sie hat sich entschlossen, dass dies der Tag ist, an dem sie ihre Unschuld verlieren wird. Er ist da und trifft sich mit ihr und fährt mit ihr auf seinem heißen Ofen bis nach Näsåker, und genau jetzt umarmen sie sich in seinem Jungenzimmer, es ist eine lange orgiastische Nacht, die sie in bittersüßer Erinnerung behalten wird bis ins Altersheim. Das Handy schaltet sie natürlich ab, um nicht gestört zu werden.«

»Liest sie ihm aus dem Tagebuch vor?«, fragte Lena.

»Hm«, sagte Gunnar nachdenklich. »Ja. Bevor sie gegangen ist, hat sie ein Liebesgedicht für ihn geschrieben. Deshalb sah sie so fröhlich aus. Das Gedicht will sie ihm vorlesen.«

»Wann haben sie sich getroffen? Ich meine, zum ersten Mal?«

»Emily ist ein bisschen einzelgängerisch«, fuhr Gunnar Nyberg atemlos fort, »sie unternimmt gern einsame Spaziergänge. Nicht im Wald, das ist gefährlich und verboten, aber an der Landstraße. Wandert nachdenklich neben dem Straßengraben. Eines Abends hält ein Motorradfahrer neben ihr und sagt: ›Hej!‹ in dröhnendem Ångermanländisch. Sie sieht den Oberlippenflaum, und ihr Herz ist rettungslos verloren.«

»Könnte stimmen«, sagte Lena Lindberg und zuckte fragend die Schultern in Richtung Sara Svenhagen, deren skeptische Miene nicht zu übersehen war.

»Von ein Uhr mittags bis ein Uhr nachts?«, sagte Sara und sah auf die Uhr. »Zwölf Stunden ohne einen Pieps? Mitten in der Nacht, ohne sich zu melden?«

»Jenseits von Zeit und Raum«, sagte Gunnar träumerisch. »Der Junge ist siebzehn und unermüdlich. Er führt sie auf Höhen, von denen sie nichts geahnt hat. Die Außenwelt hat aufgehört zu existieren.«

»Und das Altersheim, ja, ja«, sagte Sara schroff. »Nein, hier geht es um ein Verbrechen, das spüre ich. Aber ich weiß nicht, wie das Verbrechen aussieht.«

»Denke nach, statt zu spüren«, sagte Gunnar barsch.

»Aber spürt ihr das nicht auch?«

»Die Ahnung dunkler Schatten im Gebüsch?«

»Hör schon auf«, sagte Sara.

»Jetzt bin ich inspiriert, ihr Musen«, fuhr Gunnar Nyberg fort und richtete seinen mächtigen Körper auf. »Bedient euch hemmungslos meines Bardenkörpers, und ihr werdet ihn dazu bringen, die reinste Wahrheit zu singen.«

»Ach nein«, sagte Sara mitleidig und warf einen Blick auf Lena, die tatsächlich für einen Moment so aussah, als wollte sie ihn beim Wort nehmen.

Dann richtete Lena sich auf und sagte: »Gehen wir lieber die Zeugenaussagen durch?«

Nyberg begann gedemütigt in dem Papierstapel zu blättern.

Lindberg und Sara taten das Gleiche. Schließlich hatte jeder seinen Stapel.

Sara sagte: »Ich bin nicht sicher, ob wir der ersten Zeugenaussage viel mehr als einen Haufen Vorurteile entnehmen können. Lisa Lundén machte keinen sympathischen Eindruck – sie scheint mit nichts im Universum einverstanden zu sein.«

»Außer vielleicht mit Ralph Lauren«, sagte Lena. »Der Wald ist verdammt dicht und zerreißt ihr die Jacke, und überall sind Insekten, Mücken, Schnaken, sogar Krähen. Und Banjospieler mit sechs Fingern an jeder Hand.«

»Das ist doch ganz witzig«, sagte Gunnar.

»Sie kommt zum Fußballplatz und sieht, dass keiner da ist«, sagte Sara. »End of the story. Dann haben wir Marcus, den selbst ernannten Leiter, der mit Frauen gar nicht rechnet, der ständig von seinen eigenen unschätzbaren Verdiensten spricht und, statt nach Emily zu suchen, ›die Mutter von Tunten-Johnny bumst‹.«

»Den ›Zwillingen‹ zufolge, laut Jesper Gavlin«, sagte Lena. »Nicht ganz zuverlässig.«

»Das mit diesen ›Zwillingen‹ habe ich übrigens überprüft. Alvin und Albin Gustafsson«, sagte Gunnar. »Das Bumsen bestand bei näherer Untersuchung darin, dass Marcus während der Wanderung an der Landstraße mehrmals den Arm um Alma Richardsson legte. Sie schob ihn immer wieder weg.«

»Was jedenfalls darauf hindeutet, dass Frauen für Marcus zumindest *vorhanden* sind«, sagte Lena. »Nämlich als Sexobjekte.«

»Obwohl er mehr Interesse für die Autos zu haben schien«, sagte Sara. »Sehr detailliert: ein luxuriöser silberfarbener Volvo S60, ein alter dunkelblauer Opel Astra und ein relativ neuer metallicroter Volkswagen Passat, wahrscheinlich ein 1.8T. Alle in Schweden zugelassen. Zitat: ›Ich habe mir alle Details über diese Wagen notiert.‹ Und wie sehen die Details aus? Lena?«

»Nur das, was er gesagt hat«, sagte Lena. »Keine Zulassungsnummer, überhaupt keine Details. Wir müssen überprüfen, ob eines davon hier ins Dorf gehört.«

»Deuten die Spitznamen Gay-Johnny und Tunten-Johnny darauf hin, dass es Mobbing in der Klasse gibt?«, sagte Gunnar. »Alma Richardssons Sohn Johan. Vielleicht lohnt es sich, das zu überprüfen.«

»Pimmel-Alma und Dumm-Almas Sohn«, sagte Lena. »Vielleicht. Alma selbst scheint auch einiges abzukriegen.«

»Die dritte Zeugenaussage stammt von der Schülerin Julia Johnsson«, sagte Sara. »Dem müden und patzigen Mädchen, das zusammen mit der kleinen Mara Myrén ging, die einen Kompass hatte, wenn ihr euch erinnert.«

»Die habe ich hier«, sagte Gunnar und wedelte mit einem Papier. »Julia trug eine unsichtbare Schramme auf der Stirn davon, die schlimmste von all den Verletzungen, die sie am ganzen Körper davontrug. Sie treffen die Lehrerin Astrid im Wald, und nach einer Weile schließen sich Anki Arvidsson und Lovisa Svensson-Johansson an. Die Mädchen sehen das Trio Anton Anderberg, Jonatan Jansson und Sebastian Klarström ganz in der Nähe, ein bisschen nördlich, Julia erkennt Jonatans militärgrünen Fleecepulli wieder. Haben wir überprüft, ob er so einen Pulli hat?«

»Er trug ihn, als ich gestern mit ihm gesprochen habe«, sagte Sara. »Militärgrüner Fleece. Er selbst hat nicht viel gesagt, wir haben von dem Trio Anton, Jonatan und Sebastian also keine brauchbare Zeugenaussage. Sie gingen jedenfalls zwischen Julias und Jespers Gruppe.«

»Und Jesper Gavlin plauderte ja ziemlich munter«, sagte Lena. »Aber erst zur Aussage der Klassenlehrerin Astrid Starbäck.«

»Die bringt nicht besonders viel Information«, sagte Sara. »Meist geht es um Vorlesen und Schwedischunterricht.«

»*Herz der Finsternis*«, sagte Gunnar mit einem Zittern in der Stimme.

»Okay«, sagte Sara. »Dann haben wir diesen cool-aggressiven Jesper Gavlin. Er fand ein Stück von Emilys Jacke, während der ›feige Arsch Daniel‹ Angst vor Pädophilenlümmeln hatte und die Zwillinge Alvin und Albin Gustafsson eher als Idioten dargestellt werden. Nach dem Fund des Stofffetzens wird der Wald dichter, ›Scheißnadeln und Scheißäste und Scheißmücken‹. Dann kommen die feigen Kerle auf die Idee, einen Elch oder Rothirsch gesehen zu haben, worauf Jesper sag: ›Haltet die Schnauze, ihr Nullen‹, und dann wird es ruhig. Im Fluss sehen sie eine Menge Gerümpel, ein blaues Stück Stoff und eine aufgedunsene tote Ratte, worauf einer der Zwillinge auf den anderen kotzt und sie anfangen, sich zu prügeln. Haben wir das Stück Stoff überprüft?«

»Ist es eine gute Idee, einem Zwillingspaar die Namen Albin und Alvin zu geben?«, überlegte Gunnar Nyberg.

»Nein«, sagte Lena. »Dieses angebliche blaue Stück Stoff im Fluss mit der heftigen Strömung ist nicht überprüft. Sie müssen uns die Stelle morgen zeigen.«

Sara sah nachdenklich aus: »Dann sagt Jesper, Emily sei beleidigt gewesen wie immer, und alle Mädchen wollten sich dauernd das Leben nehmen. Wir müssen näher untersuchen, was er damit eigentlich meint. Ist es eine allgemeine Schlussfolgerung über weibliche Neigungen zum Selbstmord, basierend auf seinen umfassenden Erfahrungen, oder beruht die Äußerung auf faktischer Kenntniss von Emilys Gemütszustand?«

»Mit wem sonst müssen wir noch genauer sprechen?«,

75

sagte Lena. »Jedenfalls mit den früheren Freundinnen Felicia und Julia. Julia hat nicht viel Brauchbares gesagt, und Felicias Aussage ist nur eine blasse Kopie der Darstellung Vanjas. Mit Vanja Persson müssen wir noch ausführlicher reden, denn sie ist von allen die Intelligenteste. Felicia, Vanja und Emily wohnten ja außerdem auf einem Zimmer. Warum, wenn Felicia und Emily sich zerstritten hatten?«

»Nils«, unterbrach Gunnar energisch. »Nils Anderberg, der sich äußerst widerwillig zu den ›Dorforiginalen‹ schicken lässt. Deren Gespräch deutet darauf hin, dass sie sich der Anwesenheit von Pädophilen in der Gegend bewusst sind. Mit dem Schlimmsten, Calle, dem Knabenmörder von Vasastan, angeln sie zusammen. Und einer fragt: ›Mädchen oder Junge?‹ Das ist bei aller Unwissenheit eine gute Zeugenaussage, sie liefert ein Bild vom Dorf, finde ich.«

»Vermutlich ein Bild mit vielen Vorurteilen«, sagte Sara Svenhagen.

»Und dann haben wir Vanja«, sagte Lena Lindberg. »Die arme Vanja, klug und Unterklasse und ›deformiert‹. Ich habe keine Deformation bemerkt.«

»Wieder diese Lisa Lundén«, seufzte Sara. »Deren Tochter Felicia sich mit einem sogenannten hässlichen Mädchen abgibt. Deformiert. Das muss natürlich unter ihrer Würde sein.«

»Vanja Perssons Reflexionen über Emily Flodberg sind ernst zu nehmen«, sagte Lena. »Was sie über die Parallelen zwischen Felicia und Emily sagt, halte ich für wichtig. Sie versorgt Felicia mit Liebe. ›Aber ist das Freundschaft?‹ Es ist wohl so, dass weder Felicia noch Emily sich mit Freundschaft und Liebe besonders gut auskennen. Jedenfalls wandern Felicia und Vanja nach Nordosten, berühren die Landstraße und erreichen den Fußballplatz. Sie sehen gar nichts. Und dann der Schluss: ›Aber wenn Sie mich fragen, dann sage ich, Emily ist abgehauen. Durchgebrannt. Felicia und sie sind Zwillingsseelen irgendwie. Deshalb ertragen sie sich nicht. Sie haben da einen Hohlraum, wo das Herz sitzen sollte, aber es ist einer, der wehtut. Jetzt vielleicht nicht mehr.‹«

»Aber all das widerspricht nicht der Theorie, dass sie einfach nur einen Jungen auf einem Motorrad getroffen hat«, sagte Gunnar Nyberg, beugte sich vor und drehte den großen Kopf langsam in alle Richtungen. Es knackte laut. Wie der Schlusspunkt nach einem langen Tag.

Sara, Lena und Gunnar sahen sich an. Sie fühlten sich, als wäre die Luft knapp geworden. Ein schwaches Licht breitete sich in dem alten Speisesaal aus. Winkel, die eben noch im Dunkeln gelegen hatten, bekamen Konturen. Die kurze Nacht – die für Emily sicher sehr lang gewesen war – näherte sich ihrem Ende.

»Nein«, sagte Lena Lindberg. »Jetzt geht bei mir gar nichts mehr. Ich muss schlafen. Morgen um acht?«

»Acht Uhr ist gut«, sagte Sara Svenhagen und sah, wie sich ihre Kollegin aus dem Raum schleppte. Dann wandte sie sich an Gunnar Nyberg, der müde blinzelte, und sagte: »Ich weiß, dass du das willst. Ich will es auch.«

»Was?«, sagte er schleppend.

»Dass sie einen Oberlippenflaum getroffen hat.«

»Ja«, sagte er. »Das will ich.«

»Aber du weißt, dass es nicht so ist, oder?«

Gunnar Nyberg erhob sich, stand eine Weile da, den müden Blick in ihren gesenkt, und sagte: »Gute Nacht, Sara.«

Dann verschwand er.

Sara stand auf und fuhr sich mit der Hand durch das kurze blonde Haar. Sie beugte sich vor, die Fingerknöchel auf dem Tisch, reckte sich und gähnte. Dann ließ sie sich von dem kühlen, mit Mücken verseuchten Luftstrom zum Balkon führen.

Im Dämmerlicht wirkte der Wald lebendig. Der alte Hof schien vom Wald vollständig umschlossen zu sein, schwerem Nadelwald, der sich näher und näher herandrängte. Selten war ihr die Natur in ihrer Gleichgültigkeit so aggressiv erschienen. In den Fichten- und Kiefernwipfeln funkelten die Strahlen der neu erwachten Sonne. Ein betäubender Duft schlug Sara entgegen, und ihr Blick bohrte sich tief in den Wald.

Sie dachte an Emily Flodberg.

8

Steffe dachte an Marja. Er saß in einer Konditorei auf Östermalm, drehte sein Handy und dachte an Marja. Ihr schönes
Gesicht, den Duft ihrer Haut, die wunderbare Rundung der
Brüste, ihre dunkle belegte Stimme, die sein Gesicht sirenen-
gleich hinabsang zu dem gepflegten kleinen Haarbüschel, das
das Füllhorn ihres Geschlechts krönte.

Herrgott, wie er sie liebte. Und Herrgott, wie schwach
man wird, wenn man liebt.

Er wartete. Er sah sich nervös um und wartete. Wenn Marja nun die Polizei angerufen hatte? Das fehlte ihm noch, dass
nach ihm gefahndet wurde.

Sie ist das Einfachste überhaupt, die Liebe, dachte er. Und
wir machen sie zum Schwierigsten überhaupt. Wir verkür-
zen einander das Leben, statt es uns zu verlängern.

Es gibt eine gute und eine böse Liebe, und es gelingt uns
nie, die gute am Leben zu erhalten. Alle Liebe, die ich in
dieser Welt sehe, ist böse. Verzerrt. Und alles, was ich will,
das Einzige auf der ganzen Welt, was ich will, Marja, ist, dich
zu lieben. Warum lässt du mich dich nicht lieben? Warum
musst du dauernd all die anderen treffen und sie dich ficken
lassen?

Aber jetzt würde alles anders werden.

Er merkte nicht, wie sie sich setzten. Zwei Personen setzten sich an seinen Tisch. Ein Buchhalter und ein Leibwächter. So dachte er vom ersten Moment an über sie. Schmal der
eine, breit der andere. Korrekt der eine, roh der andere. Grau
der eine, rot der andere.

Der Leibwächter saß schweigend da.

Der Buchhalter sagte mit einem kleinen Lächeln und aal-
glatter Stimme: »Hast du etwas für uns?«

Steffe räusperte sich und versuchte, cool zu klingen. »Das kommt darauf an«, sagte er.

»Worauf?«, fragte der Buchhalter und zeigte ein etwas breiteres Lächeln.

»Darauf, wer ihr seid.«

Der Buchhalter blickte sich im Obergeschoss der Konditorei ›Sturekatten‹ um. Außer einigen älteren Damen, die über Hundekackeplastiktütenpfuscher im Viertel klatschten, war niemand anwesend.

»Wir sind die, die wissen wollen, was du anzubieten hast«, sagte er.

»Und dann kommt es noch auf etwas anderes an«, sagte Steffe.

Der Buchhalter nickte und lächelte weiter. »Wenn die Ware reell ist, stellt die Finanzierung kein Problem dar.«

Steffe schob ein gefaltetes Blatt Papier über den Tisch. Das Lächeln des Buchhalters verebbte, und während er regungslos das Papier betrachtete, faltete der Leibwächter es auseinander.

Steffe war kein Zeichner, aber er hatte sich wirklich angestrengt, die merkwürdigen Einzelheiten des Skeletts hinzukriegen. Er war mit dem Ergebnis zufrieden.

Der Leibwächter hielt dem Buchhalter das auseinandergefaltete Blatt Papier vor die Augen. Steffe meinte zu sehen, wie die schmalen grauen Augen den merkwürdigen Konturen folgten. Schließlich nickte der Buchhalter, der Leibwächter faltete das Blatt zusammen und legte es wieder auf den Tisch.

»Ein paar ergänzende Fragen«, sagte der Buchhalter, ohne zu lächeln.

»Ich höre«, sagte Steffe und spürte sofort, dass das unnötig war. Jedes überflüssige Wort bedeutete, sich unnötige Blößen zu geben.

Das hatte er aus dem Krieg mit Marja gelernt.

»Lag das Objekt direkt in der Erde?«, fragte der Buchhalter.

»Nein«, sagte Steffe. »In einem Sarg.«

»Beschreib den Sarg.«

»Gut erhaltener Eichensarg mit Silberbeschlägen.«

»Wurde er auf Södermalm gefunden?«

»Nein. In Gamla Stan. In der Stora Nygata. Oder darunter, genauer gesagt.«

Der Buchhalter nickte und zögerte ein wenig, bevor er fortfuhr. »Ist das Objekt mobil?«, fragte er schließlich.

»Ich kann es an jeden gewünschten Ort liefern, ja.«

Der Buchhalter streckte die Hand zum Leibwächter aus, und dieser legte einen kleinen Stoffbeutel hinein. Er hielt den Beutel einen Moment in der Hand, ließ ihn leicht darin auf und ab hüpfen wie einen Ball und legte ihn dann auf den Tisch. »Ich sehe, dass du ein Handy hast«, sagte er. »In diesem Beutel ist ein anderes Handy. Ich muss mir gewisse Dinge von Fachleuten bestätigen lassen. Wenn alles in Ordnung ist, rufen wir an und verabreden einen Ort für die Lieferung.«

»Wartet nicht zu lange«, sagte Steffe und nahm den Stoffbeutel. »Ich werde versuchen, andere Abnehmer zu finden.«

»Lass das sein«, sagte der Buchhalter. »Das ist ein guter Rat.«

»Warum sollte ich den annehmen?«

Der Buchhalter warf einen Blick auf den Leibwächter, und das Lächeln kehrte in sein graues Gesicht zurück. »*Unter anderem*«, sagte er mit Nachdruck, »weil niemand auch nur annähernd in die Nähe dessen kommt, was wir bieten.«

Und dann war es an ihm, ein gefaltetes Blatt Papier hervorzuzaubern es über den Tisch zu schieben. Steffe nahm es und las. Er versuchte, nicht zu blinzeln, aber ein paar Mal tat er es doch. Oft genug, um das Lächeln auf dem Gesicht des Buchhalters breiter werden zu lassen. Der Leibwächter sah ebenso leblos aus wie vorher. Steffe bemerkte, dass er an der linken Hand nur vier Finger hatte.

»Wir lassen in Kürze von uns hören«, sagte der Buchhalter und erhob sich, Steffes Zeichnung in der Hand.

»Wer ist ›wir‹?«, sagte Steffe und erhob sich ebenfalls.

»Wir sind die, die kaufen wollen, was du anzubieten hast«, sagte der Buchhalter mit seinem breitesten Lächeln, steckte die Zeichnung in die Innentasche und verschwand, den Leibwächter im Schlepptau.

Steffe drehte und wendete sein Handy, bis das Duo in sicherer Entfernung war. Dann drückte er einige Tasten und holte ein paar Bilder aufs Display. Eine Großaufnahme eines schmalen und die eines breiten Gesichts. Korrekt respektive roh. Grau respektive rot.

Ein Buchhalter und ein Leibwächter.

Er steckte den Zettel mit den vielen Ziffern in die Innentasche seiner Jacke und den Stoffbeutel in die Außentasche. Dann speicherte er die Bilder ordentlich ab, schob sein Handy in die andere Außentasche und stand auf.

Eine Lebensversicherung kann nie schaden, dachte er. Und lächelte breiter als der Buchhalter.

Bis ihm Marja einfiel.

9

Sara Svenhagen saß auf einem Rastplatz mit traumhaftem Ausblick über den Ångermanälv. Es war ein wunderschöner Sommermorgen, der Fluss glitzerte, wie er mit gewaltiger Kraft zwischen Tannen und Kiefern dahinschoss. Zum Flussufer hinunter öffnete sich ein grasbedecktes Feld, und ein Steg, der ständig vom Wellenspiel der Strömung überspült wurde, ragte ein Stück weit in den Fluss hinaus. Zahlreiche Tische und Bänke standen auf der Wiese. An einigen saßen Touristen aus aller Herren Länder und frühstückten.

Sara wandte sich an den Mann auf der Bank gegenüber: »Es gibt ziemlich viele Touristen hier?«

»Sie fahren nur durch«, sagte der Mann mit unverkennbar ångermanländischem Akzent. »Sie fahren durch und verschwinden. Sie tragen nicht zu den Einnahmen aus dem Tourismus bei. Essen ihr komisches Frühstück, das sie bestimmt aus Bangladesch mitgebracht haben, und hauen wieder ab. Manchmal bezweifle ich den Sinn des Allemannsrechts.«

»Und hier haben Sie gestern also die litauischen Autos gesehen?«

Der Mann nickte und machte eine ausholende Geste. »Vier Autos, leicht schäbig, typisch osteuropäisch.«

»Woher wussten Sie, dass es litauische Wagen waren?«

»Einer von ihnen hatte ein Nationalitätskennzeichen. LT. Das ist doch Litauen?«

Sara nickte und fragte: »Was für Menschen waren es?«

»Sie blieben in den Autos sitzen und aßen. Ich war gegen zehn Uhr eine Viertelstunde hier und habe meine Brote gegessen, bevor ich weitermusste nach Norrtannflo, um ein paar Fenster einzusetzen. Ich bin Glaser.«

»Männer, Frauen, Kinder?«, fragte Sara.

»Alle Autos waren ziemlich voll. Ich habe nur Männer gesehen. Ungefähr dreißig bis vierzig Jahre alt.«

»Was für einen Eindruck machten sie?«

»Tja«, sagte der Glaser und zuckte mit den Schultern. »Lichtscheu. Als wollten sie nicht gesehen werden. Alles in allem waren es sicher fünfzehn Mann. Und kein Einziger stieg aus. In die Autos hätte ich meine Nase nicht hineinstecken wollen. Richtige Schweißbomben.«

»Können Sie noch mehr darüber sagen? Über die Menschen oder die Autos?«

»Vier Autos. Und ich kannte keine einzige Automarke. Das passiert nicht oft. Weiße und schwarze, glaube ich. Je zwei. Eine Menge Rost. Scheißkarren. Und die Männer wirkten ein bisschen verwahrlost, als wären sie lange im Wald gewesen. Sie sahen slawisch aus. So heißt es doch, nicht wahr? Slawisch? Das klingt so komisch, wie Sklaven.«

»Kennzeichen?«

»Na ja, der größte Wagen, ein schwarzer, der mit dem LT-Schild, hatte eine Kombination, die mich an etwas erinnerte. Die Ziffern waren 145. Aber die Buchstaben?«

»Wie kommt es, dass Sie sich an die Ziffern erinnern?«, fragte Sara.

»Die sind den schwedischen zum Verwechseln ähnlich, die litauischen Schilder. Drei Buchstaben und drei Ziffern. Ich hatte in Ursvik mal einen Nachbarn, der hatte ABC 145. Axel Andersson hieß er. Deshalb erinnere ich mich an 145. Aber die Buchstaben erinnerten mich an einen Namen. Einen osteuropäischen Namen. Zaplawski. Polnischer Basketballspieler in den Sechzigern. Als Erstes auf jeden Fall ein Z. P, wahrscheinlich. Ja, ZPL. ZPL 145. Da saß er.«

Sara starrte den Mann mit dem guten Gedächtnis verblüfft an. »Sind Sie sicher?«, fragte sie.

»Ja«, sagte der Glaser ernst. »Kein Zweifel. Zaplawski/ Andersson ging mir durch den Kopf, als ich das Schild sah. Es stimmt. Der Basketballer und mein Nachbar in Ursvik.«

»Und es war also ein ziemlich großer schwarzer Wagen unbekannter Marke?«, sagte Sara und notierte alles auf ihrem kleinen Block.

»Ja«, sagte der Glaser. »Aber jetzt müsste ich los. Kaputtes Klofenster in einer Hütte in Allbäcken. Ein Alter hat sich eingeschlossen und aus Versehen den Kloschlüssel mit runtergespült. Ist es in Ordnung, wenn ich jetzt abhaue?«

»Selbstverständlich. Vielen Dank für die Hilfe.«

Der Glaser rauschte ab, und Sara tippte eine Nummer in ihr Handy.

»Lena«, kam es vom anderen Ende.

»Über alle Erwartung hier«, sagte Sara. »Fünfzehn litauische Männer, vier Autos, zwei weiße und zwei schwarze, einer mit dem Kennzeichen ZPL 145. So weit erst mal.«

»Kennzeichen!«, sagte Lena. »So weit bin ich hier noch nicht. Aber meine Frau Lindgran hat drei Autos vorbeifahren sehen, als sie auf den Bus wartete, zwei schwarze und ein weißes. Der Grund dafür, dass sie die Autos als baltisch bezeichnete, war, dass sie nicht wusste, ob das LT, das auf einem stand, Litauen oder Lettland bedeutete.«

»Und es waren wirklich drei?«

»Da war sie sich ganz sicher.«

»Nicht vier?«

»Drei.«

»Ein weißes Auto mit litauischem Kennzeichen verschwand also auf der Reichsstraße 90 zwischen Resele und Krånge zwischen halb elf und halb drei. Dazwischen liegt Saltbacken, wo zur gleichen Zeit Emily verschwand.«

»Interessant«, sagte Lena. »Ich nehme an, du fragst wegen des Kennzeichens bei Interpol an?«

»Sobald wir aufgelegt haben«, sagte Sara. »Fährst du jetzt zurück?«

»Ich bin schon unterwegs in meinem schönen Miet-Skoda. Hast du was von Gunnar gehört? Es gefällt mir nicht, dass wir ihn allein losgeschickt haben.«

»Wie hätten wir ihn denn hindern sollen?«, sagte Sara und drückte das Gespräch weg, ohne eine Antwort abzuwarten.

Sie rief sich die Gespräche vom Vormittag in Erinnerung. Die drei Polizeibeamten waren nach dem Frühstück noch unten im Speisesaal geblieben und hatten Kaffee getrunken, während Schüler und Erwachsene aus den Schlafzimmern herunterkamen. Die Stimmung war auf dem Tiefpunkt. Alle wollten nur noch nach Hause. Aber sie durften nicht. Sie sollten sich für die Reichskriminalpolizei zur Verfügung halten, genauer gesagt, für die Spezialeinheit für Gewaltverbrechen von internationalem Charakter.

Gunnar hatte sich zu Sara und Lena vorgebeugt und gesagt: »Wir nehmen uns diese träge Bande wohl vor, wenn sie in einer Stunde etwas lebendiger geworden sind. Kümmern die Damen sich in der Zwischenzeit um je einen unserer Zeugen mit den baltischen Autos?«

»Und was gedenken der Herr sich vorzunehmen?«, hatte Sara gefragt.

»Waldschrate.«

»Nicht allein«, sagte Lena Lindberg.

Er sah sie eine ganze Weile an, als hätte sie eine nichtindogermanische Sprache gesprochen. Dann sagte er: »Was?«

Und ging.

Sara kehrte in die Gegenwart zurück und blickte über den glitzernden Ångermanälv. Sie seufzte und tippte Nybergs Nummer in ihr Handy.

»Wollen Sie nicht rangehen?«, sagte der Mann, während sein Blick zwischen Gunnar Nybergs Gesicht und seiner Jackentasche flackerte.

»Wir führen doch gerade ein so interessantes Gespräch«, sagte Nyberg, ohne einen Finger zu rühren. Oder irgendeinen anderen Muskel im ganzen Körper, von seinem Gesicht abgesehen.

»Aber gehen Sie doch ran«, sagte der Mann. »Das irritiert so.«

»Wir tun stattdessen Folgendes«, sagte Nyberg. »Sie, Robert Karlsson, antworten. Auf *meine* Frage.«

»Ich war gestern den ganzen Tag bei meinem Bruder in Ramsele«, sagte Robert Karlsson und starrte wie hypnotisiert auf das klingelnde Lumberjack.

»Und Ihr Bruder kann das bezeugen?«

»Ja, klar.«

Nyberg fixierte ihn. Das Gesicht war zerfurcht, als wäre eine große Gabel von der Stirn bis zum Kinn gezogen worden, aber die babyblauen Augen hatte den unschuldigen Blick eines Kleinkinds.

»Wann sind Sie gefahren, und wann sind Sie nach Hause gekommen?«, fragte Nyberg.

»Petter hat mich am Morgen um acht abgeholt und heute Morgen um acht zurückgebracht.«

»Und womit haben die Brüder sich an diesem sonnigen Tag die Zeit vertrieben? Thailanderinnerungen? Diavorführung? Folter?«

»Um Himmels willen, wovon sprechen Sie?«, stieß Robert Karlsson bestürzt aus.

»Spielen Sie nicht das Unschuldslamm«, sagte Gunnar Nyberg und dachte im selben Augenblick: Er ist ja ein Unschuldslamm. Eine Rarität.

»Aber Herrgott. Folter?«

»Ihnen wurde der Prozess gemacht, Sie waren angeklagt, sich praktisch an einer ganzen Schulklasse vergangen zu haben. Es kann Ihnen nicht unbekannt sein, dass Sie im Polizeiregister als Pädophiler geführt werden.«

Erst jetzt hörte das Handy auf zu klingeln. Nyberg holte es aus der Innentasche seines abgetragenen Lumberjacks, das er immer trug, wenn Ludmila nicht dabei war. In ihrer Gegenwart war es verboten. Sie hatte fast seine gesamte Garderobe erneuert. Und es war auch an der Zeit dafür gewesen – alles war ihm zu groß. Er war inzwischen ein kräftig abgespecktes Kraftpaket. Aber das Lumberjack taugte immer noch.

Er blickte auf das Handydisplay, sah, dass Sara angerufen hatte, und legte das Telefon auf den Tisch – in einer Küche, in der kein einziges Einrichtungsstück jünger war als zwanzig Jahre. Außerdem lag eine dünne Schicht von undefinierbarer Schmuddeligkeit über allem. In einer anderen Welt hätte man es als Patina bezeichnen können.

»Haben Sie einen Computer?«, fragte Gunnar Nyberg.

»Nein«, sagte Robert Karlsson. »Ich weiß nicht mal, wie sie funktionieren.«

Es war schwer, ihm nicht zu glauben. Dieser Mann lebte in einem anderen Jahrhundert. Wahrscheinlich hatte er sein ganzes Leben im Zustand der Kindlichkeit verbracht.

»Sie lügen mich besser nicht an«, sagte Nyberg. »In Kürze treffen ein paar Polizeiassistenten ein und durchsuchen Ihr Haus. Zur gleichen Zeit werden zwei andere Kollegen Ihrem Bruder Petter einen Besuch abstatten. Benutzen Sie Petters Computer?«

»Er hilft mir, darauf Reisen zu buchen«, sagte Karlsson.

»Nach Thailand, ja. Begleitet er Sie?«

»Nein, ich reise allein. Es ist warm da. Warm und schön.«

»Warme, schöne Nächte …«

»Ja.«

»Und sind Sie allein in diesen schönen, warmen Nächten in Thailand?«

Robert Karlsson sah den Polizisten an, antwortete aber nicht. Seine Augenbrauen drückten leichtes Misstrauen aus.

Nyberg begann von vorn. »Warum haben Sie angefangen, nach Thailand zu fahren?«

»Es war nach dem Prozess. Petter hat mir geholfen. Er sagte, ich müsste hier mal raus. Es hat mir gefallen, und seitdem spare ich und fahre jedes Jahr hin.«

»Kennen Sie Gammgården in Saltbacken?«

»Ich kenne den Bauern, Arvid Lindström. Er hat neu gebaut, und danach ist Gammgården verfallen. Bis er auf die Idee kam, den Hof zu renovieren.«

»Wissen Sie, wozu der Hof jetzt dient?«

»Da wohnen Menschen. Sie mieten ihn. Immer andere.«

»Wissen Sie, wer im Moment dort wohnt?«

Karlsson zog die Augenbrauen über seinen babyblauen Augen in die Höhe und sagte: »Vor zwei Wochen war ein Bowlingteam aus Göteborg da.«

»Und jetzt?«

»Nein, ich weiß nicht.«

»Eine Schulklasse, Robert. Eine ganze siebte Klasse aus Stockholm.«

Robert Karlsson nickte. »Aha«, sagte er.

»Und wie klingt das für Sie?«, versuchte es Nyberg erneut, der Vernehmungseifer hatte ihn verlassen. Es schien unmöglich, noch etwas Vernünftiges aus Robert Karlsson herauszubekommen; der Mann sah ihn nur mit großen, fragenden Augen an.

Gunnar Nyberg stand auf und machte noch einmal eine Runde durchs Haus. Es war klein und heruntergekommen und roch nach lebenslänglich verurteiltem Junggesellen. Und vor allem gab es keine versteckten Winkel oder heimliche Keller, wo ein vierzehnjähriges Mädchen sitzen und hören konnte, wie ihre frisch geweckten Hoffnungen sich verflüchtigten. Während er auf die Polizeiassistenten wartete, die Robert Karlssons tristes Leben auf den Kopf stellen würden, dachte er über Pädophile nach. Einmal hatte er in der Abteilung für Pädophilie gearbeitet – es kam ihm wie ein anderes Leben vor, wie das Leben eines anderen. Es war die Zeit vor Ludmila, die Zeit nach der vorübergehenden Auflösung der A-Gruppe. Alle anderen in der Gruppe waren degradiert worden, nachdem ihnen im Fall eines gefährlichen amerikanischen Serienmörders eine Fehleinschätzung unterlaufen war. Nur Nyberg hatte den Mörder richtig eingeschätzt, und zur Belohnung war er der relativ neu eingerichteten Abteilung für Kinderpornografie zugeteilt worden; es war ein Prestigeposten, der ihn jedoch fertiggemacht hätte, wäre da nicht Sara Svenhagen gewesen, eine trotz ihrer jungen Jahre bereits geläuterte Pädophilieermittlerin, eine Lichtgestalt, die ihn behutsam durch die Höllenlöcher lotste. Aber auch sie war viel näher am Rand des Ausgebranntseins gewesen, als er in seiner Blindheit geahnt hatte. Sie musste aufhören, und da die A-Gruppe gerade wieder neu ins Leben gerufen und vergrößert wurde, konnte Sara zu ihnen stoßen.

Er würde ihr auf ewig dankbar sein.

Vor dem Fenster fuhren gerade zwei Polizeiautos auf den Hofplatz, und Nyberg schaute auf sein Handy, auf dessen Display die Worte ›Entgangener Anruf: Sara‹ aufleuchteten. Er warf noch einen Blick auf Robert Karlsson am Küchentisch und dachte wieder an Pädophile.

Es war ihm nie gelungen, sie auch nur im Entferntesten zu verstehen. Ein auf Kinder gerichtetes Begehren – was war das? Wollte man denn nicht etwas wecken bei dem Menschen, mit dem man Sex hatte? Das gleiche Gefühl, das der andere in einem selbst weckte?

Es gibt eigentlich nur zwei Formen von Liebe, dachte Gunnar Nyberg philosophisch, zwei Formen von Sex. Eine gebende und eine nehmende. In der nehmenden Form findet sich all das Dunkle – da ist der andere nichts als ein Instrument, um die eigene Begierde zu befriedigen. Die nehmende Sexualität ist eine Form von Onanie. Da waren die Pädophilen wohl anzusiedeln?

Dann dachte er an Ludmila. Während die Polizeiassistenten vor dem Fenster aus den Wagen stiegen, erschien ihm ihr Körper in aller Deutlichkeit vor dem inneren Auge. All das, was er in ihm wecken und aktivieren wollte. Dieses Gefühl war stärker als seine eigene Liebe, seine eigene Erregung. Er wollte geben. Er war doch ein Geber?

Plötzlich wurde er unsicher. Wollte er wirklich nur geben? Oder eigentlich nehmen – aber *indem er gab*?

Die Welt war nicht ganz so einfach, wie er es sich einzubilden versuchte. War die Liebe letztlich nur Egoismus?

Er betrachtete Robert Karlssons zerfurchtes Gesicht und dachte: Aber doch nie ein solcher Egoismus. Er ging den Polizeiassistenten entgegen und drückte die grüne Taste seines Handys.

»Sara«, kam aus dem Handy.

»O Lichtgestalt«, sagte Gunnar Nyberg. »Was wolltest du?«

»Nur die Lage peilen«, sagte Sara Svenhagen. »Wie läuft es bei den Pädophilen?«

»Robert Karlsson ist hier.«

»Dein Eindruck?«

»Kaum unser Mann.«

»Sicher?«

»Andernfalls müsste er schon ein begnadeter Schauspieler sein. Das Fußvolk ist gerade eingetroffen. Ich fahre jetzt weiter zu Carl-Olof Strandberg. Mein Gefühl sagt mir, dass es dort anders wird. Und selbst?«

»Wir sind den Litauern ein bisschen näher gekommen. Ich habe Interpol ein komplettes Kennzeichen durchgegeben. Ich biege übrigens gerade auf den Parkplatz von Gammgården ein. Lena steht da und winkt. Wir fangen wohl jetzt sofort mit den noch ausstehenden Vernehmungen an. Wann kannst du kommen? Was glaubst du?«

»Das hängt von den Waldschraten ab«, sagte Gunnar Nyberg und beendete das Gespräch.

Sara steckte das Handy in ihre Jackentasche und stieg aus dem Mietwagen. Lena kam ihr entgegen. Im Hintergrund bewegten sich Mitglieder der Suchmannschaft und Teilnehmer der Klassenfahrt. Hier und da bellte ein Hund, vereinzelte Befehle ertönten, gedämpftes Lachen an einzelnen Stellen des Geländes klang fehl am Platz, und im Sonnenschein hingen Teenager herum, einer missmutiger als der andere.

»Was für ein unerschöpflicher Arbeitsplatz«, stieß Sara amüsiert aus, rieb sich die Hände und schlug die Wagentür zu.

Lena lächelte kurz, ohne den Blick von ihrem Notizblock zu heben.

»Wie soll die Reihenfolge aussehen?«, fragte sie.

»Keine Ahnung«, erwiderte Sara, »aber wir können sie nicht mehr lange hier festhalten.«

»Auf meinem Block stehen folgende Namen«, sagte Lena Lindberg. »Felicia Lundén, Jesper Gavlin, Julia Johnsson, Vanja Persson.«

»Lauter Jugendliche«, nickte Sara Svenhagen und legte den Kopf in den Nacken, damit die Sonnenstrahlen im richtigen Winkel auf ihr Gesicht fielen. »Lauter Jugendliche, und nur vertiefende Gespräche. Was ist mit den konkreten Anhaltspunkten? Die Autos mit schwedischen Nummern? Das blaue Stoffstück im Fluss?«

»Die Polizei in Sollefteå überprüft die Wagen. Und da sehe ich Jesper Gavlin und Felicia Lundén die Köpfe zusammenstecken. Schlagen wir zwei Fliegen mit einer Klappe? Du nimmst Felicia, und ich lasse mir von Jesper den Weg durch den Wald zeigen?«

Sara öffnete die Augen und wandte der Kollegin den Blick zu. »Prima Idee«, sagte sie. Lena fragte sich, ob in Saras Stimme wirklich die Verwunderung über ihre Initiative mitschwang oder ob sie sich das nur einbildete.

Sie gingen los.

Lena packte den großen, dunklen Jesper Gavlin resolut am Arm und sagte: »Kannst du mir zeigen, wo im Fluss ihr das blaue Stoffstück gesehen habt?«

Das picklige Teenagergesicht verzog sich zu einer Miene unverblümten Widerwillens. »Durch den Wald etwa?«, stieß er aus. »Kein Bock.«

»Jetzt komm schon«, sagte Lena und zog ihn am Arm. Der Körper schien in seine unproportionierten Bestandteile zu zerfallen.

Er seufzte laut und schlurfte los. Lena nickte kurz zu Sara hinüber, die bei der nicht minder abweisenden Felicia Lundén stand, und folgte Jesper.

Auf dem Weg zum Wald fragte Lena: »Was hast du gemeint, Jesper, als du gesagt hast, Emily wäre ›beleidigt wie immer‹ gewesen?«

»Sie war schwierig. Man kam nie an sie ran.«

»Und dann hast du noch gesagt: ›Alle Mädchen wollen sich ja dauernd das Leben nehmen‹ …«

»Aber das ist doch so«, brummte Jesper, den Blick zu Boden gerichtet. »Die beschissene ständige Panik dauernd. Cool down, verdammt.«

»Aber galt das besonders für Emily? Wollte sie sich das Leben nehmen?«

»Dass sie ein Spaßvogel war, kann man jedenfalls nicht behaupten, verdammt«, sagte Jesper in einem Ton, der nicht zu weiteren Fragen einlud, und bog die ersten Zweige zur Seite.

Der Wald wurde tatsächlich immer dichter, je tiefer sie eindrangen. Dann und wann verschwand das modisch tief hängende Jeanshinterteil zwischen Tannenzweigen und Kiefernästen, tauchte aber wie ein zuverlässiger Wegweiser rechtzeitig wieder auf. Das Sonnenlicht sickerte zwischen den dicht wachsenden Stämmen herein. Diagonale Bänder von Licht schienen sich zu überlagern, und im Innern dieser Bänder wirbelte es von aufgescheuchten Insekten. Außer ihren eigenen Schritten waren kaum Geräusche zu hören, nur dann und wann das Bellen eines Hundes und das ununterbrochene Surren der Insekten.

Lena Lindberg war eine echte Großstadtpflanze. In der Stockholmer Innenstadt geboren und aufgewachsen, hatte sie über die Jahre höchst rudimentären Kontakt mit der Natur gehabt. Das spürte sie jetzt.

Außerdem war sie fünfunddreißig Jahre alt, ›der Mitte unsrer Lebenswandrung nahe‹.

In ihr breitete sich etwas aus. Nicht Angst – das wäre übertrieben –, aber ein Unbehagen, ein Gefühl von entgleitender Kontrolle.

Sie hatte in den letzten Jahren ein hohes Maß an Selbstkontrolle üben müssen. Bis sie Geir traf, einen zwanzig

Jahre älteren ehemaligen Militär aus Langøya in Westnorwegen, der inzwischen Sicherheitsbeauftragter einer Bank war.

»Du bist wie ein Dampfkochtopf«, hatte er gesagt, als sie vor gut einem Jahr in einem Restaurant in Gamla Stan gesessen hatten. Es war ihr zweites Treffen, und sie fühlte sich in seiner Gegenwart merkwürdig ruhig. Es war ein ganz neues Gefühl.

»Dampfkochtopf?«, fragte Lena und spielte die Erstaunte.

»Du wirst gewalttätig, wenn du keinen Druck ablassen kannst. Ich weiß, wie es ist. Glaub mir.«

»Ich glaube dir«, sagte Lena und fühlte, wie dämlich sie lächelte. »Hast du einen Vorschlag?«

Geir legte das Besteck hin, fixierte sie mit seinem granitgrauen Blick, nahm ihre Hand in seine pergamenttrockenen Hände und sagte: »Vertraust du mir?«

Sie sah ihm in die Augen und nickte. Aufrichtig. Es war lange her, dass sie jemandem vertraut hatte. Sie hatte der Einsatzbereitschaft der Citypolizei angehört, und hinter einer Fassade von Kumpelhaftigkeit hatte sie einen viel zu großen Teil ihres Erwachsenwerdens der Misshandlung von Drogenabhängigen und Straßenganoven gewidmet. Das hatte sie einsam gemacht – auch wenn sie selbst es unabhängig nannte. Als sie befördert wurde und in der A-Gruppe landete – es war im Vergleich zu ihrer bisherigen Arbeit das Himmelreich –, spürte sie mehr und mehr das Bedürfnis, sich anderen Menschen zu nähern, vorzugsweise den neuen Kolleginnen Sara Svenhagen und Kerstin Holm. Und durch sie Männern. Nicht nur Männern als gelegentlichen Partnern – One-Night-Stands waren ihr ganzes Liebesleben, ihr ganzes Gefühlsleben –, sondern Männern als Menschen, mit denen man sprechen und auf die man sich verlassen konnte. Sie hatte es getan – und hatte sich die Finger verbrannt. Gebranntes Kind. Der Deckel wurde wieder zugeschraubt, und der Druck stieg. Nur Paul Hjelm, der König der Internermittler, hatte verhindert, dass sie wegen einer ziemlich schweren Misshandlung suspendiert wurde. Doch das konnte den Druck nur vorübergehend daran hindern, weiter zu steigen.

Sie wusste, dass Geir recht hatte und dass sie ihm vertrauen musste. Sie nickte noch einmal.

Während der Wanderung durch die Stadt erlebte sie – von Erwartung und Neugier erfüllt – ein ekstatisches Gefühl schwindender Kontrolle.

Der Wald öffnete sich zu einer Lichtung.

Der in den Knien hängende Hosenboden wandte sich um und wurde wieder zum vierzehnjährigen Jesper Gavlin. »Hier waren wir doch gestern«, sagte er und fummelte an einem Wacholderstrauch herum. »Hier hing der Fetzen von Emilys Pulli.«

Lena Lindberg nickte. Sie hatte keine Ahnung, dass sie hier schon einmal gewesen war. Sie war im Begriff, die Kontrolle zu verlieren.

»Sind Sie o.k.?«, fragte Jesper mit forschender Miene.

»Kein Problem«, gab Lena unter großer Selbstüberwindung zurück.

Jesper betrachtete sie skeptisch, drehte sich aber schließlich um und zeigte in den Wald. »Dann sind wir da zum Fluss hinuntergegangen.«

»Na dann los, gehen wir«, sagte Lena forsch.

Der Wald schloss sich wieder um sie. Jetzt hätte sie Geirs Granitumarmung gebraucht. Wenn die Kontrolle verloren ging, war es schön, sie zu haben. Wenn der Wald undurchdringlicher wurde. Sie versuchte, sich seine Umarmung vorzustellen, aber die Illusion hielt nur so lange, bis sie das Rauschen des Flusses hörten und der Wald sich wieder ein wenig lichtete, sodass man die dahinschießenden Wassermassen sehen konnte.

Jesper Gavlin blieb ein paar Meter vom Ufer entfernt stehen.

»Hier ist es vorbeigetrieben«, schrie Jesper. Mit seiner

Stimmbruchstimme gelang es ihm gerade eben, die Stromschnellen zu übertönen.

»Was war es denn?«, schrie Lena zurück. »Ein Pulli?«

»Eher eine Hose. Vielleicht Jeans. Und dann kam diese eklige Ratte.«

Lena nickte und ließ den Blick am Flussufer entlangwandern. Ein paar Wurzeln und Steine ragten hervor, an denen das Stück Stoff hätte hängen bleiben können, aber sie konnte nirgendwo etwas Blaues entdecken.

Als sie sich umdrehte, war Jesper verschwunden.

Einfach weg.

Sie versuchte ihren Puls zu beruhigen. Den Gedanken, ans Wasser hinunterzugehen und das Ufer genauer zu untersuchen, gab sie schnell wieder auf. Das sollten andere tun.

Dann setzte sie sich in Bewegung durch den dichten Wald. Irgendwo in der Ferne bellte laut ein Hund. In ihrem Kopf ging das Tosen des Flusses weiter und brachte sie aus der Fassung. Sie spürte Geirs Arme um sich und zitterte wie damals, als sie in die verlassene Seitenstraße eingebogen und vor einem unansehnlichen Hauseingang stehen geblieben waren.

Geir sah sie an, und obwohl die Nacht dunkler war als jede Nacht ihres bisherigen Lebens, bemerkte sie seinen prüfenden Blick.

Er sagte: »Du musst darauf vertrauen, dass ich weiß, was gut für dich ist.«

Sie nickte, und er klopfte an. Ein bulliger Mann mit Schnauzbart öffnete die Tür einen Spaltbreit.

Geir sagte: »Dunkelziffer.«

Der Bullige nickte, öffnete die Tür ganz und sagte: »Willkommen.«

Lena stolperte weiter durch den Wald. Die Streifen von Sonnenlicht kamen ihr wie Schwertklingen vor, die sie auf keinen Fall betreten durfte. Die Dunkelheit anvisieren. Das Hundebellen und das Tosen der Stromschnellen hallten in ihrem Hirn wider. Sie ahnte nicht, in welche Richtung sie ging. Geir nahm ihr den Mantel ab und gab ihn einer Garderobiere, die wie eine Tiroler Jodlerin aussah. Eine ins Innere führende Tür tat sich auf, und das massive Schweigen der Großstadtnacht wurde vom Dröhnen einer metallischen Musik abgelöst.

Lena wich zurück, doch nur, um in Geirs Granitumarmung hängen zu bleiben.

»Es ist okay«, sagte er ihr ins Ohr.

Und seltsamerweise *war* es okay. Sie gingen ins Lokal, das sich weitete, hier und da flimmerte eine erotische Filmsequenz vorüber.

Geir zog sie mit zu einer Treppe. Sie stiegen abwärts. Sie wurde in einen kleinen Raum mit Schranktüren an den Wänden und Kleiderbügeln mit vereinzelten Kleidungsstücken geführt. Geir begann mit einer kleinen bejahenden Geste seinen Anzug auszuziehen. Lena starrte ihn an, merkte aber, dass sie an ihrer Bluse fingerte.

Sie hatte jede Orientierung im Wald verloren. Das Hundebellen hörte sich an, als ginge es in etwas anderes über, ein lang gezogenes Niesen vielleicht, einen unerträglichen Laut. Und das laute Rauschen des Flusses war im Hintergrund noch immer zu hören, während sie zwischen Bäumen dahinstolperte, die sie anzugreifen schienen, Natur, die sie in Stücke reißen wollte.

Geir war nackt. Sie betrachtete seinen fünfzigjährigen Körper, kantig und stabil und leicht unförmig. Sie selbst hatte noch ein T-Shirt und einen Slip an. Er öffnete einen der Schränke und holte eine kleine Tasche heraus. Dann lächelte er ihr vertrauenerweckend zu und nickte. Sie zog das T-Shirt und den Slip aus. Sie war nackt und konnte nicht anders, als die Arme über die Brüste zu legen.

Sie stolperte über eine Wurzel und fiel auf die Knie. Ihre Hände schlugen auf den Boden, und es kam ihr vor, als sänken sie ein in das poröse Erdreich. Als würde sie in Treibsand hinabgesogen.

Die Tür öffnete sich zu einem kleinen fensterlosen Raum. Zuerst glaubte sie, der Raum sei mit Gymnastikgeräten vollgestellt, dann sah sie die Lederbänder und Handschellen. Sie beobachtete Geir. Er öffnete die kleine Tasche und brachte ein eigentümliches Gerät mit einem Handgriff und mehreren langen Lederbändern zum Vorschein.

Schließlich begriff sie, dass es eine Peitsche war. Er umarmte sie, sie zitterte und spürte, wie sich alles in ihr sammelte, alles Verbotene sammelte sich in ihrem Geschlecht, und ein heftiges Beben schüttelte ihren Körper. Er reichte ihr die Peitsche, trat zur Seite und schnallte sich an dem Gestell fest. Als nur noch eine Hand frei war, sagte er mit heiserer Stimme: »Binde mich fest.«

Wie in Trance schnallte sie seine Hand fest.

Jetzt stand er da, ohne sich rühren zu können, und zerrte und zog am Gestell. Er sagte mit einer ganz anderen, hellen, flehenden Stimme: »Hilf mir.«

Und sie ging um ihn herum, sie hob die Peitsche, all ihre Aggression sammelte sich an einem einzigen Punkt, als sie die Peitsche hob und zuschlug. Er ächzte, sie zitterte heftig und schlug noch einmal und wieder und wieder.

Und sie war glücklich.

Sie konnte die Hände nicht heben, sie steckten in dem porösen Erdreich fest, sie sanken durchs Moos, es gab keinen Grund.

Eine Spinne lief über ihren sinkenden Arm. Die eigenartigen Niesgeräusche des Hundes waren verstummt. Ein furchtbares Schweigen hatte sich eingestellt.

Sie fühlte, wie sie langsam verloren ging.

Da ertönte ein Klingeln. Der Klingelton pflanzte sich durch den Wald fort wie der Schrei einer sterbenden Zivilisation. Und er ging hartnäckig weiter, bis er ihre Hände aus dem Treibsand gezogen hatte und ihr half, die richtige Taste ihres Handys zu finden.

»Ja«, sagte sie mit tonloser Stimme.

»Lena? Hallo?«, sagte eine feste Männerstimme. »Ich kann Sara nicht erreichen. Was macht ihr?«

»Gunnar«, sagte sie und fühlte sich von Wärme durchflutet.

Papa, dachte sie verwirrt. Papa.

»Ist alles okay? Du hörst dich … ein bisschen komisch an.«

»Sara spricht mit den Schülern. Sie hat wahrscheinlich ihr Handy abgeschaltet.«

»Und du?«

»Ehrlich gesagt, habe ich mich im Wald verirrt«, sagte Lena und fühlte sich nackter, als sie es je gewesen war.

Gunnar Nyberg schwieg einen Augenblick. Dann fragte er: »In welche Richtung bist du gegangen?«

»Nach Norden.«

»Siehst du die Sonne?«

»Die Sonne?«

»Es ist jetzt fast zwölf. Die Sonne steht im Süden. Geh der Sonne nach, dann findest du zurück.«

»Der Sonne nach?«

»Ja. Meinst du, dass du es schaffst?«

»Ich glaube schon«, sagte Lena.

»Bleib ganz ruhig«, sagte Gunnar Nyberg und wurde weggeklickt. Er sah sein Handy an, seufzte und wandte sich zu den beiden sogenannten Dorforiginalen um. Sie zeigten eifrig zum Flussufer hinunter, wo ein Steg ins Wasser ragte, der immer wieder von der heftigen Strömung überspült wurde. Auf dem Steg stand ein Mann und vollführte elegante Schwünge mit einer Wurfangel.

»Danke«, sagte Nyberg und legte jedem einen Fünfzigkronenschein in die Hand.

Einer der beiden Alten sah schuldbewusst auf den Geldschein und sagte: »Er ist unschuldig. Nur dass Sie es wissen.«

Nyberg ließ sie stehen und schlitterte die Uferböschung hinunter. Das Rauschen des Flusses wurde immer lauter.

Am Steg angekommen, rief er: »Carl-Olof Strandberg?«

Aber er hörte seine eigene Stimme nicht.

Er suchte sich einen Stock, tat ein paar vorsichtige Schritte hinaus auf den überspülten Steg und berührte mit dem Stock die Schulter des Anglers.

Der Mann drehte sich um. Sein Gesichtsausdruck war weltgewandt höflich, und er kam ein paar Schritte zurück, bis er festen Boden unter den Füßen hatte.

Als sie weit genug vom Fluss entfernt waren, dass man sprechen oder zumindest schreien konnte, sagte Nyberg: »Gunnar Nyberg. Reichskrim. Carl-Olof Strandberg?«

Der Mann, der wirklich wie ein Arzt aussah, ein distinguierter Amtsarzt, der nicht vorhatte, sich um das Pensionsalter zu scheren, sagte: »Womit kann ich dienen?«

»Was gefangen?«

»Es ist schwer bei so starker Strömung«, sagte Strandberg. »Worum geht es?«

»Es geht um einen verschwundenen Teenager«, sagte Nyberg.

»Und da kommen Sie natürlich zu mir«, sagte Strandberg und hob die Hände, dass die Angelrute durch die Luft fuhr wie Davids Steinschleuder gegen Goliath.

»Und Sie wissen auch genau, warum«, sagte Nyberg und duckte sich. »Gehen wir zu Ihrem Haus hinauf?«

Strandberg seufzte, machte aber dennoch eine zuvorkommende Geste in Richtung des Pfads.

Während er den glitschigen Hang hinaufstieg, fuhr Nyberg fort: »Es geht um ein Mädchen, das gestern aus Saltbacken verschwunden ist.«

»Ein *Mädchen*?«, sagte Strandberg.

Am Ende des steilen Anstiegs die Flussböschung hinauf standen zwei Polizisten neben einem Streifenwagen und warteten auf sie.

»Hausdurchsuchung«, sagte Nyberg und hielt ein Papier in die Höhe. »Schließen Sie ihnen auf.«

Carl-Olof Strandberg schüttelte den Kopf, trat auf die Veranda vor seinem einfachen, aber gepflegten Haus und schloss die Haustür auf. Während die Polizisten an ihm vorbeigingen, kehrte er zu dem Zivilgekleideten zurück.

»Der Geschmack kann sich ja mit den Jahren ändern«, sagte Nyberg.

»Aber nicht so drastisch«, sagte Strandberg. »Außerdem wurde ich verurteilt, obwohl ich unschuldig war.«

»Selbstverständlich. Was haben Sie gestern um ein Uhr gemacht, und wo waren Sie am Nachmittag?«

»Ich war in Sollefteå.«

»Ja, weiter. Ich höre.«

»Was weiter? Ich war in Sollefteå. Punkt.«

Nyberg seufzte. »Nicht Punkt. Wann sind Sie gefahren, wohin sind Sie gefahren, wie lange waren Sie weg, wer kann Ihre Aussagen bestätigen – und so weiter und so weiter.«

Das gebräunte aristokratische Gesicht Strandbergs zog sich ein wenig zusammen, bevor er zu sprechen begann: »Ich habe eine Wohnung in Sollefteå. Ich bin gestern Morgen um neun Uhr hingefahren und heute um halb elf zurückgekommen.«

»Warum haben Sie eine Wohnung in Sollefteå? Sie nutzen sie doch wohl nicht als Praxis? Es dürfte Ihnen ja bewusst sein, dass Ihre Zulassung eingezogen ist.«

»Es handelt sich eher um Beratungen«, sagte Strandberg bissig. »Ich weiß sehr wohl, wo die Grenzen verlaufen. Ich praktiziere nicht.«

»Was tun Sie denn dann?«

»Ich führe psychotherapeutische Beratungen durch. Das darf jeder.«

»Beratungen für angehende Pädophile.«

»Jetzt bewegen Sie sich haarscharf an der Grenze zur Beleidigung. Ich würde Ihnen raten, diese Argumentationsrichtung nicht weiter zu verfolgen.«

»Kann jemand bestätigen, dass Sie zum angegebenen Zeitpunkt dort waren?«

»Ich hatte den ganzen Tag Beratungen«, sagte Strandberg. »Fünf Termine von elf bis sechs Uhr. Einer davon war exakt um ein Uhr.«

»Ein perfekteres Alibi kann man nicht haben«, sagte Nyberg. »Die Namen der Patienten bitte.«

»Nicht bevor es nicht absolut notwendig ist«, lächelte Strandberg.

»Die Schweigepflicht gilt nicht für Quacksalber«, lächelte Nyberg zurück.

»Ich bin länger, als Sie es sich vorstellen können, von der sogenannten Ordnungsmacht schikaniert und gedemütigt worden. Ich betrachte mich inzwischen als immun.«

»Ich brauche eine Bestätigung, dass Sie sich gestern in Sollefteå aufgehalten haben. Ich erwarte, dass Sie mir eine Liste der betreffenden Patienten liefern.«

»Klienten«, sagte Strandberg. »Patienten habe ich nicht mehr.«

»Whatever. Außerdem möchte ich die Liste haben, bevor ich fahre. Und das tu ich in ein paar Minuten.«

»Wollen Sie mich nicht festnehmen und sich ein paar Stunden die Zeit damit vertreiben, das Pädophilenaas zu demütigen?«

»Die Stunden habe ich nicht. Ich muss ein Mädchen finden.«

Einer der Uniformierten kam auf die Veranda heraus und rief: »Wir haben hier etwas.«

Nyberg ging zu ihm.

Der Beamte beugte sich vor zu ihm und flüsterte: »Wir haben einen Computer gefunden. Ohne Festplatte. Jemand hat sie herausgenommen«

Nyberg nickte und sagte: »Sucht weiter.«

Er kehrte zu Carl-Olof Strandberg zurück. »Warum ist keine Festplatte in Ihrem Computer?«, fragte er.

Strandberg musterte ihn mit routiniertem Blick und sagte: »Sie ist kaputt. Ich muss mir eine neue kaufen.«

Nyberg fühlte die Wut in sich aufsteigen. Sicherheitshalber wechselte er das Thema. »Die Liste«, sagte er.

»Ich habe nicht die Namen und Adressen aller Klienten im Kopf«, sagte Strandberg. »Es dauert ein bisschen.«

»Okay. Geben Sie den Beamten die Liste, wenn sie fertig sind. Jetzt habe ich eine andere Frage. Kennen Sie einen Sten Larsson? Es ist ein Kollege von Ihnen.«

»Kinderarzt?«

»Pädophiler.«

Carl-Olof Strandberg verzog kurz das Gesicht und sagte: »Nein. Ich kenne keinen Sten Larsson.«

»Er wohnt in einem kleinen Dorf namens Vallsäter. Wissen Sie, wo das liegt?«

»Ja«, sagte Strandberg.

»Ausgezeichnet. Können Sie mir beschreiben, wie ich dorthin komme?«

»Warum sollte ich das tun?«

»Wenn Sie mir schon keine Liste geben können, dann geben Sie mir wenigstens eine Wegbeschreibung. Betrachten Sie es als eine Demonstration guten Willens. Wenn Sie die Polizei bei ihrer Arbeit unterstützen, verzichtet diese vielleicht darauf, Sie zu schikanieren.«

Strandberg ließ seinen Blick auf Nyberg ruhen. Etwas blitzte darin auf. Dann zuckte er mit den Schultern, sah Nybergs vorgestreckten Notizblock an und sagte: »Na gut, meinetwegen.«

Er nahm Block und Bleistift, legte sie auf die Motorhaube des Polizeiautos und begann zu zeichnen und zu schreiben. Nyberg beobachtete die selbstsichere Gestalt und dachte an all die Menschen, die der Meinung waren, Moral sei nur eine Methode, um die Masse auf dem Teppich zu halten.

Und an das, was in Carl-Olof Strandbergs Blick aufgeblitzt war.

Er schaute zum Fluss hinunter. Dieses ununterbrochene gewaltige Strömen. All diese flüchtigen Oberflächenverschiebungen.

»Hallo, hallo«, sagte Strandberg und wedelte mit dem Block. »Jemand zu Hause?«

»Danke«, sagte Nyberg, nahm den Block und ging zu dem Auto, das auf einer Anhöhe neben Strandbergs silberfarbenem Mercedes geparkt war. Strandberg blieb stehen und sah ihm nach.

Vom Wagen aus rief Gunnar Nyberg ihm zu: »Fangen Sie jetzt an mit der Liste.«

Er stieg ein und betrachtete Strandbergs umständliche Wegbeschreibung zu dem kleinen Dorf Vallsäter und die aufwendige Kartenskizze dazu. Es war nicht der Weg, den er selbst genommen hätte. Die Zeichnung machte einen ordentlichen Schlenker nach Norden, bevor sie auf kleinen Straßen nach Westen wies. Aber okay, Strandberg war der Ortskundige.

Er fuhr los und folgte der Kartenskizze. Die Wege wurden schmaler und schmaler, kurviger und kurviger. Am Ende musste er auf einen kleinen Pfad einbiegen und anhalten. Er holte den Straßenatlas heraus und verglich die Strecken. Und begriff, was in Carl-Olof Strandbergs Blick aufgeflammt war.

Gunnar Nyberg nahm sein Handy und wählte eine Nummer.

»Ja«, sagte Sara Svenhagens Stimme.

»Ich wollte nur Bescheid geben, dass ich jetzt zu Sten Larsson fahre.«

»Okay …«, sagte Sara ein wenig zögerlich.

»Ist Lena bei dir?«

»Sie ist gerade gekommen. Hör mal, ich sitze hier mit den Schülern, ich kann jetzt kein Schwätzchen halten.«

»Gut«, sagte Nyberg und beendete das Gespräch.

Sara Svenhagen blickte eine Weile auf ihr Handy. Dann wandte sie sich Lena Lindberg zu, die sich im unteren Speisesaal des Gammgården neben sie gesetzt hatte. Tannennadeln und kleine Zweige hingen an ihrer Kleidung, die Jeans hatten braune Flecken an den Knien, und hatte sie nicht auch schwarze Schmutzränder unter sämtlichen Fingernägeln?

Und dann Gunnars rätselhafte Frage. Hier war irgendetwas passiert.

Aber das musste warten. Sie sah wieder zu Felicia Lundén auf der anderen Seite des Tisches. Das Mädchen war von großstädtischer Eleganz und sah bedeutend älter aus als vierzehn. Wahrscheinlich würde sie anstandslos in jede Stockholmer Kneipe eingelassen. Und ihrer Attitüde nach zu urteilen war sie auch schon in vielen gewesen.

»Ich habe gehört, ihr wärt Zwillingsseelen, du und Emily«, sagte Sara.

»Quatsch«, sagte Felicia Lundén. »Emily tickt doch nicht richtig, verdammt.«

»Und wieso seid ihr hier im Gammgården in einem gemeinsamen Zimmer?«

»Sie hat endlos genervt. Wusste wahrscheinlich, dass sie ziemlich viel für sich allein auf dem Zimmer sein würde. Vanja und ich hatten keinen Bock darauf, mit dieser blöden Tussi rumzuhocken.«

»Tickt nicht richtig und blöde Tussi. Seid ihr deshalb keine Freundinnen mehr?«

»Ist doch klar. Scheißzicke.«

»Emily oder ich?«, sagte Sara und bewahrte eine strenge Miene.

Felicia zuckte zusammen und legte damit – in Saras Augen – eine Grenze fest. Es war doch schön: Jetzt wusste sie ungefähr, wo die Grenzen verliefen in dem, was ihr völlig grenzenlos vorgekommen war. Eine Polizistin ›Scheißzicke‹ zu nennen hieß offenbar, die Grenze zu übertreten. Ein guter Wertmesser.

»Ich habe Emily gemeint«, murmelte Felicia, den Blick auf die Tischplatte gesenkt.

»Dann ist es jetzt an der Zeit, das ein bisschen genauer zu erklären. Am Anfang der Siebten habt ihr euch doch ziemlich schnell gefunden, wenn ich es richtig verstanden habe. Aber dann ging etwas schief. Was?«

»Also, diese Klasse ist aus verschiedenen anderen zusammengewürfelt worden, Emily und ich kamen allein aus unseren Klassen. Und wir waren uns ziemlich ähnlich. So schien es. Bis...«

»Bis?«

»Bis sie nur noch an diesem Scheißcomputer sitzen wollte.«

»Und was wolltest du machen?«

»Was anderes. Verdammt. Mich treffen.«

»Mit Jungs?«

»Auch. Shit, Sie sagen das so, als ob ich 'ne Hure wäre oder so.«

»Tu ich das?«, stieß Sara erstaunt aus.

»So verflucht anklagend.«

»Das war nicht meine Absicht. Ich hatte auch Freunde, als ich vierzehn war. Aber die waren etwas älter. Es ist ja ein gewisser Unterschied zwischen Jungs und Mädchen in diesem Alter.«

»Das kann man sagen«, zischte Felicia. »Hosenscheißer.«

Zurück in die Spur, dachte Sara und sagte: »Aber Emily wollte keine Jungs treffen?«

»Am Anfang wirkte es so, als ob sie wollte. Wenn wir darüber geredet haben. Sie wusste, worum es ging. Hörte sich so an. Aber dann wollte sie nicht. Es gab nur noch den Computer.«

»Hattest du den Eindruck, dass sie nur so tat? Dass sie nur die Erfahrene spielte, um cool zu sein? Dass sie dir nur imponieren wollte?«

Felicia Lundén hielt inne. Sie starrte Sara an und schien wirklich nachzudenken. »Nein«, sagte sie schließlich. »Überhaupt nicht.«

»Sondern?«

»Sie fand, dass die auch kindisch waren.«

»Die Jungs? Welche Klasse waren sie? Neunte?«

»Ja. Echt coole Typen aus der 9c. Aber Namen sage ich nicht.«

»Und jetzt triffst du dich also zusammen mit Vanja Persson mit ihnen?«

»Verdammt, nein. Niemals. Das sind zwei verschiedene ...«

»Leben?«

»Kann man so sagen. Vanja ist echt klasse. Man kann mit ihr über alles reden. Aber Jungs sind nicht ihr Ding.«

»Und Emilys also auch nicht?«

Felicia antwortete nicht.

Von ihrem Schweigen ermutigt, fuhr Sara fort: »Was ist passiert, Felicia? War sie lesbisch? Hat sie dich angemacht?«

»Von wegen«, stieß Felicia hervor. »Das wäre doch cool. Nein, sie sagte, sie hätte viel größere Sachen am Laufen. Und dann meinte sie auch größere, hat sie gesagt.«

»Größere?«

»Ja, verdammt. Verstehen Sie ...«

»Das hat sie gesagt und ist dann wieder an ihren Computer gegangen?«

»Nicht so direkt, vielleicht, aber ich hab gecheckt, dass sie das meinte.«

»Also am Computer?«

»Auf jeden Fall ist sie dahin verschwunden. Ist nie irgendwohin mitgegangen. Total verflucht iso.«

»Iso?«

»Iso-fucking-liert. Okay?«

»Und du hast nie etwas darüber gehört, wie es mit den größeren Sachen lief, auf die sie am Computer aus war?«

»Kein Wort. Aber man hat auch nicht gerade viel von ihr gesehen.«

»War sie nicht in der Schule?«

»Am Anfang hielt sie sich abseits, dann fing sie an, mit Julia, dieser Null, zusammenzuglucken, dann zog sie sich immer weiter zurück.«

»Sie hat also geschwänzt? Davon hat eure Klassenlehrerin gar nichts gesagt.«

»Astrid nimmt Emily immer in Schutz.«

Sara wandte sich an Lena, auch um zu prüfen, ob etwas anderes als die körperliche Hülle anwesend war, und flüsterte: »Kannst du das mal mit Astrid abklären?«

»Was?«, flüsterte Lena zurück und sah völlig groggy aus. »Jetzt?«

»Man kann ja nicht behaupten, dass du dich hier drinnen besonders nützlich machst.«

Lena Lindberg stand mit ausdrucksloser Miene auf und verließ den Raum. Sara sah ihr nach und runzelte die Stirn.

»Was ist denn mit der los?«, stieß Felicia Lundén aus.

»Jetzt konzentrieren wir uns auf Emily«, sagte Sara Svenhagen, ebenso zu sich selbst wie zu Felicia. »Ihr seid also seit drei Tagen hier oben, und bestimmt habt ihr drei, die ihr hier das Zimmer teilt, eine ganze Menge miteinander geredet. Was hat Emily in diesen Tagen gemacht? Worüber habt ihr geredet?«

»Wenn wir kein Programm hatten – dauernd Baden und bescheuerte Heimatmuseen und Kanufahren und Marcusaufstellungen –, hat sie im Bett gelegen und in ihrem ekligen Tagebuch geschrieben.«

»Eklig? Du hast es also gelesen?«

»Von wegen. Dem darf man nicht näher kommen als einen Meter. Dann knallt es.«

»Knallt?«

»Emily kann ganz schön gewalttätig werden, um es mal so zu sagen.«

»Erklär das mal genauer.«

»Wieso, was? Wenn jemand ihr zu nahe kam, schlug sie zu.«

»Ist dir das auch passiert?«

»Mir wie tausend anderen. So what? So ist es nun mal.«

»Wie ist es nun mal?«

»Jetzt tun Sie doch nicht so. So ist es eben in der Schule. Man muss immer auf der Hut sein, die ganze Zeit. Man muss sich und seinen Kram immer schützen. So sind die Regeln.«

»Aber das hört sich ja furchtbar an!«

»In was für einer Welt leben Sie denn? So ist es eben. Und Emily war verdammt empfindlich mit ihrem Tagebuch.«

»Das du eklig genannt hast. Warum eklig?«

»Weil sie dauernd darin schrieb. Weil man nie mit ihr reden konnte, wenn sie darin schrieb.«

»Aber du wolltest doch nicht mit ihr reden. Ihr wolltet doch nicht mit dieser blöden Tussi zusammenhocken.«

»Aber sie hat ja überhaupt nicht reagiert, wenn man sie angesprochen hat. Als redete man gegen eine Wand. Also, jetzt sind alle richtig bedrückt und so, Emily ist verschwunden, aber eigentlich glaube ich nicht, dass jemand sie vermisst. Im Innersten. Es ist eher unheimlich, sozusagen.«

»Was glaubst du denn, im Innersten, was sie gemeint hat mit dem, was du als eine Jagd auf ›größere Sachen‹ bezeichnest?«

»Weiß nicht. Erwachsene Männer, glaube ich. Kontaktanzeigen vielleicht.«

»Kontaktanzeigen im Internet?«

»Ich hab keine Ahnung. Ich wollte jedenfalls nicht dabei mitmachen.«

»Sie hat dich also aufgefordert, ›dabei‹ mitzumachen?«

Felicia Lundén war viel gewiefter, als Sara Svenhagen erwartet hatte. Auf alles hatte sie eine Antwort. Hart, brüsk und gleichzeitig merkwürdig schutzlos.

Aber jetzt blieb Felicia tatsächlich stumm.

Sara sagte: »Worum ging es ›dabei‹?«

»Ich weiß nicht«, sagte Felicia und war wieder Kind.

»Ich glaube, du weißt ganz genau, worum es ›dabei‹ ging. Aber es war dir ein bisschen zu viel. Du hattest vor mitzumachen, aber als du gemerkt hast, was es war, hast du kalte Füße gekriegt. Und da war es aus mit eurer Freundschaft. Warum willst du nicht sagen, worum es dabei ging?«

Felicia sah mit leerem Blick zu Sara auf. »Ich glaube, ich habe jetzt nicht mehr so viel zu sagen.«

Sara nickte. Der Grundstein war gelegt. Den Rest musste sie nach und nach angehen. »Wir reden später noch einmal. Du hast mir sehr geholfen, Felicia. Kannst du jetzt Vanja hereinschicken?«

Als Felicia sich mit trägen Schritten zur Tür des Speisesaals begeben und sie geöffnet hatte, wimmelte es davor. Fünf Vierzehnjährige lösten sich von der Türöffnung und schauten neugierig herein.

Lena Lindberg drängte sich zwischen ihnen hindurch. Sie schien sich wieder gefangen zu haben. Es hingen keine Tannennadeln und Zweige mehr an ihr, und ihr Blick war wieder der einer Polizistin. Sie setzte sich neben Sara und sagte lakonisch: »Die Klassenlehrerin bestätigt das Schwänzen.«

»Warum hat sie uns vorher nichts davon gesagt?«

»Sie war der Meinung, Zitat: dass es ›nichts mit der Sache zu tun hatte‹.«

»Zeugen, Zeugen«, sagte Sara und schüttelte den Kopf.

Inzwischen hatte Vanja Persson den Raum betreten. Auf den ersten Blick wirkte sie mindestens fünf Jahre jünger als ihre beste Freundin Felicia Lundén, aber ihre Augen waren viel älter. Und obwohl es den Eindruck machte, als kleidete sie sich, um unsichtbar zu bleiben, bewirkte ihr Blick, dieser klargrüne, alles durchschauende Blick, dass sie viel mehr Platz im Raum einnahm, als Felicia es getan hatte.

»Hej, Vanja«, begann Sara. »Wie ist dein Verhältnis zu Emily?«

»Es gibt keins«, sagte Vanja Persson ruhig. »Ich bin nicht ganz sicher, ob sie weiß, dass ich existiere.«

»Was dich in die Lage versetzt, sie ungestört zu betrachten, nicht wahr?«

Vanja zuckte mit den Schultern. »Vielleicht. Aber ich weiß nicht besonders viel über Emily. Selbst wenn sie anwesend ist, ist sie eher abwesend.«

»Wieso abwesend?«

»Nicht richtig da. Kein Kontakt.«

»Als wenn sie … Ja, was …? Ein Geheimnis hätte?«

»Vielleicht. Als ob das Wichtige anderswo passierte.«

»Was weißt du über Felicias und Emilys Verhältnis? Warum endete die Freundschaft?«

»Weiß nicht.«

Ein bisschen zu schnell, dachte Sara. Ein bisschen zu kategorisch, als dass es zu Vanjas Charakter gepasst hätte.

Gut, dachte sie dann. Der gleiche Punkt wie bei Felicia. Der gleiche Knackpunkt.

Ein Punkt, auf den man zurückkommen musste.

Sie wechselte die Spur und las aus einem Protokoll vor: »›Aber wenn Sie mich fragen, dann sage ich, Emily ist abgehauen. Durchgebrannt. Felicia und sie sind Zwillingsseelen irgendwie. Deshalb ertragen sie sich nicht. Sie haben da einen Hohlraum, wo das Herz sitzen sollte, aber es ist ein Hohlraum, der wehtut. Jetzt vielleicht nicht mehr.‹«

»Ja?«, sagte Vanja und zuckte mit den Schultern.

»Dies waren, wie du sehr gut weißt, die letzten Worte deiner ersten Zeugenaussage. Und ich verstehe sie nicht richtig. Warum glaubst du, dass sie abgehauen ist? Aufgrund eines Hohlraums, der wehtut, aber ›jetzt vielleicht nicht mehr‹?«

»Es ist das, wovon ich vorher gesprochen habe«, sagte Vanja mit leicht gerunzelter Stirn. »Emily schien immer irgendwo anders zu sein. Oder auf dem Weg irgendwo anders hin.«

Sara Svenhagen ließ das Papier einen Meter über der Tischplatte los, ließ es hinuntersegeln und tippte dann mit dem Zeigefinger darauf. »Aber ich finde, Vanja, das ist nicht das, was du hier sagst.« Ihr Tonfall war jetzt wesentlich energischer. »Ich finde, du sagst: ›Ich weiß, warum Emily ver-

111

schwunden ist. Sie hat einen Ort gefunden, wo dieser Hohl-raum, den sie anstelle des Herzens hat, nicht wehtut, und jetzt ist sie dahin gegangen.‹ Was ist das für ein Ort, Vanja?«

Vanja Persson sah Sara mit einem Blick an, der weniger er-tappt als fragend wirkte. »Ich wünschte wirklich, ich wüsste das«, sagte sie.

»Aber du weißt, *warum* sie verschwunden ist, nicht wahr?«

»Nein.«

»Nun komm schon. Warum solltest du annehmen, dass sie abgehauen ist, wenn du dafür keinen Grund hast?«

»Es kam mir immer so vor, als wäre sie im Begriff abzu-hauen.«

»Du sagst viel mehr, Vanja. Du sagst, dass sie angekommen ist. Dass sie an einem Punkt angekommen ist, wo es nicht mehr wehtut. Klar weißt du, wie sie den Schmerz verschwin-den lassen würde. Klar weißt du, wohin Emily gegangen ist.«

»Nein«, schrie Vanja. »Nein, ich weiß es nicht. Das nicht.«

»Vielleicht nicht ›das‹, aber du weißt etwas anderes. Du weißt, warum Emily und Felicia keine Freundinnen mehr sind und Felicia deshalb deine Freundin geworden ist. Du weißt, was passiert ist, und ziehst Schlüsse daraus. Wir sehen die Schlussfolgerung, aber nicht die Vorgeschichte. Mit der Vorgeschichte musst du uns helfen.«

Vanja Persson sah mit einem merkwürdigen Blick zu Sara Svenhagen auf, als wäre sie zum ersten Mal in ihrem Leben ertappt worden, als wäre sie zum ersten Mal einem Men-schen begegnet, der klüger war als sie selbst. »Felicia und Emily haben Dinge gemacht«, sagte sie leise.

»Das weiß ich, Vanja. Ich weiß auch, was für Dinge. Kannst du es nur ein wenig genauer beschreiben?«

»Sie haben Bilder gemacht«, sagte Vanja noch leiser. »Dann hat Felicia es bereut und wollte die Bilder zurückhaben.«

»Was für Bilder waren das, Vanja?«

»Sie haben doch gesagt, Sie wüssten es.«

»Ich weiß es. Aber ich will gern hören, dass du es auch sagst. Es waren also Bilder von ...«

»Sie machten Bilder von sich, von sich selbst.«

»Nacktbilder, ja.«

»Aber woher können Sie das wissen? Hat Felicia das wirklich erzählt?«

»So war es doch? Sag es nur, Vanja.«

»Ja, sie haben Nacktbilder voneinander gemacht. Und dann sollten die auf eine Homepage kommen.«

»Die Bilder sollten also ins Internet gestellt werden?«

»Ich glaube, ja. Felicia bekam Angst und wollte nicht mehr, und es hat eine Weile gedauert, bis Emily sich bequemt hat, ihr die Bilder zurückzugeben. Aber verdammt, es sind ja digitale Bilder. Es gibt keine Originale, nur Kopien, und es kann unendlich viele geben. Also, Felicia weiß es nicht genau. Es kann Tausende von Bildern im Internet geben. Und deshalb hat sie eine Scheißangst.«

»Weißt du sicher, dass Emily eine Homepage gemacht hat?«

»Nein. Aber sie ist eine, die immer aufs Ganze geht.«

»Aufs Ganze geht?«

»Ja, sagt man das nicht? Sie wissen schon, keine halben Sachen eben.«

»Weißt du, warum Emily eine Homepage mit Nacktbildern gemacht hat? Was war der Zweck?«

»Geld verdienen, natürlich.«

»Natürlich?«

»Ja, es gibt viele, die das machen. Das Taschengeld aufbessern.«

Sara Svenhagen wusste nicht weiter und warf ihrer Kollegin einen Blick zu. Lena Lindberg erwiderte ihn. Es war ein Blickwechsel voll tiefen Unbehagens. Als wäre ein Geheimnis enthüllt worden, das alle lieber im Verborgenen belassen hätten. Ein Geheimnis über all die sonderbaren Abhängigkeiten des Lebens. Von Macht, Schuld, Begehren und Leben.

113

Sara schloss die Augen und versuchte, den passenden Anknüpfungspunkt zu finden.

»Also, Felicia machte einen Rückzieher«, sagte sie. »Stattdessen kam Julia ins Spiel.«

»Darüber weiß ich nichts«, sagte Vanja und sah ausgelaugt
aus. Als wollte sie nicht recht glauben, dass das Gespräch genau die Richtung genommen hatte, die zu vermeiden sie sich
vorgenommen hatte.

»Emilys neue beste Freundin nach Felicia wurde Julia,
nicht wahr?«

»Ja. Aber über die beiden weiß ich nichts.«

Sara Svenhagen stand abrupt auf. »Dann danke ich dir,
Vanja. Kannst du Julia hereinschicken?«

Vanja ging zur Tür. Sie sah noch jünger aus als auf ihrem
Weg in die umgekehrte Richtung vor einigen Minuten.

War es wirklich so anstrengend?, dachte Sara und sah ihr
nach. War die Pubertät für Mädchen tatsächlich so hart? Vanja öffnete die Tür, und Julia schlenderte herein, dunkel, derb
und schlaksig auf eine fast jungenhafte, rockige Hip-Hop-
Weise. Hinter ihr an der Tür drängten sich wieder neugierige
Klassenkameraden. Einer der Jungen trug ein leuchtend rotes langärmeliges T-Shirt. Saras Blick blieb einen kurzen Augenblick daran hängen, wortlos und gedankenlos, nur wie an
einem Fliegenfänger für ihre Aufmerksamkeit.

Dann kam wieder Leben in sie. »Jonatan Jansson!«, rief sie
mit der militärischsten Stimme, derer sie fähig war.

Das knallrote T-Shirt erstarrte in der Türöffnung. Es dauerte mehrere Sekunden, bis sein Träger sich in ihre Richtung
drehte.

Obwohl ihre Herzschläge vermutlich im Bruchteil einer
Sekunde die Frequenz verdoppelt hatten, gelang es Sara
Svenhagen, ihre Stimme wieder auf einen umgänglicheren
Tonfall einzustellen. Sie sagte: »Dieses T-Shirt hattest du ges-
tern nicht an, oder?«

»Doch«, erwiderte Jonatan Jansson piepsig.

114

»Aber nicht, als wir uns unterhalten haben. Da hattest du deinen grünen Fleecepulli an.«

»Da war es ja Abend, und es war kalt.«

»Aber gestern um diese Zeit, als ihr im Wald wart, um Emily zu suchen, da hattest du dieses rote Shirt an?«

»Ja«, sagte Jonatan Jansson.

Sara aktivierte erneut ihre militärische Stimme und sagte: »Kannst du sofort diesen Fleecepulli holen und anschließend Daniel Lindegren, Albin und Alvin Gustafsson sowie Jesper Gavlin herbringen?«

Das rote Hemd verschwand wie der Fuchs bei einer Treibjagd, und Sara wandte sich Julia Johnsson zu, die ebenfalls in der Bewegung erstarrt war und mitten im Raum stand.

Sara zeigte streng auf sie, während sie in einem dicken Stapel Papier blätterte. Sie fand, was sie suchte, tippte darauf und sagte: »Aus deiner gestrigen Aussage, Julia: ›Wir sahen Astrid ein paar Mal in der Entfernung, und dann sah ich Anton, Jonatan und Sebastian ein Stück, was ist das, ja nördlich von uns, ich erkannte Jonatans bescheuerten militärgrünen Fleecepulli. Dann kamen wir runter zum Fluss.‹«

Julia starrte Sara an. Schließlich sagte sie, wie nach einem lang ersehnten Einatmen: »Den bescheuerten Fleece trägt er ständig.«

Sara Svenhagen nickte und beobachtete ihre ebenfalls verstummte Kollegin. Lena Lindbergs dunkle Augenbrauen waren hochgezogen, dem Anschein nach vor allem aus Sorge über den mentalen Zustand ihrer Kollegin.

Da stürmte ein rotes T-Shirt herein, gefolgt von einem Zwillingspaar und einem großen und einem kleinen Vierzehnjährigen.

»Was ist denn jetzt schon wieder?«, stöhnte Jesper Gavlin. »Was für Penner seid ihr eigentlich?«

»Deine Aussage gestern, Jesper«, sagte Sara und las: »Albin oder Alvin schrie auf, ich kann sie nie auseinanderhalten, und sagte, er hätte einen Elch gesehen. ›Es kann kein Elch gewe-

115

sen sein‹, sagte ich, ›die sind ja riesig, du würdest dir in die Hose scheißen.‹ ›Ich hab ihn auch gesehen‹, sagte Chicken-Daniel. ›Aber ich glaube, es war ein Hirsch, ich hab seinen Rücken gesehen, braungrün, wie ein Rothirsch.‹ ›Haltet die Schnauze, ihr Nullen, sagte ich, und da wurde es still.‹«

Die Zwillinge und der Kleine starrten den Großen gekränkt an. Der zuckte mit den Schultern und sagte: »Ja, verdammt, ihr seid doch Nullen. Ich mag euch ja trotzdem.«

»Der Elch«, sagte Sara.

»Ich glaubte, dass ich einen Elch gesehen habe«, sagte einer der Zwillinge. »Es war unheimlich.«

»Zieh den an«, sagte Sara zu Jonatan Jansson.

Der tat, was ihm befohlen wurde.

»Dreh dich um«, fuhr sie fort.

Er befolgte auch diesen Befehl und stand dann mit dem Rücken zu ihnen wie eine Wand aus militärgrünem Fleece.

»War es so ein Elch?«, fragte sie die Versammlung.

Der Zwilling sah nur verwirrt aus, aber der Kleinste im Kreis, Daniel Lindegren, sagte: »Der Rothirsch.«

»Braungrün«, nickte Sara.

»Ja, so kann es gewesen sein«, sagte Daniel.

»Aber ich hatte doch mein rotes T-Shirt an«, sagte Jonatan und drehte sich um.

»Sie haben nicht dich gesehen«, sagte Sara Svenhagen, ließ die ganze Bande abtreten und wählte eine Nummer auf ihrem Handy.

»Ja«, drang es flüsternd an ihr Ohr.

»Gunnar«, sagte Sara. »Wenn du bei Sten Larsson oder einem anderen deiner Waldschrate bist, check mal, ob einer von ihnen einen militärgrünen Fleecepulli besitzt.«

»Das ist gerade nicht meine größte Sorge«, flüsterte Gunnar Nyberg und war weg.

Sara streckte sich, legte das Handy auf den Tisch und sagte: »Und jetzt, Julia, reden wir über Nacktfotos im Internet.«

Gunnar Nyberg schob das Handy in die Jackentasche und schlich geduckt weiter durch den Wald bei dem kleinen Dorf Vallsäter. Ein paar hundert Meter vor ihm war das ziegelrote Dach eines abgelegenen Häuschens zu erkennen.

Das des dritten und letzten Waldschrats.

Er schlich näher heran, so schnell und so leise er konnte. Der Wald war dicht, überall lagen Äste. Es war schwierig, ihnen auszuweichen. Er hatte das Gefühl, gewaltigen Lärm zu verursachen. Ein Mähdrescher unterwegs im Wald, dachte er und versuchte, schneller voranzukommen.

Sobald Sten Larssons Haus vor ihm lag, suchte er Deckung hinter dem dicksten Baumstamm, den er finden konnte. Vorsichtig zog er den Reißverschluss seines alten Lumberjacks herunter. Die Jacke musste offen sein. Er schob die Hand ins Innere, knöpfte das Achselholster auf, nahm die Pistole heraus und entsicherte sie. Dann steckte er sie zurück und sah zum Haus hinauf.

Auf den ersten Blick wirkte es verlassen, keine Bewegung, keine Veränderung. Aber da war etwas, was nicht unbedingt seiner überhitzten Einbildung entsprang. Im Fenster spiegelten sich Bäume, Himmel und Bäume, und dann bewegte sich ein Baum.

Nur ein klein wenig. Nicht wirklich auffällig.

Aber es war windstill. Der Baum konnte sich nicht bewegt haben.

Gunnar Nyberg schlich näher heran. Vorne an der Hausecke hörte er das erste Geräusch. Ein Knarren. Ein Schritt auf einem Holzfußboden? Er beugte sich vor und blickte rasch um die Ecke. Eine Treppe führte zu einer kleinen Veranda vor der Haustür. Vermutlich führte auf der anderen Seite der Veranda eine entsprechende Treppe hinunter. Und die Haustür war angelehnt.

Nyberg fingerte am Achselholster. Reingehen oder nicht? Er zog sich zurück, den Rücken an der Hauswand. Er wollte die Waffe nicht ziehen. Er hasste Schusswaffen. Es war noch nicht lange genug her, seit er einen Menschen erschossen hatte.

Er wartete. Er wollte nicht warten. Das bedeutete, passiv die Zerstörung abzuwarten. Hineinzustürmen bedeutete anderseits, die Zerstörung aktiv zu beschleunigen. Ein ganz unmöglicher, unerträglicher Entschluss.

Den er nicht zu ertragen brauchte.

Die Tür glitt auf. Ein sehr langer Stiefel schob sich auf die Veranda. Ein Arm mit einem zusammengeklappten Laptop darunter. Und dann ein gebräuntes, aristokratisches Gesicht, das sich umsah.

Ihre Blicke begegneten sich für den Bruchteil einer Sekunde. Im selben Augenblick, in dem Carl-Olof Strandberg die Treppe auf der anderen Seite hinunterstürmte, rief Gunnar Nyberg: »Stehen bleiben, oder ich schieße.«

Aber als er in wenigen Sätzen die Treppe hinauf- und auf der anderen Seite wieder hinuntersprang, hatte er seine Waffe noch nicht gezogen. Er hatte sie auch noch nicht gezogen, als er Strandberg über das verwahrloste Grundstück zu einem Felsblock laufen sah. Als der einstige Kinderarzt den Laptop über den Kopf hob, hielt er sie jedoch in der Hand.

Nyberg richtete die Pistole auf Strandbergs Rücken und brüllte: »Rühr dich verdammt noch mal nicht von der Stelle, du Scheißhaufen!«

Strandberg hielt den Laptop immer noch hoch über den Kopf. Die Situation hätte blockiert sein sollen, angehalten. Aber als Strandberg den Laptop mit voller Kraft auf den Felsen schleuderte, wurde Gunnar Nyberg klar, dass er es wert war. Dass es Strandberg tatsächlich einen Schuss in den Rücken wert war, diesen Computer zu zerstören. Dass er es wert war, dafür zu sterben.

Das Krachen, mit dem der Laptop auf den Felsen aufschlug, war von der scheppernden Art, die einem unmissverständlich klar werden ließ, dass vitale Teile zerbrochen waren. Als der schwere Fischerstiefel angehoben wurde, um die

Bruchstücke in noch kleinere Stücke zu zertrampeln, hatte Nyberg schon gezielt.

Nicht mit der Pistole.

Er hatte sich geschworen, nie mehr auf einen Menschen zu schießen.

Nur wenige Millimeter trennten den Stiefel noch vom Laptop, als Nyberg Strandberg rammte. Sie flogen in einem sonderbar langsamen Bogen über den Felsblock.

Gunnar Nyberg hatte abgenommen und trainiert. Kilometer um Kilometer war er gelaufen und hatte Kilo um Kilo verloren. Aber ist man einmal zu Schwedens größtem Polizisten gewählt worden, behält der Körper eine gewisse Schwere. Er landete auf dem früheren Kinderarzt und hörte dessen Kopf mit einem knackenden Laut auf eine Felskante schlagen.

Nyberg blieb einen Augenblick auf ihm liegen. Der Körper unter ihm schien leblos. Nyberg drehte Strandbergs Kopf zur Seite und tastete mit zitternder Hand nach der Halsschlagader. Sie pulsierte, ziemlich schnell zwar, aber deutlich und regelmäßig. Er richtete sich in eine hockende Stellung auf und drehte Strandberg auf den Rücken. Ein roter Fleck wuchs ihm auf der Stirn, aber es floss kein Blut. Und der Puls blieb deutlich. Der Mann schien ordentlich ausgeknockt zu sein.

Gunnar Nyberg stand auf und atmete aus. Er sicherte die Pistole und steckte sie zurück in das Achselholster. Dann wandte er sich um. Der zerstörte Laptop lag schräg auf einer abschüssigen Partie des Felsens. Langsam glitt ein Teil aus dem zerstörten Gerät. Nyberg fing es auf und betrachtete es.

Die Festplatte.

Sie sah nicht stark beschädigt aus.

Er fummelte ein Taschentuch aus der Hosentasche, wickelte die Festplatte ein und steckte sie vorsichtig in die leere Tasche seines Lumberjacks. Aus der anderen Tasche zog er sein Handy. Er beobachtete Carl-Olof Strandberg, der reglos dalag. Die Gefahr, dass er zu sich kam, war minimal.

Nyberg gestattete sich ein gewisses Gefühl von Zufriedenheit. Zwar hatte er ein wenig spät reagiert, aber als die Einsicht einmal da war, lief es wie geschmiert. Strandberg hatte die Kartenskizze absichtlich so umständlich angelegt, dass Nyberg aufgehalten würde, während er selbst längst bei Sten Larssons Haus angekommen wäre und den Laptop weggeschafft hätte. Alles hatte gepasst von dem Augenblick an, als Nyberg begriffen hatte, was da in Carl-Olof Strandbergs Blick aufgeblitzt war.

Auf dem Weg zum Haus wählte Nyberg eine Nummer. Während die Verbindung aufgebaut wurde, stieg er die Treppe hinauf und ging ins Haus. Er trat zu einem Schreibtisch und sah auf die Wand darüber. Er nahm gerade eine gerahmte Fotografie von der Wand, als Sara sich im Telefon meldete: »Ja, Sara.«

»Militärgrüner Fleecepulli?«, sagte Gunnar Nyberg.

Einen Moment lang war es still.

»Du hörst dich ein bisschen komisch an«, sagte Sara schließlich.

»Ich habe ein Foto hier«, sagte Nyberg und hörte sich weiter komisch an. »Ein großer Lachs aus dem Ångermanälv zwischen einem Carl-Olof Strandberg im Angleroutfit und einem anderen Mann, der Sten Larsson sein dürfte. Er trägt die Angelrute und einen militärgrünen Fleecepulli.«

»Bingo«, stieß Sara aus.

»Du sagst es. Und ich glaube, wir brauchen auch einen Krankenwagen«, sagte Gunnar.

10

Ein Mann sieht ein Paar durch ein Fenster. Er steht mehrere Stockwerke hoch und schaut hinaus in den regnerischen Sommermorgen. Sein Blick erfasst das Paar im oberen Teil des Kronobergsparks. Sie stehen unter einem Regenschirm zwischen den Bäumen, wahrscheinlich sind ihre Hände ineinander verflochten. Dann lassen sie sich los und gehen auseinander, in verschiedene Richtungen, widerwillig getrennt, wie um nicht gesehen zu werden. Das Seltsame ist, dass sie gerade da gesehen werden. Von dem Mann im Fenster. Sein Name ist Paul Hjelm, und in ebendiesem Augenblick weiß er nicht, was er empfinden soll. Zuerst folgt sein Blick der Frau. Galanterweise ist sie es, die den Schirm mitnehmen darf. Sie läuft mit leichten Schritten hinunter zur Polhemsgata, und er denkt, er sollte sich darüber freuen, dass Kerstin Holm endlich jemanden gefunden hat, den sie lieben kann. Oder sollte er eher eine gewisse Trauer darüber spüren, dass es mit ihnen nichts wurde? Dass aus Paul Hjelm und Kerstin Holm kein Paar wurde? Wie einmal vor sieben Jahren. Und unzählige Male im Verlauf dieser Jahre, allerdings rein beruflich. Oder sollte er sogar einen Anflug von Eifersucht spüren? Aber eher doch wohl eine andere Art von Trauer. Er sieht dem Mann nach, der zur Bergsgata hinunterläuft, und denkt: Ich sollte Trauer verspüren über das makabre Spiel des Zufalls. Er sieht Bengt Åkesson um die Ecke verschwinden und hört eine allzu gut bekannte Stimme sagen: »Bengt Åkesson also. Kennst du ihn?«

Paul Hjelm verharrt noch einige Sekunden in diesem herausgehobenen Augenblick von widerstreitenden, aber starken Gefühlen.

Dann wandte er sich dem gut gekleideten Mann zu, der gerade mit der Hacke die Tür schloss, während er mit einem Tablett jonglierte, auf dem zwei randvolle Kaffeetassen standen.

»Gullan ist auf Mallorca«, sagte er entschuldigend und schaffte es, das Tablett auf seinem Schreibtisch abzusetzen, ohne dass ein Tropfen überschwappte.

Wie werde ich jemals über die Tatsache hinwegkommen, dachte Paul Hjelm, dass mein Vorgesetzter Niklas Grundström, Chef der Abteilung für Interne Ermittlungen bei der Polizei, eine Sekretärin hat, die Gullan heißt?

Er selbst war nur Chef der Stockholmsektion für Interne Ermittlungen. Und seine Sekretärin hieß Britta.

Gullan und Britta. Wo sind wir denn? Bei den Kindern von Bullerbü?

Mit dem Untertitel: Wir männlichen Chefs mit weiblichen Sekretärinnen …

»Ja«, sagte Paul Hjelm und setzte sich auf ein entsprechendes Zeichen in den etwas niedrigeren Besucherstuhl, »ich kenne Bengt Åkesson. Kommissar beim Dezernat für Gewaltverbrechen bei der Kripo Stockholm.«

Und Kerstin Holms Liebhaber.

Unterließ er zu sagen.

Grundström verteilte die Kaffeetassen mit eigentümlich abgespreiztem kleinen Finger und sagte: »Ich habe nicht gefragt, ob er dir *bekannt* ist. Ich wollte wissen, ob du ihn *kennst*.«

»Nein«, sagte Paul Hjelm. »*Kennen* tue ich ihn nicht.«

»Gut«, sagte Niklas Grundström und blies vorsichtig auf seinen Kaffee. »Es ist ein heißes Eisen. Die Anzeige kam vor einer Viertelstunde.«

»Sexuelle Belästigung?«

»Ja«, sagte Grundström, »überhaupt nicht gut.«

»Nein«, sagte Hjelm. »Aber wahrscheinlich?«

»Wir müssen wie üblich vorurteilslos an die Sache herangehen. Deshalb die Frage, ob du ihn kennst. Eine Frau namens Marja Willner hat Bengt Åkesson wegen sexueller

Belästigung angezeigt, und zwar während einer Vermisstenmeldung nach ihrem verschwundenen Mann, die sie gestern
Nachmittag gemacht hat.«

Nachdem Hjelm den verschlungenen Satz für sich geordnet hatte, antwortete er: »Hat sie sich nicht spezifischer ge-
äußert?«

»Doch. ›Er hat meine Brüste betatscht und Massen von
obszönen Dingen gesagt, die er mit mir machen wollte.‹ So
ungefähr. Ich habe die Aufzeichnung ihrer Anzeige direkt
auf dein Handy weitergeleitet. Wunder der Technik.«

»Ich gehe davon aus, dass Diskretion angesagt ist?«

»Hast du Zeit, es persönlich zu übernehmen?«, fragte
Grundström und schaute zum ersten Mal von seinem Kaffee
auf. »Ich will da keinen anderen einschalten. Es kann ein
mediales Spießrutenlaufen werden. Peinlich genaue Sorgfalt
und totale Diskretion sind angesagt.«

Paul Hjelm legte eine kurze Pause ein. Damit es den Anschein hatte, als dächte er nach. Eigentlich dachte er darüber
nach, warum er diesen Fall unbedingt haben wollte. Aufgrund früherer Erfahrungen als interner Ermittler hätte er
jede Verbindung zu seinen ehemaligen Kollegen in der
A-Gruppe scheuen sollen wie die Pest. Aber es war wohl
ganz einfach aufgrund dessen, was er im Kronobergspark
gesehen hatte.

Um Kerstin Holm zu schützen.

Redete er sich ein.

»Ich klemme es schon irgendwie dazwischen«, sagte er.

»Gut«, sagte Grundström und lehnte sich zurück. »Und
die Lage sonst?«

Persönliche Töne waren nicht Niklas Grundströms Sache.
Seine Frage klang völlig desinteressiert.

Hjelm fand nicht, dass die Situation danach war, mit der
Tradition zu brechen, deshalb stand er auf und antwortete:
»Gut. Wir sollten Åkesson besser nicht allzu lange warten
lassen.«

Grundström nickte und sagte: »War was mit dem Kaffee nicht in Ordnung?«

»Nur das Timing«, sagte Hjelm und verließ den übermächtigen Raum. Er verursachte ihm immer Beklemmungen.

Ja, wie war die Lage eigentlich? Wie sah sein Leben aus? Die Arbeit nahm viel zu viel Zeit in Anspruch, als dass er mit gutem Grund behaupten könnte, ein Leben zu haben. Aber mit echter polizeilicher Ermittlungstätigkeit hatte er schon lange nicht mehr zu tun gehabt. Es war schwer, Frauen zu treffen – er wusste tatsächlich nicht, wo er sie finden sollte –, und außerdem war sein amouröser Enthusiasmus ins Stocken geraten. Es war ein Mysterium, nicht zuletzt deshalb, weil er überzeugt war, der Sinn des Lebens hinge von der Liebe ab. Doch es gab immer wieder Hindernisse. Dabei sollte es so einfach sein.

Außerdem spukten die Erlebnisse des vergangenen Jahres noch in seinem Kopf herum, als seine Exfrau Cilla Opfer eines Verbrechens geworden war. Im Unterschied zu ihm schien Cilla ihr Leben jetzt jedoch wieder zu genießen. Die Kinder Danne und Tora hatten durchblicken lassen, dass sie einen Mann getroffen hatte, aber mehr als das wusste er nicht. Jetzt, da die Kinder erwachsen und ausgezogen waren, hatte er kaum noch Kontakt zu Cilla. Und das war wohl auch gut so.

Nach einem langen Spaziergang, auf dem er sich Marja Willners Anzeige am Handy angehört hatte, gelangte er zur Abteilung der Stockholmer Länspolizei im großen Polizeipräsidium auf Kungsholmen. Er fand Bengt Åkessons Zimmer und klopfte an.

Åkesson, der gerade seine nasse Jeansjacke weghängte, erstarrte, als er Paul Hjelm in der Türöffnung sah. Aber ganz bestimmt aus den falschen Gründen. Vermutlich hatte Kerstin von ihrer gemeinsamen Vergangenheit erzählt.

»Was verschafft mir die Ehre?«, sagte Åkesson eine Spur

zu flott und streckte die Hand aus. »Hab ich was ausgefressen?«

»Ja«, sagte Paul Hjelm ohne Umschweife und schüttelte die ausgestreckte Hand.

»Was?«, stieß Åkesson aus. »Ist das dein Ernst?«

»Können wir uns setzen?«, sagte Hjelm und versuchte, neutral zu bleiben. Es durfte keine Rolle spielen, ob dieser Mann letzte Nacht leidenschaftlichen Sex mit Kerstin Holm gehabt hatte oder nicht. Nicht die geringste Rolle.

Nachdem er, als Vorspiel, eine arme Frau, deren Mann verschwunden war, sexuell belästigt hatte.

Nein, weg mit so schäbigen Gedanken, dachte Paul Hjelm und sagte: »Du hast gestern am späten Nachmittag zwischen ungefähr fünf und halb sechs die Vermisstenmeldung einer Frau namens Marja Willner nach ihrem verschwundenen Mann aufgenommen. Stimmt das?«

Åkesson blinzelte und sagte: »Ach du meine Güte.«

»Du scheinst zu begreifen, dass es ernst ist?«

»Was hat sie gesagt?«

»Erzähl du es erst mit eigenen Worten.«

»Da gibt es nichts zu erzählen. Ihr Mann war verschwunden. Ich machte Überstunden und nahm ihre Meldung entgegen. Es ging vollkommen ruhig zu.«

»Du hast nichts getan, was man als unangebracht bezeichnen könnte?«

»Absolut nicht«, sagte Åkesson in einem bombensicheren Ton, sah aber alles andere als sicher aus.

»War sie hübsch?«, fragte Hjelm.

»Das weiß ich nicht.«

»Nun komm schon. Wir beide wissen, wie eine hübsche Frau aussieht.«

»Vielleicht«, sagte Åkesson zögerlich.

»Also war sie hübsch?«

»Ja, okay, sie war wirklich hübsch.«

»Geradezu sexy?«

»Tja …«

»Und es ist spät, und man hätte schon Feierabend machen sollen, und dann taucht sie auf mit einem Scheißanliegen und sitzt da und weckt einen da auf der anderen Seite des Schreibtischs, und man versinkt in Fantasien über ihren Körper.«

»Ich bin nicht in Fantasien versunken.«

»Nein, wenn man müde ist, ist es schwer, zwischen Fantasie und Wirklichkeit zu unterscheiden. Am Ende weiß man nicht genau, ob die Hand, die ihre Brust streichelt, wirklich oder eingebildet ist.«

»Jetzt mach mal halblang«, sagte Åkesson. »Ich bin ein genauso erfahrener Vernehmungsleiter wie du, Paul, und dies hier ist nicht einmal ein Verhör. Also keine billigen Tricks, bitte.«

»Worin bist du denn versunken, wenn es keine Fantasien waren?«

»In Reflexionen. Darüber, wie Menschen sich begegnen. Und nicht begegnen.«

»Erkennst du die Sätze ›Ihre Schönheit ist vermutlich eine Bedrohung‹ und ›Sie kleiden sich ziemlich aufreizend‹?«

Hjelm beobachtete Åkesson aufmerksam.

Sein Blick flackerte einen Augenblick, dann fasste er sich und sagte: »Ich habe nichts weiter zu sagen, bis ich die Vorwürfe im Einzelnen gehört habe. Und nicht, bevor es sich um ein ordentliches Verhör handelt. Und dann möchte ich einen Anwalt dabeihaben.«

»Das ist dein gutes Recht«, sagte Hjelm. »Ich hatte nur gedacht, dass wir uns vorher ein wenig informell unterhalten könnten.«

»Was soll ich denn getan haben?«

»Es geht um verbale und körperliche sexuelle Belästigung.«

Åkesson stöhnte auf, und Hjelm fuhr fort: »Angenommen, es ist nicht wahr. Angenommen, dass dir kein einziger sexistischer Spruch während des Gesprächs mit dieser sexy

Frau über die Lippen gekommen ist – was für ein Motiv könnte sie haben zu lügen?«

»Keine Ahnung.«

Paul Hjelm bremste sich erneut. »Ich glaube, ich bin gerade darauf gekommen«, sagte er.

»Weshalb sie lügt?«

»Ich weiß nicht, ob sie lügt. Das werde ich herausfinden. Aber ich glaube, dass dir ihr Motiv gerade klar geworden ist. Dir ist eine Einsicht gekommen.«

»Jaja«, sagte Åkesson sauer. »Ich weiß, dass du gut bist, Hjelm. Ich weiß auch, dass du gern brillierst. Aber jetzt sage ich nichts mehr.«

»Gut«, sagte Hjelm und stand auf. »Du hast ein bisschen Zeit, um deine Gedanken zu sammeln. Wir machen später ein richtiges Verhör, ich ruf dich an und sag dir, wann. Dann erhältst du Einsicht in den vollen Wortlaut der Anzeige. Aber wenn du einen Anwalt mitbringst, wird es hochoffiziell. Und auf gar keinen Fall darfst du in irgendeiner Form Kontakt zu Marja Willner aufnehmen.«

Paul Hjelm verließ den Raum.

Bengt Åkesson saß auf seinem Stuhl wie festgewachsen. In seinem Herzen tobte das Chaos. Er hatte eine fantastische Nacht mit Kerstin Holm verbracht, aber seine Gedanken mussten zurück, durch das Fantastische hindurch und auf der anderen Seite wieder heraus. Aus dem Paradiso ins Inferno. Er versuchte, Klarheit in die Situation mit Marja Willner zu bringen. Zwar hatte er beides gesagt, ›Ihre Schönheit ist vermutlich eine Bedrohung‹ und auch den Satz ›Sie kleiden sich ziemlich aufreizend‹. Aber sonst? Er hatte angenommen, dass der eifersüchtige Ehemann Grund für sein Misstrauen hatte, dass sie ein spezielles Verhältnis zu Männern habe und sie wegscheuchen musste wie Fliegen. Vielleicht war all das in seinem Blick zu sehen gewesen, vielleicht hatte es für eine Anzeige ausgereicht. Aber er hatte sie nicht angefasst. Wo verlief die Grenze des Übergriffs?

127

Und vor allem: Wer beging ihn?

Sein Handy klingelte. Kerstin, dachte er und meldete sich.

Was zum Teufel sollte er Kerstin erzählen?

Aber die Stimme, die im Handy erklang, war dunkel, fast singend. Eine Soulstimme.

»Ich weiß, dass Steffe Ihnen scheißegal ist«, sagte die Stimme klar und deutlich.

»Marja Willner«, sagte Åkesson heiser. »Was haben Sie getan?«

»Ich habe an Ihrem Blick gesehen, dass Steffe ganz tief unten im Stapel landen würde. Ich bin bereit, einiges für meinen Mann zu tun.«

»Aber ...«

»Wenn Sie Tempo machen und sofort nach Steffe suchen, ziehe ich meine Anzeige zurück. Sobald ich ein Ergebnis sehe.«

»War mein Blick wirklich so furchtbar?«

»Er war wie der aller Männer«, sagte Marja Willner gleichgültig. »Machen Sie jetzt Dampf.«

Und weg war sie. Bevor er auch nur auf den Gedanken kommen konnte, das Gespräch aufzunehmen. Und das war natürlich beabsichtigt.

Es gibt viele Arten, Macht auszuüben, dachte Bengt Åkesson. Und viele Arten, der Macht zu begegnen.

Er betrachtete das Handy in seiner Hand. Es zitterte. Es kam ihm plötzlich in den Sinn, wie unglaublich lange es her war, dass seine Hand gezittert hatte. Und dann wählte er die Nummer.

»Kerstin«, kam es kernig aus dem Handy.

»Hej, ich bin's«, sagte Åkesson.

»Ja hej«, sagte Kerstin Holm, und ihre Stimme öffnete sich wie eine Blume.

Das genügte Bengt Åkesson. Seine Hand zitterte nicht länger. »Ich wollte dir nur sagen, dass ich an dich denke«, sagte er.

»Ich auch an dich«, sagte Kerstin und legte auf.

Sie betrachtete die beiden Herren, die ihr am Schreibtisch gegenübersaßen. Diese wohlbekannten Mienen, dachte sie. Schon ihre bloße Anwesenheit tut mir gut. Und doch hatte sie nicht die geringste Absicht, ihnen Einblick in ihr Privatleben zu gewähren.

»Aber weswegen?«, sagte Viggo Norlander. »Du verdächtigst also die Mutter des Mädchens? Und weswegen?«

Kerstin Holm zog die Augenbrauen hoch. »Verdächtigen ist ein viel zu starkes Wort«, sagte sie. »Ich wollte mich nur mit meinen routiniertesten Ermittlern beraten. Bin ich total auf dem Holzweg?«

Arto Söderstedt ließ die Hand durch sein strähniges weißes Haar gleiten und sah nachdenklich aus. Aber er sagte kein Wort.

An seiner Stelle fuhr Norlander fort: »Dein Verdacht gründet sich also darauf, dass sie sich diese Wohnung in Hammarby Sjöstrand eigentlich nicht leisten können dürfte?«

»Das ist, wie gesagt, kein Verdacht.«

»Dann eine Ahnung«, sagte Norlander ungeduldig. »Ein Reflex, ein Instinkt, ein Bauchgefühl. Was auch immer. Eine wilde Spekulation.«

»Nicht nur«, sagte Holm. »Birgitta Flodberg legte auch eine nicht ganz gewöhnliche Distanz an den Tag. Als hätte sie sich nie so recht um ihre Tochter gekümmert. Es ist schwer, genau den Finger daraufzulegen.«

Söderstedt schien endlich zu Ende gedacht zu haben. Er hob die Hand und zeigte auf Kerstin Holms Handy. »Das da«, sagte er, »war ein Liebesgespräch.«

»Was?«, stieß Kerstin aus.

»Hast du jemanden getroffen, Kerstin? War auch Zeit, falls es so ist.«

»Ich bin auf nichts anderes aus als auf deinen Scharfsinn im Fall Emily Flodberg. In jeder anderen Hinsicht darfst du gern Autist sein.«

»Nicht herausreden jetzt, Chefin.«

»Gleichfalls«, sagte Kerstin Holm und unterdrückte ein Lächeln. »Was sagst du zu Birgitta Flodberg, Arto?«

»Ich habe sie nicht getroffen. Ich weiß es nicht. Aber deine Instinkte sind in der Regel mindestens so gut wie meine. Wir sollten sie vielleicht gemeinsam besuchen.«

»Genau daran habe ich auch gerade gedacht.«

»Wir haben ja im Moment nicht so viel zu tun«, sagte Söderstedt. »Du hast alle außer uns an die Arbeit geschickt.«

»Du weißt ja, wie es zugeht in der Premier League. Wer die beste Auswechselbank hat, wird Meister. Raus jetzt. Nach der Mittagspause fahren wir zu ihr. Falls nichts Unvorhergesehenes eintrifft.«

»Das Spiel ohne Ball«, nickte Viggo Norlander todernst, stand auf und zog seinen Kollegen mit sich hinaus auf den Flur der A-Gruppe.

Kerstin Holm blieb noch eine Weile am Schreibtisch sitzen und redete sich ein, dass sie nachdachte. Aber eigentlich ging ihr kein einziger Gedanke durch den Kopf. Vielleicht eine Ahnung – oder nur eine Spekulation –, dass etwas mit Bengt Åkessons Anruf nicht stimmte. Etwas mit seiner Stimme.

Dann gab sie sich einen Ruck und stand auf. Sie trat hinaus auf den trostlosen Siebzigerjahreflur, ging ein paar Türen weiter und betrat, ohne anzuklopfen – Privileg des Chefs –, Raum 304.

Dort saßen drei Personen vor einem Computer. Es war wie im Obduktionssaal. Der Computer war gründlich auseinandergenommen, und aus dem hüllenlosen Inneren liefen kürzlich dort befestigte Minikabel zu einer zusätzlichen Tastatur, die auf dem Schoß eines unbekannten Mannes lag. Der hatte zerzauste Haare, und seine Füße lagen auf dem Schreibtisch. Über der regulären Tastatur saß das ungleichste Paar des gesamten Polizeikorps, Jorge Chavez, 169 cm, und Jon Anderson, 203 cm.

»Wie sieht es aus?«, fragte Kerstin Holm.

»Weiß nicht recht«, sagte Chavez, »wie sieht es aus, Löfström?«

»Nicht schlecht«, sagte der Zerzauste und kaute auf einem Bleistift. Seine Mundwinkel waren schwarz vom Blei. Und das schien noch das Gesündeste an ihm zu sein.

»Nicht schlecht«, wiederholte Chavez und nickte.

»Du bist also der Computerexperte, den uns die Reichspolizeiführung versprochen hat?«, sagte Holm und streckte die Hand aus.

Der Zerzauste errötete und schüttelte ihre Hand. »Axel Löfström«, sagte er. »EDV-Techniker bei der Finanzpolizei.«

»Ja, die haben Computerhilfe sicher bitter nötig«, sagte Holm. »Was heißt ›nicht schlecht‹?«

»Das hier ist ein äußerst komplexes Schutzsystem«, sagte Löfström. »Es sagt die Wahrheit. Die Daten auf der Festplatte werden tatsächlich gelöscht, wenn man dreimal ein falsches Passwort eingibt. Das Programm beinhaltet eine Hardwarealteration. Aber es soll eine Möglichkeit geben, diese zu umgehen, ich habe ein paar grundlegende Tipps vom FBI bekommen, ausgerechnet. Wir kommen voran. Es sieht nicht schlecht aus.«

Jon Anderson entfaltete seine stattliche Gestalt, streckte sich, dass es in allen Gelenken knackte, und sagte durch ein unterdrücktes Gähnen hindurch: »Aber es gibt ein Fragezeichen.«

»Ja?«, sagte Kerstin Holm.

»Die Kriminaltechniker haben fremde Substanzen an dem Computer gefunden.«

»Was denn? Rauschgift? Sperma?«

»Wir sollten uns vielleicht dem Wesentlichen widmen?« sagte Chavez und starrte wie hypnotisiert auf den Monitor.

»Babynahrung«, sagte Jon Anderson dramatisch. »Genauer gesagt, Fleischklößchen mit Zucker.«

»Zucker?«, stieß Chavez empört aus.

»Hmm«, sagte Kerstin Holm wie Sherlock Holmes und fixierte Chavez. »Und was ist das Wesentliche? Wenn ihr noch nicht in den Computer hineingekommen seid?«

»Hineinzukommen«, sagte Chavez mit überdeutlicher Artikulation, den Blick noch immer wie gebannt auf den erloschenen Monitor gerichtet.

»Und das tut man also, indem man ihn hypnotisiert?«

»Das tut man, indem man nicht dauernd gestört wird.«

»Aha«, sagte Holm und unterdrückte schon wieder ein Lächeln. »Ruf mich sofort an, wenn ihr drin seid.«

Worauf sie den Schauplatz der Katastrophe verließ und durch den Korridor zurückging. Einen Moment lang dachte sie daran, wie es eigentlich um das einzige verheiratete Paar der A-Gruppe bestellt war. Gab es nicht jedes Mal eine seltsame atmosphärische Störung, wenn Jorge Chavez Sara Svenhagen erwähnte und umgekehrt?

Aber das waren zu viele Vermutungen auf einmal.

Wilde Spekulationen.

›Zucker?‹

Kerstin Holm kehrte in ihr Zimmer zurück. Tatsache war, dass sie um den Schreibtisch gehen und sich auf ihren Stuhl setzen konnte, bevor sie bemerkte, dass sie nicht allein war.

Auf einem Hocker in der Ecke saß Abteilungsleiter Waldemar Mörner, formeller Chef der A-Gruppe. »Ich stelle fest, dass zwei deiner Leute in ihrem Zimmer sitzen und Büroklammern nach Farben sortieren«, sagte er. »Rote in ein Fach, grüne in ein anderes und so weiter. Sie unterscheiden sogar zwischen türkis und hellblau. Außerdem sitzen zwei Männer über einen Computer gebeugt, der von einem kostenintensiven externen Experten bedient wird. Man kann nicht behaupten, dass deine Auslastung optimal ist.«

Kerstin Holm widerstand dem Impuls, eine Retourkutsche zu fahren, was den personellen Auslastungsgrad des Potentaten selbst betraf. Stattdessen sagte sie mit kluger Vorsicht: »Chavez und Anderson werden bald alle Hände voll damit zu tun haben, eine Festplatte im Detail zu untersuchen, Söderstedt und Norlander werden mir am Nachmittag helfen, ein paar wesentliche Fragen bezüglich des Milieus zu klären, in dem Emily Flodberg aufgewachsen ist. Aber damit können wir erst anfangen, wenn wir wissen, was auf ihrer Festplatte ist. Der Auslastungsgrad darf unter den gegebenen Umständen als optimiert angesehen werden.«

Nichts machte auf Waldemar Mörner mehr Eindruck als ein wohlformuliertes wirtschaftliches Argument – er widmete den größten Teil seiner Zeit dem Konstruieren solcher Argumente. Gleichwohl schüttelte er jetzt den Kopf, beugte sich vor und klatschte eine braune Mappe auf den Schreibtisch. »Zwei von ihnen müssen sich hiermit beschäftigen«, sagte er. »Man kann sich das Szenario von gestern Nacht ungefähr folgendermaßen vorstellen: der Monteliusväg, du weißt, dieser wunderschöne neue Spazierweg auf Mariaberget mit Aussicht über Riddarfjärden auf das Stadshus und ganz Stockholm. Es ist späte Nacht oder früher Morgen, wie man will, die Sonne hat ihr kurzes Bad in der Bucht beendet und steigt gerade wieder am Horizont herauf, in rosa- und orangefarbene Schleier gewandt, die ihren magischen Schimmer über das spiegelglatte Wasser werfen und die schlafende Stadt aufglühen lassen. Ein frisch verliebtes und eine Spur beschwipstes junges Paar ist nach einer nächtlichen Fiesta bei Freunden am Ringväg auf dem Weg nach Hause in die Bellmansgata. Umschlungen wandern die beiden, von der Münchenbryggeri-Seite kommend, den Monteliusväg entlang, fasziniert von der fabelhaften Aussicht. Auf einer Bank etwas weiter vorn, beim Tor zu Ivar Los Park, besser bekannt unter dem Namen Bastis, sitzt ein Mann. Sie sehen ihn erst, als sie über seine ausgestreckten Beine stolpern. Er trägt einen Hut mit breiter Krempe, tief in die Stirn gezogen, sein Kopf ist vorgeneigt, als schliefe er. Sie machen sich ein bisschen Sorgen, er sitzt so reglos da. Die junge Frau tippt ihm leicht an die Schulter. Keine Reaktion. Der junge Mann greift vorsichtig den Hut an der Krempe und hebt ihn an, um das Gesicht zu erkennen. Der Hut ist schwerer, als er sein sollte, aber daran denkt der Jüngling nicht in seinem leicht angesäuselten Zustand. Er hebt den Hut kräftig an. Und der Kopf kommt mit. Er kippt nach hinten, fällt herunter und bleibt auf dem Rücken an den Halswirbeln hängen. Das junge Paar starrt direkt auf die beiden Schnittflächen des durchgetrennten Halses.«

Mörner verstummte. Seine Wangen glühten vor Erzählerfreude.

»Huch«, sagte Kerstin Holm. »Und wenn wir es ein bisschen weniger poetisch und ein wenig stringenter machen?«

»Die Entdeckung erfolgte letzte Nacht, am 15. Juni um drei Uhr vierundfünfzig. Dem vorläufigen Bericht des Gerichtsmediziners zufolge war der Mann da bereits seit zehn Stunden tot, der Leichenstarre nach zu urteilen aber gerade erst auf die Parkbank gesetzt worden. Zum Glück stieß das junge Paar in der Bastugata auf einen Polizeiwagen, der dort Streife fuhr, warum auch immer man da Streife fährt, was dazu führte, dass das Geschehen fast ganz aus dem Polizeiradio heraus und folglich vor den Medien geheim gehalten wurde. Die Identität des Opfers ist noch nicht geklärt. Aber jetzt kommt der Grund, warum der Fall in den Aufgabenbereich der A-Gruppe gehört, was ihm einen internationalen Anstrich verleiht. Der Hals wurde mit einer dünnen Schnur vom Typ Klaviersaite durchtrennt. Nicht gerade ein schwedischer Standardmord.«

»Glatt durch?«

»Ja.«

»Die Kraft, die dafür nötig ist…«

»Die Kraft hat mich dazu veranlasst, mich auf den Fall zu stürzen«, sagte Waldemar Mörner.

»Du fängst an zu begreifen, wie wir denken«, sagte Kerstin Holm unbedacht.

Aber Mörner war nicht gekränkt, im Gegenteil, er leuchtete auf wie die Sonne. Wahrscheinlich war es das erste Mal, dass er seitens der A-Gruppe ein positives Urteil zu hören bekam. »Du willst ihn also haben?«, fragte er, möglicherweise ein wenig stichelnd. »Obwohl der personelle Auslastungsgrad unter den gegebenen Umständen als optimiert angesehen werden kann?«

Kerstin Holm schenkte ihm ein süßes Lächeln, und selten hatte Waldemar Mörner den Flur der A-Gruppe so zufrieden verlassen.

Sie blätterte Mörners braune Mappe durch und wünschte sofort, sie hätte es nicht getan. Während sie ihre optimierten Arbeitstruppen zusammenrief, versuchte sie das Bild wegzuwischen, das sich auf ihrer Netzhaut eingeätzt hatte, ›die beiden Schnittflächen des durchtrennten Halses‹. Die Arbeitstruppen trafen ein, und als sie sich gesetzt hatten, fragte Kerstin vollkommen neutral: »Wie definiert man den Unterschied zwischen türkis und hellblau?«

Arto sah Viggo an, Viggo sah Arto an.

»Türkis hätte eine Nuance Grün«, sagte Arto Söderstedt.

»Hättet ihr nicht eine Arbeit vortäuschen können, als Mörner auftauchte?«

»Glaubst du nicht, dass er das mit der starken Auswechselbank versteht?«

»Jetzt ist jedenfalls Schluss mit der Bankdrückerei«, sagte Kerstin Holm und ließ eine Fotografie aus der braunen Mappe hinübersegeln. Viggo Norlander fing sie auf, fixierte sie und spürte, wie ihm der Mageninhalt hochkam.

Er reichte das Bild an Söderstedt weiter, der zog seine farblose linke Augenbraue hoch und sagte: »Au weia.«

»Also Schluss mit lustig«, sagte Holm. »Stellt fest, wer er ist, wer für eine solche Tat infrage kommen könnte und warum.«

Sie reichte Söderstedt die Mappe rüber, und er schob das Foto hinein. »Schlachtermesser?«

»Klaviersaite, wie es scheint.«

135

»Heiliger Bimbam«, sagte Söderstedt.

»Jedenfalls ziemlich unmusikalisch«, sagte Holm und winkte ihre treuesten Untergebenen aus dem Zimmer.

Sie lehnte sich zurück, verschränkte die Hände im Nacken und grübelte über das Wort ›Auslastungsgrad‹ nach. Konnte es Waldemar Mörners eigene Wortschöpfung sein? Wachsende Kritik an seinem abstoßenden Sprachgebrauch hatte ihn zum Besuch eines längeren Rhetorikkurses veranlasst, den er eigentlich nicht hatte machen wollen. Doch das Gerücht, dieses windschnelle Ungeheuer, behauptete, er sei sofort auf den Geschmack gekommen. Inzwischen drückte er sich äußerst respektabel, beinahe lyrisch aus. Was zwar etwas langweiliger war, aber den Vorteil hatte, dass er seine Lyrismen gern eine Spur zu weit spannte. ›Auslastungsgrad‹ konnte also durchaus seine Schöpfung sein.

Als zwei Telefone gleichzeitig klingelten, fühlte Kerstin Holm sich ein bisschen überausgelastet. Auf dem Display ihres Handys erschien der Name ›Bengt‹ – das Haustelefon dagegen war nicht in der Lage, seine Quelle anzugeben.

Also griff sie zuerst zu diesem. »Kerstin Holm hier, bleib einen Moment dran.«

Ich tue unglaublich viel, wenn man bedenkt, wie wenig dabei rauskommt, dachte sie, legte den Hörer des Haustelefons ab und meldete sich am Handy. »Hej, Bengt.«

»Kerstin«, sagte Bengt.

Die Stimme war es, ja. Die Stimme. Das Gefühl, dass etwas mit seiner Stimme nicht in Ordnung war. Schlimme Vorahnungen.

»Ja?«, sagte sie vorsichtig.

Vickan ist zurückgekommen. Du musst verstehen, dass das, was du und ich heute Nacht miteinander hatten, sich nicht wiederholen kann.

Sagte er nicht. Aber so hallte es in ihrem Inneren wider.

»Ich bin auf dem Weg zu Paul Hjelm. Ich will nicht, dass du es von jemand anderem hörst.«

»Zu Paul? Und wieso?«

»Es ist eine Anzeige wegen sexueller Belästigung gegen mich eingegangen.«

»Was sagst du da? Das ist nicht dein Ernst!«

»Du weißt, dass ich unschuldig bin«, sagte Bengt Åkesson unglücklich. »Eine halbe Stunde nach dem angeblichen Vorfall haben du und ich an meinem Herd gestanden, Lachs gebraten und uns berührt.«

»Und was willst du jetzt von mir hören?«

»Dass du mir glaubst. Und dass du mir die Daumen drückst.«

Kerstin Holm schwieg eine Weile und schüttelte dann den Kopf. Es kam ihr vor, als ob er sich löste und nach hinten fiele und an den Halswirbeln hängen bliebe. »Ich glaube dir«, sagte sie. »Und ich drücke dir die Daumen. Paul Hjelm wird aufgrund einer falschen Aussage kein Urteil fällen.«

»Nein«, sagte Åkesson. »Nein, vielleicht nicht. Ich muss jetzt Schluss machen, ich stehe vor seiner Tür. Ich drück dich.«

Dann war er weg. Kerstin schloss die Augen und dachte über das makabre Spiel des Zufalls nach. Leider zeigten die Zufälle eine Tendenz, Zusammenhänge zu bilden, wenn die A-Gruppe sich ihnen näherte. So viel hatte sie gelernt.

Dann griff sie nach dem Hörer des Haustelefons und sagte matt: »Ja?«

»Kerstin«, sagte Jorge Chavez umso energischer. »Was habe ich da über Paul gehört?«

»Gar nichts«, sagte Kerstin mit einer gewissen Schärfe. »Was gibt es?«

»Wir sind jetzt in Emily Flodbergs Computer.«

Einen kurzen Moment dachte Kerstin Holm an ihren persönlichen Auslastungsgrad.

Dann seufzte sie: »Ich komme.«

11

Das Trio war wieder versammelt. Die Frage war, ob das eine gute Idee war. Es war einfach so gekommen. Vielleicht verlieh es eine Art instinktiver Sicherheit, sich in einer Polizeiwache statt in der immer fremder werdenden Nähe des Waldes zu versammeln.

Allerdings hatten sie dort die ganze Schulklasse samt Anhang zurückgelassen. Sie dort weiter festzuhalten, ohne selbst an Ort und Stelle zu sein, war nicht ganz zu verantworten. Das konnte nicht lange so bleiben. Spätestens morgen würden sie die Truppe ziehen lassen müssen. Und dann würde sie sich über den gesamten Planeten verteilen – die Sommerferien hatten ja begonnen.

Aber es gab immer noch Fragen zu stellen. Das Problem war, dass sie noch nicht wussten, welche. Oder wem sie zu stellen waren.

Die Zeit drängte.

Und jetzt gab es eine Menge anderes zu tun.

Lena Lindberg öffnete ihre Tasche und hievte die neuen Ausdrucke des magischen Computerprogramms heraus, das unter der Bezeichnung ASR lief, Automatic Speech Recognition. Es war ein ziemlich großer Packen.

Gunnar Nyberg stöhnte, als er ihn sah. Er stöhnte noch einmal, als er den Blick in den zum Versammlungsraum umfunktionierten Kaffeepausenraum der Polizeiwache von Sollefteå richtete. Außer Lena Lindberg waren Kommissar Alf Bengtsson und Polizeiinspektor Lars-Åke Ottosson von der Polizei von Sollefteå anwesend. Und auf dem Platz des Vorsitzenden, an der Stirnseite des Tisches, saß Sara Svenhagen. In gewisser Weise erschien das völlig korrekt.

Nyberg stöhnte ein drittes Mal und platzierte neben den

Stapel des Stimmdetektors seine wesentlich schlampigeren Aufzeichnungen. Er hatte sie in aller Eile zu Papier gebracht, während er im Krankenhaus auf Informationen über den Gesundheitszustand Carl-Olof Strandbergs wartete. Der Mann kam schließlich aus dem Untersuchungszimmer gestolpert, den Kopf mit einem mächtigen Verband umwickelt. Die Polizeiassistenten, die draußen Wache hielten, legten ihm Handschellen an und transportierten ihn zur Wache. Nyberg saß im Streifenwagen neben ihm; sie wechselten kein Wort. Und wenn er jetzt durch die Tür des Kaffeepausenraums blickte, sah er den mächtigen Verband ab und an im vergitterten Fenster einer Arrestzelle der Polizeiwache auftauchen.

Die lokale Polizei durchsuchte zurzeit Sten Larssons Haus, aber bisher hatten sie nicht das geringste Anzeichen von irgendwelchem ›Teufelszeug‹ (Kommissar Bengtssons Ausdruck) finden können. Keine Kinderpornografie, keine anderen Computer, keinen Anrufbeantworter, keine ›suspekten Sexrequisiten‹ (wieder Bengtsson).

»Wie ging es mit Julia Johnsson?«, fragte Gunnar Nyberg.

»Wie?«, sagte Lena Lindberg und starrte ihn an.

Er klopfte auf den ASR-Stapel und sagte: »Ich weiß, ich muss das alles durcharbeiten, aber ich bin doch neugierig, was Julia zu den eventuellen Nacktbildern gesagt hat.«

Sara Svenhagen räusperte sich und wandte sich, ein wenig streng, an alle Anwesenden. »Dies hier ist höchst vertraulich, kein Wort, keine Silbe darf aus diesem Raum dringen.«

Alf Bengtsson und Lars-Åke Ottosson nickten andächtig.

Svenhagen fuhr fort: »Emily Flodberg hat kurz vor Weihnachten vorgeschlagen, dass sie und ihre beste Freundin Felicia Lundén sich nackt fotografieren und die Bilder ins Internet stellen. Vermutlich ging es darum, sich Geld zu beschaffen. Von erwachsenen Männern. Felicia machte eine Weile mit, bekam schließlich aber kalte Füße. Das führte zu einer Verstimmung zwischen den Freundinnen, und es dauerte eine Weile, bis Felicia die kompromittierenden Bilder wiederbekam. Da hatte Emily bereits die nächste Freundin an der Angel, Julia Johnsson. Julia gelang es beim Verhör zunächst, die Maske zu wahren, aber schließlich gab sie zu, dass Emily sie unbedingt hatte nackt fotografieren wollen. Als sie sich darauf nicht einließ, nahm auch diese Freundschaft ein Ende. Emily Flodberg scheint jede neue Freundin regelrechten Prüfungen unterzogen zu haben.«

»Und jetzt haben Jorge und die Jungs also ihren Computer geknackt?«, sagte Gunnar Nyberg.

»Angeblich«, nickte Sara und warf einen Blick auf ihre Armbanduhr. »Sobald sie etwas finden, bekommen wir Bescheid.«

»Was uns auf die Frage *unseres* Computers bringt«, sagte Gunnar. »Oder besser den von Sten Larsson. Was wissen wir über den Zustand der Festplatte?«

»Es ist ein Experte vom Kriminallabor aus dem Süden eingetroffen«, sagte Kommissar Alf Bengtsson. »Ich muss mich wohl verhört haben, aber ich meine, er sagte, sein Chef heiße Svenhagen...«

»Du hast dich nicht verhört«, sagte Sara Svenhagen, und Nyberg erkannte diese altgewohnte Spannung in der Kiefermuskulatur, die sich immer einstellte, wenn die Rede auf Papa Brynolf kam. Papa Brynolf Svenhagen, Chefkriminaltechniker der Reichskripo.

»Der Experte, er heißt Jerker Ollén, ist jedenfalls an der Arbeit«, sagte Bengtsson, möglicherweise ein wenig verdrießlich, weil ihm das Familienverhältnis nicht erklärt wurde.

Als Dorfbewohner begeisterte er sich vermutlich für Familienverhältnisse, aber sonst gab es nicht viel an ihm auszusetzen. Ein echter Polizeiprofi von der ländlichen Sorte, ein kleines Wohlstandsbäuchlein als Folge der reichlichen Freizeit. Die Sorte Polizist, die noch in Gegenden gedeiht, wo die

Leute den Autoschlüssel stecken lassen und nie die Haustür abschließen.

»Und was sagt der Experte Jerker Ollén?«, fragte Nyberg.

»Die Festplatte *ist* beschädigt«, sagte Bengtsson. »Das wird erstens Zeit brauchen. Zweitens weiß er nicht, wie viel er retten kann. Die Frage ist, was das für unser ersehntes Verhör bedeutet…«

»Ein erstes Verhör muss stattfinden«, sagte Sara Svenhagen und seufzte. »Auch wenn wir nicht mehr als ein Ass im Ärmel haben. Das werden wir allerdings ausspielen. Seid ihr sicher, dass wir das hier machen können?«

Polizeiinspektor Lars-Åke Ottosson stand auf und ging zu einem Nebentisch, auf dem ein altmodischer Aufnahmeapparat stand. Er hantierte ein wenig daran herum und sagte: »Technisch geht es jedenfalls.«

»Außerdem haben wir keinen Verhörraum, in den wir alle hineinpassen«, sagte Alf Bengtsson. »Und ich verlange, dass ich dabei bin, zusammen mit einem meiner Leute.«

»Normalerweise bevorzuge ich einen etwas intimeren Raum«, sagte Svenhagen. »Aber das würde auf einen Mann wie Strandberg auch keinen Eindruck machen.«

Die Anwesenden reihten sich auf der einen Seite des Kaffeetisches auf, Ottosson baute das Mikrofon auf, und Bengtsson holte Carl-Olof Strandberg, der mit Verband und betont nichtssagender Miene eintrat.

Er wurde den fünfen gegenüber platziert und sagte: »Das ist wie in einem amerikanischen Gerichtsfilm. Rechtschaffene Bürger, die, ohne zu blinzeln, die Todesstrafe verhängen.«

»Was macht der Kopf?«, fragte Nyberg.

»Als ob Sie das kümmern würde.«

»Also«, sagte Sara Svenhagen mit erhobener Stimme, »Verhör mit dem verhafteten Carl-Olof Strandberg am 15. Juni um 14.20 Uhr, Polizeiwache Sollefteå.«

Strandberg betrachtete die bunte Schar verächtlich, und Sara fuhr fort: »Woher kennen Sie Sten Larsson in Vallsäter?«

»Wir angeln zusammen«, sagte Carl-Olof Strandberg.

»Hier in der Gegend scheinen alle zusammen zu angeln. Warum haben Sie behauptet, ihn nicht zu kennen?«

»Wegen unseres beiderseitigen Hintergrunds.«

»Zwei angelnde Pädophile?«

»Ich wusste, was Sie daraus machen würden.«

»Was wissen Sie über Sten Larssons Tun und Lassen gestern um ein Uhr?«

»Nichts. Ich war zu dem Zeitpunkt hier in Sollefteå.«

»Wir glauben, er befand sich zu genau der Zeit im Wald beim Gammgård in Saltbacken. Wir glauben außerdem, dass er auf der Jagd nach Kindern vom Hof war, die sich verlaufen hatten. Und wir glauben, dass Sie davon wussten. Dass sich Spuren dieser Kenntnis in dem Computer befinden, den Sie zerstört haben. Irgendein Kommentar?«

»Keinen.«

»Warum haben Sie sich die Mühe gemacht, die Polizei in die Irre zu führen, um vor ihr bei Sten Larssons Haus zu sein und seinen Computer zu demolieren? Warum war das so wichtig?«

»Das sind alles Unterstellungen«, sagte Strandberg ruhig. »Ich bin hingefahren, um mir Stens Computer auszuleihen, und dann hat es dieser große Tölpel da so weit gebracht, dass er mir aus der Hand fiel. Er fiel mir aus der Hand, weil er mich plötzlich mit einer Pistole bedrohte. Ohne jeden Grund. Ich war und bin unbewaffnet.«

»Gemeint ist wohl Kriminalinspektor Gunnar Nyberg?«

»Ja. Ein gewalttätiger Mann. Als Polizist völlig ungeeignet.«

»Was werden wir in dem Computer finden?«, fragte Sara Svenhagen geduldig. »Sie können es ruhig gleich sagen, das wird Ihnen vor Gericht zugutegehalten. Es ist nur eine Frage der Zeit, bis wir es finden.«

Carl-Olof Strandberg lächelte schief und sagte: »Wenn es so wäre, würden Sie mich nicht fragen.«

»Warum wollten Sie Larssons Computer gerade jetzt ausleihen?«

»Weil mir der große Tölpel von Polizist gerade jetzt aufgetragen hat, eine Liste über meine Klienten in Sollefteå zusammenzustellen. Meine eigene Festplatte ist kaputtgegangen, aber ich habe Back-ups meiner Register in Stens Computer. Ich bin hingefahren, um die Liste zu erstellen, um die ich gebeten worden war. Und dafür wurde ich bewusstlos geschlagen und musste mit dem Krankenwagen abgeholt werden. Ich zeige den genannten Gunnar Nyberg hiermit wegen schwerer Körperverletzung an.«

»Beeindruckende Verteidigungsstrategie«, sagte Sara Svenhagen. »Aber für eine hoffnungslose Sache. Wo ist Ihre eigene Festplatte?«

»Kaputt«, sagte Strandberg. »Völlig hinüber. Weggeworfen.«

»Wir haben es mit zwei kaputten Festplatten zu tun. Sie wollen das auf einen Zufall zurückführen?«

»Auf den Zufall und auf schwere Körperverletzung seitens eines Polizisten.«

»Sie begreifen wohl, dass wir erstens Ihre Festplatte finden und zweitens Sten Larssons Festplatte retten werden? Werden wir dann so viel Kinderpornografie finden, dass die Geschichte sexueller Übergriffe umgeschrieben werden muss?«

»Beeindruckende Anklage. Aber für eine hoffnungslose Sache.«

Sara Svenhagen hatte fast vergessen, wie sich die wirklich routinierten Verdächtigen im Verhör verhalten. Carl-Olof Strandberg war einmal Kinderarzt und Kinderpsychiater gewesen. Er hatte mit den schwersten Fällen an den Schulen Stockholms gearbeitet und konsequent das Vertrauen der Kinder missbraucht. Das war über Jahre so gegangen und hatte seinen Höhepunkt in der Entführung dreier Jungen aus verschiedenen Schulen in der Stockholmer Innenstadt ge-

143

habt. Zwei starben, wurden aber nie gefunden, und einer war nach wie vor nicht ansprechbar. Strandberg hatte ihn allem Anschein nach mit seinem gesamten beruflichen Können in die totale Blockade manipuliert. Seine Kälte in dieser Verhörsituation bewegte sich um den Nullpunkt. Es gab nicht einen Spalt in der Mauer.

Trotzdem musste Sara sich ihren Kopf weiter an dieser Mauer blutig stoßen. Um Emily Flodbergs willen. Sie fuhr fort: »Sie wussten, dass es auf Gammgård von Vierzehnjährigen wimmelte? Genau das richtige Alter für Sie und Larsson. Sie haben darüber sicher mit ihm diskutiert? Ein bisschen gelacht und gescherzt über, sagen wir, Leckerlis, gemischte Häppchen? Ich nehme die Jungs und du die Mädchen?«

»Nein.«

»Wie oft trägt Sten Larsson einen militärgrünen Fleecepulli?«

»Sie wollen es so aussehen lassen, dass wir viel zusammen sind. Das ist nicht der Fall. Keiner von uns will zusammen mit dem anderen gesehen werden. Das würde falsche Signale aussenden. Wir angeln einige Male im Jahr zusammen. Das ist unser ganzer Umgang.«

»Außer über das Internet.«

»Das sind leere Anschuldigungen.«

»Wie oft trägt er also einen Fleecepulli?«

»Immer«, sagte Carl-Olof Strandberg. »Er ist ein richtiger Waldschrat.«

»Sten Larsson war im Wald, als Emily Flodberg verschwand. Jetzt sind beide verschwunden. Larsson hat sie sich geschnappt. Wo sind sie?«

»Sie vergessen meine Berufserfahrung«, sagte Strandberg und fixierte Svenhagen. »Ist man einmal als Pädophiler abgestempelt, wird die ganze übrige Existenz ausgelöscht. Trotzdem möchte ich auf meine Berufserfahrung verweisen: Ich glaube nicht, dass Sten jemanden entführt hat.«

»Warum nicht?«

»Er kann es nicht. Seine Psyche ist nicht so.«

»Im Unterschied zu Ihrer?«

»Zum Beispiel im Unterschied zu meiner, ja. Und Ihrer, Frau Svenhagen.«

»Aber in seiner Vergangenheit hat es tatsächlich Übergriffe gegeben. Vergewaltigungen.«

»Impulsive Aktionen«, sagte Strandberg und hob die Hände. »Die Begierde überkommt ihn, dann muss er agieren. Er ist kein Mann der Planung. Es ist möglich, dass er im Wald war und von Begehren getrieben war, es ist sogar möglich, dass er ein Mädchen überfallen hat – das weiß ich nicht – , aber dann hätten Sie sie gefunden. Tot oder lebendig.«

»Angenommen, er vergewaltigt sie im Wald«, fuhr Sara fort. »Warum sollte er sie danach nicht mitnehmen? Tot oder lebendig?«

»Das entzieht sich meiner Einschätzung.«

Es war interessant zu sehen, wie Carl-Olof Strandberg sich verwandelte. Er war nicht mehr das unschuldig angeklagte Opfer eines Komplotts, nicht mehr der abweisende alte Zyniker. Er wurde wegen seiner Berufskenntnisse gehört, wie in der guten alten Zeit. Und vielleicht ließ sich über diesen Berufsstolz ein Weg durch die Mauer finden.

»Und wie sieht Ihre professionelle Einschätzung aus?«, fragte Sara mit aller Milde.

»Sten Larsson gehört zu denen, die sich schämen«, sagte Strandberg, die Stirn in professionelle Falten gelegt. »Die sich hinterher schämen. Die so schnell wie möglich nur weg und das Ganze vergessen wollen. Sie löschen alle Spuren des Ereignisses aus ihrem Bewusstsein. Sie schleppen kein Opfer mit sich, das sie daran erinnert. Schnell hinein, schnell wieder raus. Als wäre es nie geschehen. Und deshalb brauchen sie immer mehr und mehr.«

»Sie reden, als wäre er immer noch ein aktiver Vergewaltiger«, sagte Sara Svenhagen. »Aber es ist fast zwanzig Jahre

145

her, seit er sich der zweifachen Vergewaltigung an zwei
Teenagern aus der Gegend schuldig gemacht hat. Er hat fünf
Jahre im Gefängnis gesessen. Sie scheinen sehr viel mehr über
seine jetzigen Aktivitäten zu wissen als ich.«

»Er war unschuldig«, brummte Strandberg. »Genau wie
ich.«

»Ich frage mich aber, ob Sie uns nicht gerade eine Menge
erzählt haben. Ihr seid unterschiedliche Typen von Pädophilen? Ihr erzählt euch viel über Präferenzen und Begierden?
Und wo wird sich das wohl abspielen, wenn es stimmt, dass
ihr euch nur einige Male im Jahr seht? Kann es sein, dass es
im Internet geschieht, mit Massen von Beweisen auf einer
verschwundenen beziehungsweise zerstörten Festplatte?«

Strandberg verzog das Gesicht. Dann sagte er: »Sie verstehen mich falsch. Ich habe ein professionelles Urteil abgege-
ben. Alles, was ich sage, wird gegen mich verwendet. Ich
muss lernen, den Mund zu halten.«

Sara Svenhagen hatte das Verhör bisher, wie verabredet,
allein geführt. Aber ein Blick zu Gunnar Nyberg gab ihm zu
verstehen, dass er jetzt eingreifen konnte. Er sagte: »Sie verstehen sicher, Herr Strandberg, dass wir davon ausgehen,
dass Sie die Spuren eines Pädophilennetzwerks vernichten
wollten.«

»Ich weiß nicht, wovon Sie reden«, brummte Strandberg
stur.

»Ich glaube, Sie halten uns für mittelmäßige Streifenpolizisten, aber ich und Sara Svenhagen – vor allem Sara – haben
uns ziemlich intensiv mit Verbrechen befasst, die mit Kinderpornografie zu tun haben. Wir kennen euch.«

»Das ist das Interessante an dieser Sache«, sagte Sara Svenhagen mit einem Blick auf Nyberg. »Die Tatsache, dass Sie
und Sten Larsson – ein Pädophiler, der Jungs, und einer, der
Mädchen bevorzugt – über das Netz Kontakt zueinander
hatten, deutet auf einen größeren Zusammenhang hin. Sonst
hättet ihr einander ja nicht besonders viel zu sagen.«

146

»Ganz zu schweigen davon, wie unergiebig der Austausch von Bildern gewesen wäre«, sagte Nyberg. »Inkompatible Fotos.«

Strandberg schwieg und starrte auf den Tisch. »Eine Sache ist mir aufgefallen«, sagte Sara langsam. »Wir müssen natürlich abwarten, was bei der Untersuchung von Sten Larssons Festplatte herauskommt, aber es scheint, dass Sie, seit Sie aus dem Gefängnis heraus sind, keine aktiven Übergriffe mehr begangen haben. Wenn Sie nicht darauf bestanden hätten, Ihre Unschuld zu beteuern, hätten Sie jetzt doch ein relativ versöhntes Leben führen können. Anstatt von innen her von einem unbestimmten und irregeleiteten Hass zerfressen zu werden. Wäre es nicht besser gewesen, der Polizei zu zeigen, wo Sie die beiden Jungen begraben haben? Und ihr zu erzählen, was Sie mit ihnen gemacht haben? Sie sind jetzt alt, Strandberg, wollen Sie wirklich ganz unversöhnt sterben?«

Strandberg schüttelte müde den Kopf. Er sah jetzt erledigt aus, völlig erledigt.

Gunnar Nyberg sagte: »Wenn Sie uns sagen, wohin Sten Larsson Emily Flodberg gebracht hat, ist schon vieles gesühnt.«

Carl-Olof Strandberg sah jetzt sehr alt aus. Aber als er zu Sara und Gunnar aufsah, war sein Blick erfüllt von zäher, überzeugter Widerstandskraft. »Sie sind die Hüter der Normalität«, sagte er. »Sie setzen voraus, dass die Sexualität ein bestimmtes Aussehen haben muss, ein kontrolliertes Aussehen. Alles andere ist krank, pervers, ungesetzlich. Aber Ihre Vorstellung von Sexualität ist eine kulturelle Konstruktion des neunzehnten Jahrhunderts. Plötzlich, nach Jahrtausenden menschlicher Entwicklung, wird festgesetzt, dass erwachsene heterosexuelle sogenannte Liebe die Norm und Normalität ist – und heute sehen wir ja, wie gut diese ›Liebe‹ funktioniert. Ehen zerbrechen am laufenden Band. Die Liebe hat ihre im neunzehnten Jahrhundert definierte Rolle ausgespielt. Plötzlich wurde bestimmt, dass Sexualität und Pubertät zusammenhängen – dass es Sexualität vor der Pubertät nicht geben darf. In fast allen früheren Gesellschaften war Mädchen- und Knabenliebe die selbstverständliche Einweihung in die Sexualität. Jetzt lässt man die Kinder allein mit ihrer Verwirrung, ohne irgendeine hilfreiche Hand vor dem entscheidenden Schritt.«

»Sie sind völlig wahnsinnig«, zischte Sara Svenhagen. »Die Kinder bitten weiß Gott nicht um Hilfe. Ihr seid es, die sie als reine Objekte sehen, als Gegenstände, mit denen man tun kann, was man will.«

Ohne eine Miene zu verziehen, fuhr Strandberg dort fort, wo er aufgehört hatte: »Es war fundamental, dass die Sprengkraft der Sexualität, als wir uns im neunzehnten Jahrhundert in die Richtung eisern kontrollierter Gesellschaften entwickelten, in Schach gehalten wurde. Die Obrigkeit erfand eine Normalität und schuf die sexuelle Scham. Eine effektivere Kontrollmethode ist nie entwickelt worden. Die Sexualität auf eine Handlung unter anderen reduzieren, auf etwas, was ab und zu einfach getan werden muss, und sie in banale Rahmen zwingen, bei ausgeschaltetem Licht, unter der Decke. Zusehen, dass sich der Mensch immer selbst begrenzt. Und stirbt, ohne an der mächtigen, universalen Kraft teilgehabt zu haben, die sich Sexualität nennt.«

Es entstand eine Pause, klebrig vor Unbehagen.

»Sie haben zwei Jungen ermordet, Strandberg«, sagte Gunnar Nyberg schließlich. »Und den dritten haben Sie zu einem psychiatrischen Pflegefall gemacht. Der Junge wäre vermutlich lieber gestorben, als Tag für Tag durch die Hölle zu gehen, die Sie geschaffen haben. Ist das die Knabenliebe, von der Sie reden?«

»Rein theoretisch«, sagte Strandberg, »sind enorme Kräfte vonnöten, wenn der Mensch sich über seine selbst auferlegten Begrenzungen erheben will. Um zu begreifen, wie viel im Leben er versäumt. Die Selbstbegrenzung ist eine äußerst starke Kraft, zu der wir von Geburt an erzogen werden. Manchmal ist sie nie zu brechen.«

»Gewalt also? Mord?«

»Die befreite Sexualität bewegt sich in unmittelbarer Nähe der Gewalt. Sie ist eine Freizone außerhalb der Normalität.«

»Dann«, sagte Sara mit großer Kraft, »will ich Ihnen von der befreiten Sexualität erzählen. Zurzeit findet ein Prozess in einer kleinen Stadt namens Arlon in Belgien statt. Ein Mann, den man ›das Monster von Charleroi‹ nennt, wird in ein paar Tagen verurteilt werden. Eigentlich heißt er Marc Dutroux. Er hat sein Leben lang kleine Mädchen entführt, vergewaltigt und ermordet. Es ist absolut abscheulich, und allein schon die Vorstellung, was diese eingesperrten, ständig erniedrigten kleinen Mädchen während ihrer letzten Tage durchgemacht haben, übersteigt jede Grenze des menschlich Tolerierbaren. Die Obrigkeit erhebt sich immer über die moralischen Gesetze, die sie selber schafft. *Sie* sind die Obrigkeit.«

»Ich bemerke«, sagte Strandberg mit einem spöttischen Lächeln, »dass Sie, Frau Svenhagen, selbst gewisse sexuelle Probleme haben. Ist die Lust ausgeblieben? Nach der Geburt des ersten Kindes?«

Sara Svenhagen war von allen Menschen, die Gunnar Nyberg kannte, der am wenigsten gewalttätige. Trotz der Extremsituationen, denen sie während ihrer Zeit als Pädophilenermittlerin ausgesetzt gewesen war, hatte er nie erlebt, dass es ihr auch nur in den Sinn gekommen wäre, Gewalt anzuwenden. Aber als sie jetzt aufstand, sah er etwas in ihren Augen, was er noch nie gesehen hatte. Er legte ihr die Hand auf die Schulter und drückte sie durch das bloße Handauflegen wieder auf den Stuhl. Für einen kurzen Augenblick fühlte er sich desorientiert – er war es nicht gewohnt, als Stimme der Vernunft zu agieren.

Aber als er den Blick zwischen seinen beiden Kolleginnen hin und her gehen ließ, verstand er, dass genau das jetzt seine

Rolle war. Er sagte: »Wir müssen zum Ausgangspunkt zurückkommen, Strandberg. Sind Sie ganz sicher, dass Sie im Hinblick auf die Ankunft einer siebten Klasse in Saltbacken keinerlei Kontakt mit Sten Larsson gehabt haben?«

»Ja«, sagte Strandberg kurz.

Das spöttische Lächeln saß noch in seinem Mundwinkel. Nyberg wusste, dass es um jeden Preis weggezaubert werden musste.

Mit einem Ass im Ärmel.

»Nicht einmal per Handy?«, fragte er beiläufig.

Strandberg war stumm. Das Lächeln verschwand.

Oder besser, es wechselte über auf Gunnar Nyberg, der fortfuhr: »Wie Sie wissen, haben wir Ihr Handy beschlagnahmt. Das Adressbuch war leer. Das ist ungewöhnlich. Es sieht fast so aus, als hätten Sie es gelöscht. Hingegen werden bekanntlich die zuletzt gewählten Nummern gespeichert. Sie haben ein Gespräch geführt, als Sie im Auto zu Larssons Haus unterwegs waren, um seine Festplatte zu zerstören. Ein Gespräch mit einem anderen Handy. Das war als Einziges noch im Handy, und Sie sind nicht auf die Idee gekommen, es zu löschen. Sind Sie immer so ungeschickt?«

»Ein großer Polizistentölpel hatte Sie gerade verhört«, sagte Sara Svenhagen gedämpft. »Ihr Haus wurde gerade durchsucht. Die Polizei weiß, dass Sie die Festplatte aus Ihrem Computer entfernt haben. In dieser Stresssituation kommen Sie auf die schlaue Idee, den Polizistentölpel auf einen Umweg zu schicken, um früher als er bei Larssons Haus zu sein und auch dessen Festplatte zu entfernen. Sie rasen mit einem Höllentempo nach Vallsäter, und während der Fahrt telefonieren Sie. Mit wem? Ja, natürlich mit Sten Larsson. Aber Sie bekommen keine Antwort – Gesprächsdauer null, sagt das Handy. Warum rufen Sie Larsson an? Um ihn zu warnen natürlich und ihm zu sagen, dass die Polizei ihm auf der Spur ist.«

»Sie verstehen sich darauf, Kinder zu entführen«, ergriff

Nyberg wieder das Wort. »Es scheint sehr wahrscheinlich, dass Sie ihm geholfen haben, die Entführung zu arrangieren – und dass Sie gleichzeitig für ein gutes Alibi für sich selbst gesorgt haben. Sie wissen, wo die beiden sind. Sie wissen genau, welche wunderbar grenzüberschreitenden Aktivitäten in diesem Augenblick an einem einsamen Ort irgendwo tief im Wald stattfinden. *Wo sind sie?*«

Carl-Olof Strandberg hatte sein Lächeln ganz und gar verloren. »Aber Sie können doch nicht glauben, ich hätte etwas mit dieser Sache zu tun«, sagte er mit einem Ausdruck, der unverstelltem Erstaunen zumindest ähnlich war.

»Die Sache trägt Ihre Handschrift«, sagte Nyberg ruhig. »Sie hatten Ihre Festplatte entfernt, Sie wussten, dass wir kommen würden. Wenn wir sie nicht finden, wird sich die ganze Erniedrigung, die Sie zuletzt erlebt haben, wiederholen. Wir werden davon ausgehen, dass Sie der Kopf hinter allem sind. Und wir werden nicht nachgeben. Erzählen Sie jetzt von Sten Larsson. Wo ist er? Wo sind sie?«

Strandberg schloss die Augen. Er saß eine Weile so da, ehe er antwortete: »Wäre ich an der Planung beteiligt gewesen, wäre ich dann so dusselig gewesen, Stens Computer in seinem Haus stehen zu lassen?«

Gunnar, Sara und Lena sahen einander an. Alle waren wieder präsent, zu hundert Prozent.

»Warum nicht?«, sagte Nyberg. »Sie waren ja auch dämlich genug, ihn anzurufen.«

»Ich musste an seinen Computer, weil, wie gesagt, die Liste meiner Klienten darin war. Angerufen habe ich, um zu hören, ob er zu Hause ist. Und falls nicht, um ihm zu sagen, dass ich in sein Haus gehe. Ich weiß, wo er den Schlüssel hat. Aber es stimmt, dass ich ihn nicht erreicht habe.«

»Nein«, sagte Svenhagen. »Dann hätten Sie zuerst bei ihm zu Hause angerufen. Sie haben auf dem Handy angerufen, weil Sie wussten, dass er nicht zu Hause war.«

»Aber denken Sie doch nach«, sagte Strandberg mit zu-

151

mindest einem Anflug von Verzweiflung in der Stimme. »Warum hätten wir den Computer, gesetzt den Fall, wir hätten konspiriert, in seinem Haus lassen sollen? Sie hätten ihn ja jederzeit holen können. Es war doch nur ein Zufall, dass Nyberg zuerst zu mir kam.«

»Vielleicht war nicht genau geplant, wann es passieren sollte, und Larsson verfügt vielleicht nicht über Ihre Präzision beim Handeln. Aber als Sie begriffen haben, dass Larsson Ihren Plan realisiert hatte, haben Sie sofort reagiert«, sagte Sara Svenhagen.

»Ich habe nichts mit Sten Larsson geplant! Er ist ein Bauerntölpel!«

»Schreien Sie nicht«, sagte Gunnar Nyberg ruhig. »Sie wissen, es ist nur eine Frage der Zeit, bis wir herausfinden, was Sie um jeden Preis verbergen wollten, und bis Larssons Festplatte rekonstruiert ist und wir Listen über alle Gespräche von und an Ihr und Larssons Handy haben.«

»Dann werden Sie sehen, dass ich seit über einem Monat nicht mit ihm telefoniert habe. Ich weiß nichts von dieser Sache.«

»Aber Sie gehören demselben Pädophilennetz an?«, sagte Sara Svenhagen. »Und das wollten Sie verbergen?«

Strandberg schloss wieder die Augen.

Sara Svenhagen fuhr fort: »Es gibt einen Unterschied zwischen Entführung – Vergewaltigung – Mord und dem Besitz von Kinderpornografie. Wollen Sie wirklich wieder wegen Entführung – Vergewaltigung – Mord in den Knast? Wo es vielleicht nur um ein paar Bilder in einem Computer geht?«

»Ich habe gesehen, mit welcher Wucht Sie den Computer auf den Felsen geschleudert haben«, sagte Nyberg. »Sie taten es, obwohl ich meine Pistole auf Sie gerichtet hatte. Zerstören, was in dem Computer war, das war es wert, dafür zu sterben. Ich glaube immer noch, dass Sie hinter dieser ganzen Scheiße stecken. Sie sind ein Sadist und Mörder, der wieder gefoltert und gemordet hat.«

»Nein«, sagte Strandberg mit geschlossenen Augen. »Nein.«

»Doch«, brüllte Nyberg mit Donnerstimme. »Doch, Sie Teufel. Sie wissen, wo sie sind. Ich werde Sie erwürgen.«

Strandberg warf sich zurück, sodass der Stuhl umfiel. Nyberg war zur Stelle und erhob sich über dem Liegenden wie ein Grizzly über seiner täglichen Mahlzeit. »Ich bringe Sie um!«, schrie er.

»Helfen Sie mir«, schrie Strandberg. »Ich gestehe. Ich bin hingefahren, um die Festplatte zu zerstören, weil Spuren darauf sind.«

Gunnar Nyberg kehrte still an seinen Platz am Kaffeetisch zurück. Bengtsson und Ottosson starrten ihn wie gelähmt an. Sara und Lena waren aufgestanden und halfen Strandberg wieder auf seinen Stuhl. Dann kehrten auch sie auf ihre Plätze zurück.

»Spuren?«, sagte Sara Svenhagen milde.

»Spuren, die zu mir führen«, sagte Strandberg lahm. »Aber ich habe seit zwanzig Jahren keinen Finger gegen einen Menschen erhoben. Und Sten auch nicht. Wir schauen uns Bilder an und begnügen uns damit. Gibt es Bilder von Jungen im Netz, schickt er sie mir und umgekehrt.«

»Wenn Sie Bilder von Mädchen finden, schicken Sie sie an ihn?«

»Ja. Das ist alles. Aber ich will lieber sterben, als wieder ins Gefängnis zu gehen. Das ist ja auch ein Verbrechen, Besitz von Kinderpornografie. Mir war klar, dass ich das verhindern musste.«

»Um jeden Preis«, nickte Nyberg. »Sie haben also wirklich keine Ahnung, wo Sten und Emily sind?«

»Ich glaube nicht einmal, dass Sten sie geschnappt hat. Ich habe wirklich nicht die geringste Ahnung. Sie müssen mir glauben.«

Polizeiblicke wurden ausgetauscht, darunter zwei immer noch versteinerte. Aber die übrigen drei schienen einhellig.

Strandberg wusste wirklich nichts von den Ereignissen im Wald bei Saltbacken.

»Wie weit reicht das Netzwerk?«, fragte Sara Svenhagen schließlich.

»Wir sind ein paar Leute, die Bilder austauschen, das ist alles.«

»Sind Balten dabei? Litauer?«

»Keine Ahnung«, sagte Strandberg kleinlaut. »Es gibt nur Decknamen. Erfundene Signaturen. Der Einzige, den ich kenne, ist Sten.«

Sie ließen ihn in die Arrestzelle zurückkehren. Er war jetzt ein anderer. Der Verband um den Kopf war verrutscht, und er sah zwanzig Jahre älter aus.

Kommissar Alf Bengtsson wandte sich an Gunnar Nyberg und fragte heiser: »Geht das immer so zu?«

»Wie war das doch gleich?«, sagte Nyberg und klopfte einen Papierstapel zurecht. »Manchmal sind enorme Kräfte vonnöten, wenn der Mensch sich über seine selbst auferlegten Begrenzungen erheben will.«

»Jedenfalls haben wir die Bestätigung, dass die Handynummer die von Sten Larsson ist«, sagte Sara Svenhagen. »Also sind es drei Gesprächslisten, die schnellstmöglich beschafft werden müssen: die von Emily und die von Larsson und Strandberg. Lena, übernimmst du das?«

Lena Lindberg nickte. Es war, als hätte sie die Fähigkeit zu sprechen völlig verloren.

»Und ihr bekommt also keine Antwort, wenn ihr Sten Larssons Handynummer wählt?«, sagte Bengtsson.

»Nein«, sagte Nyberg. »Keine Antwort und keine Mailbox. Aber wir müssen es weiter versuchen. Es ist jedenfalls nicht abgeschaltet.«

»Nehmen wir an, Strandberg sagt die Wahrheit«, fuhr Svenhagen fort. »Larsson handelt aus eigenem Antrieb. Wenn wir davon ausgehen, dass der Fleecepulli der von Larsson war, dann war er im Wald, als die Suche gestartet wurde.

Er bewegte sich nach Norden – zuerst gesehen von Julia Johnssons Gruppe, dann von der von Jesper Gavlin –, auf die Stelle zu, wo Jesper schon ein Stück von Emilys Jacke gefunden hatte. Dann lief sie also vorweg und Larsson hinter ihr her. Aber ziemlich weit hinter ihr, fast eine Viertelstunde. Was bedeutet das?«

»Dass wir noch einmal in den Wald müssen«, sagte Lena Lindberg leise.

12

Es gibt eine Theorie, die besagt, dass jedes Mal, wenn ein Mensch an einen anderen denkt, Spuren entstehen. Diese Spuren sollte eine sensible Seele in genügend weitem Abstand wahrnehmen können. Es heißt, dass die Spuren unterschiedlich aussehen – je nachdem, ob es ein negativer oder positiver Gedanke ist. Und dass sie einen besonderen Glanz bekommen, wenn zwei Menschen gleichzeitig aneinander denken. Aus stratosphärischer Höhe würde eine solche Seele den Erdball wahrnehmen, als wäre er von einer changierenden Hülle umschlossen, einem feinmaschigen Gewebe aus bunten Fäden, die von Zeit zu Zeit aufblitzen. Es soll ein faszinierendes Schauspiel sein.

Aber die Theorie besagt auch, dass unmittelbar unter dieser Hülle eine zweite existiert. Das sind die Spuren der tatsächlichen Kontakte zwischen den Menschen. Der Unterschied zwischen diesen beiden Hüllen soll so groß sein, dass keine sensible Seele ihn überleben kann.

Deshalb kann es nie einen Menschen geben, der in der Lage wäre, von diesem Schauspiel zu berichten. Und die Theorie bleibt eine Theorie.

Außerdem würde die arme Seele sich nicht in stratosphärischer Höhe aufzuhalten brauchen. Es würde durchaus genügen, wenn sie beispielsweise auf dem Dach des Polizeipräsidiums in Stockholm wäre.

Paul Hjelms Aufgabe war es, die Wahrheit herauszufinden. Genau darauf waren seine gesammelten Energien ausgerichtet. Der Übergang zum Posten des Leiters der Abteilung für

Interne Ermittlungen hatte ein unvermeidliches Moment von Objektivität mit sich gebracht. Er musste seine Wahrheitserforschung mit bedeutend größerer Neutralität durchführen als früher. Als in diesem Augenblick Bengt Åkesson ins Zimmer trat und das morgendliche Bild aus dem Kronobergspark wachrief, fragte sich Paul Hjelm, was die Objektivierung seiner gesammelten Energien eigentlich mit ihm machte.

War es nicht gleichbedeutend mit sterben?

Er dachte an Kerstin Holm. Er dachte an all die gemeinsame Energie, die sie im Lauf der Jahre produziert hatten. War es nicht ganz ungewöhnlich, dass ein Mann und eine Frau so nachhaltig in die gleiche Richtung strebten? Wirklich ungefähr gleich dachten und fühlten? Gerade im Moment spürte er zum Beispiel, dass sie an ihn dachte; in diesem Gedanken lag ein starkes Vertrauen. Aber dieses Vertrauen verlangte zugleich, dass er seine Arbeit machte, dass er nicht pfuschte und das Problem unter den Teppich kehrte.

Das Problem hieß Bengt Åkesson und sah nicht so aus, als wollte es sich unter den Teppich kehren lassen. Der klarblaue Blick war zielbewusst in Paul Hjelms gerichtet. Hjelm betrachtete diesen Blick prüfend – das brachte ihn in der Regel recht weit. Aber in diesem Fall war er gar nicht sicher, wie die Wahrheit aussah. Richtig sicher war er sich nur in einem einzigen Punkt, nämlich dem, dass es ihm nicht gelingen würde, hundertprozentig objektiv zu sein.

Sie blieben eine ganze Weile so stehen – ein Geist namens Kerstin Holm musste sich einmischen, damit Paul Hjelm eine kleine Geste vollführte und Bengt Åkesson sich setzte.

»Nun?«, sagte Hjelm. »Hast du noch einmal darüber nachgedacht, was gewesen ist?«

»Natürlich habe ich das«, sagte Åkesson und verstummte. Der Blick war noch da und grub sich in Hjelms Inneres. Es war, als träte man in einen blauen Bannkreis ein.

157

»Was hast du vor?«, fragte Paul Hjelm und hielt dem Blick stand. »Du hast etwas auf der Zunge.«

»Ich versuche mir ein Bild davon zu machen, wer du bist«, sagte Åkesson.

»Hat Kerstin das nicht erzählt?«

Åkesson blieb stumm. Der Bannkreis verschwand. Erlosch. War das wirklich nötig?, dachte Paul Hjelm. Hätte ich nicht, und wenn auch nur aus rein taktischen Gründen, damit hinterm Berg halten sollen? Nein, dachte er dann. Nein, die Wahrheit verlangt es. Die Wahrheit verlangt, dass die Karten auf den Tisch kommen. Von allen Beteiligten.

»Das hätte ich mir denken sollen«, murmelte Åkesson kleinlaut. »Vor Paul Hjelm kann man nichts verbergen.«

Doch, dachte Paul Hjelm traurig. Der Sinn des Lebens ist ein tief verborgenes Geheimnis. Aber wer ihn geheim hält, ist ein noch tiefer verborgenes Geheimnis. »Gut, dass du es jetzt eingesehen hast«, sagte er ruhig.

»Kerstin vertraut dir«, sagte Åkesson, den Blick auf einen Punkt knapp unterhalb der Schreibtischplatte gerichtet. »Ich würde sagen, dass sie dir *blind* vertraut.«

»Was hast du denn ergründen wollen, bevor ich deine Konzentration gestört habe?«

»Ob sie im Jetzt lebt oder in der Vergangenheit. Ob du dich nicht inzwischen auch in einen von diesen Beamten verwandelt hast, bei denen die Objektivität als Schutzwall gegen das Leben funktioniert.«

Es gibt keine originellen Gedanken mehr, dachte Paul Hjelm. Alle denkbaren Gedanken schweben über uns, und wenn wir in seltenen Augenblick hochzuspringen und einen davon zu fangen vermögen, hat jemand anders das auch schon getan. Die Originalität ist unsere lächerlichste Illusion. Direkt nach der Objektivität. »Und warum wolltest du das ergründen?«, fragte er.

»Weil meine Zukunft davon abhängt«, sagte Åkesson.

»Inwiefern?«

»Wirst du es schaffen, dir mit dieser Geschichte die Hände schmutzig zu machen? Oder leitest du sie einfach nach einer summarischen Durchsicht ans Gericht weiter?«

»Ist sie so schmutzig?«, fragte Paul Hjelm.

Åkesson ließ von Neuem seinen blauen Bannkreis aufleuchten. Und für einen kurzen Augenblick fand Paul, dass er verstehen konnte, was Kerstin an ihm gesehen und was sie für ihn eingenommen hatte. In dem Augenblick beschloss er, sich die Hände schmutzig zu machen.

Aber er musste sich eingestehen, dass er das wahrscheinlich schon getan hatte, als die Phrase ›summarische Durchsicht‹ sein Ohr erreicht hatte …

»Allerdings nicht physisch«, sagte Åkesson. »Das Schmutzige ist, dass eine unglaublich schöne Frau eine falsche Anzeige wegen sexueller Belästigung erhebt, um ihren Mann zurückzubekommen, der ihr weggelaufen ist.«

»Wie sollte ihr das gelingen?«

»Indem ich den Nichtfall vom untersten Teil des Stapels verschwundener Personen ganz obenauf lege. Ihn zu einem Fall mache.«

Paul Hjelm nickte. »Du hast also Kontakt zu Marja Willner aufgenommen?«, sagte er. »Obwohl ich dir das ausdrücklich untersagt habe?«

»Sie hat mich angerufen.«

»Kannst du das beweisen?«

»Sie hat mich auf meinem privaten Handy angerufen, das im Telefonbuch steht, und zwar von einem öffentlichen Telefon am Hauptbahnhof.«

»Das hast du kontrolliert?«

»Ja. Sie ist nicht auf den Kopf gefallen. Keine Bandaufnahme, keine nachweisbare Nummer.«

»Und was sagte sie?«

»Sie war sehr geradeheraus. Sie hat ungefähr gesagt: ›Tu, was ich sage, und ich ziehe meine Anzeige zurück. Weigere dich, und ich zieh mein Ding durch.‹«

»Und was ist dein Vorschlag für die Lösung dieses Dilemmas?«, fragte Paul Hjelm, obwohl er es bereits selbst eingesehen hatte.

Bengt Åkesson zog die Augenbrauen in die Höhe. Er artikulierte seine Antwort mit Nachdruck: »Dass du beschließt, die Ermittlung wegen des Verschwindens von Stefan Willner zu einem Teil der Ermittlung meiner eventuellen Schuld zu machen.«

»Du möchtest, dass der oberste Chef der Stockholmer Abteilung für Interne Ermittlungen dir hilft, einen weggelaufenen eifersüchtigen Ehemann zu suchen?«

»Das kommt darauf an, ob dieser Chef die Objektivität als Schutzwall gegen das Leben benutzt.«

Hjelm konnte ein kleines Kichern nicht unterdrücken. Er trat aus dem hellblauen Bannkreis heraus, legte die Hände in den Nacken und sagte: »Also machen wir uns die Hände schmutzig. Was hast du?«

Åkesson lächelte dünn und sagte: »Bei der Elektrizitätsfirma, wo Stefan Willner arbeitet, ist ein Wagen verschwunden. Obwohl die Willners ein eigenes Auto haben, scheint er sich einen Firmenwagen mit Kran unter den Nagel gerissen zu haben.«

»Er musste also etwas transportieren«, nickte Hjelm. »Gab es in ihrer Aussage einen Anhaltspunkt?«

»Er hat sie mit den Worten verlassen: ›Jetzt ändere ich verflucht noch mal die ganze Geschichte. Du wirst schon sehen, du Sau. Und das wird niemand ignorieren.‹«

»Warum redet ein Elektriker von der Geschichte? Weil er in Gamla Stan gräbt?«

Bengt Åkesson lachte wieder. »Du hast also die Akte gelesen? Du wusstest also, dass ich dich um das hier bitten würde?«

Hjelm stand auf, sah auf seine Armbanduhr und sagte: »Und du wusstest also, dass ich Ja sagen würde? Denn ich nehme an, du hast mit Willners Kollegen, sagen wir, um halb eins ein Treffen verabredet?«

»Um Viertel vor«, sagte Åkesson und stand ebenfalls auf. »Ich wusste ja nicht, wie lange ich brauchen würde, dich zu überzeugen.«

Sie maßen sich eine Weile mit Blicken, bis Åkesson sagte: »Es ist dir wohl klar, dass wir die beiden Männer sind, die Kerstin auf der ganzen Welt am nächsten stehen?«

»Das ist mir sehr deutlich bewusst«, sagte Hjelm. »Ist das ein Problem?«

»Nicht für mich«, sagte Åkesson. »Du bist ein Ex.«

Kerstin Holm gelang es nicht, ihre Gefühle zu ordnen, während sie den Korridor der A-Gruppe im Polizeipräsidium entlangwanderte. Sie sah Bengt Åkesson vor sich in den Momenten der Verführung. War dieser blaue Bannkreis, in den sie sich hatte ziehen lassen, irgendwie fragwürdig? Wäre er wirklich fähig, eine halbe Stunde bevor er sie traf und verführte, eine Frau sexuell zu belästigen? (Na ja, sie hatte ihrerseits wohl ebenso verführt…) War er wirklich so knallhart? Oder war es ihm selbst nicht bewusst? Oder – und das glaubte sie – war er ganz einfach unschuldig? Sie musste zugeben, dass sie in letzter Zeit auf eine Reihe von Frauen gestoßen war, die die neue Aufmerksamkeit für patriarchalische Verhaltensmuster missbrauchten.

Ohne dass sie den Übergang genau ausmachen konnte, vermischten sich die Bilder von Bengt mit früheren Bildern aus einem Hotelzimmer in Malmö, aus New York in der Sommerhitze, von einem Rasen in Skövde, auf dem sie verletzt lag, von einer Kugel am Kopf getroffen, und zu Paul Hjelm aufblickte und sagte: ›Ich liebe dich.‹ Das war jetzt lange her. Aber das Spiel der inneren Bilder schien keiner Chronologie zu folgen.

Seit damals war ihr Schädelknochen an der linken Schläfe hauchdünn. Als ob die Trennung zwischen innerer und äußerer Welt nicht wirklich existierte.

Dann setzte sie um dies alles eine Klammer, öffnete eine Tür und trat ins Zimmer zu Jorge Chavez und Jon Anderson. Sowie dem kostenintensiven externen Experten Axel Löfström. Es standen jetzt drei Monitore auf Jons und Jorges gemeinsamem Schreibtisch, aber alle waren mit ein und derselben Festplatte verbunden.

Emily Flodbergs.

»Lasst hören«, sagte Kerstin Holm knapp.

»Wir sind drin«, sagte Chavez und sah auf. »Die Festplatte enthält eine riesige Menge Daten – ich kann mir vorstellen, dass dem Computer Emilys Hauptinteresse im Leben galt. Es gibt immer noch eine Menge versteckter und passwortgeschützter Dateien, aber die meisten sind jetzt frei, einschließlich der besuchten Internetsites.«

Kerstin Holm zog einen Stuhl heran und klemmte sich zwischen Jon und Jorge. Es war ziemlich eng im Zimmer.

»Können wir schon Schussfolgerungen ziehen?«, fragte sie.

»Wir haben uns die Arbeit aufgeteilt«, sagte Jon Anderson und tippte auf seiner Tastatur. »Axel kämmt die Festplatte durch, damit uns nichts entgeht. Jorge nimmt ihre Internetgeschichte. Und ich habe den Rest. Aus meiner Sicht gibt es noch nicht viel zu sagen. Sie hat viele Computerspiele gespielt, vor allem solche, bei denen man fiktive Welten errichtet, manche davon ziemlich gewalttätig. Nicht viele selbst verfasste Texte außer ein paar Hausarbeiten. Ich gehe gerade alle Word-Dokumente durch.«

»Kein Tagebuch?«, fragte Kerstin Holm.

»Kein digitales, soweit ich es beim gegenwärtigen Stand beurteilen kann. Aber es gibt, wie gesagt, viel passwortgeschütztes Material.«

»Sie hat mit der Hand Tagebuch geschrieben«, sagte Jorge Chavez. »In Saras Bericht von dort oben in Saltskogen stand doch, dass das Tagebuch mit Emily verschwunden ist.«

»Saltbacken«, korrigierte Kerstin nickend. »Und du?«

»Zum Glück hat sie die Spuren, wenn sie Internetseiten besucht hat, nicht gelöscht«, sagte Jorge und gab der Tastatur einen Schubs, dass sie über den Schreibtisch rutschte. »Aber der Nachteil ist, dass es unendlich viele sind. Ich habe noch keinen richtigen Überblick.«

»E-Mails?«

»Es gibt ein ganz normales E-Mail-Programm, Outlook Express. Ich habe die gesendeten und empfangenen E-Mails durchgesehen, aber es sieht völlig harmlos aus. Beinahe ein bisschen offiziell. Ich denke mal, dass es noch weitere E-Mail-Adressen gibt. Hotmail und Yahoo sind unter den besuchten Seiten.«

Kerstin Holm verzog das Gesicht kaum merklich und sagte: »Und die obligatorische Frage: Irgendwelche Sexseiten?«

Jorge Chavez zuckte die Schultern. »Direkt pornografische Seiten habe ich nicht gefunden, aber ich ahne Kontaktseiten … Die Grenzlinie dazwischen ist manchmal haarscharf.«

»Also keine direkten Schlüsse?«, fasste Kerstin Holm zusammen und unterdrückte ein Seufzen.

»Ich finde schon«, sagte Axel Löfström.

Die übrigen drei starrten verwundert auf die kostenintensive externe Kapazität.

Sich auf die Beweiskraft einer dunklen Erfahrungswelt stützend, führte er seinen Gedankengang zu Ende. »Dies hier ist der Computer einer Unschuld«, sagte er trocken.

Arto Söderstedt blickte über das in frühsommerlichem Regen ertrinkende Stockholm, und eine Bewegung in den Augenwinkeln ließ ihn den Blick nach unten richten. Er stand unter einem Regenschirm auf dem Monteliusväg, einem künstlich angelegten Wanderweg oberhalb des Steilufers von Mariaberget, und schaute nach unten. Der Felsen fiel wirklich senkrecht ab, und auf halber Höhe hing ein Mann mit einer Art Hammer in der Hand. Er hackte sich langsam durch den Regen aufwärts.

»Was tut der da?«, stieß Viggo Norlander unter seinem eigenen Regenschirm aus.

»Der gibt sich ’ne Dröhnung«, sagte Söderstedt.

»Komisches Kifferlokal«, sagte Norlander.

»Endorphine«, sagte Söderstedt und widerstand der Versuchung, ein paar kleine Steine hinunterzutreten.

»Was bitte?«

»Das Leben ist zu einer Jagd nach Kicks geworden. Manche brauchen ganz einfach Endorphinkicks. Diese Figur da schlägt zwei Fliegen mit einer Klappe: Endorphinkick und Exhibitionismus im Doppelpack.«

Sie wandten sich von dem Kletterer ab und einer Parkbank mit idealer Aussicht über Stockholm zu. Im Moment allerdings war sie regennass. Als ob der Regen die letzten Spuren des schrecklichen Anblicks fortwaschen wollte, der vor gar nicht langer Zeit zwei unschuldigen Nachtschwärmern hier begegnet war. Ein barmherziger Regen des Vergessens, wie er seit der Gründung der Stadt immer wieder auf Stockholm gefallen war.

»Allen zur Warnung«, sagte Söderstedt.

»Was?«, sagte Viggo Norlander.

»Bestimmt ist er hier als abschreckendes Beispiel hergesetzt worden, gleichsam vor die Augen von ganz Stockholm. Wie der Schandpfahl auf dem Marktplatz im Mittelalter. Oder auf dem öffentlichen Galgenhügel. Das Rad mit den zur Schau gestellten Körperteilen. Bestimmt war der eigentliche Zweck des Ganzen eine Warnung. Extreme Gewalt als öffentliches Schaustück.«

»Vielleicht«, meinte Norlander. »Aber in dem Fall ist es misslungen.«

»Wieso?«

»Es weiß doch niemand etwas davon, außer ein paar nächtlichen Betrunkenen und einer faulen Polizeistreife in der Bastugata.«

»Das ist reiner Zufall«, entgegnete Söderstadt und trat näher an die Parkbank heran. »Es hätte einen Aufschrei in den Medien geben müssen. Lediglich eine Polizeistreife, die an und für sich vorbildlich arbeitete, nachdem sie erst einmal angebissen hatte, stand dem im Wege. Der polizeiliche Auftrag ist inzwischen zweigeteilt: Verbrechen aufklären *und* sie von den Medien fernhalten. Du hast ja mit ihnen gesprochen, Viggo. Was haben sie in der abseits gelegenen Bastugata gemacht?«

»Sie faselten irgendwas von einem möglichen Einbruch, aber es lag keine entsprechende Meldung vor. Schließlich gaben sie zu, dass sie eine Kaffeepause gemacht haben. Sie zogen sich von der etwas belebteren Hornsgata zurück, um ihren Seven-Eleven-Kaffee zu trinken und ihren Seven-Eleven-Mazariner zu mampfen.«

»Aber das ändert nichts an der Absicht«, sagte Söderstedt. »Am Motiv. Es geht trotz allem darum, dass das Opfer einer brutalen Hinrichtung zur Schau gestellt werden sollte.«

»Aber für wen? Wir wissen ja nicht einmal, wer der Mann ist. Das klingt nach einem Schlag ins Leere.«

Söderstedt ging um die Parkbank herum und schaute über die verregnete Stadt. »Ich glaube, du legst den Finger auf die Kernfrage«, sagte er. »Es ist ein internes Zeichen. Für eine spezifische Gruppe. Sie sollten sofort verstehen, wer er war und dass man es auf sie abgesehen hatte.«

»Sind das nicht ein bisschen zu weitreichende Schlüsse?«, wandte Norlander unter seinem Schirm ein. »Vielleicht ist er aus reinem Zufall hier abgeladen worden.«

»An diese Art Zufall glaube ich nicht. Das hier ist dermaßen extrem, das bedeutet mehr. Sag bloß, du findest nicht, dass es förmlich nach wichtiger Mitteilung stinkt.«

Norlander beobachtete Söderstedt hinter der Parkbank. Statt eines kreideweißen Herrn unter einem triefenden Regenschirm tauchte ein Mann mit einem tief in die Stirn gezogenen Hut vor seinem inneren Auge auf. Jemand fasst die Krempe an und hebt sie hoch, um das Gesicht des Mannes sehen zu können. Und der Kopf kommt mit. Er neigt sich mit nach hinten, fällt herunter und bleibt auf dem Rücken an den Halswirbeln hängen. Viggo Norlander starrt direkt auf die beiden Schnittflächen des durchgetrennten Halses.

Er erschauderte und räumte ein: »Doch.«

»Doch?«

»Doch, nein, ich sage nicht, dass es nicht nach Mitteilung stinkt.«

»Aber an wen ist die Mitteilung gerichtet?«, sagte Söderstedt.

»Eine Mafiagruppierung?«

»Das wäre das Schwierigste, denn dann erklärt sich die Tatsache, dass er nicht in der Polizeikartei steht, damit, dass er Ausländer ist. Und dann dürften wir ihn nie ausfindig machen.«

»Und dann«, sagte Norlander, »findet er sich auch nicht auf der Liste verschwundener Personen, mit der wir uns befassen müssen.«

»Es wäre schön, wenn wir einen anderen Zugang fänden«, sagte Söderstedt. »Aber im Augenblick sehe ich keinen.«

»Wir müssen an Gruppierungen denken und uns an die bekannten Zuträger wenden.«

»Und so weiter nach dem Polizeihandbuch ...«

»Ausnahmsweise, ja«, sagte Norlander und machte auf dem Absatz kehrt.

Söderstedt folgte ihm sanftmütig.

Paul Hjelm war der Meinung, dass ein rascher Blick auf Bengt Åkesson ausreichen müsste, um zu erkennen, wer hier das Sagen hatte. Das hätte er natürlich vorher wissen sollen.

Aber die Situation war so außergewöhnlich, dass er jedes Gefühl dafür verloren hatte, wer wen manipulierte. Der Manipulationen und Machtspiele unendlich überdrüssig, begann er sich beinahe – *beinahe* – damit zu versöhnen, dass dies das Leben war.

Das soziale Leben.

»Rille«, stellte sich der Mann vor, dem er in dem dunklen Raum am Lindhagenplan die Hand schüttelte.

»Berra«, sagte der etwas jüngere und blondere Mann, dem er anschließend die Hand gab.

Der untersetzte, redselige Mann mit Hosenträgern, der zwischen den beiden stand und wie der Boss wirkte, verdeutlichte: »Rikard Landberg und Bert Olofsson, Stefan Willners engste Kollegen. Und ich bin also Leif-Åke Kvarn, Geschäftsführer und Inhaber von Kvarns Elektriska AB.«

Paul Hjelm nickte und machte eine Handbewegung zu einer Reihe öliger Wagen in dem schmutzigen Kellerraum. »Und das sind also die Firmenwagen?«, sagte er.

»Ja«, sagte Leif-Åke Kvarn und zog an seinen Hosenträgern. »Der ganze Park bis auf einen Wagen. Uns ist schon mal der eine oder andere Wagen draußen in der Stadt demoliert worden, aber noch nie hat uns jemand einen geklaut. Das kommt daher, dass unser Sicherheitsniveau verdammt hoch ist. Man braucht einen Code, eine Karte und zwei Schlüssel, um hereinzukommen. Das ist der Vorteil, wenn die Garage in unmittelbarer Nähe der Werkstatt liegt.«

»Es kann also keiner außer Stefan den Wagen genommen haben?«

»Nein«, sagte Kvarn und nahm Anlauf zu seinem nächsten Wortschwall. »Ganz ausgeschlossen. Ich habe acht Angestellte, und die anderen sind da. Und außer dem Code, der Karte und den Schlüsseln, um in die Garage zu gelangen, muss man noch durch drei Schlösser durch, um sich im Büro den Schlüssel zu holen. Das letzte ist in einem Safe, zu dem nur drei Vorarbeiter die Kombination kennen. Steffe ist einer von ihnen. Oder *war*, muss ich wohl sagen. Der wird nie wieder für mich arbeiten.«

»Können Sie sagen, wann der Wagen verschwand?«

»Rille und Berra haben ihn am Freitagnachmittag reingebracht. Dann verschwand er irgendwann am Wochenende. Genauer kann ich es nicht sagen.«

»Was ist das für ein Wagen?«

»Ein Wagen für unterirdische Elektroarbeiten mit einer Persenning über der Ladefläche. Mit einem Kran für Kabelarbeiten. Ein starker Brummer, kann bis zu zwei Tonnen heben, und wenn man die Stützbeine ausfährt, noch mehr.«

Hjelm gelang es, den Wortschwall einzudämmen, indem er sich den beiden Blaumanngekleideten zuwandte, die ihren großspurigen kleinen Chef flankierten.

»Erzählen Sie von Freitag«, sagte er. »War etwas Besonderes los?«

Rikard Landberg und Bert Olofsson sahen sich an.

Schließlich sagte Rille: »Es war überhaupt nichts Besonderes an dem Tag. Wir ziehen neue Kabel in der Stora Nygata ein und waren praktisch den ganzen Tag unten im Loch. Wir wären sicher heute fertig geworden, wenn wir nicht hergerufen worden wären, um mit Ihnen zu reden.«

»Das Loch?«

»Es ist eine Grube in der Straße«, sagte Berra. »Mit einer Plane abgedeckt. Von außen sieht es wie ein Zelt aus.«

»Ein niedriges Zelt«, präzisierte Rille.

»Wie war Steffe am Freitag?«, fragte Hjelm. »Wie immer?«

»Ja, verflucht«, sagte Rille. »Wie immer ziemlich gedämpft vor dem Wochenende, aber sonst war nichts Besonderes. Er hat ein paar Probleme mit seiner Frau.«

»Aber darüber redet er nicht direkt«, sagte Berra.

»Können Sie sich erinnern, ob irgendetwas Besonderes passierte? War er zum Beispiel zeitweilig allein in der Grube?«

Es blieb eine Weile still. Blicke wurden gewechselt. Dann begannen Rilles Augen zu leuchten. Er zeigte auf Berra und sagte: »Systembolaget.«

»Wieso, was?«, sagte Berra verwirrt.

»Wir wollten in den Laden und uns fürs Wochenende mit Alkohol eindecken. Steffe sollte mit. Aber dann hatte er – was hat er gesagt? – Flecken auf die Hose bekommen und konnte nicht mitkommen.«

»Öl«, nickte Berra. »Genau. Als wir vom System zurückkamen, war er weg. Er nimmt die U-Bahn und fährt deshalb nicht mit uns zurück hierher. Also haben wir den Wagen allein zurückgefahren. Die Nahverkehrsverbindungen hier sind nicht die besten, um es mal so zu sagen.«

Er sah kurz zu Kvarn und fuhr mit übertriebener Betonung fort: »Aber sonst ist es ein verdammt guter Arbeitsplatz.«

»Und das war alles?«, sagte Hjelm.

»Es war schon ein bisschen komisch«, sagte Rille mit einem Schulterzucken. »Ein bisschen Öl am Blaumann ist doch kein Grund, nicht ins System zu gehen.«

Paul Hjelm nickte und warf einen Blick auf den stummen Bengt Åkesson, der im Raum umherging und sich umsah und nur zweideutig mit den Schultern zuckte. Sie waren kein richtig eingespieltes Duo.

»Und nach dieser Sache haben Sie also nichts mehr von ihm gehört?«, fragte Hjelm.

»Nix«, sagte Rille.

»Wir sind direkt nach Nyköping abgedampft«, sagte Berra.

»Ein Radius von hundert Kilometern«, sagte Rille.

»Von Stockholms City«, sagte Berra.

Kerstin Holm saß in ihrem Zimmer und dachte über drei Dinge nach, die sich auf beunruhigende Weise miteinander verflochten: Vorurteile, Liebe und die schwierige Beziehung zwischen diesen beiden.

Zuerst Vorurteile. Emily Flodberg war jetzt seit über vierundzwanzig Stunden verschwunden. Die Zeit lief ihnen davon, und Kerstin fragte sich, wie weit sie sich auf ihre Vorurteile verlassen konnte. Denn war das, was ihren Spürsinn auf Birgitta Flodberg lenkte, etwas anderes? Was war es an dieser schlechten Entschuldigung für eine Mutter, das so hartnäckig ihre Aufmerksamkeit festhielt? Und warum überhaupt ›eine schlechte Entschuldigung für eine Mutter‹?

Kurz gesagt, sie war frustriert.

Man musste etwas in der Hinterhand haben, wenn es einen Sinn haben sollte, mit Emilys Mutter zu sprechen. Es gab zwei Punkte, an denen man graben konnte. Leider verlangten beide nach etwas, was man nicht hatte: Zeit. Als Erstes war Chavez' und Andersons Bericht über Emilys Festplatte abzuwarten. Als Zweites eine gründliche Durchleuchtung von Birgitta Flodbergs finanzieller Situation.

Immer dieses ›abwarten‹.

Sie stand in ständigem Kontakt mit Jorge, der zuletzt in seiner ein wenig irritierenden Art angedeutet hatte, er sei auf die Spur von etwas gekommen. Ihm zufolge handelte es sich darum, ›die Spuren einiger gelöschter Bilder zusammenzufegen und danach ein Puzzle daraus zu legen‹. Kerstin war sich nicht sicher, ob die Metaphorik stimmte.

Jon Anderson hatte schlicht nichts zu sagen. Und die mystische externe Aushilfskraft Axel Löfström war noch stummer, falls das überhaupt möglich war.

Also Ausgrabungspunkt Nummer zwei. Birgitta Flodberg war weder Opfer noch Verdächtige, und sie hatte keine kriminelle Vergangenheit. Somit hatte Kerstin Holm keinerlei juristische Handhabe, um tiefer in ihrer Finanzsituation zu graben. Aber es existierte die öffentliche Steuererklärung, und die bestätigte nur, was Kerstin schon gesehen hatte: Frau Flodbergs Einkünfte reichten exakt für die monatliche Zahlung für ihre Wohnung. Einen Kredit hatte sie nicht aufgenommen; Birgitta Flodberg musste also die Kapitaleinlage für die Wohnung in bar geleistet haben. Doch es gab kein Kapital, von dem sie das Geld hätte nehmen können.

Die Frage blieb: Woher kam das Geld? Eigentlich gab es nur zwei Antworten. Entweder verfügte Birgitta Flodberg über ein ausgeklügeltes System von Steuertricks einschließlich geheimer Konten in der Schweiz oder auf den Cayman Islands, oder sie hatte einen Koffer mit Bargeld im Kleiderschrank.

Beide Möglichkeiten ließen auf eine Form von Kriminalität schließen. Im ersten Fall wäre sie wohl kaum allein, sondern ein Glied oder ein Außenposten in einem irgendwie gearteten größeren Geflecht. Im zweiten Fall handelte es sich eher um eine Form von Kriminalität, vielleicht lagen im Kleiderschrank die Reste eines unaufgeklärten, tja, Postraubs.

Oder alles waren Vorurteile.

Dann Liebe. Eigentlich sollte sie sich in einem Zustand der Gelöstheit befinden. Es war ziemlich genau zwei Jahre her, seit sie zum ersten Mal in Bengt Åkessons blauen Bannkreis geraten und darin in die Irre gegangen war. Als sich zeigte, dass er von einem blonden Bombeneinschlag namens Vickan in Beschlag genommen war, da war ihr schlummerndes Begehren bereits geweckt, ungefähr wie bei einem Bären, der aus dem Winterschlaf geweckt wird. Sie floh zu einem Mann, der sie auf schmähliche Weise hinterging.

Sie war nicht besonders pessimistisch veranlagt, aber der Vorfall hatte sie dazu gebracht, daran zu zweifeln, dass sie je wieder mit jemandem zusammenleben könnte. Vielleicht hatte sie unrealistische Ansprüche, war zu alt – oder es stimmte ganz einfach etwas nicht mit ihr. Als sie jetzt zuließ, dass sie wieder in den blauen Bannkreis gezogen wurde, war sie äußerst vorsichtig, ging wie auf dünnem Eis und wagte am Ende den Absprung.

Das Ergebnis war die vergangene Nacht, das Ende eines Prozesses und der Anfang eines neuen. Aber das Fantastische der Nacht hatte sich bereits in etwas ganz anderes verwandelt, in eine Frage des Vertrauens. Und in diesen Regionen war die Verbindung von Liebe und Vorurteilen aktiviert worden. Gerade als die Liebe die Chance bekam, sich in Freiheit zu entfalten, kam die Störung – es war fast ein Muster in ihrem Leben. Die Störung bestand in der Frage, was sie in diesen blauen Bannkreis gezogen hatte – war es wirklich Vertrauen gewesen? War es nicht eher – Gefährlichkeit? Sie fragte sich, ob die Forderung nach Vertrauen nicht erst in zweiter Linie auftaucht, wenn eine Frau einen Mann begehrt. Und wenn das so ist: Hatte diese Gefährlichkeit nicht auch eine Kehrseite, eine Nachtseite? Die Forderung nach Vertrauen war viel zu schnell und von der falschen Seite gekommen. Natürlich würde sie bis zum letzten Blutstropfen an seiner Seite stehen – nach außen hin. Aber wie sicher war sie im Innersten?

Und was bewirkte dies nun wiederum für die Liebe, die genau jetzt die Chance haben sollte, sich zu entfalten?

Ihre früheren Erfahrungen mit Männern boten wenig Trost. War nicht ihr ganzes Inneres darauf eingestellt, Vorurteile gegenüber Männern zu haben? Kerlen? Jetzt musste sie einer Frau gegenüber Stellung beziehen, die behauptete, sexuell belästigt worden zu sein, ein Phänomen, mit dem sie selbst nur allzu viele Erfahrungen gemacht hatte. Die Frage des Vertrauens richtete sich in mindestens ebenso starkem Maß an sie selbst wie an Bengt Åkesson.

Konnte sie sich selbst vertrauen?

Alle möglichen widersprüchlichen Gefühle sollten sie durchströmen, sie sollte ihr Herz in der Hand tragen. Merkwürdigerweise empfand sie aber ziemlich wenig, als befände sie sich in sehr weitem Abstand von sich selbst und blickte auf sich hinunter.

Sie fragte sich, wo die Grenze einer Abwehrreaktion verlaufen durfte.

Eine Leiche ist eine Leiche ist eine Leiche. So hatte Arto Söderstedt die Sache immer betrachtet. Nüchtern und besonnen. Er war Humanist genug, um an die Seele zu glauben, und es war immer so offensichtlich, dass die Seele weit, weit weg war.

Sie war auch jetzt weit weg. Aber eine Leiche war nicht immer eine Leiche. Es gab Ausnahmen.

Der Kopf des Mannes lag an Ort und Stelle auf der Metallbahre; wäre nicht die schwache rote Linie am Hals gewesen, dann wäre eine Leiche wirklich eine Leiche gewesen. Aber die Linie war da, und in ihrer ganzen Anspruchslosigkeit rief sie die entsetzlichsten Bilder hervor. Söderstedt fühlte sich schwindelig, als er sich zum mit Abstand ältesten Gerichtsmediziner der Welt umwandte, dem pensionsverweigernden Uhu namens Sigvard Qvarfordt.

»Du bist zwar immer ziemlich weiß«, knarrte Qvarfordt, »aber jetzt ist der Kittel weißer als du.«

Söderstedt blickte an dem absurden Krankenhauskittel hinunter. Das Ding war wirklich sehr weiß.

»Gibt es etwas zu sagen?«, brachte er heraus und spürte Viggo Norlanders prüfenden Blick im Nacken. Er sah ihn vor sich, wie er für einen Augenblick von seinem Computerausdruck aufblickte und mit einer gewissen Verwunderung die momentane Schwäche des ebenso routinierten Kollegen betrachtete.

Qvarfordt musterte ihn eine Weile mit dem Rest eines objektiv prüfenden ärztlichen Blicks und kam anscheinend zu dem Ergebnis, dass der Weiße nicht ohnmächtig werden würde. Er drehte sich um, schwenkte den Arm in Richtung der Leiche und sagte: »Ein bisschen. Mann um die fünfzig, leicht übergewichtig, einsvierundsiebzig groß, einundneunzig Kilo, helle Haut, rotblondes Haar. Er starb gestern, Montag, den vierzehnten Juni, ungefähr um fünf Uhr am Nachmittag. Die Todesursache dürfte offensichtlich sein. Er starb an Strangulierung. Dass der Kopf dabei gleich mitkam, war mehr ein Nebeneffekt, gibt aber zugleich eine Andeutung von der aufgewendeten Kraft.«

Söderstedts Lebensgeister kehrten allmählich zurück, zumindest einige, und er sagte: »Kann man sich eine Vorstellung von dieser Kraft machen?«

Der Raum gewann wieder Konturen. Sie waren zu fünft darin, davon einer nicht mehr in der Lage zu antworten. Und da Arto Söderstedt nicht die Absicht hatte, seine Frage selbst zu beantworten, gab es drei mögliche Kandidaten. Dennoch wusste er sofort, wer antworten würde. Er drehte sich um und betrachtete die beiden Männer hinter sich, ebenso in Weiß gekleidet wie er und Qvarfordt. Norlander stand völlig unberührt da und studierte eingehend einen Computerausdruck.

Neben ihm stand ein mindestens ebenso unberührter sehniger Herr im fortgeschrittenen mittleren Alter, der allzu viele gemeinsame Züge mit Sara Svenhagen aufwies, als dass man ein gutes Gefühl dabei gehabt hätte. Es gab einem nämlich nie ein gutes Gefühl, Saras schöne Gesichtszüge in der grotesk kantigen Zerrspiegelversion ihres Vaters wiederzuerkennen.

»Groß«, sagte Chefkriminaltechniker Brynolf Svenhagen und nickte bedächtig. »Sehr groß. Aber nicht unkontrolliert.«

»Nein«, knarrte Qvarfordt. »Die Schnittflächen sind merkwürdig sauber.«

»Ein genau geplanter Mord?«, sagte Söderstedt.

»Und ganz sicher nicht der erste«, sagte Svenhagen. »Hier sind routinierte Hände am Werk gewesen.«

»Profi?«

»Vielleicht. Aber ich habe keine internationale Parallele gefunden.«

»Was?«, sagte Viggo Norlander und blickte von seiner Liste auf.

Brynolf Svenhagen betrachtete ihn eher müde als streng und verdeutlichte: »Ich bin weltweit auf nichts Vergleichbares gestoßen. Aber ich suche natürlich weiter.«

»Ausgezeichnet«, sagte Söderstedt, um den Grantigen bei Laune zu halten. »Von welcher Art Kräften sprechen wir? Auf jeden Fall nicht übermächtigen? Als ob es maschinell gemacht worden wäre, mithilfe einer Höllenmaschine? Oder von einem übermenschlichen Wesen?«

»Nein«, sagte Svenhagen, ohne eine Miene zu verziehen. »Es handelt sich um menschliche Kräfte, aber an der oberen Grenze. Von uns hier drinnen hätte wohl nur Norlander Kraft genug – er müsste aber noch ordentlich üben, um die Präzision zu erreichen. Das ist nicht seine stärkste Seite.«

Viggo Norlander blickte auf und zog beide Augenbrauen in die Höhe. Dann wandte er sich wortlos wieder der Liste zu.

»Der Mörder ist groß, stark, fokussiert, zielgerichtet, kaltblütig und – vollkommen wahnsinnig?«, sagte Söderstedt.

»Das oder ein Profi«, sagte Svenhagen.

»Oder sowohl als auch«, sagte Norlander, ohne den Blick zu heben.

»Nein«, sagte Söderstedt nachdenklich, »nicht vollkommen wahnsinnig. Es ist ein großer, starker Hass im Spiel, so viel ist klar. Es spielt eigentlich kaum eine Rolle, ob der Mörder von jemandem, der hasst, beauftragt war oder ob er selbst hasst – Hass ist der Kern. Entweder ist es rein persönlich, aber dann wird diese dramatische Präsentation auf Mariaberget sinnlos, oder das Opfer repräsentiert etwas Verhasstes, aber dann muss man sich fragen, wie der Hass so stark werden kann. Wenn dies nicht das erste Opfer ist, dann ist

175

die Wahrscheinlichkeit, dass es sich um etwas rein Persönliches handelt, geringer. Die Routine im Morden, die du andeutest, Brynolf, verstärkt meinen ersten Eindruck, nämlich den, dass hier etwas im Gang ist, vielleicht sogar eine Mordserie, und dass sie jetzt – mit dem gründlich durchdachten Beschluss, das Opfer allen zur Warnung gleichsam zur Schau zu stellen – zu eskalieren beginnt. Was es auch sein mag – wir sehen etwas Besorgniserregendes. Wir müssen aus diesem Opfer das Maximale herausholen, denn ich frage mich, ob dies nicht ein wirklich gefährlicher Mörder ist. Bisher hat er seine Opfer versteckt, es ist niemand gefunden worden, jetzt wählt er plötzlich die entgegengesetzte Strategie.«

»Wir arbeiten auf Hochtouren mit der DNA des Opfers«, erwiderte Svenhagen und schien von Söderstedts Tirade tatsächlich ein wenig beeindruckt zu sein. »Bisher haben weder die DNA noch die Fingerabdrücke irgendwelche Treffer erbracht.«

Arto Söderstedt nickte und sagte: »Gibt es einen Hinweis darauf, wo sich die Leiche während der zehn Stunden zwischen Eintritt des Todes und der Deponierung auf der Parkbank am Monteliusväg befunden hat?«

»Der Körper ist quasi staubgesaugt«, sagte Svenhagen. »Wenn eine fremde DNA daran ist, finden wir sie. Außerdem haben wir gewisse Partikel gefunden, die möglicherweise deine Frage beantworten. Allem Anschein nach handelt es sich um eine Art Flusen, vielleicht von einem Teppich, und um etwas Schmieriges, wahrscheinlich Öl.«

»Der Kofferraum eines Wagens?«

»Durchaus denkbar.«

»Und die Kleidung?«, fuhr Söderstedt fort. »Was hatte er an? Welcher Stil, Typ?«

»Man kann von einem eleganten, sommerlich leichten hellen Anzug über einem quer gestreiften T-Shirt sprechen«, sagte Svenhagen. »Ein kleines Tuch um den Hals. Und dann

176

der berüchtigte breitrandige Hut. Auch der hell, beinahe weiß, mit schwarzem Band. Aber ihr habt die Bilder ja gesehen.«

»Es war nicht direkt die Kleidung, die meine Aufmerksamkeit geweckt hat«, sagte Söderstedt zurückhaltend. »Künstlerkleidung? Vielleicht etwas jugendlicher, als ihm angestanden hätte?«

»Vielleicht«, sagte Svenhagen mit einem Schulterzucken. »Ich würde so was nie tragen. Ein bisschen bohememäßiger Stil, vielleicht, aber nichts Außergewöhnliches... Und ihr, findet ihr etwas in den Registern?«

Viggo Norlander blickte von seiner Computerliste auf: »Was?«

»Heißt es neuerdings ›Was?‹« fragte Söderstedt. »Was ist aus dem guten alten ›Schnauze‹ geworden?«

»Schnauze«, sagte Norlander und fügte hinzu: »Was?«

»Aha«, sagte Söderstedt. »Ich verstehe.«

»Ein bisschen Ernsthaftigkeit, wenn ich bitten darf«, sagte Svenhagen urgesteinkantig. »Wie läuft es mit den Listen, Norlander?«

»Verschwundene Personen«, sagte Viggo Norlander und gab der Computerliste einen Klaps. »Wer sagt uns denn, dass er eine verschwundene Person ist? Vielleicht war er gar nicht verschwunden, als er starb?«

»Geschweige denn vermisst«, sagte Söderstedt. »Aber wir haben sonst nicht viel, woran wir uns halten können. Falls nicht...«

»Nicht die drei Punkte«, sagte Norlander. »Die sind scheißanstrengend.«

»Ich frage mich...«, sagte Söderstedt und zögerte.

»Nun komm schon zu Potte«, sagte Norlander ungeduldig.

»Die Leichen müssen da sein...«

»Was?«

»Er hat schon früher Leuten mit seiner Klaviersaite den

177

Hals durchtrennt, wenn wir mal davon ausgehen, dass er seine Präzision nicht an Hunden trainiert hat. Es gibt aber nirgendwo Leichen. Also hat er sie entweder richtig gut vergraben, oder er hat die Wunde erfolgreich verdeckt. Um eine so grobe Verletzung zu verdecken, bedarf es einer noch größeren Verletzung. Ich glaube, wir müssen unter richtig entstellten Leichen suchen, Viggo. Ungeklärte Todesfälle unter Opfern von Verkehrsunfällen, bei Frontalzusammenstößen. Oder verbrannte Leichen, verkohlte Körper. Wo niemand eine Köpfung sucht oder zu finden vermag.«

»Was?«, sagte Norlander.

»Enthauptung«, verdeutlichte Söderstedt.

»Gut«, stieß Svenhagen aus. »Gut gedacht. Selbstredend.«

Arto Söderstedt starrte verwirrt auf den plötzlich ausgelassenen Chefkriminaltechniker.

Dann hörte man ein knarrendes Geräusch. Die drei wandten sich um und erblickten den Gerichtsmediziner Sigvard Qvarfordt, wie er ein Laken über den Toten schlug. Dabei erklärte er mit knarzender Stimme: »Da ist noch eine Sache, die ihr in eure Überlegungen einbeziehen müsst…«

»Ich ahne drei Punkte«, sagte Viggo Norlander.

Qvarfordt ignorierte ihn gnadenlos und knarzte weiter: »Er hatte Aids.«

Ein metallicblauer Dienst-Volvo, Typ ›gehobener Beamter‹, glitt durch Stockholm. Aus den Stereolautsprechern erklang eine schöne, aber zeitweilig disharmonische Klavierwanderung vor dem Hintergrund einer fetzigen Rhythmussektion. Das fand auf jeden Fall Paul Hjelm und drehte die Lautstärke auf, sodass die Geräusche der Stadt verschwanden.

Auf dem Beifahrersitz hielt Bengt Åkesson sich die Ohren zu. »Was ist das für ein verdammter Lärm?«, schrie er.

Paul Hjelm seufzte und dachte an Kerstin Holm. Was hast

178

du getan, Kerstin?, dachte er. Du, die im Chor singt und Jazz liebt. Du mit deinem Gefühl für die musikalischen Nuancen des Lebens. Was tust du mit diesem Neandertaler?

Unnötige Frage …

»Das ist das Esbjörn Svensson Trio, EST«, sagte er. »*Seven Days of Falling*. Phantastische Musik.«

»Es ist grotesk«, schrie Åkesson.

Endlich ein Polizist, der ein richtiger Polizist ist, dachte Hjelm. Aber was hat er mit dir zu tun, Kerstin?

»Das Stück heißt *Ballad for the Unborn*. Achte mal auf die kleinen rhythmischen Wechselläufe. Ganz wunderbar.«

Er lehnte sich zurück, ließ die sehr speziellen Klänge das Wageninnere erfüllen, gab Gas, schlängelte sich zwischen den ständigen Baustellen auf Vasabron in Höhe von Strömsborg hindurch, Stockholms kleinster Insel, und gelangte bei Riddarhuset auf den alten Stadsholm hinaus. Vor der Front des Wagens erstreckte sich die Lilla Nygata so schnurgerade, dass man bis nach Södermalm sehen konnte. Aber man konnte nicht hineinfahren. Er wendete bei der Riddarholmskirche und ließ den Wagen zu der zentralen Bebauung von Gamla Stan hinaufgleiten.

»Wir haben zwei Stellen, an denen wir ansetzen können«, sagte Paul Hjelm. »Wir haben das Öl an der Hose, und wir haben die Äußerung ›Jetzt ändere ich verdammt noch mal die ganze Geschichte‹. Aber es ist doch bestimmt ein und dieselbe Stelle, nämlich die, an der er selbst gegraben hat?«

»Mach das mal leiser«, schrie Åkesson.

Hjelm beobachtete ihn, während er in die Stora Nygata einbog und den metallicblauen Dienst-Volvo in südlicher Richtung durch Gamla Stan gleiten ließ. Ein paar Sekunden zu lange ließ er die Musik laufen, dann drehte er den Ton leiser.

»Also«, sagte Åkesson vergrätzt. »Er hat in der Grube etwas gefunden, was er holen wollte. Dafür musste er den

Kranwagen der Firma entwenden. Er verheimlichte seinen Fund, indem er einen Ölfleck auf der Hose vorschob, damit die Kumpel verschwanden und ihn in Ruhe ließen. Und das, was er fand, sollte ›die ganze Geschichte ändern‹. Ich nehme an, wir haben es hier mit Archäologie zu tun.«

Hjelm lächelte. Zwei gute Polizisten können noch so verschieden sein, aber sobald es um Spürsinn geht, sind sie sich gleich.

»Aber das ist jetzt weg«, sagte Hjelm.

»Was?«

»Genau. *Was* ist weg? Das ist die Kernfrage.«

»Was ändert die Geschichte?«, sagte Åkesson und zuckte mit den Schultern.

Die Zeltbahn war gelb und lag fast auf Höhe des Straßenniveaus. Eine frühsommerliche Brise wehte darüber und ließ sie Wellen werfen wie ein Rapsfeld im böigen Wind. Paul Hjelm parkte vorschriftswidrig an der Kreuzung zu Tyska Brinken und sprang geschmeidig aus dem Dienst-Volvo. Åkesson war ebenso schnell draußen. Sie waren exakt gleichzeitig bei der gelben Plane und hoben sie an.

Es gab natürlich nichts zu sehen.

Rille und Berra hatten zwei Arbeitstage Zeit gehabt, um sämtliche Reste möglicher Beweise zu vernichten. Es gab nichts dort unten in dem Durcheinander von Schlamm und Kabeln und Leitungen und Rohren, das auch nur im Geringsten als geschichtsverändernd gedeutet werden konnte.

Paul Hjelm streckte den Rücken und blickte sich in der Stora Nygata um. Die Fassaden waren glitzernd schön auf diese mittelalterliche, immer wieder renovierte Art von Gamla Stan. Die Zahl der Geschäfte war Legion, neu eröffnete Cafés und hippe Ladenlokale mischten sich mit alten Tabakläden und Antiquariaten. Auf der anderen Straßenseite lag ein anscheinend neu eingerichtetes Immobilienmaklerbüro. Und im Schaufenster, schräg oben hinter den Annoncensäulen, die mit Wohnrechtverträgen für renovierte Luxuswohnungen warben, saß etwas, das Paul Hjelms Interesse weckte. Er überquerte die Straße und trat näher. Bengt Åkesson folgte ihm zögerlich.

Gemeinsam betrat das ungleiche Duo ein Immobilienbüro, das förmlich nach Nouveau Riche stank. Hier drinnen herrschte eine kühle, leicht parfümierte Atmosphäre, und aus den prächtigen Räumen aus dem 15. Jahrhundert war ein leichtgewichtiges Boudoir in blauen Nuancen und Achtzigerjahrechrom geworden. Paul Hjelm trat an den Empfangstisch, an dem eine ansehnliche junge Frau in einem Sommerkleid in passendem Blau mit einem Headset über ihrer wohlgeformten Frisur saß und ihm entgegenlächelte. Er lächelte zurück und drehte einen ihrer drei Flachbildschirme zu sich. Ihre Proteste waren sanft, aber deutlich. Während er ihr seinen Polizeiausweis hinhielt, beobachtete er den Bildschirm.

»Geh zurück zur Tür«, sagte er.

»Ich?«, stieß Bengt Åkesson aus und bewegte sich unsicher durch den Raum.

»Nein, Sigmund Freud«, sagte Paul Hjelm.

Åkesson schlurfte in seinen ewigen Jeans zurück zur Tür und erschien auf der Mitte des Bildschirms. Hjelm drehte den Monitor noch ein Stück weiter in seine Richtung.

»Machen Sie meinen Monitor nicht kaputt«, sagte die Empfangsdame erschrocken.

Hjelm betrachtete das Bild mit Åkesson im Zentrum. »Jetzt komm her«, sagte er.

»Ich?«, fragte Åkesson.

Doch diesmal erhielt er keine Antwort. Hjelm war ganz auf den Bildschirm fixiert. Unten rechts an der Stelle, die Åkesson verlassen hatte, leuchtete es gelb.

Gelb wie ein Rapsfeld im Wind.

Hjelm trat ans Schaufenster, stellte sich auf die Zehenspitzen und klopfte leicht an die gut versteckte kleine Video-

181

kamera an der Decke über dem Schaufenster. »Läuft die Kamera die ganze Zeit?«

Die Empfangsdame drehte ihren Monitor wieder zu sich, ganz vorsichtig, als ob ihre weitere Anstellung mit dessen Winkel stehe und falle, und antwortete spitz: »Je mehr Überwachung, desto günstiger die Versicherung.«

»Und Sie speichern die Aufnahmen?«

»Sie werden eine Woche lang auf einer separaten Festplatte gespeichert, ja. Danach werden sie überspielt.«

Paul Hjelm nickte und kehrte an den Empfangstisch zurück. »Wo ist diese Festplatte?«

»Ein Stockwerk höher, im Safe«, sagte die Empfangsdame.

»Wir müssten sie mal ausleihen. Mein Kollege hier wird die Aufnahmen des ganzen Wochenendes durchsehen. Und missverstehen Sie bitte meinen entgegenkommenden Ton nicht als Anfrage.«

Die Empfangsdame nestelte das Headset aus ihrer Frisur, während sie ihn beobachtete und zu überlegen schien, wie sie seine letzte Äußerung interpretieren sollte. »Ich spreche mit meinem Chef«, sagte sie und verschwand im Inneren des in kühlem Blau schimmernden Lokals.

Als sie allein waren, sagte Bengt Åkesson mit grimmigem, in die Länge gezogenem Ton: »›Mein Kollege hier wird die Aufnahmen des ganzen Wochenendes durchsehen‹ ...«

»Ich gehe davon aus, dass das ganz im eigenen Interesse des Kollegen ist«, entgegnete Hjelm galant.

»Hm«, schnaubte Åkesson und wandte sich zur Straße um.

»Jetzt sei nicht bockig«, sagte Hjelm. »Dies ist ein Geschenk des Himmels. Nimm es an. Es ist dein Weg aus der Sache heraus.«

Bengt Åkesson betrachtete ihn und sagte ernst: »Manchmal machst du mir Angst, Paul Hjelm.«

Der Computer einer Unschuld, dachte Jorge Chavez.

Von wegen.

Es gab zwar nur wenige handfeste Beweise in Emily Flodbergs Computer, dass sie Homepages besucht hatte, die nicht jugendfrei waren, aber es fanden sich Andeutungen. Sie hatte den Ordner mit früheren Besuchen gründlich gelöscht, alle temporären Dateien mit Internetanschluss waren entfernt, und sie hatte ein gut funktionierendes Spurenlöschprogramm.

Normalerweise registriert ein Computer alle Bewegungen im Internet. Aber das Netz bot inzwischen eine Vielzahl von Programmen, die mehr oder weniger effektiv alle Spuren löschen. Nützlich zum Beispiel für Verheiratete, die Pornoseiten besuchten, oder für Angestellte, die während ihrer Arbeitszeit aktives Dating betrieben. Das von Emily benutzte Programm gehörte zur Spitzenklasse in dieser Technologie. Es war nicht möglich, besuchte Homepages aufzuspüren.

Aber es gab einen anderen Weg.

Es begann damit, dass Axel Löfström sich über Chavez' Computer beugte und sagte: »Dieses FailSafe ist verflucht lästig, aber das weißt du ja.«

Jorge Chavez gab seine Schwächen nicht gern zu. In diesem Fall hätte es kein Problem sein müssen, weil sein Gegenüber ein Profi reinsten Wassers war, aber es widerstrebte ihm dennoch zu sagen: »Nein, ich weiß nicht, was FailSafe ist.«

Deshalb tat er es auch nicht, sondern sagte stattdessen: »Ich bin nicht sicher, ob mir sämtliche aktuellen Details des Verfahrens geläufig sind.«

Was den kostenintensiven externen Experten indessen nicht sonderlich beeindruckte, der jetzt zeigte, warum gewisse Ausgaben gut investiertes Geld sind.

Axel Löfström rettete Jorge Chavez' Tag. Statt einer leeren Mappe mit endgültig gelöschten Homepages offenbarte sich eine andere Methode, die zwar zeitaufwendig, aber effizient Emilys Bewegungen im Netz über einen praktisch unbegrenzten zurückliegenden Zeitraum hervorzauberte. Man musste auf ziemlich komplizierten Wegen über Emilys Internet Provider gehen und eine bizarre Reihe von Daten dechiffrieren.

Sich zu bedanken kam Chavez jedoch nicht in den Sinn. Es gab schließlich Grenzen.

Also war es ihm endlich gelungen, eine Erfolg versprechende Spur zu finden, die nicht unbedingt dafür sprach, dass dies der Computer einer Unschuld war. Eine ganze Reihe von Punkten ließ auf das genaue Gegenteil schließen.

Und da war er jetzt. Genau an der Schwelle dessen, was man vielleicht einen Durchbruch nennen könnte.

Seine Finger ruhten auf der Tastatur. Seit er aufgehört hatte, E-Bass zu spielen, hatte Chavez kein solches Wohlgefühl in den Fingerspitzen mehr verspürt, was vermutlich einiges über seine und Saras Beziehung aussagte. Er saß dort an der Schwelle eines Durchbruchs und ließ für einen Augenblick seine Gedanken nach Ångermanland wandern. Er fragte sich, womit Sara sich in diesem Moment beschäftigte, woran sie dachte, ob er in ihrer Vorstellungswelt überhaupt noch eine Rolle spielte. In letzter Zeit hatte es nicht so gewirkt. Ihre Tochter Isabel war zwei Jahre alt, und ihr Sexualleben war völlig zum Stillstand gekommen. Er versuchte sie zu verstehen, er tat wirklich alles, was in seiner Macht stand, fand er, um zu begreifen, wie Leidenschaft sich so schnell in Überdruss verwandeln kann. Sie hatte zwar keine Kindheit voller Berührungen gehabt wie er selbst, sie war eher urschwedisch aufgewachsen, mit dem emotionalen Krüppel Brynolf als Vater, aber dennoch war es verblüffend, wie sie einen dermaßen raschen Übergang zu vollziehen vermochte, von einer Beziehung, in der man sich ständig berührte, zu einer, in der man jede Form von Kontakt vermied. Wirklich verblüffend, wenn man darüber nachdachte.

Wozu im Moment aber kaum der richtige Zeitpunkt war.

Aber wann war denn der richtige Zeitpunkt? Wann schafft

man es, das zu tun, was immer, immer, immer getan werden muss, damit eine Beziehung überleben kann: einander Bestätigung zu geben, darüber zu sprechen, dass man einander noch liebt?

Geben und sprechen, sprechen und geben.

Dachte Jorge Chavez, und auf dem Bildschirm öffnete sich eine Homepage, auf deren Startseite ein kleines Rechteck in der Mitte fragte: ›Passwort?‹

Chavez ließ alle verwickelten Gedanken fallen, streichelte mit den Fingern die Tastatur und sagte laut: »Meine Herren.«

Jon Anderson und Axel Löfström blickten in seine Richtung, vielleicht nicht allzu begeistert, eher irritiert über die Störung, aber sie guckten auf jeden Fall.

Chavez fuhr ermuntert fort: »Ich befinde mich auf der Schwelle zu Emily Flodbergs privater Homepage. Jemand interessiert?«

Zwei Bürostühle rollten in seine Richtung und schienen den ganzen Raum in Schwingung zu versetzen.

Chavez öffnete seine Brieftasche und zog einen zusammengefalteten gelben Post-it-Zettel heraus. Er faltete ihn auseinander und las laut: »›Mistah.‹«

Er betrachtete die Kollegen, um zu sehen, ob sie eine Reaktion zeigten. Nichts. Dann leuchtete Andersons Gesicht auf, und sein schlaksiger Körper streckte sich. »Mistah Kurtz«, nickte er. »Aus *Herz der Finsternis*. So nennen die Schwarzen den selbst ernannten Diktator Kurtz. Die Klasse hat doch da oben in Saltbacken Joseph Conrad gelesen.«

Chavez nickte und sagte: »Diesen Zettel hat Kerstin unter einem Haufen von Post-it-Blöcken in Emilys Zimmer gefunden. Es kann das Passwort sein.«

»Versuchen wir's«, sagte Axel mit einem Nicken.

Chavez beugte sich über den Computer, ließ die Fingerspitzen ein letztes Mal über der Tastatur schweben und gab ›Mistah‹ ein.

Das Bild verschwand abrupt.

Aber am Fuß der Seite, in der unteren Zeile vom Internet Explorer, tickte ein wachsender blauer Stapel.

Nach zehn Sekunden intensiven Wartens tat sich eine Seite mit großen Lettern auf: ›Emmys erotische Seite‹.

»Emmy?«, sagte Jon Anderson skeptisch.

»Erotisch?«, sagte Axel Löfström noch skeptischer.

Der Computer einer Unschuld, dachte Chavez wieder und klickte den dubiosen Titel an. Wieder verschwand das Bild, und der wachsende blaue Stapel wurde sichtbar.

Dann erschien ein Foto.

Chavez warf einen Blick auf das neben ihm auf dem Schreibtisch liegende Foto von Emily Flodberg und konnte nur konstatieren, dass das nackte Mädchen in aufreizender Pose auf dem Schirm dieselbe Person war.

Emily nackt.

Das war alles.

Als Chavez den Pfeil über das Bild zog, veränderte es sich. Als ob es einen Link verbarg. Er drückte darauf. Ein Text erschien. Chavez las laut: »›Es kostet hundert Kronen das Stück, wenn du mehr Bilder sehen willst. Sie werden besser, das verspreche ich, und sie haben eine hohe Auflösung. Du kannst direkt bezahlen via …‹ Und dann eine Reihe von Banken. Und sie nimmt sage und schreibe auch American Express.«

»Meine Fresse«, sagte Jon Anderson und starrte auf den Schirm. »Wie kann sie per Kreditkarte kassieren?«

»Das ist heutzutage total einfach«, sagte Axel Löfström mit gewohnter Kennerschaft.

Chavez fuhr fort: »Und dann dieser hübsche Schriftzug: ›Schreib etwas in mein Gästebuch oder schick mir eine Mail.‹«

»Eine Mailadresse«, nickte Anderson. »Jetzt aber.«

»Kontrolliert erst einmal das Gästebuch«, sagte Löfström unerwartet aufgekratzt.

Chavez klickte sich zu dem sogenannten Gästebuch durch,

einem Internetdienst, wo man öffentliche, für jedermann lesbare Mitteilungen auf einer Seite hinterlassen kann.

Es war keine erbauliche Lektüre, die dem Trio vor dem Computer der vierzehnjährigen Emily Flodberg entgegenkam. Männer jedes Alters und mit verschiedenen Formen absurder Pseudonyme, so genannten Nicks, hatten Mitteilungen hinterlassen, die von Emilys Körper sprachen und was mit diesem getan werden sollte. Es war zutiefst abstoßend.

»Sie hat den Kopf tief in den Rachen des Löwen gesteckt«, sagte Anderson. »Warum?«

»Sie testet ihre Attraktivität«, sagte Axel Löfström, wiederum von einer dunklen Erfahrungsgrundlage aus. »Die Möglichkeiten, Bestätigung zu erhalten, haben sich mit dem Internet lawinenartig vermehrt.«

»Künstliche Bestätigung«, sagte Chavez.

»Kontrollier mal die letzte Mitteilung«, Löfström zeigte darauf. ›I will get you, you little whore, wherever you go I will be there and catch you and fuck you till you die.‹

»Au weia«, sagte Anderson. »Wann ist die gekommen? Lass mal sehen, neunter Juni, am Tag bevor die Klasse nach Ångermanland gereist ist?«

Chavez nickte grimmig. »Ich sehe nach, woher sie gekommen ist«, sagte er und tippte wild auf der Tastatur.

Eine Liste rollte über den Bildschirm. Die Server aller Besucher von Emilys Homepage. Identitäten waren nicht zu erkennen, aber in den Fällen, in denen die Server eine Nationenkennzeichnung hatten, konnte man sehen, aus welchen Ländern die Besucher kamen.

»Check mal den letzten Besucher«, sagte Löfström.

Chavez ließ die Liste auf und ab scrollen. »Sie sind gleich«, sagte er. »Das gleiche Land bei der Drohung und bei den letzten Besuchern: Punkt ›lt‹. Was für ein Land ist ›lt‹?«

»Litauen«, sagte Jon Anderson.

187

13

Nichts vermochte das muffige Hotelzimmer in dem muffigen Vorort aufzuhellen, nicht einmal der Gedanke an das versprochene Geld. Denn Geld hatte nur einen Zweck, nämlich den, Marja davon abzuhalten, ihre Liebhaber zu treffen. Und es hätte ihn nicht gewundert, wenn sie sich in Hotelzimmern wie diesem trafen. Vielleicht hatten sie sich sogar hier getroffen, genau in diesem Zimmer, in diesem Bett. Genau in diesem Bett hatte Marja sich vielleicht von zwei oder drei Liebhabern so richtig als Frau bestätigen lassen.

Das Warten tat Steffe nicht gut. Die Dämonen versammelten sich um ihn und verhöhnten ihn. All diese geilen Männer, die über den gehörnten Ehemann lachten.

Es war lange her, seit er etwas gegessen hatte.

In seinem Leben gab es zurzeit vier Dinge: einen beladenen Firmenwagen, zwei Handys, eines davon in einem Stoffbeutel, und Marja.

Der Wagen stand gut versteckt in der Garage des Hotels. Er ging jede Stunde hinunter und überprüfte sie – die Gegend war unsicher, es war nicht undenkbar, dass jemand auf die Idee kam, den Wagen auszuräumen.

Manchmal schwang er sich auf die Ladefläche und lugte unter den Sargdeckel.

Das Skelett hatte einen magischen Schimmer angenommen. Während er es betrachtete, war er nicht mehr sicher, ob er sich von ihm trennen sollte. War es nicht besser, mit ihm zu verschwinden?

Und sich ein Leben mit diesem Skelett aufzubauen?

Aber das ging vorbei, wenn er den Deckel wieder zurückschob. Dann kam Marja zurück, und sie kam nie allein. Sie war immer in Begleitung ihrer Liebhaber, dieser obszön tan-

zenden Horden brünstiger Männer mit größeren und stand-
hafteren Organen als seinem.

Er musste sie zurückgewinnen.

Er blätterte fieberhaft im Fotoverzeichnis seines Handys.
Das graue korrekte Gesicht des Buchhalters. Das rote brutale des Leibwächters. Die Bilder, die seine Lebensversicherung waren.

Er hatte keine Ahnung, wer sie waren, aber sie hatten seine
Annonce im Internet verstanden; für die meisten Menschen
musste sie vollkommen kryptisch gewesen sein. Aber er hatte begriffen, dass es irgendwo irgendjemanden gab, der den
wahren Wert des Skeletts kannte. Sie hatten nicht nur das er-
lösende Wort entdeckt und verstanden, sondern waren auch
unglaublich schnell gewesen, als ob das Netz ein lebender
Organismus wäre und sie jede kleine Veränderung im Körper dieses Organismus mitbekämen. Und als ob sie die ganze
Zeit genau hinter diesem Skelett hergewesen wären.

Als ob sie eine konstante Überwachung betrieben.

Vermutlich wussten sie, wo er jetzt gerade war. Es war
nicht ganz unmöglich, dass sie im Zimmer nebenan einen
Mann postiert hatten.

Steffe stand auf und begann, die Wände abzutasten. Er
wusste, wie winzig die Löcher sein konnten, durch die heutzutage eine Mikrokamera passte. Er würde sie nicht entdecken. Aber versuchen musste er es.

Etwas in ihm war tatsächlich ganz unter Kontrolle. Er
beobachtete sich selbst von irgendwo oben, sah seine eigene
Paranoia und glaubte, darüber lachen zu können. Nur sah
auch das Lachen nicht besonders froh aus.

Er stand auf dem Bett – diesem Bett, in dem Marja und die
fünf nackten Männer sich ständig in den altbekannten Bahnen zu bewegen schienen –, als das Signal kam. Zuerst verstand er nicht, was es war, dachte an Feueralarm, Bomben-
alarm, Luftalarm. Dann sah er das leichte Vibrieren des
kleinen Stoffbeutels.

Der Beutel ging kaputt, als er ihn öffnen wollte. Das kleine Band, an dem man ziehen musste, riss ab. Er riss den Beutel an der Naht auf, und zum Vorschein kam ein Handy der neuesten Generation. Sony Ericsson.

»Ja«, sagte er atemlos.

»Wir sind bereit, die Lieferung anzunehmen«, sagte eine polierte Stimme, die nicht zu verkennen war.

»Wann und wo?«, brachte Steffe über die Lippen.

»Heute Nacht«, sagte der Buchhalter. »Sie warten um dreiundzwanzig Uhr null null im Auto am Värmdöleden in Höhe von Sickla. Mit eingeschaltetem Handy.«

»Und das Geld?«, fragte Steffe.

»Liegt dann bereit«, sagte der Buchhalter leise. »Bargeld in kleinen Scheinen, wie vereinbart. Sorgen Sie dafür, dass die Ware unbeschädigt ist.«

»Der Ware geht es bestens«, sagte Steffe.

»Und Ihnen?«, sagte der Buchhalter überraschend.

»Mir geht es gut.«

»Klingt nicht so.«

»Nein? Scheißen Sie drauf.«

»Nun ja«, sagte der Buchhalter ruhig. »Hauptsache, die Ware ist zum genannten Zeitpunkt in unbeschädigtem Zustand da, dann mag es Ihnen gehen, wie es will.«

Dann war er weg.

Steffe betrachtete das Handy. Er nahm den zerrissenen Stoffbeutel und stopfte es hinein.

Es sah etwas traurig aus.

Im Bett lag Marja mit acht nackten Männern.

14

Sara Svenhagen saß mit dem Laptop auf den Knien im Wagen und betrachtete Nacktfotos. Mit der schnurlosen Internetverbindung dauerte es eine gewisse Zeit, sie herunterzuladen, und so konnte sie jedes Bild ausgiebig ansehen.

Dann und wann ließ Lena Lindberg auf dem Fahrersitz den Blick herüberschweifen, und der Wagen fuhr Schlangenlinien auf der kurvigen Reichsstraße 90. Mit ein wenig Glück würden sie in wenigen Minuten wieder in Saltbacken sein.

Sie sollten sich natürlich auf die abschließenden Interviews mit der zum letzten Mal versammelten Schulklasse konzentrieren, doch das war nicht einfach. Dies alles war so – schwierig zu handhaben.

Sara wusste überhaupt nicht, wie sie sich zu Emily Flodbergs nacktem vierzehnjährigen Körper verhalten sollte. Dies waren die Bilder, für die Emily von denen, die sie ansehen wollten, Geld kassierte.

»Soll man das Pornografie nennen?«, fragte Gunnar Nyberg schüchtern vom Rücksitz.

»Pornomäßig angehaucht, aber nicht pornografisch«, sagte Lena Lindberg.

»Was heißt das?«, fragte Gunnar.

»Nacktbilder mit pornografischer Attitüde«, sagte Lena. »Eine Ausstrahlung, die besagt, dass man Sex haben will. Aber die Bilder an sich sind ja ziemlich harmlos.«

»Verglichen womit?«, fragte Sara und fühlte sich alt und ausgeschlossen.

»Verglichen mit dem allgemeinen Angebot im Internet«, sagte Lena.

Sara betrachtete sie. Das Verhältnis zwischen ihnen hatte sich merklich verändert. Beide trugen ein Geheimnis mit sich herum, so viel war klar, und es kam ihr immer mehr so vor, als wären ihre Geheimnisse entgegengesetzter Art. Sara selbst war kaum in der Lage, sich einzugestehen, dass mit ihrer Sexualität etwas passiert war, dass sie die Lust daran verloren und im Grunde keine Ahnung hatte, wie es dazu gekommen war. Sie liebte Jorge, aber es lief nichts mehr. Es war, als wäre ihr das Gefühl abhandengekommen. War sie ausgebrannt? War es eine Reaktion auf die Geburt? Allgemeiner Lebensüberdruss? Nein, das stimmte nicht, nicht richtig. Erst jetzt – als sie den echten oder unechten Sog im Blick der verschwundenen Vierzehnjährigen sah – konnte sie sich die Tatsache eingestehen, dass sie die Lust verloren hatte. Aber warum das so war, blieb ihr schleierhaft.

Sie wünschte wirklich, dass ihr Jorge fehlen würde, wie er ihr immer gefehlt hatte – und sie ihm –, wenn sie getrennt gewesen waren. Aber es war einfach nicht so.

Bei Lena schien es umgekehrt zu sein. Auf irgendeine Weise musste sie gemeinsam mit dem kantigen Geir, der Sara in erschreckendem Maße an ihren Vater Brynolf erinnerte, ihre Lust in die richtigen Bahnen gelenkt haben. Seltsam war, dass die Offenherzigste der Offenherzigen die Sprache verloren hatte. Die Zeit der intimen Gespräche zwischen Sara und Lena war vorüber.

Und als zusätzliches Irritationsmoment saß Gunnar auf der Rückbank, der sich in seiner Liebesgeborgenheit mit Ludmila aufgehoben fühlte, wo alles immer nur *gut* war.

Dieses verdammte *gut*.

Sara kehrte zu den Fotos zurück. Ein weiteres erschien. Es stimmte – die Posen waren verhältnismäßig unschuldig. Trotzdem war sie splitternackt.

Was war hier eigentlich los? Ging es um Bestätigung? Welche spezifischen Träume verwirklichte Emily? Und *wessen Träume*? War es wirklich ihre eigene Idee? Steckte ein heimlicher Zuhälter dahinter? Und hatte es wirklich etwas mit Litauen zu tun?

Sie las laut aus einer E-Mail vor: »›I will get you, you little whore, wherever you go I will be there and catch you and fuck you till you die.‹«

»Aus Litauen«, sagte Gunnar Nyberg. »Wollen wir aufgrund der vier litauischen Autos ein mit dunkelhäutigen Männern bevölkertes Szenario konstruieren? So ein Szenario wäre ziemlich schrecklich.«

»Aber wäre es denn wahrscheinlich?«, fragte Sara. »Sind unsere Litauer eine Art Sextouristen, nur in umgekehrter Richtung? Nicht mehr schwedische Männer, die ins Baltikum fahren, um sich billig zu verlustieren, sondern litauische Männer, die nach Schweden kommen, um sich teuer zu vergnügen? Fünfzehn, zwanzig Männer wegen ein paar Nacktfotos im Internet, wo das Angebot, wie schon gesagt, enorm ist? Ist das wahrscheinlich?«

»Es ist verdammt viel Zufall«, sagte Gunnar Nyberg. »Der vierte Wagen ist unterwegs verschwunden. Genau hier in der Gegend.«

Er nahm sein Handy und drückte eine gespeicherte Nummer.

»Glaubst du im Ernst, dass sich jemand meldet!«, sagte Lena Lindberg hitzig. »Du bildest dir doch nicht ein, dass Sten Larsson rangeht.«

»Wir müssen es trotzdem versuchen«, entgegnete Nyberg sanft.

Es knisterte im Polizeifunk, und nach einigen tapferen Versuchen kam die Stimme durch.

Eine raue Männerstimme sagte: »Nachricht an alle. Ein weißer Personenwagen mit litauischem Kennzeichen ist östlich von Ristna bei einer Hütte gesehen worden. Alle in der Nähe befindlichen Wagen bitte schnellstmöglich dorthin.«

Sara Svenhagen wurde nach vorn geschleudert. Einen kurzen Augenblick – die Millisekunden, bis sie vom Gurt gehalten wurde – fühlte es sich an, als befände sie sich im freien Fall. Als sie wieder zurückprallte, verstand sie, was Schock war. Physischer Schock.

193

Der Wagen stand still, quer auf der Straße. Gunnar Nyberg sah an seinem Körper hinunter und sagte sich, dass er drei von vier Malen auf dem Rücksitz keinen Sicherheitsgurt anlegte. Dies hier war das vierte Mal. Er fragte sich, ob Lena Lindberg das wusste oder ob er sich bei einem Glücksengel bedanken sollte.

Lena selbst hatte schon den Rückwärtsgang eingelegt und vollführte eine elegante Kehrtwendung auf einer Straße, die derartige Manöver eigentlich nicht zuließ. Ihr Blick war fest auf die Fahrbahn gerichtet. »Ich habe vor einer Minute ein kleines Schild mit Ristna gesehen«, sagte sie.

»Hast du gewusst, dass ich angeschnallt war?«, fragte Gunnar Nyberg mit einer gewissen Steifheit.

»Es ist selbstverständlich, dass Polizisten sich anschnallen, sobald sie sich in ein Auto setzen«, sagte Lena forsch. »Da, Ristna.«

Sie folgten der Richtung ihres Zeigefingers durch die Frontscheibe und sahen ein kleines rotgelbes Schild, das direkt in den tiefsten Urwald zeigte. Dann war der Zeigefinger mit dem Rest der Hand wieder am Lenkrad, das kräftig nach links gedreht wurde. Der Wagen hüpfte auf eine ausgesprochen mittelmäßige Schotterpiste, dass Steine und Erde nur so in die Gegend spritzten.

»Östlich von Ristna«, sagte Sara Svenhagen, ohne ihr pochendes Herz beruhigen zu können. »Wenn wir diesen Weg nehmen, müssen wir also zuerst durch das Dorf. Drei Kilometer, dem Schild zufolge.«

»Die stimmen nie«, sagte Lena Lindberg und trat das Gaspedal bis zum Anschlag durch.

»Wenn es fünf, sechs Mann sind und sie Emily bei sich haben, sollten wir vielleicht nicht so viel Lärm machen«, sagte Sara und kam sich vor wie in einem Traum.

»Sollen wir auf Verstärkung warten und den Bauernlümmeln Gelegenheit geben, den Einsatz zu vermasseln?«, sagte Lena.

»Die Bauernlümmel verfügen über Ortskenntnis«, sagte Sara.

»Wir machen das hier selbst«, beschloss Gunnar Nyberg einstimmig.

»Ganz meine Meinung«, sagte Lena Lindberg. »Du brauchst ja nicht mitzukommen«, fügte sie zu Sara gewandt hinzu.

»Hör schon auf«, sagte Sara und griff mit der Hand in ihre Jacke. Die Dienstwaffe, die sie nie benutzte, ruhte über ihrem Herzen, das sich weigerte, seine groteske Schlagfrequenz zu senken.

Sie erreichten ein kleines Dorf, wenn die Bezeichnung Dorf überhaupt angebracht war. Es handelte sich vielmehr um drei kleine rote Holzhäuschen mitten im Wald. Sie fuhren durch das kleine Ristna und waren wieder in der Wildnis.

Doch dann stand ein alter Mann in hohen Gummistiefeln am Wegrand und winkte. Sie hielten neben ihm, und Sara ließ das Seitenfenster herunter.

»Sind Sie von der Polizei?«, fragte der Mann in atemlosem Ångermanlanddialekt.

»Ja«, sagte Sara, so forsch sie konnte; ihre Stimmte kickste, im Takt mit den Herzschlägen.

»Ich habe angerufen«, fuhr der Mann fort. »Sie sind da oben, den Hang hinauf, in Lilltorpet. Jede Menge Leute, die irgendein Kauderwelsch reden.«

»Haben Sie ein Mädchen gesehen?«, fragte Sara.

»Nein«, sagte der Mann. »Aber mindestens fünf Kerle. Die reinsten Gangster.«

»Wie weit ist es bis Lilltorpet?«, dröhnte Gunnars Bass von der Rückbank.

»Den Hang hinauf«, sagte der Mann. »Vielleicht zweihundert Meter.«

»Sie haben uns kommen hören«, nickte Lena Lindberg am Steuer.

»Und jetzt haben sie uns anhalten hören«, sagte Sara und

dachte an Isabel. Während der letzten Minuten hatte sie ihre zweijährige Tochter beinahe ununterbrochen vor sich gesehen.

Aber hinter Isabel gewann etwas anderes Konturen. Etwas, was gerade in diesem Moment eine neue Färbung annahm. Es war Jorge. Und es waren die ersten kleinen Anzeichen, dass sie ihn vermisste.

»Stell den Wagen hier ab«, sagte Gunnar Nyberg und öffnete die hintere Tür.

Lena Lindberg fuhr den Wagen an die Seite, löste den Sicherheitsgurt und zog den Reißverschluss ihrer Jacke herunter. Sie zog ihre Pistole heraus und entsicherte sie. Dann ging sie los, den ansteigenden Viehpfad hinauf. Gunnar Nyberg griff ebenfalls zu seiner Waffe und setzte seinen massiven Körper in Bewegung, ihr nach, mit einer Geschmeidigkeit, die Sara Svenhagen stets von Neuem in Erstaunen versetzte. Sie selbst ging dicht hinter ihnen. Sie fragte sich, wie oft sie eigentlich schon ihre Dienstwaffe gezogen hatte.

Sehr oft war es nicht gewesen.

Je weiter der Pfad in den Wald führte, desto dichter rückten die Bäume heran. Es war schwer vorstellbar, wie ein Auto hier hatte hinauffahren können. Schließlich war nur noch der Wald da.

Sie schlichen sich auf die Anhöhe. Ein schwaches Rauschen durchzog den Wald, als versuchte er, etwas zu sagen.

Vielleicht wollte er sie auf seine zurückhaltende Art warnen.

Nichts war zu sehen. Sie überquerten die Hügelkuppe. Mitten im undurchdringlichsten Unterholz tat sich plötzlich eine kleine Öffnung auf. Licht fiel ihnen entgegen. Und in das Rauschen des Waldes mischten sich vage Andeutungen von Stimmen.

Durch die Öffnung konnten sie die Konturen einer kleinen roten Hütte ausmachen. Lilltorpet. Und daneben nahmen sie die noch vageren Konturen eines weißen Autos wahr.

Sie schlichen ein Stück näher heran.

Plötzlich ertönte ein Schrei, ein Brüllen. Es hallte durch den Wald und ließ das warnende Flüstern der Bäume verstummen. Es klang kaum menschlich. Eher wie ein Laut aus tiefster Urzeit.

Gunnar Nyberg ging auf die Knie und kroch unter das dichte Astwerk. Lena Lindberg fand auf der anderen Seite einer großen Fichte ein anderes Loch. Sie sahen sich von der Seite an.

Hier war das Sichtfeld nicht mehr verdeckt. Das Haus und der Wagen waren jetzt ganz deutlich.

Das Kennzeichen war zweifelsfrei litauisch.

Aber es war kein Mensch zu sehen.

Lena Lindberg erstarrte, als der Schrei wieder ertönte. Sie warf einen Blick zu Gunnar Nyberg hinüber – und vertraute ihm.

Als der Schrei zum dritten Mal ertönte, hatte er sich verändert, war runder geworden, klang menschlicher. Fast wie ein Lachen. Ein brutales männliches Lachen.

Ein dumpfer Schlag war zu hören. Ein einziger, wie wenn man auf eine Trommel mit lose gespanntem Fell schlägt. Ein vierter Schrei – und jetzt waren es mehrere Stimmen. Eine Kakophonie von Brunstschreien.

Nyberg machte Lindberg ein Zeichen. Sie nickte und hob die Waffe, wie um ihm Deckung zu geben. Er duckte sich und lief mit all seiner gesammelten Geschmeidigkeit hinüber zu dem kleinen Haus. Er presste den Rücken gegen die raue rote Wand und hob die Waffe in Brusthöhe, die beiden großen Hände um den Kolben. Dann nickte er.

Lena Lindberg blickte zur Seite, zu der Öffnung, durch die Nyberg sich geschlängelt hatte. Sara Svenhagen tauchte auf, offensichtlich widerwillig. Sie richtete sich auf, kam in die Hocke, hob die Waffe und nickte kurz, bevor Lena Lindberg zum Haus lief.

Jetzt standen die beiden an die rote Holzwand gedrückt. Gunnar machte ein Zeichen zu Sara hinüber. Es bedeutete: ›Bleib da, gib uns Deckung.‹ Oder möglicherweise: ›Du, meine Lichtgestalt, darfst dich keiner unnötigen Gefahr aussetzen.‹

Die Lichtgestalt dachte an eine dunkle Gestalt. Sara stand dort mit gezogener Waffe und dachte immer intensiver an Jorge.

Gunnar zeigte nach rechts. Lena nickte.

Gerade als sie losgehen wollten, jeder nach einer Seite, war wieder ein schwerer Schlag zu hören, auf den ein Brüllen folgte, das die vorigen noch übertraf.

Lena verharrte einen Moment, bevor sie nach rechts ging. Gunnar ging um die Ecke nach links.

Lena näherte sich der Hausecke. Sie warf einen Blick um die Ecke und zog den Kopf schnell wieder zurück. Nichts. Nur Wald. Reiner, unberührter Wald. Dunkler, finsterer Wald. Dann glitt sie um die Ecke und bewegte sich lautlos die Giebelseite des Hauses entlang. Sie näherte sich der nächsten Ecke.

Sie drückte den Kopf gegen die raue Holzwand. Ihr Haar blieb an Splittern hängen. Und dann äugte sie um die Ecke.

Als sie den Kopf zurückzog, ordnete sie die Eindrücke schnell. Ein großer, grobschlächtiger Mann, der eine Axt über den Kopf erhoben hatte. Und zwei andere mit einer Art Handwaffen, wie zwei grobe Stemmeisen nebeneinander.

Richtige Folterwerkzeuge.

Jetzt durfte kein Fehler passieren. Ein einziger falscher Schritt, eine einzige kleine Nachlässigkeit, und sie konnte sich ihr Ende ausmalen.

Stemmeisen ins Gesicht.

Das Adrenalin pumpte durch ihren Körper. Sie fühlte es wieder. Sie stand vor Geirs gespanntem, rot flammendem Körper.

Sie warf sich um die Ecke und brüllte: »Hands in the air. This is the Swedish Police!«

Der Mann mit der Axt war gerade dabei zu werfen. Die Axt verließ seine Hand wie in Zeitlupe. Lena folgte ihrem Flug durch die Luft und dachte Millionen Gedanken, alle wortlos. Dann traf die Axt mit einem dumpfen Schlag auf einen Baumstumpf, wie wenn man auf eine Trommel mit lose gespanntem Trommelfell schlägt.

Die Axt saß.

Die Männer mit den Folterwerkzeugen standen wie versteinert da.

»Drop your weapons!«, brüllte Lena und fragte sich, wo Gunnar war.

Es waren fünf Männer. Keiner der beiden mit den Folterwerkzeugen machte die geringsten Anstalten, sie fallen zu lassen. Einer von ihnen hob sein Stemmeisen sogar in die Luft. Als wäre er im Begriff, damit nach ihr zu werfen. Als sollte das Doppelstemmeisen im nächsten Augenblick ihren Körper treffen. Sie drehte die Pistole zu ihm hin und richtete sie direkt auf seinen Körper. Er hielt seine furchtbare Waffe immer noch erhoben. Sie drückte den Zeigefinger fester gegen den Abzug.

Ja, sie würde ihn erschießen. Nein, sie würde nicht von diesem Ding durchbohrt werden.

Der Zeigefinger balancierte auf dem Druckpunkt.

»Stopp!«, ertönte ein mächtiges Gebrüll im Hintergrund. »Nicht schießen, Lena!«

Und dann tauchte Gunnar hinter den Männern auf. Sie drehten sich zu ihm um. Alle Gesichter wandten sich in seine Richtung. Wenn sie jetzt schießen wollte, musste sie den Mann in den Rücken schießen.

Sie schaute Gunnar Nyberg an. Sie sah, wie er die Waffe senkte. Sie sah ihn auf Teller und Besteck zeigen, die im verwahrlosten Garten verstreut lagen. Sie sah ihn auf Haufen von Baumaterial zeigen, auf drei Zementmischer und

199

schweres Werkzeug. Und sie sah ihn die Hand zum Waldrand ausstrecken, wo die Grundmauern eines nahezu herrschaftlichen Gebäudes aufragten.

Er trat auf den Mann mit dem erhobenen Folterwerkzeug zu und streckte die Hand aus. Der Mann reichte ihm das Werkzeug, ohne zu zögern.

Lena Lindberg hielt noch immer die Pistole im Anschlag und den Finger am Druckpunkt des Abzugs.

Gunnar Nyberg winkte ihr mit dem Folterinstrument zu und rief: »Nimm die Pistole weg, Lena. Es sind Kuhfüße.«

»Was?«, krächzte Lena und sah Sara Svenhagen neben Gunnar auftauchen.

»Es sind Kuhfüße, mit denen man Nägel zieht«, sagte Sara. »Nimm jetzt die Pistole weg.«

Im Hintergrund waren Polizeisirenen zu hören.

Lena Lindberg ließ die Waffe sinken und merkte, dass sie weinte.

Sie saßen wieder im Wagen. Gunnar Nyberg fuhr. Lena Lindberg saß auf dem Rücksitz und fühlte sich erledigt.

»Mittagspause auf dem Schwarzbau«, sagte Sara Svenhagen. »Da kann man sich ein wenig mit Axtwerfen vergnügen. Und lachen und herumbrüllen.«

»Man wagt sich kaum vorzustellen, wessen Luxusvilla sie da bauen«, sagte Gunnar Nyberg. »Möglicherweise sollte man auf einen lokalen Politiker tippen.«

Eine Weile war es still im Wagen. Sie bogen wieder auf die Reichsstraße 90 ein. Lena Lindberg blickte auf den umliegenden Wald. Er war in ein eigenartiges Licht getaucht. Das Licht der Frühsommersonne wirkte kalt, wie es in Strahlen zwischen die dicken Baumstämme fiel. Eine Sonne, die nicht zu wärmen vermochte, die aber sehr gut dazu geeignet war, Dinge deutlich werden zu lassen. Jeder Stamm, jeder Ast, ja,

jede Tannennadel schien ihr mit großer Klarheit entgegen-
zukommen. Als wollte der Wald etwas. Sein Rauschen, sein
Licht wollte etwas. Sie begriff nur nicht, was.

Aber der Wald verlangte nach ihrer Aufmerksamkeit.

»Das ist anscheinend ein nahezu industrielles Gewerbe«,
sagte Sara. »Der Chef dieser kleinen Gruppe war ja ziemlich
gesprächig. Es handelt sich um insgesamt vier Arbeitsteams.
Und eine von vier Baustellen, die mittels Schwarzarbeit betrieben werden. Sie gehen von der einen zur anderen.«

Wieder war es eine Weile still. Sara Svenhagen sah auf die
Zeitanzeige des Laptops, auf dessen Bildschirm die Nackt-
bilder sich weiter abwechselten. Zwei Uhr. Sie konnten die
Schulklasse nicht länger festhalten als bis zur Abfahrt des
Zugs von Sollefteå nach Stockholm. Er ging um Punkt vier.
Danach würden sie sich in alle Winde zerstreuen, und die
Möglichkeit, sie noch einmal gründlich zu befragen, wäre für
immer vorbei.

»Welche entscheidenden Fragen versäumen wir zu stellen?«, fragte sie in einem Ton, der im Nachhinein beinahe
verzweifelt klang. Doch die Kollegen schienen es nicht zu
bemerken. Sie hingen ihren eigenen Gedanken nach. Lena
zum Beispiel sah alles andere als fit aus. Wie viel hatte eigentlich gefehlt, dass sie den armen litauischen Schwarzarbeiter
mit dem Kuhfuß in der Hand niedergeschossen hätte? Wie
viele Milligramm Druck hatten eigentlich gefehlt, um den
Schuss losgehen zu lassen? Was war los mit ihr? Was hatten
der Wald und die Natur mit ihr gemacht?

Und Gunnar Nyberg, der schien sich voll und ganz darauf
zu konzentrieren, nicht zu schnell zu fahren. Zu schnell zu
fahren war ein Instinkt, den er sich im Verlauf mehrerer Jahre
mit seinem knallgelben Renault antrainiert hatte. Bei einhun-
dertachtzig Stundenkilometern war er ein ausgezeichneter
Fahrer, aber bei neunzig ein beinahe miserabler. Er schaltete
falsch und fuhr ruckhaft wie ein Fahrschüler.

»Wir müssen zurück zum Ausgangspunkt«, sagte er gequält. »Warum ist Emily Flodberg verschwunden? Wir sind der Antwort noch nicht nähergekommen.«

»Ja«, sagte Sara Svenhagen. »Wir müssen zurück zum Ausgangspunkt. Aber was ist der Ausgangspunkt? Was ist Emily? Ist sie ein Opfer? Machen wir einen Denkfehler, wenn wir sie als Opfer sehen? Die Nacktfotos lösten erwartungsgemäß bei einer Reihe von Männern aggressive Geilheit aus – offenbar handelt es sich im Gästebuch auf ihrer Homepage um eine große Anzahl verschiedener Aggressionen.«

Nyberg warf die Hände in die Luft, sodass der Wagen ins Schlingern geriet, und rief empört: »Warum geht die Erotik, das Schönste, was wir Menschen überhaupt haben, so oft mit Aggressionen einher? Was läuft da falsch bei so vielen Männern?«

»In deiner Vergangenheit hat es ja auch einige Aggressionen gegeben«, sagte Sara Svenhagen in der stillen Gewissheit, dass sie selbst nie betroffen sein würde.

»Aber nie im Zusammenhang mit Sex«, sagte Gunnar Nyberg. »Nie in irgendeiner Verbindung mit Erotik. Ich verstehe den Zusammenhang ganz einfach nicht. Vielleicht bin ich zu wenig Mann, um das zu begreifen.«

»Das liegt daran, dass du ein attraktiver Mann bist«, sagte Sara mit einem kleinen Lächeln. »Aber wenn man nicht besonders attraktiv ist und vom anderen Geschlecht nichts als Ablehnung erfährt, dann entstehen Aggressionen.«

»Das ist eine Vereinfachung«, sagte Lena Lindberg mit verhaltener Stimme von hinten.

Gunnar und Sara drehten sich zu ihr um und sahen sie an. Gunnar hätte es besser nicht getan, denn der Wagen geriet erneut ins Schlingern und näherte sich gefährlich dem Straßengraben.

»Wie meinst du das?«, fragte er und fischte die Kotflügel aus den Blumenwiesen.

»Es kann viele Gründe dafür geben, dass Sexualität und Aggressionen zusammengehören«, sagte Lena, immer noch mit gedämpfter Stimme. »Und die sind nicht immer besonders klar.«

Sara hielt den Blick auf Lena gerichtet und spürte, dass ihr eine kleine Einsicht kam. Aber die behielt sie für sich. »Zurück also«, sagte sie, »zu Emilys Verschwinden. Wenn wir davon ausgehen, dass es mit den Nacktfotos zu tun hat – was ist dann geschehen? Hatte sie mit einem Mann aus dem Gästebuch eine Verabredung? Hat sie hier oben in Ångermanland Kontakte gehabt? Oder hat jemand herausgefunden, wer sie ist, und sich die Mühe gemacht, der ganzen Klasse hier herauf in die Pampa zu folgen? Warum hat er sich nicht in Stockholm an sie rangemacht? Das wäre doch viel einfacher gewesen.«

Gunnar Nyberg zeigte auf den Bildschirm auf Sara Svenhagens Schoß und sagte: »Es ist nicht gerade einfach herauszufinden, wer sie ist, wenn man nur diese Bilder hat. Vom Gesicht sieht man nicht viel.«

»Aber wenn sie solche Sachen wie Kartenzahlung und einen Server hat, dann finden sich ihre Daten an vielen Stellen im Netz«, sagte Sara. »Für einen Hacker wäre es nicht besonders schwer, sie zu identifizieren. Aber für mich klingt es trotzdem nicht plausibel. Auf die Verbindung zwischen den Nacktbildern und ihrem Verschwinden kann ich mir keinen Reim machen.«

»Jemand hat die Bilder gesehen«, sagte Gunnar Nyberg. »Es kann dieser Litauer im Gästebuch sein, nichts spricht dagegen, es ist nur kein litauischer Schwarzarbeiter. Er hat sie im Netz gesehen und ist wie verhext von ihr. Er kennt sich mit dem Internet aus und findet sie über ihren Server. Er kennt ihre Identität und ihre Adresse. Aber er hat auch viel Geduld, plant sorgfältig und wartet den günstigsten Augenblick ab. Dieser Augenblick ist gekommen, als sie sich in den finsteren ångermanländischen Wald begibt – vielleicht sogar, um ihren unwiderstehlichen Flaumbart zu treffen.«

»Außerdem«, sagte Lena Lindberg von hinten, »kann er

203

tatsächlich einer der Schwarzarbeiter sein. Ich hoffe, die hiesige Polizei stellt alle Identitäten fest. Einer von ihnen könnte doch mit dem Gästebuch auf Emilys Homepage in Verbindung gebracht werden.«

Sara Svenhagen nickte. »Schwarzarbeit auf dem Bau als Deckmantel«, sagte sie. »Durchaus möglich.«

»Ich habe mit Alf Bengtsson gesprochen«, sagte Nyberg. »Sie sollten alle litauischen Identitäten genau überprüfen. Ich bin deiner Meinung, Lena, es ist eine interessante Idee.«

»Du brauchst mir nicht nach dem Mund zu reden«, sagte Lena. »Ich stehe *nicht* vor einem Nervenzusammenbruch.«

»Okay«, sagte Gunnar und machte eine genügend abrupte Handbewegung, um den Wagen das Gleiche tun zu lassen. »Entschuldige, dass ich es für eine gute Idee gehalten habe.«

»Jetzt lassen wir das«, sagte Sara vermittelnd. »Die Litauer stehen weiterhin auf unserer Liste. Aber zurück zum Ausgangspunkt. Warum geht sie in den Wald? Sollen wir wirklich an einen hiesigen Flaumbart glauben?«

»Nein«, sagte Gunnar. »Eher nicht. Was haben wir? Was muss überprüft werden? Sten Larsson ist ja da im Wald. Der grüne Fleecepulli folgt ihr in einiger Entfernung. Aber in so großer Distanz, dass er sie nicht sieht. Was bedeutet das eigentlich? Warum ist er zur gleichen Zeit wie sie im Wald? Aber weit von ihr entfernt? Warum bewegen sie sich in die gleiche Richtung – aber im Abstand von zwanzig Minuten? Und Emily vorneweg? Es kann nicht sein, dass er sie verfolgt, sie ist zu weit vor ihm, aber es kann sein…«

»Dass sie miteinander in Kontakt sind«, platzte Lena Lindberg dazwischen. »Sein Handy ist weg, ihres auch. Sie standen in Kontakt. Er hatte wegen der Nacktbilder im Netz Kontakt mit ihr aufgenommen, und als sich zeigte, dass der Zufall es so gut mit ihm meinte, sie ihm praktisch auf dem Tablett zu servieren, brauchte er nur noch den Mund aufzumachen. Er bot ihr so viel Geld an, dass sie nicht widerstehen konnte. Sie ruft ihn von ihrem Zimmer aus an, erhält die Bestätigung ihrer Absprache – deshalb war der letzte Eindruck, den sie auf dem Zimmer machte, ›richtig froh‹ – und zieht los, um ihren unbekannten Wohltäter zu treffen. In der Zwischenzeit rufen sie sich an. Er wartet da draußen, aber sie geht in die falsche Richtung. Es dauert ein bisschen, bis sie sich finden. Aber als das endlich geschieht, ist es schon zu spät.«

Sara Svenhagen blickte von ihrem Laptop auf und nickte. »Aber zu spät für wen?«, fragte sie.

»Was?«, sagte Lena Lindberg.

»Jorge schreibt hier gerade etwas Interessantes«, sagte Sara und zeigte auf den Bildschirm. »Er hat eine ganz andere Art von Internetseiten gefunden, die Emily besucht hat. Offenbar genügend viele, dass sie ein Muster ergeben. Was mich zu meiner eben so sorgfältig ignorierten Frage zurückbringt: Ist Emily wirklich ein Opfer?«

»Was für Seiten?«, fragte Lena.

»Gewaltseiten«, sagte Sara. »Zwei Sorten anscheinend. Teils Messerseiten en masse. Verschiedene Typen von Messern, hauptsächlich Kampfmesser, Springmesser, Wurfmesser, Stilette, Butterflies. Teils eine Art ultrafeministischer Männerhasserseiten. Amazonen. Jorge schreibt: ›Männer werden nicht mehr gebraucht. Gebraucht wird nur noch das Sperma, und das kann man inzwischen in sehr exakt abgestimmten Formaten tiefgefroren erhalten, nuanciert bis zur Form des Ringfingers. Einmal befruchtet, braucht die Frau den Mann überhaupt nicht mehr.‹«

»Das hört sich an, als wäre er in allerbester Stimmung«, sagte Gunnar Nyberg.

»Auf jeden Fall sind es Internetseiten dieser Art«, fasste Sara Svenhagen zusammen und klappte den Laptop zu.

Sie waren angekommen.

Gunnar Nyberg fuhr auf den Parkplatz von Gammgården und stellte den Motor ab. Sie blieben einen Augenblick im Wagen sitzen und betrachteten den umgerüsteten alten Bauernhof, der dort am Waldrand lag und in dem das Sonnenlicht immer noch wie verzaubert glänzte. Ein gefundenes Fressen für jedes schwedische Fremdenverkehrsbüro.

Das Idyll wurde möglicherweise durch eine ziemlich große Anzahl mürrischer Teenager leicht beeinträchtigt. Aus einer anderen Perspektive hätte man hingegen durch diese jugendliche Blüte das Idyll als vollendet betrachten können.

»Macchiato«, sagte Gunnar Nyberg.

»Was?«, sagte Sara Svenhagen.

»Befleckt«, sagte Nyberg. »Ich frage mich, wie viele in der Stadt lebende Schweden gewohnheitsmäßig ihren Macchiato bestellen und nicht wissen, dass der Name dieses wunderschönen Kaffeegebräus ›befleckt‹ bedeutet. Wie dieses Bild.«

»Wen fragen wir was?«, sagte Lena Lindberg mit gnadenloser Gleichgültigkeit gegenüber diesem Meinungsaustausch.

Sara betrachtete Gunnar. Gunnar betrachtete Sara. Dann sagten sie, gleichzeitig wie auf Kommando: »Marcus.«

Sie saßen im Garten. Es war, als strömte Leben aus dem Wald, dessen eigentümliche Versuche, sich mitzuteilen, immer deutlicher wurden. Zumindest empfand Lena Lindberg es so, die, getreu ihrer Gewohnheit, ein wenig abseits gelandet war. Immer wieder zog es ihren Blick hinaus zum dunklen Grün der Nadelbäume, und ein Schaudern überkam sie.

Marcus Lindegren schien dagegen von derartigen Anfechtungen unbehelligt zu sein. Er war ein eleganter Mann an die fünfzig, mit – in Sara Svenhagens Augen – einem Gesichtsausdruck, der auf schwere Störungen sowohl im Verhältnis zu seinem eigenen Ich als auch zur ihn umgebenden Wirklichkeit schließen ließ. Die Proportionen waren unverhältnismäßig. Die Außenwelt schien mehr eine Störung in dem allumfassenden Ich darzustellen als das Ich einen Teil der Außenwelt. Egozentrik war ihr schon früher begegnet, und nicht zu knapp, doch dies hier hatte eine ganz eigene Dimension.

»Was heißt: ›Wie es ablief?‹«, fragte Lindegren mit großer Skepsis.

»Das war keine Fangfrage«, sagte Gunnar Nyberg. »Es war eine direkte, ganz einfache Frage: Wie lief es ab, als Sie beschlossen, die Klassenfahrt nach Saltbacken in Ångermanland zu machen?«

»Es war selbstverständlich meine Idee«, sagte Marcus Lindegren unbeirrt. »Man kann nicht behaupten, dass die anderen in diesem sogenannten Klassenfahrtrat besonders aktiv waren.«

»Und wer gehörte diesem Rat an?«

Lindegren vollführte eine ausholende Handbewegung zu dem umliegenden Garten. »Die hier. Die Kasper.«

Sara Svenhagen las eine Liste vor: »Also: Lisa Lundén, Nils Anderberg, Alma Richardsson, Sven-Olof Törnblad und Reine Gustafsson?«

»Und deren Eltern. In diesem Fall. Dass es in anderen Fällen nicht vorkommt, ist wahrlich kein Mysterium.«

»Und wie lief es ab?«, fuhr Sara fort. »Sie hatten also in *Dagens Nyheter* eine Annonce gefunden? Und darüber wurde bei einer Sitzung des Klassenfahrtrats diskutiert?«

Marcus Lindegren setzte eine Leidensmiene auf. Es handelte sich augenscheinlich um das Leiden der Selbstaufopferung. »Das ist so lange her«, stöhnte er. »Ich kann mich nicht mehr genau erinnern.«

»Wann war es?«

»Kann es im März gewesen ein? Mitte März? Wir waren zu Hause bei Anderbergs am Ringvägen … Die Zeitung lag gefaltet auf dem Tisch, die Annoncenseite nach oben …«

»Hatten die Eltern Anderberg sie da hingelegt? Lag sie da, als Sie kamen?«

»Aber das weiß ich nicht mehr«, stieß Lindegren beinahe schreiend hervor. »Wie soll ich mich an so etwas erinnern können? Und warum zum Teufel sollte das von Bedeutung sein?«

Gunnar Nyberg beugte sich über den wackeligen Gartentisch, der bedrohlich schaukelte.

»Warum haben Sie dann behauptet, es sei Ihre Idee gewesen hierherzufahren.«

»Ich habe die Entscheidung vorangetrieben. Es schien eine gute Wahl zu sein.«

»Die Zeitung lag also auf dem Tisch«, sagte Sara geduldig. »Wie ist sie dorthin gekommen?«

Marcus Lindegren stöhnte erneut und sagte nach einer Weile mit einer Klarheit, die nicht zuletzt ihn selbst überraschte: »Jemand hat sie da hingelegt. Jemand hat sie da hingelegt und gesagt, das hier sieht doch ganz gut aus. Die Annonce war mit Kugelschreiber mehrmals eingekreist.«

»Ausgezeichnet«, sagte Sara. »Und versuchen Sie jetzt, darauf zu kommen, wer das war. Mann oder Frau zum Beispiel.«

Lindegren prustete und stiefelte weiter durch den offenbar sehr selten besuchten Sumpf der Erinnerung. »Frau«, sagte er. »Aber wer zum Teufel war es? Manche von den Frauen habe ich nur ein einziges Mal gesehen. Dann kümmerten sie sich um nichts mehr. Danach musste ich alles allein organisieren.«

»War es eine von den Müttern, die mit hier sind?«

Lindegren starrte Sara an, als sähe er sie zum ersten Mal. Nachdem er eine Weile wie verhext dagesessen hatte, sagte er: »Ja, tatsächlich. Ich frage mich, ob es nicht die arme unbedarfte Alma war.«

»Alma Richardsson?«, sagte Gunnar Nyberg. »Die Sie angebaggert haben?«

»Wie bitte?«, stieß Lindegren aus und wandte sich zu Nyberg um.

»Nichts«, sagte Sara und warf Gunnar einen bösen Blick zu. »War sie hartnäckig?«

»Was?«, sagte Lindegren, der inzwischen ehrlich verwirrt wirkt. Von seinem Ego war nicht mehr viel übrig.

»War Alma Richardsson begeistert, als sie Saltbacken vorschlug. Sie haben eben gesagt, sie hätte gemeint, das sähe doch gut aus. Aber war sie hartnäckig?«

Marcus Lindegren ließ seinen erstaunten Blick zum Wald hinüberschweifen. »Ja«, sagte er schließlich. »Das war sie tatsächlich.«

Das Beste an diesem Job ist, dass man so unglaublich viele verschiedene Menschen trifft, dachte Sara Svenhagen. Die Verhaltensmöglichkeiten des Menschen waren wirklich unzählig. Sie konnte sich nicht verkneifen, ein paar Überlegungen über die menschliche Natur anzustellen, als sie Alma Richardsson gegenübersaß.

Die Frau, die jetzt auf Marcus Lindegrens Platz saß, war ein seltsam nervöser Mensch. Als spürte sie jeden Augenblick ein bis zur Grenze der Überanstrengung unterdrücktes Bedürfnis, sich über die Schulter zu schauen.

Zugleich sah sie wesentlich jünger aus als ihre Kolleginnen im sogenannten Klassenfahrtrat. Tatsache war, dass sie süß war. Sie verkörperte quasi die Definition des fragwürdigen Begriffs ›süß‹. Vermutlich hatte sie an einer Reihe schlechter Erfahrungen mit Männern zu tragen.

Wie so viele Frauen, dachte Sara bitter und sagte: »Ich möchte eine Stelle aus einer Zeugenaussage vorlesen, ist das in Ordnung?«

»Natürlich«, sagte Alma Richardsson mit nervöser Mädchenstimme. »Wenn wir nur bald von hier wegkommen. Ich halte es nicht mehr aus.«

»Was?«

»Alles. Marcus …«

»Ich lese«, sagte Sara. »›Scheiß-Marcus, Scheiß-Plastiksoldat, der glaubt, er wäre der fucking King, und dann liegt er unter einem Busch an der Straße und bumst die Mutter von Tunten-Johnny, Pimmel-Alma, als Emily verschwunden ist und alles drauf ankommt, dass es schnell geht.‹«

»Aber Herrgott«, sagte Alma Richardsson bestürzt. »Bumst?«

»Ist es das, worauf Sie reagieren?«, sagte Sara. »Nicht auf ›Tunten-Johnny‹?«

»Ich weiß, dass er von manchen so genannt wird … Ich habe versucht, mit der Klassenlehrerin darüber zu reden, aber ich glaube, sie will so etwas gar nicht hören. Sie will in ihrer schönen Welt von Literatur und Rosen leben.«

»*Herz der Finsternis* ist wohl nicht gerade Rosen …«

»Doch«, sagte Alma Richardsson bestimmt.

Es blieb eine Weile still, als hätte man gemeinsam beschlossen, eine Pause einzulegen, dann fuhr Alma mit etwas tieferer Stimme fort: »Mein Sohn ist ein bisschen anders als die meisten. Und wenn man heutzutage eines nicht sein darf, dann anders. Sie wachsen in einer harten Welt auf. Manchmal glaube ich, dass er eigentlich gar nicht hätte auf die Welt kommen sollen, dass es ein Irrtum Gottes war. Er hat keinen Vater.«

»Keinen Vater?«

»Ich habe keinerlei Erinnerung daran, wie er entstanden ist. Es war eine chaotische Zeit in meinem Leben. Ich sehe nicht einmal ein Gesicht vor mir, das ich mit der Vaterschaft verknüpfen könnte. Nichts. Wie eine Jungfrauengeburt. Und das war es gewissermaßen wohl auch. Ich war jung und extrem unschuldig und ließ Männer Sachen mit mir machen, um gesehen zu werden und Bestätigung zu finden. Ich bin damit sicher nicht allein, aber so kam es mir vor. Als ob ich nur einsamer und einsamer würde mit jedem Mal. Jedem Mal, wenn ich … mich öffnete …«

Sara Svenhagen warf einen Blick zu Lena Lindberg hinüber, die die Brauen hochzog. Keiner hatte eine Beichte erwartet, zumal sie auf etwas ganz anderes eine Antwort suchten. Sara wusste selbst nicht recht, warum sie sich auf dieses Gleis begeben hatte. Aber es hatte Früchte getragen, das Eis war gebrochen und was ihr sonst an Klischees noch alles einfiel.

Sie fuhr fort: »Warum wird er denn Tunten-Johnny genannt?«

»Weil alles, was in der Männerwelt anders ist, als schwul gilt. Johnny ist stark auf seine eigene Art und Weise, nicht auf ihre.«

»War es Johan, der vorschlug, dass die Klassenfahrt nach Saltbacken gehen sollte?«

Es war ein Schuss ins Ungewisse, aber es kam ihr richtig vor. Der richtige Zustand.

Alma Richardsson hatte ein völlig anderes Verhältnis zur Vergangenheit als Marcus Lindegren, das war deutlich. Sie hatte keine Probleme damit, in den Ablagerungen des Vergangenen zu graben und das Richtige zu finden. »Der Klassenfahrtrat hatte sich bei Nisse und Johanna versammelt, um mögliche Reiseziele zu diskutieren. Ich hatte eine Annonce mitgebracht, die interessant zu sein schien, von einem Bauern namens Arvid Lindström in Saltbacken in Ångermanland.«

»Und warum hatten Sie die dabei?«

»Johan bittet mich im Allgemeinen nicht um Dinge, er ist viel für sich allein, aber hier schien es, als wollte er wirklich etwas. Ich hatte das Gefühl, es ihm schuldig zu sein, für ihn zu sprechen. Ein paar Tage vor dem Treffen hatte er mich noch einmal bearbeitet und gesagt, dass er genau hierhin wollte, nach Saltbacken.«

»Und warum wollte er das?«

»Ich habe keine Ahnung«, sagte Alma Richardsson und beugte sich zurück wie nach einem harten Aerobictraining.

Johan Richardsson war nicht besonders feminin, und es gab keinerlei äußere Anzeichen dafür, dass er im Begriff war, seine Homosexualität zu entdecken. Dagegen war er besonders, und es war schwer zu sagen, auf welche Weise er besonders war. Äußerlich sah er aus wie all die Vierzehnjährigen, die auf dem Gelände umherwuselten, aber sein Blick war ein wenig schärfer, ein wenig suchender – vielleicht sogar ein wenig intelligenter. Aber vor allem sensibler.

Johan Richardsson gehörte zu den Menschen, die ihr Herz in der Hand tragen.

Der Gedanke überraschte Sara. Woher kam er? Sie hatte plötzlich die Vision einer Großstadtstraße in Schwarz-Weiß. Aber hier und da ging ein einzelner Mensch in Farbe, und diese Farbenfrohen trugen ihr Herz in den Händen, und alle erkannten sich und nickten sich verstohlen zu. Als könnten sie einander nie erreichen.

Es war ein sehr merkwürdiger und sehr ergreifender Anblick.

Sie gestattete sich einige Sekunden, die Vision wegzublinzeln, und wandte sich dann Johan Richardsson zu.

Er saß in einer vollkommen schwarz-weißen Welt und hielt sein pochendes rotes Herz in der Hand. Sara blickte nieder, und auch in ihrer Hand lag ein pulsierendes Herz.

Alles, was sie dachte, war: Es muss meines sein.

Gunnar Nyberg sah zwar nicht, was geschah, war aber wachsam genug, um die Aufmerksamkeit von seiner sehr geliebten Kollegin abzulenken. Er sagte: »Im März hast du, Johan, deine Mutter dazu überredet vorzuschlagen, dass die Klassenfahrt hierhin gehen sollte. Du hast also den Anstoß dazu gegeben, dass ihr euch jetzt hier auf Gammgården in Saltbacken befindet. Warum?«

Johan sah Nyberg mit einem traurigen Lächeln an und sagte: »Es hat sich gezeigt, dass es keine gute Idee war, nicht wahr?«

»Hast du das Gefühl, dass du Schuld trägst an Emilys Verschwinden?«

Das traurige Lächeln verschwand, und zurück blieb nur die Trauer. »Gewissermaßen schon«, sagte Johan. »Ich hätte nicht auf sie hören sollen. Ich hätte genauso feige sein sollen wie immer und mir nichts daraus machen sollen.«

»Woraus, Johan?«

»Aus ihrer Hartnäckigkeit. Aber ich konnte es nicht. Ich glaube, es war das erste Mal, dass sie mich überhaupt bemerkt hat.«

»Von wem redest du?«

»Von Emily natürlich.«

Gunnar Nyberg warf einen Blick auf seine Kolleginnen, um zu sehen, ob sie reagierten. Das taten sie. Sara riss sich aus ihrem Dämmerzustand, und Lena arbeitete sich aus dem Loch hervor, in das sie immerzu hineinfiel.

Sie waren, wie man so sagt, ganz Ohr.

Gunnar Nyberg wandte sich wieder Johan Richardsson zu und fragte klar und deutlich: »War es Emily Flodberg selbst, die genau hierhin wollte?«

»Sie kam sogar mit einer Zeitung«, sagte Johan. »Sie hatte eine Annonce eingekreist und bat mich, meiner Mutter zu sagen, dass wir dahin fahren sollten.«

»Warum kam sie zu dir?«

»Ich war natürlich blind. Ich dachte, es wäre, weil sie mich mochte.«

»Aber?«

»Aber es war klar, dass es nur war, weil meine Mutter im Klassenfahrtrat saß. Und ich war leicht zu beeinflussen.«

»Und wie ging es dann weiter?«

»Als klar war, dass es nach ihren Wünschen lief, war ich ihr wieder total egal. Erst hat sie mich gelockt, dann hat sie mich weggeworfen.«

»Findest du nicht, du hättest nach Emilys Verschwinden sagen sollen, dass es ihr Wunsch war hierherzukommen?«

»Es hat niemand danach gefragt«, sagte Johan und sah traurig aus.

Weil es kurz vor Mittsommer war, konnte man nicht von Dämmerung reden, die Sonne ließ weiter unverdrossen ihre Strahlen zwischen den Baumstämmen hindurchfallen. Dennoch lag etwas in der Luft, was Dämmerung andeutete – ein Duft, ein Frieden, eine Stille, eine Bewegungslosigkeit, was indessen durch die Aktivität im Hintergrund vollauf kompensiert wurde.

Es war Zeit für die Abreise. Die Vierzehnjährigen liefen aufgeregt hin und her. Erst jetzt würden die Sommerferien richtig anfangen.

Es war, als hätte Emily Flodberg nie existiert.

Sara Svenhagen, Lena Lindberg und Gunnar Nyberg saßen noch an dem Gartentisch.

Eigentlich kann man nie nachvollziehen, was ein anderer Mensch erlebt, wie nah man einander auch stehen mag, aber jetzt hatten sie das Gefühl, die Melancholie wirklich *zu teilen*, die sich auf sie herabsenkte. Wenn die Schulklasse verschwand, würde die Melancholie sich ihrer bemächtigen, nach ihren Herzen greifen und das Lebensblut aus ihren Seelen saugen.

Doch das war in der Regel reinigend.

»Es ist ein langer Tag gewesen«, sagte Sara matt. »Aber er ist noch lange nicht zu Ende. Was haben wir eigentlich?«

»Mehr, als wir geglaubt haben«, sagte Gunnar Nyberg ebenso matt und tippte mit geübter Hand Sten Larssons Telefonnummer auf seinem Handy ein. »Wir befinden uns gewissermaßen im Inneren von Emilys Plan. Warum wollte sie gerade hierher?«

214

»Hat es nicht mit den Pädophilen zu tun?«, sagte Lena.

»Die Nacktbilder und Männerhasserseiten im Internet. Gerade hier haben wir eine ungewöhnlich dichte Besiedelung von Pädophilen.«

»Und Messerseiten …«, sagte Sara. »Vielleicht jagt nicht Sten Larsson Emily durch den Wald – sondern umgekehrt?«

»Hat sie die Männer mit der Homepage angelockt und dann beschlossen, gegen Pädophile vorzugehen?«, sagte Gunnar. »Mein Gott, sie ist doch erst vierzehn! Das ist zu ausgeklügelt, ganz unmöglich. Sie ist ein Kind.«

»Die Altersstufen erleben zurzeit eine sonderbare Veränderung«, sagte Lena. »Erwachsene werden Kinder, und Kinder werden Erwachsene. Unsere Zeit ist in Unordnung.«

»Die Zeit ist aus den Fugen«, sagte Gunnar Nyberg altersweise.

»Der Wald ruft«, sagte Sara und stand auf. »Wir müssen Sten Larssons Spur durch den Wald verfolgen. Das liefert uns vielleicht eine Erklärung dafür, warum er sich zwanzig Minuten *nach* Emily dort befand. Mit diesen zwanzig Minuten ist irgendetwas faul.«

Lena und Gunnar betrachteten sie und verstanden, dass dies eine Art und Weise war, der Melancholie zuvorzukommen und die lauernde Angst auf Abstand zu halten.

Sie standen auf und folgten ihr in den Wald.

Hinter ihnen fuhr ein großer Bus auf den Parkplatz. Die Jugendlichen sammelten sich mit ihrem Gepäck in einem Rudel, durch das sich eine Art kollektives Beben fortpflanzte. Es war offensichtlich, dass sie kaum erwarten konnten, von hier fortzukommen.

Alles war jetzt besser als Saltbacken.

Sara Svenhagen war schon auf dem Weg in westlicher Richtung in den Wald. Gunnar Nyberg und Lena Lindberg joggten ihr nach und schlossen zu ihr auf. Gunnar tippte wieder mal die Nummer von Sten Larssons Handy ein, und Sara fasste zusammen, während ihr die Zweige ins Gesicht

215

klatschten: »Sten Larsson dürfte also zweimal von unabhängigen Suchgruppen im Wald gesehen worden sein. Das erste Mal muss ungefähr hier gewesen sein.«

Sie blieb stehen und sah sich um. Das Blickfeld war klar begrenzt, in allen Richtungen stieß es auf Widerstand in Form von Bäumen und noch mal Bäumen. Aber auch in Form eines großen Steinblocks, eines Findlings, der in der Eiszeit mit dem Eis aus großer Entfernung herantransportiert worden war.

»Hier hat Julia Johnsson einen militärgrünen Fleecepulli gesehen und ihn irrtümlich für Jonatan Janssons Pulli gehalten.«

Sie gingen umher und suchten zerstreut nach Spuren.

Lena Lindberg blieb hinter dem Findling stehen und sagte: »Hier könnte jemand gestanden haben.«

Gunnar und Sara kamen dazu. »Hier ist der Boden platt getreten, ohne Zweifel«, sagte Gunnar.

»Kann man eine Fußspur erkennen oder irgendeinen verlorenen Gegenstand?«

»Das ist nicht ganz unmöglich«, sagte Sara und zeigte auf den moosbedeckten Boden. »Keine verlorenen Gegenstände, aber immerhin Fußabdrücke. Die Techniker können sich das einmal ansehen.«

»Julia Johnssons letzter Aufwallung zufolge hat sie ihn hier gesehen«, sagte Lena. »Nehmen wir an, dass Sten Larsson tatsächlich hier lauerte und auf Fallobst vom geschüttelten Kinderbaum wartete – wohin ging er anschließend?«

»Nach Norden«, sagte Gunnar. »Nach Norden, bis die Zwillinge ihn sahen und für einen Elch hielten.«

»Und dabei warst du es nicht mal«, sagte Sara. »Dann hätte ich es noch glauben können.«

»Du denkst an das Geweih«, sagte Gunnar und wandte sich nach Norden.

Die Frauen folgten ihrem selbst ernannten Alphamännchen. »Sind wir jetzt auf dem richtigen Weg?«, fragte Lena und blickte zum Himmel auf, der irgendwo hinter dem Dach aus Tannenzweigen vermutlich immer noch klarblau war.

»Wahrscheinlich ziemlich richtig«, sagte Sara. »Hier war der Elch.«

»Wie kann man auf die bescheuerte Idee kommen, dass Sten Larsson ein Elch war?«, sagte Gunnar Nyberg.

»Weil der Wald einem einen Schrecken einjagt«, sagte Lena sofort. »Weil die Unendlichkeit des Waldes Monster gebiert.«

Gunnar Nyberg kehrte zu seinem Handy zurück. Sara zeigte in eine Richtung, die nordnordöstlich sein mochte, und sagte: »Warum sollten wir annehmen, dass er sich dann in die gleiche Richtung bewegt hat wie Emily? Ist es wahrscheinlich, dass er zwanzig Minuten später genau an der Stelle vorbeigekommen ist, wo Emily ihren Pulli zerriss und ein Stück davon zurückließ?«

»Jedenfalls hat er das Stück Stoff nicht gesehen«, sagte Lena. »Das hatte Jesper Gavlin schon mitgenommen: ›Eine Spur, verdammt, ich hatte eine Spur entdeckt.‹«

»Wir gehen in die Richtung«, sagte Nyberg und setzte sich wieder an die Spitze.

Sara wandte sich zu Lena um und sagte: »Irgendetwas kommt mir komisch vor. Es liegen zwanzig Minuten zwischen ihnen. Emily geht direkt nach Norden, wie es scheint, während Sten Larsson westlich davon auf der Lauer liegt und sich dann in dieselbe Richtung bewegt wie sie. Er kann sie nicht gesehen haben.«

»Er kann aber Handykontakt mit ihr gehabt haben«, sagte Lena. »Wenn sie über ihre Homepage Kontakt hatten, können sie die Handynummern ausgetauscht haben. Sie verabreden sich im Wald, aber in diesem verflixten dichten Gehölz einen Treffpunkt zu finden, das ist so gut wie unmöglich. Sie irren eine Weile umher, suchen gemeinsame Referenzpunkte, bewegen sich in die gleiche Richtung und finden sich am Ende …«

Ein schwacher Laut mischte sich in das Rauschen des Waldes. Zuerst war es nur eine sehr vage Störung des Rauschens. Dann nahm es nach und nach die Form von Musik an, bildete eine Melodie, eine Art Marsch, der hier völlig fehl am Platz war, und sie schienen sich auf die Musik zuzubewegen, denn sie wurde lauter und lauter, auf jeden Fall deutlicher und deutlicher.

»Sousa?«, sagte Gunnar Nyberg skeptisch. »Ein Militärmarsch von John Philip Sousa? ›Liberty Bell?‹«

»Monty Python's Flying Circus?«, sagte Lena Lindberg nicht weniger skeptisch.

»Auf jeden Fall ist es ein Handy«, sagte Sara, hob ihre Stimme um einige Dezibel und rief in den Wald hinein: »Hallo, ist da jemand? Hier ist die Polizei. Zeigen Sie sich!«

Das Signal verschwand abrupt und schien das Rauschen des Waldes mit sich zu nehmen, es blieb eine nahezu absolute Stille zurück.

Sie wanderten umher und riefen, aber sobald sie verstummten, war das Schweigen wieder da. Dann blieb Sara Svenhagen plötzlich stehen und machte ein paar Schritte auf Gunnar zu, der gerade unfassbare Mengen ångermanländischer Waldluft einsog, um seinen geschulten Kirchenbass erneut zwischen den kathedralenhohen Baumstämmen widerhallen zu lassen.

»Gunnar«, sagte sie und legte die Hand auf seinen Arm.

»Ja, meine Schöne«, sagte er und ließ die Luft zischend wie eine undichte Kirchenorgel entweichen.

»Warst du das?«

»Nein«, entgegnete Gunnar Nyberg. »Ich habe einen anderen Klingelton. Ein Stück aus Bachs h-Moll-Messe, um genau zu sein.«

»Ich meine, ob du angerufen hast«, sagte Sara Svenhagen.

Gunnar zog sein Handy heraus und betrachtete es mit großer Verwunderung. »Doch«, sagte er. »Aber das tue ich doch die ganze Zeit.«

»Ruf noch einmal an«, sagte Sara.

Und Gunnar Nyberg rief wieder an.

Ein paar Sekunden später klang die Titelmelodie von Monty Python's Flying Circus durch den Wald.

Lena Lindberg zog als Erste ihre Dienstwaffe. Die anderen taten es ihr nach, schneller, als sie selbst geahnt hätten. Es begann zur Gewohnheit zu werden. Zu einer ziemlich schlechten.

»Sten Larsson«, rief Gunnar ohrenbetäubend. »Wir wissen, dass Sie hier sind. Geben Sie sich zu erkennen.«

Keine Antwort, von John Philip Sousas Marsch abgesehen. Und die Antwort blieb ziemlich gedämpft.

Möglicherweise hätten sie sich auffächern sollen, um eine größere Fläche abzudecken, aber sie taten es nicht. Es schien ihnen nicht die Situation dafür zu sein, einander aus den Augen zu lassen. Im Gegenteil, sie blieben sehr dicht zusammen, als wären sie ein einziger Körper gegen den Wald.

Der Klingelton verschwand. Nyberg rief wieder an.

Der Marsch änderte abrupt den Charakter. Zuvor war es möglich gewesen, sich eine Vorstellung davon zu machen, aus welcher Richtung die Töne kamen, aber jetzt war das unmöglich. Obwohl der Ton stärker war als zuvor. Sie überlegten, warum.

Schließlich kamen sie darauf.

Der Ton kam von unten.

Von unter ihren Füßen.

Gunnar und Lena reagierten instinktiv. Sie richteten ihre Waffen zum Boden. Als ob die Erde eine Gefahr darstellte.

Sara ihrerseits steckte die Pistole in das Achselholster und kniete sich auf den moosbewachsenen Boden. Sie begann genau an dem Punkt zu graben, wo der Marsch erklang. Als der Ton verschwand, sagte sie nur: »Ruf noch mal an.«

Und wieder erklang der Marsch. Immer lauter.

Lena setzte sich neben sie und grub die Hände ebenfalls in

219

die Erde. Aber sie konnte sie nicht mehr heben, sie steckten fest im lockeren Boden, sie sanken durchs Moos, es gab keinen Grund.

Das kam ihr bekannt vor.

»Der Hund hat geniest«, sagte sie und begann neben Sara zu graben.

»Was?«, sagte Sara.

»Als ich zuletzt im Wald war, hörte ich einen der Suchhunde so komisch bellen. Jetzt begreife ich, dass er geniest hat. Er hat geniest, weil etwas im Boden war, das ihn dazu bringen sollte zu niesen, statt dies hier zu wittern.«

»Dies hier?«

»Wir wissen doch, was hier unten drin steckt, oder?«, sagte Lena Lindberg.

Und dann waren sie so weit.

Jetzt wussten sie es alle drei.

Sten Larssons Gesicht war ganz friedlich, wahrscheinlich friedlicher, als es im Leben seit sehr, sehr langer Zeit gewesen war. Sara befreite die Gesichtszüge von der Erde. Gunnar reichte ihr ein Taschentuch. Sie nahm es und wischte damit vorsichtig das Gesicht ab.

John Philip Sousas Marsch verstummte. Sara Svenhagen säuberte das Kinn und wischte tiefer. Als sie zum Hals kam, hielt sie inne.

Eine gerade schmale Linie lief um den ganzen Hals. Sie fingerte ein bisschen daran herum. Eine Wunde wurde sichtbar.

Eine Wunde, die um den ganzen Hals lief.

»Emily und ihre Messer«, sagte Gunnar Nyberg heiser.

15

Kerstin Holm saß in ihrem Zimmer und versuchte, die Entwicklung der letzten Stunden zu ordnen. Um diese Zeit hätte sie längst zu Hause bei ihrem Sohn sein sollen. Umso besser, dass Anders ein erstaunlich geläutertes Verhältnis zu den Arbeitszeiten seiner Mutter hatte und in der Regel bestens allein zurechtkam.

Ihr Sohn war ein Schlüsselkind.

Sie spürte einen kleinen Stich in der Herzgegend, aber da sie sich inzwischen eingestand, dass es in ihrem Charakter Einschläge von Arbeitswut gab, ging es schnell vorbei.

Die neuen Ergebnisse im Fall der verschwundenen Emily Flodberg erforderten nun einmal ihre ganze Aufmerksamkeit.

Wie hing das alles zusammen?

Emily Flodberg, vierzehn Jahre alt, stellt Nacktbilder von sich ins Internet. Sie hat versucht, zu diesem dubiosen Vorhaben Verbündete heranzuziehen, Klassenkameradinnen, aber sowohl Felicia Lundén als auch Julia Johnsson ziehen sich zurück, als die Sache zu heiß wird. Emily zieht ihren Plan durch, sie ist sogar routiniert und mit dem Computer vertraut genug, dass es ihr gelingt, sich für ihre Dienste bezahlen zu lassen, mit Kreditkarten und allem Drum und Dran. Diese Kreditkarteneinnahmen lagen jetzt schwarz auf weiß vor. Die Homepage war im März ins Netz gestellt worden, und seitdem hatte Emily mit ihren Bildern mehr als zwölftausend Kronen eingenommen. Ein zusätzliches Taschengeld, womit sie jedoch, wie sich zeigte, keineswegs allein dastand. Vielmehr schienen sich derartige Aktivitäten unter Mädchen auszubreiten, allerdings unter etwas älteren Mädchen, die die Gelegenheit nutzten, sich mit ihren Körpern etwas Geld hinzuzuverdienen.

Kerstin Holm hielt bei einem Nebengedanken inne. War es so, dass käuflicher Sex sich in der heutigen Zeit sozusagen als ein völlig natürliches Element etabliert hatte? Die Sexualisierung des öffentlichen Raums – die orgiastischen Aufmacher der Abendzeitungen, die versteckte Pornografie der Dokusoaps –, das war zum natürlichen Teil des Lebens einer Vierzehnjährigen geworden. Es hatte für sie einen bitteren Geschmack. War bereits das Leben in der Schule bis über alle Grenzen der Toleranz eskaliert? War nicht schon der Ton zwischen den Schulkindern eine Art Schiffbruch der demokratischen Erziehung des Menschen? Musste nun auch die Prostitution ein selbstverständlicher Teil unseres Denkens werden?

Kerstin Holm seufzte und versuchte, sich auf die Sachlage zu konzentrieren. Leider war die Sachlage nicht so leicht zu greifen.

Welche Verbindung bestand zwischen Emilys Homepage und Saltbacken? War sie wirklich in so etwas wie einer Mission begriffen, im – wenn auch nicht erteilten – Auftrag aller Kinder, all derer, die sich in der Gefahrenzone eines Pädophilen befanden? Hatte sie sich darüber unterrichtet, dass es ausgerechnet in Saltbacken eine unerwartete Anhäufung von Pädophilen gab? Hatte sie sich genau darauf vorbereitet, Pädophile umzubringen? Mit Messern umzugehen hatte sie offenbar tatsächlich trainiert, sie trug einen allgemeinen Männerhass als schweres Gepäck mit sich herum, und sie hatte schon Monate vorher zielbewusst und äußerst planvoll ausgerechnet den Weg nach Saltbacken gesucht. Und sie hatte tatsächlich Handykontakt mit Sten Larsson gehabt. Von Larssons Telefon mit seinem grotesken Monty-Python-Klingelton war Emily angerufen worden, und dieses Telefon war von ihr angerufen worden – ihre Nummer war in dem ausgegrabenen Handy gespeichert. Zwar lag keine einzige gespeicherte Nummer mehr als einen Monat zurück, aber schon damals, schon Mitte Mai, hatte es einen ersten Kontakt gegeben. Und diesen ersten Kontakt hatte Emily hergestellt. Seitdem hatten sie etwa zehnmal miteinander telefoniert, und die beiden letzten Gespräche fielen in die Zeit des Aufenthalts der Schulklasse in Saltbacken. Emily hatte Sten am Abend vor ihrem Verschwinden angerufen, und unmittelbar nachdem sie in den Wald gegangen war, hatte Sten angerufen. Vermutlich hatten sie ein Treffen verabredet, und Emily war nur in die falsche Richtung gegangen. Um zwölf Minuten nach eins wurde sie von Sten Larsson angerufen. Das Gespräch dauerte vier Minuten. Es war ziemlich wahrscheinlich, dass sie in diesem Gespräch ihre Positionen abzustimmen versuchten, um sich zu treffen. Emily rannte in nördlicher Richtung, blieb an einem Busch hängen und zerriss ihre Jacke. Nur etwa drei- bis vierhundert Meter weiter in nordöstlicher Richtung begegneten sie sich.

Und Emily schnitt ihm die Kehle durch.

War es wirklich so gewesen? Stimmte das?

Selbst zu denken ist groß, zusammen zu denken ist größer. Ein altes Dschungelsprichwort.

Ich brauche einen Gesprächspartner, dachte Kerstin Holm. Ihr erster Gedanke war Paul Hjelm, ihr zweiter Bengt Åkesson. Aber beim dritten Gedanken blieb sie stehen. Weil er realistisch war.

Sie drückte einen Knopf der internen Telefonanlage, und es dauerte nicht lange, bis zwei wohlbekannte Gesichter in ihr Zimmer schauten.

Eines war sehr weiß, das andere schräg-nach-innen-rückwärts gewandt.

Arto Söderstedt und Viggo Norlander nahmen vor ihrem Schreibtisch Platz.

»Wie geht es?«, fragte sie.

»Es ist sieben Uhr, und wir sind immer noch hier«, sagte Norlander finster. »Es geht gut. Viel zu gut. Wir haben massenweise ›verdächtige‹ Todesfälle mit schweren körperlichen Schäden‹ zusammengesucht. Jetzt muss Astrid sich so viel

um die Mädchen kümmern, dass mein ganzer Mittsommer-
abend fürs Kinderhüten draufgeht. Während sie mit den
Nachbarn auf dem Land saufen geht.«

»Du versuchst immer, negative Impulse zu finden«, sagte
Söderstedt. »Du solltest wirklich etwas gegen diesen Hang
tun. Eben warst du noch ausgelassen wie ein Kalb auf der
Weide.«

»Schnauze«, sagte Viggo Norlander.

»Es gibt eine Wendung im Fall Emily Flodberg«, sagte
Kerstin Holm vollkommen immun gegen das Meckern.

»Wendung?«

»Eine Wendung in eure Richtung, meine Herren. Vielleicht. Ich muss das ein bisschen mit euch durchkauen.«

Und dann erzählte sie die ganze Geschichte.

»Durchgeschnittene Kehle?«, sagte Arto Söderstedt, als
Kerstin zu Ende erzählt hatte. »Hat sich der Gerichtsmediziner das angesehen?«

»Ja«, sagte Kerstin Holm. »Die vorläufige Untersuchung
hat ergeben, dass es sich entweder um ein Messer mit sehr
feiner Klinge handelt, die scharf geschliffen war und sicher
geführt wurde – oder um eine Klaviersaite.«

»Da scheint vieles auf Emily hinzudeuten«, sagte Norlander. »Es ist genau geplant. Monate vorher. Und dann die
Kontakte über das Handy.«

»Ja, was meint ihr?«, fragte Holm geradeheraus. »Was ist
in diesem verdammten Wald passiert?«

»Wie tief ist die Wunde?«, fragte Söderstedt.

Kerstin Holm blätterte in einem Papierstapel auf ihrem
Schreibtisch. »Tief, aber nicht so tief, wie du meinst. Nicht
zu vergleichen mit den beiden Schnittflächen des durchtrennten Halses. Aber auf der Stelle tödlich.«

Söderstedt nickte, streckte die Beine unter Holms Schreibtisch aus und sagte: »Was wir entdeckt haben, ist nämlich
eine in den letzten sieben, acht Monaten ziemlich drastisch
gestiegene Anzahl von ›verdächtigen Todesfällen mit schwe-

ren körperlichen Schäden‹ im Bereich von Stockholm. Fälle, bei denen die beiden Schnittflächen des durchtrennten Halses vertuscht werden konnten. In den letzten zehn Jahren ist die Zahl ziemlich konstant geblieben. Aber seit ungefähr acht Monaten hat sich die Anzahl extremer tödlicher Verletzungen und Verbrennungen fast verdoppelt. Verdächtig viele einsame Männer haben ihr Auto gegen eine Felswand oder in einen Abgrund gesteuert, und ein bisschen zu vielen ist es gelungen, an einsamen Plätzen zu verbrennen. Ich denke also, wir haben es mit einer Art gezieltem Serienmord zu tun. Und in mindestens fünfzehn Fällen ist es vorstellbar, dass die Spuren einer durchschnittenen Kehle verwischt werden sollten – jedoch ohne dass das Leben eines anderen riskiert wurde.«

»Hm«, sagte Kerstin Holm. »Es ist also kein Verrückter, den es nicht kümmert, wenn ein paar andere Leute mit draufgehen?«

»Kein Verrückter«, sagte Söderstedt. »Und auch keiner, der Unschuldige opfert. Nimmt lieber etwas zu viele verdächtige Todesfälle in Kauf, als zu riskieren, dass Unschuldige zu Schaden kommen.«

»Unschuldige?«

»Wenn wir recht haben und es sich um denselben Täter handelt, einen, der einem groß gewachsenen Mann in den besten Jahren mit einer Kraft, die eine deutliche Sprache spricht, die Kehle mit einer Klaviersaite durchgeschnitten hat – wenn alle diese ›verdächtigen Todesfälle mit schweren körperlichen Schäden‹ das Werk dieses einen Mannes sind, dann betrachtet er seine Opfer ohne Zweifel als schuldig. Schuldig an etwas uns Unbekanntem.«

»Gibt es etwas Verbindendes zwischen diesen möglichen Mordopfern?«

»Wir haben gerade erst die Fakten beisammen«, sagte Viggo Norlander. »Es handelt sich ausschließlich um erwachsene Männer. Weiter sind wir nicht gekommen.«

»Kein Fall außerhalb von Stockholm?«

»Da ist die Statistik unsicherer«, sagte Söderstedt. »Wir haben uns zunächst auf Stockholm konzentriert. Unser Opfer ist mitten in der Stadt am Monteliusväg als Blickfang platziert worden. So als sollte gerade Stockholm auf ihn schauen und von weiteren Sünden abgeschreckt werden.«

»Ebenso gut sollte vielleicht Schweden hinschauen«, sagte Holm. »Oder Europa. Oder die Welt. Aber auf jeden Fall hat sich der Modus Operandi geändert. Das meinst du doch?«

»Unter anderem, ja«, sagte Söderstedt. »Etwas ist passiert. Er will sich nicht mehr verstecken. Er geht von der finstersten Scheu vor dem Licht zur taghellen Entblößung über. Warum?«

Kerstin Holm lehnte sich zurück und sagte: »Weil er in Ångermanland gewesen ist?«

Es war eine Weile still in dem vorher so lebhaften Raum.

Schließlich sagte Viggo Norlander: »In diesem Falle reden wir von Pädophilen …«

»Der Gedanke ist mir gekommen«, sagte Kerstin Holm leise.

Arto Söderstedt zog seine Beine an und beugte sich in einer seltsamen Denkerpose vor, die an die Picassoversion von Auguste Rodins klassischer Skulptur ›Der Denker‹ erinnerte. Er sagte: »Aber wie passt Emily Flodberg ins Bild?«

»Helft mir, das herauszufinden«, sagte Kerstin Holm.

»Sie lockt mit Nacktbildern im Internet Pädophile an«, sagte Söderstedt in seiner hockenden Position. »Einer, der Kontakt mit ihr aufnimmt, heißt Sten Larsson und wohnt in Saltbacken. Vielleicht deutet er an, dass es noch andere gibt, die Interesse haben könnten, sie in der Nachbarschaft zu treffen. Aber das ist ja alles sehr weit weg, da draußen im schlimmsten Urwald. Anderseits rückt die Zeit näher, dass die Klasse auf Klassenfahrt geht. Sie ist ja ein gerissenes Mädchen, sie verführt einen armen Jungen und bringt ihn dazu, die Idee mit Saltbacken ins Gespräch zu bringen.«

»Die Annonce hat tatsächlich ein paar Wochen im Netz

gestanden, bevor sie in der Presse auftauchte«, nickte Holm. »Es hieß, sie würde auch bald in *Dagens Nyheter* erscheinen. Sie kann sie gesehen und sich genau vorbereitet haben. Vielleicht hat sie Johan Richardsson lange präpariert.«

Arto Söderstedt zog eine finstere Grimasse und rekelte sich aus dem Denkerknoten heraus. Er legte die Hände in den Nacken, lehnte sich zurück und sagte: »In diesem Szenario ist Emily Flodberg der Kopf hinter allem. Ein vierzehnjähriges Mädchen, das es fertiggebracht hat, ein gutes Dutzend Unglücksfälle vorzutäuschen, nachdem es einer großen Zahl von Männern mit einer Klaviersaite die Kehle durchgeschnitten hat. In diesem Szenario ist es Emily Flodberg, die unmittelbar nach ihrem Verschwinden nach Stockholm reist und sich daranmacht, weit jenseits der Grenzen ihrer Körperkraft einen ziemlich groß gewachsenen Mann zu enthaupten und den schweren Körper mit baumelndem Kopf auf eine der populärsten Promenaden Stockholms zu schleppen.«

»Nicht gut?«, sagte Kerstin Holm.

»Gar nicht gut«, sagte Arto Söderstedt.

»Vielleicht gibt es überhaupt keine Verbindung«, sagte Viggo Norlander. »Mein Gott, alles, was wir haben, sind zwei Leichen mit durchtrenntem Hals an zwei völlig verschiedenen Orten in Schweden.«

»Aber dass es eine Verbindung gibt, ist doch wahrscheinlich«, sagte Söderstedt. »Da stimme ich völlig zu. Diese mittelalterliche, fast biblische Art, die Leiche zu platzieren – da kann eine so brisante Sache wie Pädophilie der Grund gewesen sein. Die gehört in die Sphäre, wo eine solche Wut ihren adäquaten Platz hat.«

Jetzt war Kerstin Holm an der Reihe, eine Position einzunehmen, die zumindest vage an die eines Denkers erinnerte. Sie schlug die Beine übereinander und drehte den einen Unterschenkel um den anderen, sodass sie gewissermaßen einen Knoten bildeten. »Vielleicht ist Emily nicht allein.«

»Ich habe daran gedacht«, sagte Viggo Norlander. »Kann man wirklich so eine Homepage mit Zahlungsmöglichkeit und allem auf die Beine stellen, ohne volljährig zu sein? Ist sie ein Köder?«

Söderstedt und Holm starrten ihn an.

»Habe ich etwas Dummes gesagt?«, fragte Norlander mit unerwarteter Unsicherheit.

»Nein«, sagte Söderstedt. »Du hast etwas Kluges gesagt. Deshalb sind wir so schockiert.«

»Köder?«, sagte Kerstin Holm. »Ein großer, starker, erwachsener Mann hat beschlossen, so viele Pädophile wie möglich zu vernichten – er ist vielleicht ein Opfer –, aber er braucht Hilfe. Er braucht Hilfe, um Täter anzulocken. Emily ist vielleicht schon lange als Köder aktiv gewesen. Sie ist es, die den Kontakt aufnimmt, sie stellt sich selbst als sexinteressierte kleine Nymphomanin dar, die massenweise Pädophile anzieht.«

»Verdammt«, sagte Söderstedt. »Das ist ja eine dreistufige Rakete. Er ist seit acht Monaten aktiv. Schritt eins war, als er die Idee hatte und seine Säuberungsaktion vorbereitete. Ein paar Monate später kam sie mit ihrer Homepage ins Bild, als ihm allmählich klar wurde, wie er am besten Pädophile anlocken konnte – Schritt zwei. Nach der eleganten Zusammenarbeit in den Wäldern von Ångermanland ist es Zeit für Schritt drei. Jetzt geht es um klassische Abschreckung. Hinauf mit der Leiche auf das Podest als Demonstration für alle Pädophilen. ›Ihr seid in der Gefahrenzone, ihr Teufel. Haltet Ruhe, dann geschieht nichts.‹«

»Da stimmt etwas nicht«, sagte Kerstin Holm plötzlich.

»Was?«, sagte Söderstedt.

»Wir vergessen etwas, nämlich den eigentlichen Ausgangspunkt: Wo ist Emily Flodberg geblieben?«

»Ihre Rolle ist ausgespielt, sie ist untergetaucht.«

»Aber warum? Das wäre ein riesiger, ein schrecklicher Schritt für eine Vierzehnjährige, auch wenn sie ein sehr ungewöhnliches Kind ist. Warum sollte sie ihre Mutter und ihr gewohntes Leben verlassen? Es wäre doch einfacher gewesen, Sten Larsson anzulocken und, während der Komplize ihn umbringt, in aller Ruhe auf den Hof zurückzukehren?«

Arto Söderstedt zog wieder eine Grimasse. Oder schnitt nur ein Gesicht. Wie vor Schmerz. »Mist«, sagte er. »Es fing so gut an.«

»Außerdem scheint es ja so, dass sie nur mit Sten Larsson Kontakt hatte«, streute Kerstin Salz in die Wunde. »Die beiden anderen, der leicht infantile Robert Karlsson und der viel schlimmere Carl-Olof Strandberg, mit denen ist offenbar gar kein Kontakt aufgenommen worden.«

»Vielleicht haben sie gedacht, sie könnten ihnen den Hals umdrehen, wenn sie erst mal vor Ort sind«, sagte Norlander. »Die Adressen aus Sten Larsson herausfoltern, und dann los mit klingender Klaviersaite.«

Kerstin Holm wackelte ein wenig mit dem Kopf wie ein altmodisches Seehund-Nickmännchen von der Sorte, die in ferner Vergangenheit hinter der Heckscheibe jedes zweiten schwedischen Autos stand. »Möglich ist es«, sagte sie zögernd. »Trotzdem gibt es da etwas, was zweifelhaft erscheint. Natürlich kann man, wenn man wirklich auf so einem Kreuzzug ist, genügend Material in Stockholm finden. Man braucht sich nicht die enorme Mühe zu machen, Leute in Norrland zu suchen.«

Sie griff zum Telefon, und während sie eine Nummer wählte, sagte sie: »Ich frage Jorge, ob etwas Neues aufgetaucht ist. Würdet ihr dann bitte untersuchen, ob es zwischen euren ›verdächtigen Todesfällen mit schweren körperlichen Schäden‹ irgendwelche pädophilen Verbindungen gibt?«

»Zu Diensten, Madame«, sagte Arto Söderstedt höflich.

»Mademoiselle«, sagte Kerstin Holm, um danach etwas lauter zu sagen: »Jorge, wie ist die Lage?«

Jorge Chavez hatte sich inzwischen ein Headset besorgt, sodass er telefonieren und gleichzeitig am Computer arbeiten konnte. Es war zwar ziemlich mühsam, die Seiten zu finden, die Emily in der letzten Zeit besucht hatte; die Prozedur erforderte ausgerechnet das, was Chavez zu einem vollkommenen Polizisten fehlte, nämlich Geduld. Aber er blieb guter Stimmung und machte langsam, aber sicher eine Entdeckung nach der anderen.

»Die Lage ist erträglich«, sprach er in das Headset. »Allmählich formt sich ein Bild, wer unsere kleine Emily ist.«

»Und wer ist sie?«, sagte Kerstin Holm.

»Sie ist eine vielseitige Vierzehnjährige, das muss man sagen. Sie lebt konsequent in einer Welt, die sowohl die eines Kindes als auch die eines Erwachsenen ist. Gleichzeitig. Pornoseiten wechseln mit Kuscheltierseiten auf eine Weise, die gar nicht so komisch ist, wenn man darüber nachdenkt. Es ist ja ein Übergangsalter – Neugier und Schrecken vor der Erwachsenenwelt, während man sich an die kindlichen Symbole der Sicherheit klammert. So hat unsere Pubertät wohl auch ausgesehen, nur dass wir kein Internet hatten.«

»Mein Gott, wie philosophisch du in deiner Einsamkeit geworden bist.«

»Ich bin einsam in Gesellschaft, und das, meine wunderschöne Maid, ist die schlimmste Form von Einsamkeit.«

»Und trotzdem diese Tiefe, mein dunkelhäutiger Jüngling.«

»Du sagst es. Stachle meine Männlichkeit nur weiter an, meine Prinzessin.«

»Gibt es auch speziellere Funde?«

»Ich wühle gerade in etwas herum, das um einiges interessanter zu sein scheint. Kennst du die Zeitung *Ångermanland*?«

»Nicht direkt. Arbeiterpresse?«

»Offenbar. Es ist eine Morgenzeitung mit zwei Leitartikelseiten: Eine fußt auf liberalen Werten, die andere auf sozialdemokratischen.«

»Wie geschickt«, sagte Kerstin Holm und fühlte sich ein wenig müde. »Und wohin führt dieser Gedankengang?«

»Die Zeitung *Ångermanland* hat eine erstaunliche Verbreitung mit 86,2 Prozent in Härnösand, 85,5 Prozent in Sollefteå und 82,5 Prozent in Kramfors«, fuhr Chavez unverdrossen fort. »Außerdem stöbere ich in ihrem Archiv herum, wo auch Emily herumgestöbert hat. Und da sehe ich, dass sie weit in die Vergangenheit zurückgegangen ist, bis zum Wechsel von den 80er- zu den 90er-Jahren.«

»Und was hat sie da gelesen?«

»Das sehe ich gerade durch. Sie hat gelesen … von einem Vergewaltigungsfall, der damals ziemliches Aufsehen erregt hat. Es handelte sich tatsächlich um …«

»Vielleicht um eine doppelte Vergewaltigung von zwei Teenagern aus der Gegend von Saltbacken?«, entfuhr es Kerstin Holm.

»Dämmert es jetzt?«, sagte Jorge Chavez.

»Zum Teufel. Wird der Name des Täters genannt?«

»Warte … Nein, zu dem Zeitpunkt, als diese Auflage in Druck ging, hatte er keinen Namen. Ich glaube mich zu erinnern, dass man damals viel vorsichtiger damit war, Namen in die Zeitung zu setzen. Der Angeklagte ist ein ›Junge‹ aus dem Ort, dreiundzwanzig Jahre alt. Die Opfer nehmen nicht an der Verhandlung teil, aber es handelt sich tatsächlich um zwei Teenager aus der Gegend, von denen eine ernsthaft verletzt wurde. Ich glaube, sie musste sogar an den Respirator … Mal sehen … Nein, wo habe ich das gelesen …?«

»Hat Emily noch mehr Seiten in dem Archiv besucht?«

»Ja, ziemlich viele. Sie scheint den Fall genau verfolgt zu haben.«

»Sieh am Ende nach«, sagte Kerstin Holm atemlos, »sieh nach, ob sein Name genannt wird.«

»Das klingt, als wüsstest du schon, wer es ist?«

»Sieh einfach nach.«

Es war eine Weile still. Chavez verschwand im Lesenebel. Sein Falkenauge scannte jede Zeile einzeln. Und schließlich,

231

nach einigen ziemlich unerträglichen Minuten, sagte er: »Ja, es ist Sten Larsson.«

»Danke«, sagte Kerstin Holm von Herzen.

»Ich habe hier den Tag der Urteilsverkündung, das Urteil wurde am einundzwanzigsten Februar 1990 gefällt, für das Verbrechen, das in der Nacht zum dritten Juli 1989 begangen wurde. Sten Larsson, dreiundzwanzig Jahre alt, wird wegen schwerer Vergewaltigung und schwerer Körperverletzung zu sieben Jahren Gefängnis verurteilt, die er in der Klasse-2-Anstalt in Härnösand abzusitzen hat. Offenbar obwohl er hartnäckig leugnete.«

»Schick mir alles, was du hast, per E-Mail.«

»Selbstverständlich, Chefin.«

»Und Jorge«, sagte Kerstin Holm ein wenig ruhiger. »Vielen Dank.«

»Im Übrigen hat die Zeitung *Ångermanland* circa neunzig Angestellte«, sagte Jorge und legte auf.

Im Zimmer der Kriminalkommissarin Kerstin Holm herrschte eine paradoxe Ausgelassenheit. Sie hatte das Gespräch auf Lautsprecher gestellt, sodass Arto Söderstedt und Viggo Norlander mithören konnten. Und das hatten sie getan.

»Emily hat den Bericht über die Vergewaltigung durch Sten Larsson also sehr genau gelesen«, sagte Söderstedt und nickte wie ein weiser Albinoinder.

»Und wie haben wir das zu deuten?«, sagte Holm, die sich allmählich verschwitzt fühlte. »Hat sie alle, gegen die sie vorgehen wollte, genau durchleuchtet? Oder geht es speziell um Sten Larsson? Sie hat dafür gesorgt, dass die ganze Schulklasse zu ihm fuhr. Hinter ihm ist sie her, genau hinter diesem Sten Larsson. Nicht hinter Pädophilen und Vergewaltigern im Allgemeinen, sondern hinter Sten Larsson und keinem anderen.«

»Dem eben auch die Kehle durchtrennt wurde, als er ihr begegnete«, sagte Söderstedt. »Ich fürchte, wir müssen Emily

Flodberg als Mörderin betrachten. Und jetzt versteckt sie sich vor der Polizei.«

»Die Verbindung mit euren Leichen ist also eine reine Chimäre?«

»Hirngespinst«, sagte Söderstedt und zuckte die Schultern. »Tragischerweise. Wir müssen an unserer eigenen Front weiterarbeiten.«

»Aber worum geht es dabei? Warum hat Emily sich mit dem Fall Sten Larsson so engagiert beschäftigt? Warum fährt sie nach Saltbacken und ermordet diesen Pädophilen und Vergewaltiger?«

Viggo Norlander hatte längere Zeit nichts gesagt. Jetzt beugte er sich ein wenig vor – nur ein ganz klein wenig, verglichen mit den immer gebückteren Denkerposen der beiden anderen –, um etwas zu sagen.

Er sagte: »Aber das ist doch völlig klar.«

Er wurde mit dem gleichen Blick wie vorher belohnt, dem gleichen Erstaunen, teils darüber, dass er sich äußerte, teils über seine bloße Existenz.

»Was ist völlig klar?«, fragte Kerstin Holm mit übertriebener Artikulation, als ob sie mit einem autistischen Kind spräche.

»Er ist der Vater«, sagte Viggo Norlander einfach.

»Wie?«

»Jetzt denkt doch mal nach«, sagte Norlander und fühlte sich cooler denn je. »Emily ist am vierten April 1990 geboren. Die Vergewaltigung fand am dritten Juli 1989 statt. Wenn das nicht neun Monate sind, bin ich Käpt'n Blaubär.«

Es wurde völlig still im Zimmer. Das Einzige, was zu hören war, war das ewige Hintergrundgeräusch der Leuchtstoffröhren. Als ob man in der hellen Sommernacht Licht gebraucht hätte.

Einige Minuten vergingen.

In diesen Minuten erlebte Viggo Norlander den vielleicht

größten Triumph seines Lebens. Nur die Geburt seiner Töchter konnte damit konkurrieren.

»Käpt'n Blaubär?«, fragte Kerstin Holm schließlich.

»Du hast ja heute richtig Biss«, sagte Arto Söderstedt und boxte seinen Kollegen gegen den Oberarm.

»Ihr denkt zu ausschweifend«, sagte Viggo Norlander genügsam. »Ich bin Minimalist.«

»Wartet, wartet, wartet«, sagte Kerstin Holm und gestikulierte wild (ziemlich ausschweifend, musste sie zugeben). »Eines der Opfer der Vergewaltigung in Ångermanland 1989 sollte also Birgitta Flodberg sein. Sie hat ihrer Tochter die ganze Geschichte verheimlicht. Aber die Tochter ist schlau und versteht sich auf Computer. Sie findet es irgendwie heraus und nimmt Kontakt mit ihrem Vater auf, dem Vergewaltiger. Aber das macht es doch unwahrscheinlich, dass sie ihn ermordet. Würde sie wirklich ihren eigenen Vater ermorden, Vergewaltiger oder nicht? Fährt sie nicht in Wirklichkeit dorthin, um mit ihm zu *sprechen*? Reden sie nicht übers Handy miteinander, um ein Treffen zu vereinbaren? Vater und Tochter?«

»Vielleicht«, sagte Söderstedt. »Aber jetzt gibt es jedenfalls sehr gute Gründe, noch einmal mit Birgitta Flodberg zu sprechen.«

»Denkt an den Helén-Mord«, sagte Viggo Norlander minimalistisch.

»Was?«, entfuhr es Kerstin Holm – und langsam war sie es müde, dass ihr ständig etwas entfuhr. Sie spürte, dass sie sich ein wenig Minimalismus zulegen musste. Aber schon der Gedanke, dass ausgerechnet Viggo Norlander imstande sein sollte, sie etwas zu lehren, schien ihr besonders fremd.

»Man hatte Sperma aus den Achtzigerjahren aufbewahrt«, sagte Norlander, »und konnte kürzlich eine DNA-Analyse durchführen. Und so hat man den schäbigen Mörder der kleinen Helén Nilsson gefasst. Vielleicht ist auch von diesem Fall noch Sperma vorhanden. Der war ja sogar etwas später.«

»Du übertriffst dich heute selbst«, entfuhr es Kerstin Holm, und sie wurde richtig wütend auf sich selbst.

»Das muss selbstverständlich überprüft werden«, sagte Söderstedt. »Schick sofort eine Mail an Sara.«

»Ja, Chef«, sagte Holm minimalistisch und begann zu schreiben.

Dann hielt sie inne, wandte sich zu Viggo Norlander, starrte ihn an und sagte: »Wer zum Teufel ist Käpt'n Blaubär?«

16

Natürlich hätte Paul Hjelm nach Hause gehen können. Natürlich hätte er den Angeklagten im Schweiße seines Angesichts allein lassen und Feierabend machen und sich in seine triste Junggesellenwohnung in der Slipgata auf Söder setzen können. Natürlich hätte er.

Wenn er nur nicht so verdammt neugierig gewesen wäre.

Also war er um halb acht am Abend noch nicht nach Hause gegangen. Und hätte er nicht am anderen Ende des Polizeipräsidiums gesessen, hätte er vielleicht gemerkt, dass auch seine früheren Bundesgenossen von der Spezialeinheit für Gewaltverbrechen von internationalem Charakter bei der Reichskriminalpolizei, besser bekannt als die A-Gruppe, noch nicht Feierabend machten.

Und schon gar nicht das Trio, das sich fünfhundert Kilometer nördlich von hier befand.

Aber das ist – vorläufig noch – eine ganz andere Geschichte.

Sie saßen in Bengt Åkessons Zimmer, dem eigentlichen Tatort, und sahen Videos an. Im Grunde war es unerträglich. Stunde um Stunde glitten unsortierte, undatierte, unhandliche Filme auf dem großen externen Bildschirm von Hjelms Laptop vorüber. Åkesson schlief manchmal ein, und wenn er aufwachte, wischte er sich jedes Mal instinktiv eingebildeten Speichel vom Kinn, versuchte, hellwach auszusehen, und sagte: »Wie ist es möglich, dass sie den Mist ohne jede Zeitmarkierung auf einer Festplatte speichern?«

Jedes Mal.

Und bis jetzt war er ungefähr zwanzigmal eingenickt. Ohne abzustreiten, dass Åkessons ständig wiederholte Bemerkung etwas für sich hatte, fragte sich Paul Hjelm, was in Åkessons Kopf vorging. Es war, als ob jedes Einnicken die

236

Erinnerung an jedes vorhergegangene auslöschte, als hätte Nietzsche recht mit seiner Idee von der ewigen Wiederkehr. Alles ist immer nur Wiederholung. Åkesson saß da und nickte ein, und mit jedem Einnicken bewies er immer deutlicher eine philosophische Grundthese in der entwicklungspessimistischen Tradition. Wir wiederholen uns, weil wir uns nicht erinnern. Die Erinnerung ist der Garant dafür, dass wir uns nicht wiederholen. Nur so lässt sich die entwicklungsoptimistische These formulieren: Historische Kenntnisse können historische Wiederholungen verhindern. Erst möglichst vollständige Kenntnisse versetzen uns in die Lage, die Fehler der Geschichte nicht zu wiederholen.

Aber Paul Hjelm, der nicht so schnell einschlief – er kannte sogar leichte Schlafstörungen –, war kein richtiger Entwicklungsoptimist. Allerdings auch kein Pessimist. Seine Gedanken wanderten, während er den unerträglich begrenzten Abschnitt der Stora Nygata beobachtete. Aber wanderten sie wirklich in eine bestimmte Richtung?

Sie landeten bei Bengt Åkesson. War etwas mit Åkessons Kopf nicht in Ordnung? Nicht ein einziges Mal schien es ihm peinlich zu sein, dass er sich dauernd wiederholte. Es gab bei ihm anscheinend einen mentalen Zustand, in dem alles Vergangene praktisch verschwand – kein gutes Zeichen bei einem Polizisten. Besonders nicht bei einem Polizisten, der wegen sexueller Belästigung angezeigt worden ist. Und ganz besonders nicht, wenn er Kerstin Holms Geliebter ist.

Wenn es sich nun tatsächlich so verhielt, dass er Marja Willner sexuell belästigt hatte, ohne hinterher auch nur einen blassen Schimmer davon zu haben? Wenn es sich verhielt wie beim Tourette-Syndrom, dass also eine Serie von Belästigungen lediglich die Auswirkungen eines neurologischen Defekts waren? Wenn er obszöne Handlungen ausführte und sie anschließend sofort wieder vergaß?

Wenn Bengt Åkesson Kerstin Holm schon vergessen hatte?

Das ist keine besonders gute Idee, dachte Paul Hjelm und konzentrierte sich wieder auf den Bildschirm; die Neugier war trotz allem vorhanden, während sie bei Åkesson offenbar völlig fehlte. Nein, es war keine besonders gute Idee, Spekulationen über Åkessons Charakter anzustellen – es endete zwangsläufig damit, dass seine Gedanken bei Kerstin Holm landeten.

Eigentlich war das ziemlich seltsam. Es war Gott weiß wie viele Jahre her, dass Paul Hjelm und Kerstin ein Verhältnis gehabt hatten – dennoch konnte er den Gedanken daran nicht richtig abschütteln. Es war, als ob ihr Duft, ihre Lockstoffe von Åkessons Körper ausgesondert würden.

Es war an der Zeit, eine Frau zu finden.

Paul Hjelm spürte plötzlich, dass die Gefahr bestand, verschroben zu werden. War es nicht schiere Faulheit, die ihn seit über einem Jahr von Frauen fernhielt? Wurde das Bedürfnis nach Ruhe und Frieden allmählich wichtiger als das nach Leidenschaft und Gefühlsstürmen?

Es musste etwas passieren.

Und es passierte etwas.

Doch das hatte nichts mit Paul Hjelms Leben zu tun.

Es passierte auf der anderen Seite des Schreibtischs.

Bengt Åkesson schlief ein. Sein Kinn sackte langsam auf die Brust. Nachdem er zur Einleitung ein paar Baumstämme zersägt hatte, wurde sein Schnarchen so laut, dass er sich selbst weckte. Er wischte sich instinktiv eingebildeten Speichel vom Kinn, versuchte, hellwach auszusehen, und sagte *nicht*: »Wie ist es möglich, dass sie den Mist ohne jede Zeitmarkierung auf einer Festplatte speichern?«

Stattdessen sagte er: »Aber verdammt, da ist es ja!«

Natürlich hätte Hjelm unmittelbar darauf reagieren müssen – er starrte ja praktisch darauf. Trotzdem dauerte es mehrere Sekunden, bis er begriff, wohin Åkessons Zeigefinger zeigte.

Es bewegte sich etwas unter der gelben Plane in der Stora

Nygata. Noch war nichts weiter zu sehen. Sie hatten beide verpasst, wer in die Grube gestiegen war. Aber es ließ sich nicht abstreiten, dass es Bengt Åkesson war, der es – *im Schlaf* – entdeckt hatte.

Auch die Anwesenheit des Achtels eines Firmenwagens mit einer Plane über der Ladefläche am rechten Bildrand ließ sich nicht abstreiten. Die Beschriftung ›Kvarns Elektriska AB‹ war deutlich zu erkennen.

Sie warfen sich beide über den Schreibtisch. Åkesson wischte sich noch einmal sein trockenes Kinn ab, und Hjelm verfluchte noch einmal sein nahezu kriminelles Versäumnis.

Die gelbe Plane bewegte sich immer lebhafter.

Wie ein Rapsfeld im böigen Wind.

Schließlich wurde die Plane zur Seite geschlagen. Und der Mann, der den Kopf aus der Grube streckte und sich mit den ersten Anzeichen von Paranoia in den Augen umsah, war unverkennbar Stefan Willner.

Es war, als ließe er Licht hinein, um besser zu sehen. Als wäre das, was er jetzt betrachten wollte, das ganze Risiko, sich selbst zu entblößen, wert. Als wäre es ganz einfach die fünfzehn Sekunden im Rampenlicht wert.

Mehr als das war es kaum. Aber die Kameraperspektive war erstaunlich gut, perfekt.

Stefan Willner hatte in der Grube einen großen, ziemlich morschen Sarg freigelegt. Er wischte rasch die Oberseite mit der Hand frei und hob dann den massiven Deckel ab.

Es war zunächst schwer zu erkennen, was da zum Vorschein kam.

Ein geschwärztes Skelett.

Aber etwas daran stimmte nicht. Etwas daran war nicht richtig – menschlich.

Hjelm und Åkesson warfen sich einen hastigen Blick zu. Verwunderung war nicht das richtige Wort für das, was sie in den Augen des anderen erkannten. Während sie gleichzeitig, wenngleich wortlos, einen Namen für diesen Gesichtsausdruck zu suchen schienen, den sie teilten, hatte Stefan Willner den Deckel wieder auf den Sarg gelegt. Er befestigte ein Seil daran, sprang auf die Ladefläche, hob den Sarg mit dem Kran hoch und schwenkte ihn in den Firmenwagen.

Dann machte er sich auf in das bessere Leben.

Hjelm tippte auf die eingebaute Maustaste des Laptops und hielt das Video an. Es blieb genau in dem Moment stehen, als der Firmenwagen aus dem Bild verschwand. Es war ein Bild von aufgeladener Leere, von einer wahrhaft sprechenden Stille.

»Aber was zum Teufel ist das?«, sagte Åkesson und wischte sich noch einmal übers Kinn.

»Das muss man heranzoomen können«, sagte Hjelm und klickte ein paarmal mit der Maustaste.

Der Film wurde reichlich sprunghaft rückwärtsgespielt, bis der Firmenwagen wieder aus dem Bild fuhr. Eigentlich wurde er ins Bild zurückgesetzt, das wurde klar, als Hjelm mit ein paar Klicks den Film wieder angehalten hatte und vorwärtslaufen ließ. Der Wagen setzte zurück. Stefan Willner stieg aus, schlug die gelbe Plane zur Seite, sprang hinunter und zog die Plane hinter sich zu. Schließlich schlug er sie wieder auf.

Hjelm drückte auf Pause und begann zu zoomen. Im Stillen dankte er dem Immobilienmakler dafür, dass er Geld in eine hochwertige Kamera investiert hatte – die Vergrößerung tat der Bildqualität wenig Abbruch. Das vergrößerte Bild zeigte jetzt den Sargdeckel.

Als Paul Hjelm den Film weiterlaufen ließ, war ›laufen‹ nicht das richtige Wort. Der Film schlich sehr, sehr langsam.

Und sehr, sehr langsam wurde der Deckel abgehoben.

Langsam genug, um zwei Polizeibeamte von einigermaßen hohem Rang wie auf heißen Kohlen sitzen zu lassen.

Verwunderung, dachte Paul Hjelm. Die haben wir in unseren Gesichtern gesehen. Und wahre Verwunderung sieht man heutzutage selten.

Müdigkeit umso häufiger.

Der Deckel war abgehoben. Hjelm hielt das Bild an.

Es war zwar nicht ganz scharf, aber es war das Bild eines menschlichen Skeletts, wenn auch von den Jahrhunderten in der immer stärker verunreinigten Stockholmer Erde ordentlich geschwärzt.

Doch es gab ein zusätzliches Element an diesem Skelett.

Ein zusätzliches Glied.

»Was zum Teufel«, sagte Åkesson. »Ist das wirklich das, wofür ich es halte?«

»Und wofür hältst du es?«, fragte Paul Hjelm und versuchte das Standbild noch dichter heranzuholen.

Langsam klärte sich das zunächst äußerst diffuse Bild und wurde vollkommen deutlich.

Hjelm und Åkesson beugten sich über den Bildschirm.

Das menschliche Skelett besteht aus über 200 Knochen. Normalerweise unterscheidet man zwischen langen Knochen (Röhrenknochen, *ossa longa*), die zu Armen und Beinen gehören, und kurzen Knochen (*ossa brevia*) in Händen und Füßen sowie im Rückgrat, flachen Knochen (*ossa plana*) in Schädel, Brustkorb und Becken und lufthaltigen Knochen (*ossa pneumatica*) im Gesichtsskelett.

Als es lebendig und von Fleisch bekleidet war und sein Leben mit all den Sorgen und Kümmernissen und Freuden lebte, mit all dem Lachen und Weinen, allen Gedanken und Überlegungen, Genüssen und Schmerzen, die ein Menschenleben ausmachen, hatte das alte geschwärzte Skelett einen Knochen mehr gehabt.

Und ob es sich bei dem zusätzlichen Knochen um ein *os longum*, ein *os brevum*, ein *os planum* oder ein *os pneumaticum* handelte, war schwer zu sagen.

Er saß jedenfalls an einer unerwarteten Stelle.

Für einen Laien ist es ziemlich schwer zu sagen, was eigentlich das *Becken* des Menschen ist. Und selbst wenn es ebenso schwer sein kann, exakt den *Rumpf* zu platzieren, sprechen Experten von einem ›Knochenring‹ am unteren Teil des Rumpfs. Er besteht aus dem Kreuzbein (*os sacrum*), das sich mit den beiden Hüftbeinen (*ossa coxae*) in den fast unbeweglichen Sakroiliakalgelenken vereint. Von hinten schiebt sich als Abschluss des Rückgrats das Steißbein (*os coccygis*) hinein.

Der zusätzliche Knochen befand sich als Mittelpunkt in diesem Knochenring. Auf den ersten Blick sah er aus wie eine vordere Verlängerung des Steißbeins.

Aber es war etwas ganz anderes.

»Ich glaub, mich laust der Affe«, sagte Bengt Åkesson. »Aber ich schätze, das ist ein Penisknochen.«

»*Os penis*«, sagte Paul Hjelm.

17

Es war absurd, aber es wurde nicht dunkel. Er hatte zwar mehr als dreißig Mittsommer erlebt, aber im Grunde nie darüber nachgedacht, dass keine Dunkelheit anbrechen wollte.

Es war fünf vor elf Uhr am Abend, und der Wagen, dessen Ladefläche mit einer Plane mit der Aufschrift ›Kvarns Elektriska AB‹ bedeckt war, fuhr langsam an Stadsgården entlang. Er passierte gerade die großen Finnlandfähren, die wie umgekippte Wolkenkratzer am Kai lagen.

Man hatte das Gefühl, es sei mitten am Tag und Stockholm sei einfach geräumt worden.

Steffe hob den Blick zu dem schönen Aussichtsplatz von Fåfängan und hielt vor einer roten Ampel. Die Uhr im Auto zeigte jetzt 22.57. Er überlegte, ob er auf einen Parkplatz fahren und auf den Anruf warten sollte; es wäre dumm, zu weit zu fahren auf Värmdöleden, bevor der Buchhalter anrief. Was meinte er eigentlich mit ›in Höhe von Sickla‹?

Die Ampel war so lange rot, dass die Frage nicht mehr aktuell war. Als der Firmenwagen wieder anfuhr, sprang die Uhr – die er vor der Abfahrt mit der Zeitansage synchronisiert hatte – auf 23.00 um.

Zu seinem sehr geringen Erstaunen klingelte genau in dem Moment, als die Ziffern umsprangen, das Handy in dem zerrissenen Stoffbeutel.

»Ja«, antwortete er.

»Biegen Sie bei Nacka ab«, sagte der Buchhalter. »Das ist die Abfahrt hinter Sickla. Fahren Sie in Richtung Jarlaberg.«

»Okay«, sagte Steffe.

»Legen Sie das Handy neben sich«, sagte der Buchhalter. »Aber drücken Sie nicht auf Aus. Seltsamerweise ist in unserem Land, das Verbote so sehr liebt, das Telefonieren beim Autofahren erlaubt. Im übrigen Europa ist es verboten.«

»Und dann?«

»Sagen Sie Bescheid, wenn Sie nach Jarlaberg abbiegen«, sagte der Buchhalter.

Steffe legte das Handy beiseite. Er fuhr Värmdöleden entlang, ohne einen Gedanken zu denken. Es war ein merkwürdiger Zustand. Kein Gedanke erreichte ihn. Nur die helle Sommernacht.

Er bog in Richtung Jarlaberg ab und sagte in den Hörer: »Jetzt.«

»Fahren Sie zur OK-Tankstelle, und stellen Sie den Wagen ab«, sagte der Buchhalter.

Steffe folgte den Anweisungen.

»Ich habe den Wagen abgestellt«, sagte Steffe und machte den Motor aus.

»Ich weiß«, sagte der Buchhalter.

Im selben Augenblick wurde die Beifahrertür aufgerissen, und ein kräftiger Körper schwang sich in den Wagen. Steffe zuckte zusammen und starrte den Leibwächter an. Auf der Suche nach etwas Vernünftigem, auf das er seinen Blick richten konnte, betrachtete er die vier Finger an der linken Hand des Leibwächters.

»Beugen Sie sich zu ihm vor«, sagte die Stimme des Buchhalters im Handy.

Steffe starrte den Leibwächter an und wurde von ausgesprochen bösen Ahnungen befallen. War er nicht unglaublich unvorsichtig gewesen? Sie konnten ihn jetzt umbringen, den Firmenwagen nehmen und mit der Leiche verschwinden, und niemand würde etwas merken. Alle Spuren wären verwischt, alle losen Fäden befestigt. Die Störung des erschütterungsfreien Systems – Steffe selbst – wäre für immer beseitigt, und alles wäre eitel Freud und Sonnenschein.

Oder was nun nach dem Tod ist.

»Es besteht keine Gefahr«, sagte der Buchhalter im Handy. »Wir ziehen Ihnen eine schwarze Mütze über den Kopf, damit Sie nicht verraten können, wo wir sind.«

»Woher weiß ich, ob Sie mich nicht einfach umbringen?«, sagte Steffe kläglich.

»Warum sollten wir uns dann die Mühe machen, Ihnen eine Mütze über den Kopf zu ziehen?«

»Um mich in den Wald zu bringen und zu erschießen, ohne dass ich mich wehren kann«, sagte Steffe und biss sich auf die Zunge.

»Ich gebe Ihnen mein Wort, der Mann, der neben Ihnen sitzt, wird niemanden erschießen«, sagte der Buchhalter. »Beugen Sie sich vor.«

Steffe schloss für einen Augenblick die Augen.

Jetzt war es auf jeden Fall zu spät. Es gab kein Zurück. Gegen den Ochsen mit dem roten Gesicht würde er nie eine Chance haben. Er beugte sich vor. Der Leibwächter zog ihm eine schwarze Maske über.

»Jetzt rutschen Sie rüber auf den Beifahrersitz«, sprach der Buchhalter in sein Ohr. »Passen Sie auf den Schalthebel auf.«

Steffe tat, wie ihm gesagt worden war, und hörte, wie der Leibwächter um den Wagen herumging, auf der Fahrerseite einstieg und die Tür zuschlug. Die Welt war nur noch schwarz.

Der Firmenwagen setzte sich in Bewegung. Steffe war diesen rätselhaften Menschen, von denen er nicht das Geringste wusste, völlig ausgeliefert. Er registrierte eine Serie von Kurven, die er sich einzuprägen versuchte, und sei es nur, um das sichere Gefühl zu haben, das einem eine körperliche Erinnerung verschafft. Nach vielleicht zehn Minuten wendete der Leibwächter um hundertachtzig Grad und setzte die letzten Meter zurück. Die Albtraumfahrt endete mit einem kleinen Stoß, als ob der Leibwächter mit etwas kollidierte. Die Fahrertür wurde geöffnet, und kurz darauf spürte er, dass die Beifahrertür geöffnet wurde. Der Leibwächter fasste ihn am Arm und zog ihn heraus. Er fühlte, dass er einige Meter im

Freien ging, bis seine Füße an etwas stießen und er stehen blieb.

»Gut«, sagte der Buchhalter in sein Ohr. »Jetzt kommen acht Treppenstufen, dann eine Tür. Schaffen Sie das?«

»Ich will es versuchen«, sagte Steffe, so ruhig er konnte.

Er ging die acht Treppenstufen hinauf und tastete in dem absoluten Dunkel herum. Schließlich fanden seine Finger eine Tür, und er bekam eine Klinke zu fassen. Er drückte sie hinunter, ging hinein und spürte wieder die Hand des Leibwächters an seinem Arm. Er ging weiter.

Die Luft war schwer und streng. Steffe tippte auf einen Lagerraum oder ein altes Industriegebäude.

»Stopp«, sagte der Leibwächter. »Sie können das Handy jetzt abschalten.«

»Ich kann es leider nicht sehen«, sagte Steffe.

Der Leibwächter zog ihm die Mütze vom Kopf. Er stand in einem klassischen Lagerraum, groß, feucht, kalt, zementfarben, mit einer Schmutzschicht an den Wänden. Nichts deutete auf irgendeine menschliche Aktivität in diesem Raum hin. Weder jetzt noch seit Gott weiß wie langer Zeit.

An den Wänden des Lagerraums war eine Reihe von Türen. Eine davon wurde geöffnet, und der Buchhalter schaute heraus. Er winkte mit einer kleinen Handbewegung, und Steffe schritt quer durch den großen Raum. Aber vorher warf er einen Blick über die Schulter zurück. Der Leibwächter war mitten im Lagerraum stehen geblieben, grob, ungeschlacht, ausdruckslos. Er deutete mit auffordernder Neutralität erst auf das Handy, dann in Richtung des Buchhalters, der noch in seiner Tür stand.

Steffe schaltete das Handy aus, und als er näher kam, nickte der Buchhalter höflich und sagte: »Willkommen. Treten Sie ein.«

Er betrat ein gut eingerichtetes Büro, das sich deutlich von dem Lagerraum unterschied. Aber es war auffallend anonym. Man konnte sich keinerlei Vorstellung davon machen,

246

welche Art von Gewerbe hier betrieben wurde. Keine Bilder, keine Fotos, keine Buchrücken, nur ein Laptop auf einem Schreibtisch und eine gemütlich wirkende Sofagruppe sowie ein paar Regale mit unbeschrifteten Aktenordnern.

»Bitte, nehmen Sie Platz«, sagte der Buchhalter immer noch höflich und zeigte auf die Sofagruppe.

Wenn Steffe irgendwann im Laufe des Abends ein Bedürfnis nach Opposition oder Selbstbehauptung gehabt hatte, so war es seit Langem verschwunden. Er wusste genau, in welcher Lage er sich befand – sein Mangel an Widerstandskraft irritierte ihn noch nicht einmal.

Das Sofa war tatsächlich gemütlich, als ob sich in seiner Alltäglichkeit magische Tiefen verbargen. Steffe setzte sich, und der Buchhalter nahm hinter seinem anonymen Schreibtisch Platz.

»Das Geld liegt in einer Tasche unter dem Sofa«, sagte der Buchhalter. »Sie können es sofort nehmen und verschwinden.«

»Aber …?«, sagte Steffen, da er den Eindruck hatte, dass sich im Tonfall des Buchhalters eine Fortsetzung andeutete.

»Aber wir würden es begrüßen, wenn Sie noch einen Augenblick blieben, jedenfalls bis ich kontrolliert habe, dass der Wert der Ware der Summe in der Tasche entspricht.«

»Ich erwarte nichts anderes«, sagte Steffe und merkte, dass die Neugier ihn gepackt hatte.

Konnte es wirklich sein, dass sie noch mehr von ihm wollten? Er konnte nicht verhehlen, dass der Gedanke etwas Schmeichelhaftes hatte. Über die reine Neugier hinaus.

»Wenn das so ist«, sagte der Buchhalter und stand auf, »dann möchte ich Sie bitten, einen Augenblick zu warten.«

Dann verschwand er.

Es war schwer zu sagen, welche Triebkräfte Steffe zu sofortigem Handeln veranlassten. Ein paar Stunden später, wieder in dem muffigen Hotelzimmer in dem muffigen Vorort, sollte er genauer über seine Beweggründe nachdenken.

247

Eigentlich konnte es alles Mögliche sein, von bloßem Interesse für eine Organisation, die kein Problem hatte, eine solche Menge Geld auszuspucken – vielleicht war da noch mehr zu holen –, bis zu einem ideellen Interesse an dem Skelett und seiner dunklen Geschichte. Zwischen diesen Polen bewegte sich sowohl das reine Gefühl der Verlassenheit, das ihn möglicherweise dazu hätte bringen können, bei jedem Beliebigen, der sich näherte, Zuflucht zu suchen, als auch das Interesse daran, was diese Menschen – wer immer sie waren – veranlasste, einem Skelett mit einem Penisknochen eine solche Bedeutung beizumessen. Aber in diesem Moment gab es keine solchen Reflexionen. In diesem Moment handelte er rein instinktiv. Kaum war der Buchhalter verschwunden, stand er auf und ging an den Schreibtisch. Er tippte die Computermaus an und erhielt ein nichtssagendes Bild auf dem Monitor, zog rasch ein paar Schubladen auf, die vollkommen leer waren, drehte sich um und nahm den Ordner aus dem Regal, der dem Stuhl des Buchhalters am nächsten war. Er legte ihn vorsichtig auf den Schreibtisch und schlug ihn auf. Der Ordner war prall gefüllt mit Papieren. Computerausdrucken – vermutlich von dem Laserdrucker, der neben dem Schreibtisch auf dem Fußboden stand. Steffe blätterte in den Papieren. Sie sahen alle ungefähr gleich aus. Eine enorme Menge von Ziffern und Buchstaben in Reihen, die er nicht zu deuten versuchte. Er drehte sich um und zog einen zweiten Ordner aus dem Regal, irgendeinen von etwa dreißig identischen, die alle unbezeichnet waren. Auch dieser war prall gefüllt mit ähnlichen Papieren. Er stellte ihn zurück und wandte sich wieder dem aufgeschlagenen Ordner auf dem Schreibtisch zu. Er zog sein Handy aus der Tasche – sein eigenes, nicht das der anderen –, und in dem Augenblick, in dem er draußen im Lagerraum Schritte hörte, Schritte, die näher und näher kamen, gelang es ihm, die gesamte erste Seite in den Fokus der eingebauten Kamera zu holen. Er machte das Foto, hoffte, dass man es lesen konnte, speicherte es ab, stellte den Ordner wieder ins Regal und lief zurück zur Sofagruppe. Als die Tür sich öffnete, saß er – wie er hoffte – vollkommen ungerührt auf dem Sofa und sah selbstsicher aus.

Zurück in dem muffigen Hotelzimmer in dem muffigen Vorort, sollte ihm der Gedanke kommen, dass er sofort verstanden hatte: Es war nicht der Buchhalter, der in das Büro kam. Es waren nicht seine Schritte. Es waren hohe Absätze, die auf den Zementboden klickten. Vermutlich ziemlich hohe Absätze.

Und die Person, die hereinkam, war eine Frau.

Sie war etwa fünfunddreißig Jahre alt, lächelte breit und hielt ihm ohne ein Wort die Hand hin. Er stand auf und schüttelte sie.

»Willkommen«, sagte sie kurz, drehte sich um und setzte sich hinter den Schreibtisch.

»Gibt es Probleme mit der Ware?«, fragte Steffe so unschuldig wie möglich.

Die Frau hinter dem Schreibtisch zupfte ihr mittellanges Kleid zurecht, ordnete ihre elegante Jacke, schlug ein Bein über das andere, fuhr mit der Hand durch das halblange blonde Haar und sagte: »Nicht im Geringsten. Im Gegenteil, ich möchte Ihnen mit tief empfundener Aufrichtigkeit danken. Sie haben sich beispielhaft verhalten, Stefan Willner.«

Steffe änderte seine Sitzposition, als er das Foto machte. Es war ein Versuch, er hatte keine Ahnung, wie viel auf das Bild kommen würde, auch nicht, ob das Licht ausreichte oder die Entfernung stimmte. Aber er machte das Foto. Und mit ein paar Griffen, die ihm routiniert von der Hand gingen, speicherte er es ab und ließ das Handy in die Jackentasche gleiten.

»Sie wissen also, wer ich bin?«, sagte er, zufrieden teils damit, dass seine lichtscheue Aktivität unentdeckt geblieben war, teils damit, dass er mit seiner Paranoia nicht ganz falsch gelegen hatte.

»Wir können solche Summen nicht hergeben, ohne zu wissen, was wir tun«, sagte die Frau. »Außerdem interessieren Sie uns.«

»Ich interessiere Sie?«

»Sie haben gewisse Probleme mit Ihrer Frau, nicht wahr?«, sagte die Frau mit zur Seite geneigtem Kopf. Es war eine Position, auf die man nur mit größter Mühe böse werden konnte. Steffes Erregung richtete sich also nicht gegen die Frau hinter dem Schreibtisch, sondern auf ein unbekanntes Ziel am Rande des Universums.

»Was zum Teufel habt ihr mit meiner Frau zu tun?«, entfuhr es ihm. »Und wer zum Teufel seid ihr eigentlich?«

Die Frau schüttelte den Kopf, nicht verneinend, eher beruhigend, versenkte ihren Blick tief in seinem und sagte mit durchdringender Deutlichkeit: »Mit Ihrer Frau haben wir natürlich nichts zu tun. Aber mit Ihnen. Und mit den Gefühlen, die Sie durchmachen.«

»Warum?«, sagte Steffe verblüfft.

»Weil Sie am Rand balancieren«, sagte die Frau, ohne seinen Blick loszulassen.

Steffe wartete ab. Er ging davon aus, dass eine Fortsetzung folgen würde. Aber sie folgte nicht. Nicht von selbst. Die Antwort schien vorauszusetzen, dass er Fragen stellte. Aktiv wurde.

»An was für einem Rand?«, fragte er.

Die Frau lehnte sich zurück und schien sich ihre Worte zurechtzulegen. Sie sagte: »An dem Rand, dem sich unsere Vereinigung widmet.«

»Ich verstehe nicht recht ...«

»Das menschliche Begehren ist eine sensible Gottesgabe. Man kann es ignorieren, kann so tun, als wäre es nicht vorhanden oder verschwunden, kann es in andere Aktivitäten umlenken. All das hat Namen, psychologische, physiologische, religiöse, aber Namen sind nicht das Wichtige. Das Wichtige ist die Lebenskraft. Denn im Grunde lässt sich alles

250

menschliche Streben, jeder menschliche Willensausdruck als
eine einzige Konzentration von Energie betrachten, und sie
ist es, die uns überhaupt erst dazu bringt, morgens aus dem
Bett zu steigen. Diese Lebenskraft kann positiv oder negativ
sein, konstruktiv oder destruktiv. Können Sie mir folgen?«

»Ist das nicht ein bisschen vereinfacht?«, sagte Steffe vorsichtig.

»In gewisser Hinsicht ist es das«, sagte die Frau. »Was ich
Lebenskraft nenne, ist heutzutage sehr zersplittert – wir
wollen mehr denn je. Es kann den Anschein haben, als wäre
alles, was wir wollen – Dinge kaufen, Dinge erleben, Dinge
tun –, von völlig unterschiedlicher Art. Aber eigentlich ist es
nicht so. Es gibt eine einzige innere Triebkraft – wir können
ruhig darauf verzichten, ihr einen Namen zu geben oder eine
Ursache –, und die ist, wie überall in der Natur, sexueller Art.
Alles Leben in der Welt beruht auf dem Willen zur Fort-
pflanzung. Alle Tiere und alle Pflanzen streben danach. Wir
gehören der Natur an, und wir haben Zugang zu dieser Kraft.
Bei uns ist sie jedoch sehr kompliziert geworden, da die
Natur mit Kultur vermischt worden ist. Aber wir können
diese Lebenskraft in uns wiederfinden. Manchmal tun wir
es sehr deutlich, wenn wir uns verlieben, wenn wir Kinder
bekommen, aber meistens ist sie wirr und gefesselt und
schwer zu erkennen. Gelingt es uns aber, die Kraft wiederzufinden und in reiner Form zu kultivieren – wir können sie die
sexuelle Energie nennen –, dann können wir sie genau betrachten und entscheiden, ob sie positiv oder negativ ist.
Strebt sie zum Leben oder zum Tod? Das ist der Rand, an
dem Sie balancieren, Stefan Willner, und deshalb interessieren Sie uns.«

Steffe schwieg. Er ahnte, dass er die Nacht in dem muffigen Hotelzimmer in dem muffigen Vorort damit verbringen
würde, über die Worte der merkwürdigen Frau nachzudenken.

»Seid ihr eine Sekte?«, fragte er.

Die Frau lachte. Es war ein perlendes, lebensbejahendes Lachen von einer Art, wie Steffe es lange nicht gehört hatte.

Früher hatte auch Marja so gelacht.

Und er selbst auch?

Die Frau stand auf und ging auf ihn zu. Sie streckte ihm ohne ein Wort die Hand hin. Er stand auf, nahm die Hand und schüttelte sie. Dann war sie verschwunden.

Stattdessen kam der Buchhalter ins Büro. Er sagte in seiner trockenen Art: »Nehmen Sie jetzt das Geld. Wir lassen innerhalb von vierundzwanzig Stunden über das Handy von uns hören. Dann können Sie uns mitteilen, ob Sie weitere Kontakte wünschen.«

Steffe beugte sich hinunter und zog eine kleine Reisetasche unter dem Sofa hervor. Er sah den Buchhalter an. Es war nicht mehr derselbe Mann. Ebenso korrekt und grau wie sonst, aber jetzt ruhte er in einem ganz anderen Licht. Als ob diese ganze Korrektheit nur eine Art war, tja, die Lebenskraft zu bewahren, sie vital zu erhalten, sie für die richtige Gelegenheit zu sparen.

Der Buchhalter begleitete ihn hinaus. Unterwegs kamen sie an dem alten Eichensarg vorbei, den der Leibwächter und zwei andere Männer vorsichtig durch den Lagerraum rollten.

Das Skelett.

Sein erster Instinkt war richtig gewesen.

Er musste lernen, seinen Instinkten zu vertrauen. Denn schon als er das Skelett zum ersten Mal gesehen hatte, wusste er, dass etwas Besonderes daran war.

18

Es war offensichtlich, dass Kommissar Alf Bengtsson von der Polizei in Sollefteå nicht an unbequeme Arbeitszeiten gewöhnt war. Anderseits konnten sein etwas blasses Gesicht und – vor allem – seine extrem unordentliche Frisur mit etwas ganz anderem zu tun haben. Zum Beispiel mit einer Leiche.

Sara Svenhagen nahm an, dass Alf Bengtsson noch nie zuvor eine Leiche gesehen hatte. Routine und Gewichtigkeit, die der gute Kommissar sonst ausstrahlte, lösten sich vor dem Körper des dahingeschiedenen Sten Larsson in Wohlgefallen auf. Nicht zuletzt aufgrund der quer über den Hals verlaufenden Wunde.

Dieser Hals lag jetzt aufgeklappt im Krankenhaus von Sollefteå, und die Wundränder wurden mit speziellen Klammern auseinandergehalten, ein Anblick, von dem auch Sara Svenhagen nicht ganz unbeeindruckt blieb.

»Warum müssen wir hier sein?«, fragte Alf Bengtsson gequält.

Sara Svenhagen versuchte, es so behutsam wie möglich zu erklären: »Wir dachten, es wäre sinnvoll, dass ihr von der örtlichen Polizei zu den gleichen Informationen Zugang habt wie wir. Während du uns mit allen erdenklichen Fakten über den zweifachen Vergewaltigungsfall versiehst, der sich am dritten Juli 1989 hier in der Gegend ereignete. Es ist eine Möglichkeit, die Arbeit effektiver zu machen.«

»Ihr seid nicht die Ersten, die versuchen, uns Effektivität beizubringen«, murmelte Bengtsson und schlug seine Mappe auf. Anwesend in dem kleinen umfunktionierten Krankenhaussaal waren auch Gunnar Nyberg und Lena Lindberg sowie eine Gerichtsmedizinerin, der das Kunststück gelungen war, sich so vage vorzustellen, dass keiner der Stockholmer ihren Namen kannte. Sie war auf jeden Fall Anfang dreißig und verfügte über die ganze Wichtigkeit eines jungen, von der Konfrontation mit den raueren Seiten der Wirklichkeit unangefochtenen   Mediziners.

»Wollen Sie sich über das Ergebnis der Untersuchung informieren?«, fragte sie.

»Zuerst möchte ich wissen, ob Sie DNA-Proben genommen und an die zuständige Instanz geschickt haben«, sagte Sara Svenhagen.

»Das ist geschehen«, sagte die Namenlose stramm.

Kein überflüssiges Wort, dachte Sara und fuhr fort: »Also dann. Was außer ›ein extrem scharfes Messer oder eine Klaviersaite‹?«

Die Ärztin blinzelte und sagte: »Der Tod dürfte zu dem polizeilich festgestellten Zeitpunkt eingetreten sein.«

»Was genauer gesagt heißt?«

»Am vierzehnten Juni zwischen zwölf und fünfzehn Uhr.«

»Ausgezeichnet«, sagte Sara. »Weiter?«

»Todesursache: Blutverlust und Atemstillstand aufgrund der durchtrennten Kehle. Denkbare Mordwaffe: ein extrem scharfes Messer oder eine Klaviersaite.«

»Also nichts Neues mit anderen Worten?«

»Das lässt sich klinisch leider nicht entscheiden«, sagte die Ärztin, zuckte die Schultern und zeigte auf die Klammern. »Eine zweite Untersuchung der Wundränder und der Tiefe der Wunde ergibt nichts Neues.«

Immer noch kein Wort zu viel, dachte Sara und fuhr fort: »Sonst noch etwas von besonderem Interesse?«

»Nein, bedaure«, sagte die Ärztin.

»Und dafür schleppt ihr mich mitten in der Nacht hierher«, platzte Alf Bengtsson heraus. »Zu einer erdigen Leiche in einem verschimmelten Krankenhaussaal?«

»Das ist korrekt«, sagte Sara Svenhagen. »Wie sieht es mit den Fingerabdrücken aus?«

»Meine Leute haben die Leiche sorgfältig untersucht«, sagte Bengtsson. »Nichts, was wir erkennen können. Kein einziger Abdruck.«

»Und das an sich sollte schon verdächtig sein, nicht wahr?«, sagte Sara Svenhagen.

»Ja, die Leiche wurde zweifellos abgewischt«, sagte Bengtsson wieder etwas gewichtiger. »Was wollt ihr jetzt von mir hören?«

»Du warst also vor fünfzehn Jahren hier vor Ort, als Sten Larsson seine zweifache Vergewaltigung beging?«

»Aber nur als grüner Anfänger«, sagte Bengtsson. »Uniformierter Polizist. Konstabler, wie wir damals noch sagten, auch wenn die Bezeichnung offiziell schon 1972 abgeschafft wurde. Aber ich habe den ganzen Fall hier. Außer den Spermaproben.«

»Die also auch zum DNA-Test geschickt worden sind?«

Kommissar Alf Bengtsson hatte einen richtigen Hahnenkamm. Wahrscheinlich hatte er geschlafen, als Gunnar Nyberg anrief, und es war niemand da, um ihn zu kämmen oder zumindest auf seine Frisur hinzuweisen.

Der Hahnenkamm wippte auf und ab, als er nickte und sagte: »Ja, zusammen mit Emily Flodbergs DNA aus Stockholm. Aber das wisst ihr ja schon.«

Das Quartett verließ die Gerichtsmedizinerin. Alf Bengtsson blickte zu seinen lästigen Stockholmer Kollegen auf und sagte: »Ihr denkt also an die Opfer?«

»Weil es so aussieht, als wäre über den Täter von damals, das jetzige Opfer Sten Larsson, nicht mehr viel Neues zu berichten«, sagte Sara Svenhagen.

»Die Opfer waren zwei fünfzehnjährige Mädchen hier aus der Gegend«, erklärte Bengtsson, während sie durch die Krankenhausflure wanderten. »Hanna Ljungkvist und Elvira Blom. Elvira wohnte in Saltbacken, und nach einem Besuch in der Jugenddisco in Sollefteå fuhren sie mit dem Bus zu ihr nach Hause, um dort die Nacht zu verbringen. Leicht beschwipst, nahmen sie vom Bus aus eine Abkürzung und wurden von einem jungen Mann überfallen, der sie kurzerhand im Wald vergewaltigte, wo niemand sie schreien hörte. Elvira Blom bekam außerdem einen Schlag auf den Kopf, der zur Folge hatte, dass sie lange künstlich beatmet werden musste. Wie durch ein Wunder kehrte sie sechs Jahre später ins Leben zurück, nicht ganz klar im Kopf, und sie lebt jetzt in einem Pflegeheim in der Nähe von Sollefteå. Also musste Hanna Ljungkvist als einzige Zeugin aussagen. Auf einem Einödhof in der Nähe lebte Sten Larsson, ein dreiundzwanzigjähriger Tischler und Einzelgänger, und bei einer Hausdurchsuchung, die aufgrund von Hanna Ljungkvists Aussage durchgeführt wurde, fand man in Larssons Haus erhebliche Mengen von kinderpornografischem Material. Außerdem hatte er für die Nacht kein Alibi und war schon mehrmals wegen Entblößung vor kleinen Kindern und dergleichen angezeigt worden. Für uns bestand kein Zweifel daran, dass Sten Larsson der Schuldige war. Und bei einer Gegenüberstellung bezeichnete Hanna Ljungkvist ihn als den Täter. Es war sonnenklar.«

Sie verließen das Krankenhaus und gingen durch die helle Sommernacht zu Alf Bengtssons einsam parkendem Wagen.

Er ließ die Kollegen einsteigen und fuhr fort: »Larsson wurde einhellig schuldig gesprochen. Hanna Ljungkvist war da und identifizierte ihn erneut. Er bekam sieben Jahre, saß fünf davon in Härnösand ab und war im Herbst 1995 wieder da. Seitdem ist es vollkommen still um ihn gewesen. Er steht in keinem Register.«

»Aber«, sagte Gunnar Nyberg und zog auf der Rückbank sorgfältig den Sicherheitsgurt um seinen massiven Körper, »Sten Larsson hat sich nie schuldig bekannt.«

Bengtsson drehte den Zündschlüssel, bekam den alten Mercedes in Gang und trat aufs Gas wie ein jugendlicher Möchtegernrennfahrer.

»Ihr meint also«, sagte er, während er durch Sollefteå
kurvte, »dass diese Hanna Ljungkvist die Mutter der verschwundenen Emily Flodberg sein könnte?«

»Es hat den Anschein«, sagte Sara Svenhagen, blätterte in
Bengtssons Mappe und fand, was sie suchte. »Hier, Hanna
Birgitta Ljungkvist. Jetzt vermutlich Birgitta Flodberg in
Hammarby Sjöstad.«

»Und die Tochter kommt hier herauf, um Rache zu nehmen?«

»Nicht unbedingt«, sagte Sara. »Vielleicht wollte sie nur
ihren Vater treffen.«

»Und ihm ist dabei die Kehle durchgeschnitten worden«,
sagte Bengtsson. »Aus reinem Zufall. Doch wohl kaum.«

»Ich möchte diese Ermittlung trotzdem genau durchlesen«,
sagte Sara und wedelte mit der Mappe. »Wenn das in Ordnung ist«, fügte sie sicherheitshalber hinzu.

»Lest, was ihr wollt«, sagte Alf Bengtsson. »Wir haben
nichts zu verbergen.«

Die Polizeiwache war verschlossen. Die Nachtbereitschaft
war wegrationalisiert worden. Bevor Bengtsson Licht machen konnte, entdeckte Sara am hinteren Ende des lang gestreckten Korridors ein kleines Licht.

»Arbeitet heute Abend jemand?«, fragte sie.

»Davon weiß ich nichts«, sagte Bengtsson und runzelte die
Stirn. »Außer in der Untersuchungshaft.«

Dann hellte sich sein Gesicht auf, er wanderte schneller
den Korridor entlang und sagte: »Es sei denn, euer Computerexperte.«

Der war es.

In einem Zimmer, das mehr einer Besenkammer glich, saß
ein junger Mann mit langen Koteletten und mit einer Laborausrüstung, die dem ganzen Kabuff einen Schimmer von Un-
wirklichkeit verlieh. Als er sich dazu noch umdrehte und
Sara Svenhagen mit einem so intensiven Blick fixierte, dass
sie zurückzuckte, erschien er wie ein Erfinder aus dem neun-

zehnten Jahrhundert auf halbem Weg in die nächste Zeit-
dimension.

»Na, noch bei der Arbeit, Ollén?«, sagte Bengtsson in iro-
nischem Ton und verließ den Angesprochenen, ohne eine
Antwort abzuwarten.

Gunnar Nyberg und Lena Lindberg folgten ihm. Sara
Svenhagen zögerte lange genug, dass der Mann im Kabuff ihr
die Hand hinstreckte und sagte: »Bist du möglicherweise
Brynolfs Tochter Sara?«

Sara musste zwinkern angesichts dieser sonderbaren Vorstellung und sagte mit einiger Verzögerung: »Ja …«

»Dein Vater«, sagte der Mann und bekam diesen leicht irren Glanz in den Augen, »ist ein bewundernswerter Mensch.«

»Was du nicht sagst«, gab Sara zurück. »Und wer könntest
du sein?«

Zu ihrer Verteidigung muss gesagt werden, dass sie mit der
sozialen Kompetenz der Untertanen ihres Vaters auf dem
kriminaltechnischen Gebiet hinlänglich vertraut war.

Der Kotelettengeschmückte starrte sie einen Augenblick
an, als hätte sie eine Litanei undurchdringlicher Fachtermini
von sich gegeben. Doch schließlich glättete sich sein Gesicht,
und er sagte: »Entschuldigung. Jerker Ollén. Ich arbeite für
deinen Vater. Ich bin Datenrestaurator.«

»So etwas gibt es?«, sagte Sara Svenhagen.

»Mehr, als du ahnst«, sagte Ollén geheimnisvoll und fand
seine Erfindermiene wieder.

Sara seufzte – der junge Mann unterschied sich kaum von
den anderen jungen Männern, mit denen ihr Vater sich umgab – und sagte: »Und was hast du gefunden?«

Ollén vollführte eine Geste in Richtung der Apparaturen
vor sich. »Carl-Olof Strandberg war wirklich ziemlich erfolgreich bei der Zerstörung der Festplatte. Sten Larssons
Festplatte geht es gar nicht gut. Sie ist so stark beschädigt,
dass der Fall noch vor, sagen wir, einem halben Jahr als hoffnungslos gegolten hätte angesehen werden müssen.«

»Aber du hast ... ?«, sagte Sara hilfsbereit.

»Aber ich habe eine eigene Hardware entwickelt«, sagte Jerker Ollén, ohne von Saras Einwurf Notiz zu nehmen, »die sehr viel auf mikroskopischem Weg rekonstruieren kann. Ich habe gerade eine Aktiengesellschaft gegründet, um die Weiterentwicklung voranzutreiben.«

Er zeigte auf ein kompliziertes Gerät, das stark an ein altmodisches Elektronenmikroskop erinnerte. Es gab ein schwaches, aber vernehmbares Brummen von sich.

»Und kommst du voran?«, fragte Sara.

»Es lässt sich gut an«, sagte Ollén stolz. »Aber es ist klar, dass Genauigkeit das A und O im digitalen wie im analogen Prozess ist. Der Zeitfaktor ist ein Minus im Rekonstruktionsprozess. Das Ausfüllen von Lakunen dauert seine Zeit.«

»Also noch keine Daten?«, konstatierte Sara.

»Nein«, sagte Ollén und lächelte sie erfinderstolz an.

Sie ließ ihn allein.

Es hätte natürlich unmöglich sein sollen, sich in der Polizeiwache von Sollefteå zu verirren, aber Sara schaffte es. Sie irrte zehn Minuten umher, bis sie den Weg zu der provisorischen Abteilung für Untersuchungshäftlinge fand.

Im Gemeinschaftsraum, in dem sie am Mittag gegessen hatten, saß jetzt der ehemalige Kinderarzt und Kinderpsychiater Carl-Olof Strandberg mit einer frischen Kopfbandage und sah verbiestert aus. Ihm gegenüber saßen Lena Lindberg, Gunnar Nyberg und Alf Bengtsson und sahen mindestens ebenso verbiestert aus, möglicherweise mit Ausnahme von Bengtsson, weil ein Hahnenkamm der Verbiesterung entgegenwirkt.

Sara Svenhagen betrat den provisorischen Vernehmungsraum und wurde gemustert. »Lasst euch nicht stören«, sagte sie nur und sank auf einen Stuhl.

Aber Carl-Olof Strandberg ließ sich stören, Er ließ sich sogar in einem solchen Maß stören, dass er sagte: »Neue Foltermethoden, wie ich sehe, Fräulein Svenhagen. Das Opfer kann zu jeder Tages- und Nachtzeit geweckt und den rechtswidrigsten Verhören ausgesetzt werden, vor allem wenn sein Anwalt abwesend ist.«

»Das ist kein Verhör«, sagte Sara. »Wir haben nur ein paar Fragen.«

»Wie die Folterer mit ihren Samtstimmen sagten, bevor sie die Nadeln unter die Nägel stachen.«

»Hör schon auf«, sagte Gunnar Nyberg.

»Du, du hast überhaupt nicht das Recht, etwas zu sagen, du Verrückter. Du hast nicht das geringste Recht, auch nur in meine Nähe zu kommen.«

»Sten Larsson ist tot«, sagte Nyberg neutral. »Wir haben gerade seine Leiche ausgegraben.«

Auf Carl-Olof Strandbergs gleichgültiges Gesicht trat ein neuer Ausdruck. Ein Zucken lief durch die fein verzweigte Muskulatur, und ein Ton, der einem Schluchzen glich, war zu hören. Es war kein gewöhnliches Schluchzen, es kam gleichsam aus einer größeren Tiefe seines Inneren. Aus der dunkelsten Tiefe der dunklen Seele.

Oder so, dachte Sara Svenhagen und sagte: »Er war Ihr Freund. Es fragt sich, ob Sie jemals einen besseren Freund hatten. Sie haben Ihr ganzes Leben als asozialer Pädophiler gelebt, immer in Ihrer eigenen Blase, in die Sie niemand hineinzulassen wagten oder hineinlassen konnten. Aber dann, im Herbst Ihrer Tage, fanden Sie zu Ihrer Überraschung einen wahren Freund, den Bauerntölpel Sten Larsson. Sie taten Dinge zusammen – zum ersten Mal in Ihrem Leben hatten Sie jemanden, mit dem Sie tatsächlich Dinge tun konnten. Sie sind es ihm schuldig, uns bei der Suche nach seinem Mörder zu helfen.«

Strandberg sah auf einmal sehr alt aus, und seine Stimme war dünn, als er sagte: »Mörder?«

»Ihm ist die Kehle durchgeschnitten worden«, sagte Gunnar Nyberg. »Gründlich durchgeschnitten. Sagt Ihnen das etwas?«

Carl-Olof Strandberg zwinkerte mehrmals. Dann schüttelte er den Kopf. »Klaviersaite?«, sagte er schwach.

»Denkbar«, sagte Sara Svenhagen, der das Herz bis zum Halse schlug.

»Nein«, sagte Strandberg und schnitt eine Grimasse, »das sagt mir nichts.«

»Wir sind eigentlich hergekommen, um Sie nach Sten Larssons Tochter zu fragen. Aber vielleicht haben sich die Dinge jetzt ein wenig geändert.«

»Nach seiner Tochter?«, sagte Strandberg. »Er hatte keine Tochter. Das hätte ich gewusst.«

»Was wissen Sie denn über die Vergewaltigung im Sommer 1989? Damals wurde ein Kind gezeugt.«

»Das mag vielleicht sein. Aber nicht von Sten.«

»Warum nicht?«

»Weil er unschuldig war.«

»Wie Sie?«

»Nein, nicht wie ich«, sagte Strandberg, und der klarblaue Blick, mit dem er aufsah, war nackter denn je.

»Denn Sie waren nicht unschuldig?«

»Er war vollkommen fixiert darauf. Sein ganzes Leben drehte sich darum, dass er unschuldig verurteilt war, dass er nie jemanden vergewaltigt hatte, dass er das Opfer einer haarsträubenden Justizwillkür war.«

»Und bei dieser Fixierung spielte eine Tochter keine Rolle?«

»Absolut nicht. Keiner wäre glücklicher gewesen als Sten, wenn er eine Tochter gehabt hätte. Er liebte Kinder wirklich.«

Der Schlusssatz musste erst einmal in die Ohren der anwesenden Polizisten einsinken. Er glitt langsam durch die Gehörgänge, versetzte die kleinen Gehörknöchelchen in Vibration, den Hammer gegen den Steigbügel, und krepierte im Gehirn. ›Er liebte Kinder wirklich.‹

»Und Sie«, sagte Sara Svenhagen. »Lieben Sie Kinder wirklich?«

261

»Nein«, sagte Carl-Olof Strandberg. »Aber ich verstehe sie. Ich verstehe sie besser als sonst jemand. Und ich begehre sie. Das ist keine gute Kombination.«

»Besonders nicht, wenn man sie nicht liebt. Dann kann man ohne Gewissensqualen alles Erdenkliche mit ihnen machen.«

»Ja«, sagte Strandberg leise. »So ist es. Aber so war es nicht mit Sten Larsson. Er liebte sie. Ich glaube, er hat niemals irgendeine Form von Gewalt an einem Kind verübt.«

»Und was wäre passiert, wenn ein Kind Kontakt mit ihm aufgenommen und behauptet hätte, seine Tochter zu sein?«

Carl-Olof Strandberg machte eine hilflose Geste und sagte: »Er hätte sie mit offenen Armen empfangen.«

»Und er hat Ihnen nie erzählt, dass so etwas tatsächlich geschehen wäre?«

Strandberg war in einen merkwürdigen Zustand eingetreten – Schock, sicher, anderseits war er kaum der Typ, der leicht zu schockieren war. Dagegen hatte sich etwas in ihm geöffnet, und dass es galt, um jeden Preis zu vermeiden, dass diese Offenheit verloren ging, schien selbst Gunnar Nyberg einzusehen. Er saß mucksmäuschenstill da und vermied alles, was als Aggression gedeutet werden konnte. Seine äußere Erscheinung ließ nicht einmal Ungeduld erkennen.

Als Sara den Blick ein wenig nach links wandte, sah sie, dass dies bei Lena Lindberg eindeutig umgekehrt war. Sie schien zu kochen. Ein Wort schien im Innern des Dampfkochtopfs zu brodeln und jeden Moment mit explosiver Kraft in den Raum geschleudert werden zu können.

Und natürlich war dies das Wort ›Klaviersaite‹.

Aber noch hielt Lena sich zurück und überließ Sara die Gesprächsführung.

»Nein«, sagte Carl-Olof Strandberg. »Aber etwas war geschehen. Er erzählte nichts, doch seit etwa einem Monat war er so aufgekratzt, wie ich ihn nie zuvor erlebt hatte.«

»Und er hat keine Andeutung gemacht, was geschehen war?«

»Man muss ein wenig davon verstehen, welche Art von Leben Menschen wie wir leben. Jeder Kontakt mit anderen ist gleichsam künstlich, er spielt sich nicht in der richtigen Welt ab. Eine Situation wie diese hier betrachtet man von oben, als geschähe es nicht einem selbst. Denn die wirkliche Welt ist anderswo. Man ist gleichzeitig so allein wie nie und nicht mehr allein. Es gibt unseresgleichen. Die wirkliche Welt wird größer, aber sie existiert weniger denn je in dem, was Sie die wirkliche Welt nennen. Für unendlich viele Menschen verlagert sich die Wirklichkeit ganz einfach in die virtuelle Welt. Da kann man sich verwirklichen. Und das gilt für alle kleinen Perversionen, in allem finden sich Gleichgesinnte. Man braucht nicht mehr allein zu sein, es gibt keine Geheimnisse mehr. Ich weiß nicht, ob Sie verstehen, von welchen Dunkelziffern ich rede, fast alle sind dabei, in der einen oder anderen Weise, nichts von Belang geschieht mehr in der wirklichen Welt.«

»Dunkelziffern?«, sagte Sara Svenhagen.

»Das, was nicht aus der Statistik ablesbar ist«, sagte Carl-Olof Strandberg. »Und Sie, die darauf beharren, dass dies hier, wo wir jetzt sitzen, die Wirklichkeit ist, Sie werden zwangsläufig abgehängt.«

»Was wollen Sie damit genau sagen?«

»Dass der Schritt in das, was Sie die wirkliche Welt nennen, sehr, sehr groß ist. Die meisten tun ihn nie.«

»Aber gleichzeitig nehmen die Übergriffe lawinenartig zu.«

»Sie würden noch viel mehr zunehmen, wenn die Fantasien nicht in der virtuellen Welt ausgelebt werden könnten. Wir leben in einer Welt der Bedürfnisbefriedigung – ungefähr wie das späte Römerreich. Dekadenz. Das, wovon man fantasiert, muss Wirklichkeit werden. Es kann im Virtuellen Wirklichkeit werden. Wenn es das Virtuelle nicht gäbe, würden wir in einer grenzenlosen Orgie leben.«

263

»Und was hat all dies mit Sten Larssons neuem Zustand zu tun? Dass er ›aufgekratzt‹ war?«

»Er glaubte nie, dass er die virtuelle Welt verlassen würde. Ich glaube, seine Freude hatte damit zu tun, dass er tatsächlich im Begriff war, es doch zu tun. Die Wirklichkeiten glitten ineinander. Und warum nicht aufgrund der unerwarteten Kontaktaufnahme einer so genannten Tochter?«

»Und die Klaviersaite hat also etwas damit zu tun, dass die Wirklichkeiten ineinanderglitten?«

Carl-Olof Strandberg war auf die tonlos eingeworfene Frage völlig unvorbereitet. Der Beginn seiner Antwort war ungeschützt: »Das ist die Strafe für diejenigen, die die Grenze überschreiten. Aber darüber weiß ich nichts.«

»Es klang aber so, als wüssten Sie eine ganze Menge.«

Aber es funktionierte nicht – die Zeit der Offenheit war vorbei. Carl-Olof Strandberg schloss sich wie eine Muschel. Alles, was er sagte, war: »Ich habe gesagt, was ich zu sagen hatte.«

Und dann sagte er wirklich nichts mehr.

Während Alf Bengtsson ihn in die Zelle zurückbrachte, saßen die drei da und beobachteten einander.

»Habe ich es schlecht gemacht?«, fragte Sara frei heraus. »Hätte ich ihn dazu bringen können, mehr über die Klaviersaite zu sagen?«

»Kaum«, sagte Gunnar.

Aber für Sara bedeutete dies höchstens einen Bruchteil dessen, was Lena sagte: »Wahrscheinlich hat noch niemand Carl-Olof Strandberg dazu gebracht, so viel zu sprechen.«

Sara atmete aus und lächelte.

Gunnar sagte: »Es geht also nicht mehr um Emily und ihre Messer. Soll man es so sehen?«

Lena sagte: »Die Klaviersaite ist ›die Strafe für diejenigen, die die Grenze überschreiten‹. Was weiß Strandberg? Das müssen wir aus ihm herausbekommen.«

Sara sagte: »Wir können ihn ja schlecht foltern. Es würde ihm auf jeden Fall nur gefallen.«

»Dann gibt es noch einen Punkt«, sagte Lena.

»Den Punkt, dem wir überhaupt nicht näher zu kommen scheinen«, nickte Gunnar.

Und Sara sagte: »Wo zum Kuckuck ist Emily Flodberg?«

19

Paul Hjelm war zwar in seiner Wohnung in der Slipgata auf Kniv-Söder, dem westlichsten Teil Södermalms, aber das bedeutete nicht, dass er aufgehört hatte zu arbeiten. Er hatte das Gefühl, gerade erst angefangen zu haben.

Tatsache war, dass er die Einzimmer-Junggesellenwohnung mehr und mehr als unzureichend empfand. Dass sie nicht standesgemäß war für einen höheren Polizeibeamten, schon gar nicht, wenn er eine Chefposition in der Abteilung für Interne Ermittlungen innehatte, das spielte überhaupt keine Rolle für ihn. Aber teils wurde sie einfach zu eng, teils war sie – tragisch. Und er hatte wirklich keine Lust, tragisch zu werden. Nicht noch einer von diesen kaputten alleinstehenden Ermittlern mit sozialen Phobien, die in schwedischen Krimis ihr Unwesen trieben.

Aber er war jetzt wirklich in der Gefahrenzone.

Um der Situation abzuhelfen, hatte er angefangen, sich auf Datingseiten im Internet umzusehen. Das war wirklich eine eigene Welt, in der alles möglich schien, jedenfalls theoretisch. Zwar lebt der Mensch immer eine Art Doppelleben – ein inneres und ein äußeres Leben, und nie begegnen sich die beiden –, aber jetzt schien das Doppelleben total sanktioniert zu sein. Der Charakter, der sich auf den Datingseiten präsentierte, war immer eine idealisierte Version der Person selbst – derjenige, der man sein wollte –, und das weitverbreitete Phänomen ließ einen Willen zur Beichte erkennen. Sich völlig bedenkenlos zu entblößen, sich selbst auseinanderzunehmen vor jedem, der es sehen will.

Sieh her, wer ich bin. Oder vielmehr: Sieh her, wer ich sein möchte.

Ein Phänomen, das einiges über unsere Zeit sagte.

Und Paul Hjelm war selbst ganz und gar nicht gefeit dagegen. Zwar hatte er noch keine eigene Annonce formuliert, aber er war nicht weit davon entfernt. Er verstand die Verlockung.

Wir werden heute nicht gesehen. Die Menschen haben keine Zeit, einander zu sehen. Wir gehen einander verloren. Wir müssen uns anstrengen, um gesehen und bestätigt zu werden. Und dies war ein Weg.

Außerdem glaubte er, dabei viel über den Unterschied zwischen Männern und Frauen zu lernen. Er hatte sogar eine Lieblingssentenz formuliert, die Sexualität betreffend: *Bei Männern ist das Gehirn nicht mit dem Körper verbunden, bei Frauen ist der Körper nicht mit dem Gehirn verbunden.*

Daran musste noch gefeilt werden, aber im Prinzip hielt sie stand, das fand er immer noch.

Aber in dieser Nacht hatte er die Datingseiten im Internet nur kurz angeklickt. Er hatte anderes vor.

Er suchte Penisknochen.

Arbeit lässt sich sehr verschieden definieren. Aber sie hat selten mit der Jagd nach Penisknochen zu tun. Deshalb schien es klug, von zu Hause aus zu jagen. Außerdem konnte er mit dem Laptop auf dem Schoß im Bett sitzen. Er hatte gelesen, dass es den Spermien schaden könnte. Er hatte von Schriftstellern gehört, die ganze Bücher im Bett schrieben, mit dem Computer direkt auf dem Geschlechtsteil. Wie war es eigentlich um die Fortpflanzungsfähigkeit männlicher Gegenwartsautoren bestellt? Ein vernachlässigter Aspekt der Sicherheit am Arbeitsplatz.

Jedenfalls wäre es schwierig gewesen, auf diese Art Bücher zu schreiben, wenn man einen Penisknochen hat.

Viele Säugetiere haben Penisknochen, vor allem Raubtiere. Der Knochen hat die Aufgabe, eine Erektion zu garantieren, da die kurzen, hektischen Paarungsbegegnungen maximale Leistung in kürzestmöglicher Zeit erfordern. Man behauptet, den längsten Penisknochen habe das Walross, bei dem er bis zu einem Meter lang werden kann, während zum Beispiel der des Hamsters nur ein paar Millimeter misst.

In vielen Gegenden der Welt sind die Penisknochen der Tiere heilig. Man zieht sie auf Schnüre und trägt sie um den Hals, als Fruchtbarkeitsbringer.

Etwas über den menschlichen Penisknochen im Internet zu finden gelang Paul Hjelm jedoch nicht. Dagegen fand er auf verschiedenen UFO- und Science-Fiction-Seiten ein paar weitläufige Hypothesen über Penisknochen von Außerirdischen. In einer Zeit, da der Bedarf an Viagra und ähnlichen Präparaten offenbar unstillbar war, da die E-Mail-Postfächer der meisten Menschen täglich von Angeboten zur Penisvergrößerung und Erektionsverlängerung überquellen, müsste ein Penisknochen eine attraktive Alternative sein. Penispumpen in allen Ehren, aber was waren sie gegen einen reellen *os penis*? Der wurde sozusagen nur hochgeklappt und hielt stand. Unabhängig von den Stimuli.

Trotzdem gab es keine menschlichen Penisknochen im Internet.

Paul Hjelm hatte vor Kurzem gelernt, dass ein ›googol‹ eine scherzhafte Bezeichnung für eine sehr große Zahl ist, genauer gesagt für eine Eins, auf die hundert Nullen folgen. Und in der heutigen Zeit, wo das Verb ›googeln‹ zu den hipsten im allgemeinen Sprachgebrauch gehört, gab es gute Gründe zu glauben, dass mindestens ein googol Websites im Internet standen.

Und tief, tief unten in der Liste von Googles Suchmaschine stieß er auf einen Bericht, eine Legende. Eine internationale Legende mit schwedischen Verbindungen.

Nachdem er einige Links in verschiedene Richtungen verfolgt hatte, zu schwedischen, deutschen, französischen, amerikanischen, russischen und sogar griechischen Seiten, begannen sich Paul Hjelm die Konturen einer Erzählung zu enthüllen, die sein Interesse immer stärker erregte.

Die Legende berichtet von einer reisenden Theatergesellschaft, die Anfang des achtzehnten Jahrhunderts im vom Krieg verheerten Europa von Stadt zu Stadt reist. Das war damals durchaus nichts Ungewöhnliches – Theatergesellschaften gab es im vorrevolutionären Mitteleuropa an allen Höfen und den meisten Adelssitzen, wenn sie nicht auf Märkten und Marktplätzen auftraten. Commedia-dell'arte-Gesellschaften gab es noch in großer Zahl, und französische Komödiantengruppen, die vor allem von Molière inspiriert waren, hatten sich stark vermehrt.

Die Theatertruppe des Leopold Chamelle war jedoch nicht französisch, sondern eher international, und im Grunde war sie eine wenig erfolgreiche Gesellschaft mit mittelmäßigen Schauspielern aus allen Winkeln Europas. Doch was Chamelle an Talent fehlte, kompensierte er durch Geschäftssinn. Am Tag nach einer missglückten Vorstellung auf dem Marktplatz von Budapest stieß der Theaterdirektor auf einen Mann mit drei Armen, den er vor einem begeisterten Publikum auftreten ließ. Chamelle nahm ihn in Dienst – oder besser, er kaufte ihn, und im Verlauf der Theatervorführungen ließ er nun den Dreiarmigen als abschließenden Clou auftreten.

Ohne es zu wissen, hatte Chamelle *The Freak Show* geschaffen.

Plötzlich hatte die vorher so trostlos dahindümpelnde Theatertruppe Aufwind. Die Sammlung deformierter Menschen wurde größer und drängte die Schauspieler bald in den Hintergrund. Chamelles Theatergesellschaft wurde zu einer Freak-Gesellschaft. Nicht zuletzt bei Hofe ließ man sich bereitwillig von den Gebrechen der armen Krüppel in Schrecken versetzen, und Chamelle wurde ein geachteter und viel beschäftigter Mann, der seine Sammlung von Missgeburten ständig vergrößerte, um seine Auftraggeber mit immer heftigerem Schaudern versorgen zu können. Jede Vorstellung endete mit einem neuen Clou.

Die Annalen berichten von einem legendären Maiabend

auf dem Herrensitz des Herzogs Gravemonte im südlichen
Frankreich. Eine imponierende Versammlung von Würden-
trägern hatte sich im Schlosspark einem Maskenball gewidmet und nahm jetzt, nach dem Mahl, auf Bänken Platz, um
einen Auftritt der für diesen Anlass engagierten Truppe des
Leopold Chamelle mitzuerleben. Die Stimmung war ausgelassen, und während Bucklige und Dreibeinige, Wasserköpfe
und Krüppel auf der Freiluftbühne des Schlosses vorüberzo-
gen, stieg sie in ungeahnte Höhen. Nie fühlt sich der Mensch
gesünder, als wenn er einen Kranken sieht.

Schließlich betrat Leopold Chamelle die Bühne. Er stand
mit seiner von Motten zerfressenen Perücke und in seinem
von Molière abgeschauten Bühnenmantel da und wartete
still auf das Schweigen, das, wie er wusste, immer eintreten
würde, diese Erwartung, wie eine Wolke, die sich um die
Bühne zusammenzog. Er stand da und genoss es, dass es Adlige gab, die zu jeder Vorstellung herbeieilten, er erkannte sie
hinter den Masken wieder. Schließlich war es vollkommen
still. Die Wolke der Erwartung schloss sich um die Bühne des
Schlosses und erhöhte den Druck beträchtlich.

Seiner Gewohnheit getreu begann er mit Donnerstimme
und dennoch lakonisch: »Hoheiten, hochgeehrter Herzog,
hochgeehrte Herzogin. Es ist Zeit für den Clou des Abends.
Zuerst aber muss ich genau wissen, wie sensibel das Publikum heute Abend ist. Können Sie alles ertragen, mes
amis?«

Das Publikum antwortete mit einem raunenden, sowohl
männlichen als auch weiblichen *oui*.

Chamelle beugte sich ein wenig vor und sagte: »Sollte es
sogar möglich sein, dass Sie eine Monstrosität – sexueller Art
ertragen können?«

Das folgende *oui* war doppelt so laut, doppelt so erwar-
tungsvoll.

Leopold Chamelle machte eine kurze Kunstpause – später
sollte seine Rhetorik in Handbüchern als Beispiel einer Rede-

kunst mit vollendetem Timing dienen. »Wenn es so ist, Hoheiten, dann darf ich präsentieren – Rigmondo!«

Auf die Bühne trat ein Mann von mittlerer Größe. Auch sonst war nichts Besonderes an ihm. Er sah ein bisschen wie ein Italiener aus, schrieb ein Augenzeuge, ein anderer nannte ihn einen virilen spanischen Jungstier, ein Dritter sprach von einem verängstigten und verwachsenen Kind. Aber sämtliche Quellen stimmten darin überein, dass er einen lose hängenden Mantel von der Art trug, die man heute wohl Badeumhang nennen würde. Würde man Rigmondo heute sehen, man würde ihn für einen Fliegengewichtsboxer halten.

Aber nicht, als er langsam und mit ausdrucksloser Miene den Umhang auf den Bühnenboden gleiten ließ. Ein langer und tiefer kollektiver Seufzer ging durch das Publikum. Einige Frau setzten zu einem erstickten Schrei an, den sie jedoch auf halbem Wege zu unterdrücken vermochten. Was aber dem armen Rigmondo auf der Bühne entgegenschlug, war vor allem als Ehrfurcht zu beschreiben. Vielleicht Respekt. Wenn nicht vor ihm, so doch vor seinem Organ.

Es war der größte und wohlgeformteste Penis, den die Welt je gesehen hatte. Er stand gerade hoch in stattlicher Erektion, und ein paar voneinander unabhängige Quellen behaupten, die weiblichen Schreie seien mehr und mehr in ein schmachtendes Stöhnen übergegangen. Da war etwas an der säulengeraden Form des Organs, das unnatürlich war. Und dennoch reine Natur.

Chamelle ließ seine tiefe Stimme vom Bühnenrand her vernehmen: »Rigmondo, mes amis, ist der Besitzer des einzigen Penisknochens der Welt. Sein Glied sieht immer so aus wie jetzt.«

Als Rigmondo schließlich, immer noch völlig ausdruckslos, die Bühne verließ, war dies das Letzte, was die Welt von ihm sah.

Als Leopold Chamelle spät in der Nacht seinen üblichen

Kontrollgang durch die ordentlich verriegelten Viehwagen der Theatergesellschaft machte, war Rigmondos Wagen leer. Es fehlte jede Spur von ihm.

Nach dem Auftritt auf dem Herrensitz des Herzogs Gravemonte im südlichen Frankreich ging es allmählich bergab mit Leopold Chamelles Theatertruppe. Immer verzweifelter suchte er Ersatz für den großen Rigmondo, aber selbst die aufsehenerregendsten Missgeburten konnten es dem virilen spanischen Jungstier nicht gleichtun. Von Rigmondo sollte man nie wieder etwas hören.

Außer in Form der Legende. Die Forschung schien uneins, inwieweit Rigmondo jemals existiert hatte. Für die meisten war er ein gemeinsamer weiblicher und männlicher Wunschtraum, die Materialisierung des Libertinismus eines amoralischen Zeitalters. Für andere war er das Opfer eines Eifersuchtsmords – keiner konnte in den zügellosen Kreisen mehr Erfolg haben als Rigmondo, das war mehr, als die potenziellen Konkurrenten anzubieten hatten. Für wieder andere war er entführt und für unbekannte Zwecke benutzt worden. Auch dafür gab es mehrere Theorien.

Eine dieser Theorien interessierte Paul Hjelm ganz besonders. Ihr zufolge befand sich im Publikum an diesem Maiabend 1742 ein junger schwedischer Adliger, der auf seiner *grand tour* war, also auf der europäischen Bildungsreise, die die männlichen Abkommen der schwedischen Aristokratie absolvieren mussten, um Lebenserfahrung zu sammeln. Der Name des jungen Adligen war Andreas Clöfwenhielm. Ein Augenzeuge behauptet, Clöfwenhielm habe die Vorstellung, wenige Minuten bevor Rigmondo von der Bühne abtrat, verlassen. Die Theorie läuft darauf hinaus, dass sich Clöfwenhielm hinter der Bühne mit Rigmondo traf und ihn kurzerhand mit nach Schweden nahm. Der junge Adlige reiste von Südfrankreich geradewegs nach Hause – so geradewegs, wie es damals eben ging. Zwei Monate nach seiner Heimkehr gründete er eine geheime Gesellschaft.

Geheime Gesellschaften waren en vogue im achtzehnten Jahrhundert. Zu keiner anderen Zeit haben so viele und verschiedenartige kultische Vereinigungen und Verbindungen das Licht des Tages erblickt. Aber gerade das Licht des Tages sahen sie nie. Sie blieben ein dunkler, ungreifbarer Unterstrom unter dem rationalen Streben der Aufklärung nach Licht und Klarheit. Als ob das eine nicht ohne das andere sein, das eine nicht entstehen konnte, ohne dass gleichzeitig das andere entstand.

In Stockholm blühten allerlei geheime Gesellschaften, und die Quellen im Internet erwähnen an einigen Stellen Andreas Clöfwenhielm als Gründer und Großmeister eines geheimen Ordens namens *Fac ut vivas*. Über die Einrichtung, Zielsetzung und Rituale dieses Ordens wird sehr wenig berichtet, aber in den 1920er-Jahren hatte ein deutscher Forscher bei einer Aufzählung geheimer Gesellschaften mit libertinärer Ausrichtung laut einer Internetseite in einer Fußnote auf Fac ut vivas hingewiesen. Sonst gab es nichts. Alles in allem schien die Gesellschaft ebenso kurzlebig gewesen zu sein wie neunundneunzig Prozent aller geheimen Gesellschaften des achtzehnten Jahrhunderts.

Wenn da nicht noch etwas anderes gewesen wäre. Es konnte natürlich ein Zufall sein, ein Schreibfehler oder ein Scherz, aber als Paul Hjelm weiter nach Fac ut vivas googelte, fand er – zwischen allen Treffern, die nur von dem lateinischen Ausdruck »fac ut vivas« handelten, der ungefähr so viel bedeutet wie ›schaff dir ein Leben‹, ›get a life‹ – den Verweis auf eine Mitarbeiterseite eines IT-Beratungsunternehmens namens Theta International Communications AB. Der Link verwies auf einen Geschäftsführenden Direktor namens Olof Lindblad, der in seiner Kurzvita anführte, dass er Mitglied in Djurgårdens IF, Danderyds Golfklub, Rotary, Fac ut vivas und David Bowie Official Fan Club sei.

Seltsame Konstellation, dachte Paul Hjelm und notierte den Namen Olof Lindblad. Dazu schrieb er den Namen

Andreas Clöfwenhielm, und als er den Namen niederschrieb, in dem sein eigener in altmodischer Schreibweise enthalten war, da machte etwas klick in ihm.

Er meinte, irgendwann, irgendwo schon einmal auf den Namen gestoßen zu sein. Nicht auf den von Andreas aus dem achtzehnten Jahrhundert, sondern auf einen anderen in der Gegenwart. Er versuchte sich zu erinnern.

Und die Erinnerung führte ihn zurück zu einem uralten Fall, dem allerersten der A-Gruppe, noch bevor sie Spezialeinheit für Gewaltverbrechen von internationalem Charakter bei der Reichskriminalpolizei hieß. Der alte Chef Hultin hatte Hjelm aus Huddinge, Holm aus Göteborg, Chavez aus Sundsvall, Nyberg aus Nacka, Norlander aus Stockholm und Söderstedt aus Västerås versammelt. Diese, die ursprüngliche A-Gruppe, jagte einen Serienmörder, der unter der Bezeichnung Machtmörder lief. Im Laufe der Ermittlungen landete Hjelm in einem Kellergewölbe in Gamla Stan, in einem geheimen Orden mit Namen – wie hieß er noch? – Mimer. Und hieß der sogenannte Großmeister nicht Clöfwenhielm?

»Doch«, sagte Hjelm laut zu den Wanzen in der tragischen Einzimmer-Junggesellenwohnung auf Kniv-Söder. »Ein Mann mit einem dröhnenden Lachen.«

Er klickte die Gelben Seiten im Internet an. Es gab nur einen Clöfwenhielm im Telefonbuch. Es war eine Frau. Christine Clöfwenhielm in Vasastan. Es war nach Mitternacht, und er rief an. Es konnte als übertrieben eifrig erscheinen, aber es ging eigentlich nur darum, dass er es sonst vergessen hätte.

»Hallo, hier Christine«, antwortete eine Frauenstimme schon nach dem ersten Klingeln.

Hjelm, der mindestens drei Klingeltöne gebraucht hätte, um eine gute Lüge vorzubereiten, stotterte: »Ja, hallo, hier ist die Polizei. Paul Hjelm.«

»Nein, Clöfwenhielm«, sagte die Frauenstimme höflich.

Es ist immer wunderbar, ein Gespräch mit Missverständnissen und Hörfehlern zu beginnen, dachte Paul Hjelm und wechselte geschmeidig die Spur: »Entschuldigen Sie, dass ich so spät anrufe, aber ich suche einen möglichen Verwandten von Ihnen, ich kann mich nicht an seinen Vornamen erinnern, einen älteren Mann, der in einer Ordensgesellschaft namens Mimer aktiv war.«

»Ah«, sagte Christine Clöfwenhielm mit einem leichten, feinen Einatmen. »Ich glaube, Sie meinen meinen Onkel David. Er hat sich mit diesem komischen Ordenskram beschäftigt.«

»Ja, stimmt, so hieß er«, sagte Hjelm. »David Clöfwenhielm. Wissen Sie, wie ich ihn erreichen kann?«

»Keine Ahnung«, sagte Christine Clöfwenhielm. »Aber ich fürchte, dafür braucht man gute Kontakte zu den höheren Mächten.«

»Er ist also tot?«, sagte Hjelm und fühlte sich wach.

»Er ist voriges Jahr gestorben, ja. Ich kann nicht behaupten, dass ich ihn besonders gut gekannt habe. Aber ich denke, wir waren die Letzten unseres noblen Geschlechts. Jetzt bin ich allein.«

»Bedeutet das, dass du auf dem Familienerbe sitzt?«

Hjelm wusste nicht genau, wie es kam, dass er vom Sie zum Du wechselte. Vermutlich war etwas Ansprechendes im Tonfall der Frau, das es unmöglich machte, weiter Sie zu sagen.

»Ein großes Familienerbe gibt es nicht«, sagte Christine Clöfwenhielm mit einem warmen Lachen. »Verarmter Adel, weißt du. Aber so ist das nun einmal. Ein paar Wappenschilde und eine grässliche Rüstung auf dem Dachboden.«

»Briefe, Papiere?«

»Kistenweise.«

»Könnte ich vielleicht vorbeikommen und mir das noble Erbe ansehen?«

»Worum geht es genau bei der Sache? Und wie heißt du?«

»Ich heiße Paul Hjelm«, sagte Paul Hjelm. »Kriminalkommissar Paul Hjelm.«

Christine Clöfwenhielm lachte laut. Es war ein ganz wundervoller Ton.

»Ist das so lustig?«, fragte er und war zu seiner Verwunderung einer Meinung mit ihr, dass es ziemlich lustig war.

»Ich habe mich vorhin verhört«, sagte Clöfwenhielm. »Tut mir leid. Vielleicht sind wir verwandt. Halbvetter und -kusine. Ich bin die Klaue, und du bist der Helm.«

Paul Hjelm fand tatsächlich, dass sein Lachen ziemlich vital klang. Obwohl er in seinem Leben viel zu viele Helmwitze gehört hatte. »Es geht jedenfalls um einen alten Vorfahren von dir«, sagte er nach einer Weile. »Um einen Mann namens Andreas Clöfwenhielm, der im achtzehnten Jahrhundert lebte. Er hat eine geheime Gesellschaft gegründet, die sich Fac ut vivas nannte. Weißt du etwas darüber?«

»Ich bin leider nicht besonders bewandert in meiner Familiengeschichte«, sagte sie. »Die ersten fünfundzwanzig Jahre meines Lebens habe ich damit verbracht, mit dem Namen Clöfwenhielm zurechtzukommen. Er hat mich in der Pubertät fast in den Selbstmord getrieben. Für das Adlige habe ich nie Sinn gehabt. Ganz zu schweigen von Orden und geheimen Gesellschaften. Schrecklich ermüdend. Es gibt also noch andere in der Geschichte als Onkel David?«

»Ich fürchte, ja«, sagte Hjelm. »Kann ich morgen vorbeikommen und mir den Familienbesitz ansehen?«

»Sicher«, sagte Christine Clöfwenhielm. »Ich wohne am Tegnérlund, ich arbeite zu Hause, mein Atelier ist neben meiner Wohnung. Die ist der eigentliche Familienbesitz, das gebe ich zu. Zweihundert Quadratmeter.«

»Ui«, sagte Hjelm. »Sehen wir uns gegen zehn Uhr?«

»Aber worum geht es genau bei der Sache?«

»Es gibt in Andreas Clöfwenhielms Erbe Dinge, die noch heute von Bedeutung sein könnten. Mehr kann ich leider nicht sagen. Tut mir leid.«

»Spannend«, sagte Christine Clöfwenhielm. »Polizeige-heimnisse. Ja, zehn Uhr ist ausgezeichnet. Also dann, bis morgen.«

»Bis morgen«, sagte Paul Hjelm und bereute es nicht, an diesem Abend auf die Datingseiten im Internet verzichtet zu haben.

Eine lebendige Stimme war doch allemal besser.

Und die Stimme von Christine Clöfwenhielm klang leben-diger, als ihm seit Langem eine Stimme erschienen war.

20

Auch kurz vor Mittsommer enthalten die Nächte in Stockholm Spuren von Dunkelheit. Die Sonne taucht nur kurz unter die Wölbung des Horizonts. Die Nacht zeigt sich beinahe unmerklich, wenn man sich nicht mitten in ihr befindet. Aber tut man das, dann ist es sehr besonders. Alles wird still. Alle Geräusche scheinen mit der Sonnenscheibe hinuntergesogen zu werden. Alle Bewegungen erstarren. Es ist, als wäre man der Einzige, der nicht bemerkt hat, dass man sich in einem Standfoto befindet.

Der Mann steht am Fenster und sieht das Licht schwinden. Er beobachtet seinen wachsenden Schatten, der sich an der völlig weißen Wohnzimmerwand ausbreitet. Er sieht ihn wachsen, neue Formen annehmen, sich verformen, bis er geschluckt und die ganze Wand zum Schatten wird. Erst da bewegt er sich.

Es ist keine große Bewegung. Ein paar Schritte hinüber zum Schreibtisch – als er sich setzt, sieht er das Wasser von Riddarfjärden sich vor dem Fenster ausbreiten. Er beobachtet den verblassenden Glanz des Wassers, bis auch das Wasser von der Nacht verschluckt ist.

Er weiß, wie es ist, von der Nacht verschluckt zu sein.

Gerade jetzt fühlt er sich so, das Begehren hat Besitz von ihm ergriffen, hat ihn in dem altbekannten Würgegriff.

Als er den Computer einschaltet, dauert es ein paar Sekunden, bevor der Bildschirm aufleuchtet. In diesen Sekunden sieht er sich selbst. Erst wundert er sich darüber, dass immer noch genug Licht da ist, um ihn zu spiegeln – es muss die Hintergrundstrahlung sein, dieses Licht, dem wir nie entkommen –, dann fixiert er die Spiegelung. Die eigenartig kantige Form der Schädeldecke, die harte, männliche Kinn-

partie, den Blick, der immer wirkt, als sähe er seinem Gegenüber in die Augen, der aber eigentlich auf eine Stelle unmittelbar darüber gerichtet ist, die dünnen, blutarmen Lippen.

Dann erscheint das Bild. Während der Computer auf Tou-
ren kommt, denkt der kahle Mann an sich selbst als Kind. Es
ist in der letzten Zeit mehrmals vorgekommen, er kann nur
schwer verstehen, warum. Dagegen hat er ja die ganze Zeit
gekämpft.

Es ist ja das Kind, das er ablehnt. Es ist das Kind, das er erwachsen machen muss.

Immer und immer und immer wieder.

Er wurde ja selbst so früh erwachsen. Er wusste so früh,
dass er sich befreien, dass er größer werden, erobern, siegen
musste. Mit der Zeit war die Welt nicht einmal mehr gefährlich, war nur zu einem schwachen Widersacher geworden,
den er ein ums andere Mal besiegen musste. Noch größer
werden. Noch stärker.

Ist man erst einmal auf den Geschmack gekommen, dann
verliert all das Alte seinen Reiz.

Der Kahle ist jetzt drin. Die Homepage öffnet sich. Es sind
zehn neue Bilder da. Er klickt sie an.

Hauptsächlich osteuropäischer Amateurscheiß, diese Ar-
mada von Unternehmern ohne Finesse, aber mit dem Geschmack von Euro in der Fresse. Sie taugen selten etwas.

Aber dazwischen findet sich ein Bild, das das Begehren des
Kahlen weckt, dieses Begehren, das genau weiß, worauf es
aus ist. Es ist noch nie überrascht, noch nie überrumpelt,
noch nie mitgerissen worden. Es muss nur zufriedengestellt
werden, damit er weiterleben kann. Sonst stirbt er. Er ist wie
ein Hai, denkt er, der weiterschwimmen muss, auch im
Schlaf, denn wenn er aufhört zu schwimmen, stirbt er.

Es ist der Blick. Der Blick im Gesicht des Jungen. Es ist der
Augenblick, in dem er bricht, in dem er für immer bricht, er
ist tatsächlich da, in diesem neuen Bild.

Es ist unwiderstehlich. Es zieht die Hände von der Tastatur nach unten. Es ist so intensiv, dass es immer schnell geht. Während der Kahle sich abwischt, weiß er, dass das nicht genügt. Jetzt muss er bald wieder das Richtige haben, *the real thing*. Er weiß es.

Aber er weiß auch, dass es gefährlich ist, gefährlicher denn je. Es ist zwar ein Teil des Reizes, aber in letzter Zeit ist es zu viel des Guten gewesen. Er blickt vom Computer auf und in die kurze, kurze Juninacht hinaus. Er wendet den Blick zur Seite, und wäre es eine andere Tageszeit gewesen, hätte er auf Stockholms beliebtesten Spazierweg hinuntergeschaut. Jetzt sieht er nur Dunkel.

Der Kahle muss sich einreden, dass es ein Zufall ist. Es kann nichts anderes sein als ein bizarrer Zufall. Fünfzig Meter vor seiner Haustür. Hätten sie es gewusst, hätte er selbst dort gesessen mit einem Kopf, der nur noch an einem Hautfetzen hing.

Er hatte es im Polizeifunk gehört und sofort begriffen. Das Komische war, dass es nie an die Öffentlichkeit kam. Ein einziges Mal kurz im Polizeifunk, danach Funkstille.

Er war hinausgeschlichen und hatte nachgesehen, in der hellen Sommernacht. Er sah die beiden angetrunkenen Jugendlichen auf dem Monteliusväg, er sah die schreckensstarren Streifenpolizisten – beide Bullen kotzten tatsächlich –, und er sah den Mann auf der Parkbank.

Er sah die beiden Schnittflächen des durchtrennten Halses. Und er erkannte ihn.

Es war Hasse. Hasse Kronos.

Was hatten sie nicht alles zusammen gemacht…

Er spürt keine Furcht – Furcht hat er nicht mehr erlebt seit seinem fünften Lebensjahr –, aber die Situation ruft auf jeden Fall die Erinnerung an Furcht hervor. Die ist es auch, die seinen kurzen, aber nachdenklichen Brief diktiert:

›Freunde! Extreme Vorsicht ist angeraten. Sie haben den nächsten Schritt getan. Sie sind nahe. Immer Euer K. O. D.‹

Ein schiefes Lächeln.

Noch eine Rede aus dem Dunkel.

Während die Worte des Kahlen durch die Serie von Verschlüsselungsprogrammen geschleust und in den globalen Äther hinausgeschleudert werden, sieht er, dass ganz kleine Streifen von Glanz auf die schwarze Wasserfläche von Riddarfjärden zurückgekehrt sind.

Die Dämmerung ist da.

Die kurze Sommernacht ist vorüber.

Für alle anderen.

21

Arto Söderstedt und Viggo Norlander suchten im Polizeipräsidium den richtigen Weg zu finden. Es war natürlich ausgesprochen peinlich, sodass Söderstedt Norlander schon
dreimal das heilige Versprechen abgenommen hatte, die Sache niemals zu erwähnen.

Schließlich taten sie es doch.

Den Weg finden also.

Die Abteilung für Kinderpornografie in der Reichskriminalpolizei gehörte zwar zu den in den Medien erfolg-
reichsten Polizeieinheiten Schwedens – jeder Zugriff auf ein
Pädophilennetz erregte große Aufmerksamkeit –, aber das
bedeutete nicht, dass ihre Räume besonders ansprechend
gewesen wären. Vielmehr war die Ähnlichkeit mit den nicht
gerade imponierenden Büroräumen der A-Gruppe fast erschreckend. Es war wie ein Spiegelbild, wenn auch um einiges vergrößert.

Das Büro des Chefs lag exakt an der gleichen Stelle wie das
von Kerstin Holm. Nur hier hieß der Chef Ragnar Hellberg,
eher bekannt als Party-Ragge, ein Medienhansel, der jedoch
eine entscheidende Rolle bei einem früheren Fall der A-
Gruppe gespielt hatte. Bei jenem Fall, der Sara Svenhagen –
die sehr nahe am Burn-out gewesen war – veranlasst hatte,
die Abteilung für Kinderpornografie zu verlassen und in der
Einheit für Gewaltverbrechen von internationalem Charakter Zuflucht zu suchen.

Und da war es ja viel ruhiger …

In einem aber unterschied sich Kommissar Ragnar Hellbergs Büro von dem Kerstin Holms: Es gab einen Einlass-
mechanismus.

Nachdem sie den Knopf gedrückt und mittels eines Lämpchens grünes Licht erhalten hatten, betrat das Duo Hellbergs Büro mit den Worten: »Ist ja wirklich die Hölle hierherzufinden.«

Worauf Arto Söderstedt Viggo Norlander einen bösen Blick zuwarf und die beiden sich auf den angewiesenen Plätzen vor Hellbergs Schreibtisch niederließen.

Ragnar Hellberg hatte sich nicht sehr verändert, seit sie ihn zuletzt im Zusammenhang mit dem komplizierten Fall des Totschlägers von der Södermalmskneipe Kvarnen gesehen hatten. Der Spitzbart war noch vorhanden, Hellberg war immer noch der jüngste Kommissar in leitender Position bei der Polizei, und er war immer noch mediengeil. Während seine Angestellten der Reihe nach infolge Burn-out-Syndroms und verödeten Sexuallebens ausfielen, blieb er selbst immun gegen die groteske Welt der Kinderpornografie. Vermutlich, weil er nicht sehr viel davon sah. Er war ein echter Administrator.

»Ihr wolltet also mit mir sprechen?«, sagte er ziemlich uninteressiert. »Sonst haben wir ja nicht viel mit der A-Gruppe zu tun. Ihr seid bekannt dafür, dass ihr unter euch bleibt.«

»Das ist wohl eher Zufall«, sagte Arto Söderstedt milde.

»Womit darf ich denn dienen?«, fragte Hellberg ebenso milde.

»Ist zurzeit bei den Pädophilen im Lande etwas im Gange?«, fragte Söderstedt.

»Etwas im Gange?«

»Gibt es seit etwa einem halben Jahr irgendwelche Tendenzen? Abweichungen vom gängigen Muster?«

Ragnar Hellberg sah auf seine Hände und rieb sie, als ob er sie mit virtuellem Wasser wüsche.

Mit virtuellem Weihwasser?, dachte Arto Söderstedt.

Allem Anschein nach äußerst widerwillig äußerte sich Hellberg: »Seid ihr offiziell hier? Auf Anordnung von Holm?«

»Ja«, sagte Söderstedt. »Glaub mir, wir sind keine Medienspione. Wir glauben nämlich, dass etwas vorgeht, und wir versuchen herauszufinden, was es ist.«

»Etwas, was mit Gewaltverbrechen von internationalem Charakter zu tun hat?«

»Ganz gewiss.«

Hellberg seufzte, als ginge ihm gerade ein Erfolg versprechender Medienauftritt durch die Lappen. Dann sagte er: »Pädophile sind Gewohnheitsmenschen. Wenn überhaupt irgendwo, dann kann man hier davon sprechen, dass im Prinzip alles gleich bleibt. Wer sich einer Gruppierung anschließt, bleibt dort. Das ist die Regel. In letzter Zeit ist sie von überraschend vielen verlassen worden.«

»Sie?«, sagte Söderstedt.

»Verdammt!«, rief Hellberg und schlug mit seinen sauber gescheuerten Händen auf den Schreibtisch. »Wie seid ihr darauf gekommen? Ist es schon so offenkundig? Das klingt sehr beunruhigend. Wir haben alle Löcher gestopft, es dürfte keine mehr geben.«

»Eine große Zahl von Pädophilen, die – was verlassen haben?«

»Ein großes Pädophilennetz, das wir gerade einkreisen. Das ist sehr, sehr schwer. Im Unterschied zu früher knacken wir keinen einzigen Decknamen. Wir glauben, dass es sich um eine neue Art von Verschlüsselung handelt. Wir finden keinen Zugang.«

»Eine wachsende Zahl von Menschen schließt sich also einer Gruppierung an, in der alle geheime Identitäten und Decknamen haben, sogenannte Nicks. Und diese Gruppierung bildet ein Pädophilennetz, in dem sie Bilder und Filme austauschen? Ist das so weit richtig?«

»Nicht nur Bilder und Filme, leider. Auch Adressen von Kindern, die irgendwie verfügbar sind, IRL.«

»In real life?«, fragte Söderstedt und offenbarte eine für Viggo Norlander unerwartete pädagogische Seite.

»Genau«, sagte Hellberg. »Alle diese Gruppen sind kumulativ. Sie werden größer und größer. Anderseits sind sie oft kurzlebig und entstehen dann in anderen Konstellationen neu. Sie wissen, dass die Polizei hinter ihnen her ist.«

»Und diese jetzt unterscheidet sich also inwiefern?«

»In nicht weniger als dreierlei Hinsicht«, sagte Hellberg. »Erstens ist sie langlebig, zweitens unerhört gut verschlüsselt, und drittens – verschwinden Mitglieder.«

»Verschwinden?«

»Treten aus«, verdeutlichte Hellberg. »Sind nicht mehr dabei.«

»Und das ist ungewöhnlich?«

»Um nicht zu sagen, es bricht das Muster. Als ob sich unter den Pädophilen in aller Welt ein völlig neues Verhaltensmuster etabliert hätte.«

»In aller Welt?«, fragte Söderstedt. »Oder in Schweden? Oder Stockholm?«

»Es ist, wie gesagt, auf neuartige Weise verschlüsselt. Es gelingt uns nicht, eine Form nicht-virtueller Geografie zu erkennen.«

»Nicht-virtuell ist ein Wort, auf das man immer öfter trifft«, sagte Söderstedt und kratzte sich am Kopf.

»Ein großer Teil unserer Wirklichkeit ist bereits virtuell«, sagte Hellberg und zuckte die Schultern.

»Eigentlich ist das ja nicht so neu«, sagte Söderstedt und wechselte in einen Zustand über, den Norlander etwas besser an ihm kannte: den philosophischen. Oder vielleicht quasiphilosophischen …

Söderstedt fuhr fort: »Was wir als Wirklichkeit kennen, ist ja von jeher nur eine Oberfläche gewesen, ein Treffpunkt für all unsere individuellen Verhaltensweisen und Auffassungen von ihr. Die Wirklichkeit hat es schon immer woanders als da draußen gegeben. Der Unterschied besteht wohl darin, dass eine Schicht zwischen der inneren und der äußeren Welt entstanden ist. Heute haben wir Subjektivität, Objektivität und

Virtualität. In der virtuellen Welt sind wir eine Mischung von Innen und Außen. Eine Mischung, an die wir uns noch nicht recht gewöhnt haben.«

»Ja, ja«, sagte Ragnar Hellberg desinteressiert. »Wie auch immer, es verschwinden Pädophile.«

»Es wäre gut, wenn wir möglichst viel über dieses ungreifbare Pädophilennetz erfahren könnten«, sagte Norlander, da Söderstedt in glücklichere Jagdgründe abgewandert zu sein schien.

Hellberg zog wieder ein Gesicht vom Typ Ich-bin-wirklich-äußerst-widerwillig-aber-okay und sagte: »Ich kann euch eine extrem geheime Liste über alle beteiligten Nicks liefern, einschließlich der verschwundenen. Aber ich bezweifle sehr, dass ihr ein Muster entdeckt, das wir nicht schon gesehen haben. Darunter ist auch ein mutmaßlicher Chef, dessen Nick zwischen ›King of Darkness‹ und ›Kurtz of Darkness‹ zu wechseln scheint.«

»Kurtz?«, sagte Norlander und fühlte eine Assoziation wach werden.

Ragnar Hellberg nickte überlegen und sagte: »Natürlich *Herz der Finsternis* von Joseph Conrad. Der verrückte Kurtz, der sich in das primitive Herz der Finsternis begibt. Und Mallory, der ihm durch das brutale und vergewaltigte Afrika folgt.«

»Marlow«, korrigierte Söderstedt.

»Komische Inspirationsquelle«, sagte Norlander.

»Man sollte wohl eher an Marlon Brando in *Apocalypse Now* denken«, sagte Söderstedt und schien aus seinem virtuellen Zustand zurückzukehren. »Dann ist es verständlicher. Schwer kriegsversehrter Mann sammelt im Größenwahn einen Hof von Getreuen um sich. Er hat sich das Recht genommen, sich über alle konventionellen Moralvorschriften hinwegzusetzen, und ein Reich ganz nach seinen eigenen verdrehten Begierden errichtet. Aber er sehnt sich auch nach dem Tod als Erlösung.«

»So ungefähr haben wir auch gedacht«, sagte Hellberg düster. »Aber das bringt uns nicht viel weiter ...«

»Wie wäre es hiermit?«, sagte Söderstedt. »Eure verschwundenen Pädophilen durchbrechen kein Muster, sie sind nicht aus dem Kreis ausgetreten. Sie sind ermordet worden.«

Ragnar Hellberg fiel buchstäblich die Kinnlade herunter. »Das würde einiges erklären«, sagte er mit wiedergewonnener Selbstbeherrschung. »Wir haben tatsächlich das Bruchstück einer von Kurtz an alle verschickten Warnung aufgefangen, sie lautete ungefähr: ›Vorsicht wird empfohlen!‹ Jetzt wird es, glaube ich, höchste Zeit, dass ihr alles erzählt, was ihr wisst.«

Söderstedt seufzte und nahm Anlauf.

Wie sagt man ›nichts‹, sodass es imponierend klingt?

22

Das Klingeln hörte sich diesmal ganz anders an. Es war noch nicht lange her, dass sie hier gewesen war, und doch hatte sie das Gefühl, als wäre es in einer anderen geologischen Periode gewesen. Damals war Emily Flodberg nur der vage Schatten einer unglücklich verschwundenen Vierzehnjährigen gewesen. Jetzt war das Bild ein völlig anderes.

War das Klingeln beim letzten Mal wirklich so schrill gewesen?

Nach drei Versuchen wurde die Tür geöffnet, allerdings nur einen sehr schmalen Spalt weit und mit einer sichtbaren Sicherheitskette versehen. Die Augen, die durch den Spalt sahen, waren wässerig, ohne einen anderen Ausdruck als den der Irritation darüber, gestört zu werden.

»Ich weiß nicht, ob Sie sich an mich erinnern«, sagte Kerstin Holm.

»Doch, danke«, sagte Birgitta Flodberg, ohne die Andeutung einer Bewegung zu machen.

»Ich muss noch einmal mit Ihnen über Emily sprechen.«

»Haben Sie sie gefunden? Ist sie tot?«

Dieser seltsame Mangel an Gefühl …

»Es wäre besser, wenn wir drinnen darüber sprechen könnten«, sagte Kerstin Holm und zeigte etwas hilflos in die Wohnung.

Schließlich öffnete Birgitta Flodberg, ging zurück in das helle Wohnzimmer und setzte sich in die rote Sitzgruppe. Vor dem Fenster breitete sich Hammarby Sjöstad im matten Morgenlicht aus wie eine gewaltige Kulisse.

Wie klein und schutzlos sie aussah. Kerstin Holm seufzte im Stillen. Sie wusste, dass sie diese kleine Frau jetzt verletzen musste. Denn Birgitta Flodberg saß auf der Wahrheit,

und die Wahrheit musste ans Licht. Sie saß aller Wahrscheinlichkeit nach auf der Wahrheit, die erzählen konnte, wo ihre
Tochter sich befand. Die Frage war nur, ob sie es bewusst
oder unbewusst für sich behielt.

Kerstin Holm wusste selbst genug über Verdrängung und
die Macht des Unbewussten …

Der nächste Seufzer blieb nicht still. Als sie sich auf das absurd glänzende rote Ledersofa setzte, ließ sie ein sehr vernehmbares Seufzen hören und sagte: »Warum dachten Sie,
Emily wäre tot?«

»Dann erscheint die Polizei zum zweiten Mal«, sagte Birgitta Flodberg und zündete sich mit abwesender Miene eine
Zigarette an. »Um zu sagen, dass sie die Leiche gefunden haben.«

»Sie haben also schon viel Kontakt mit der Polizei gehabt?«

»Ich lese oft Krimis.«

»Für mich hört es sich so an, als handelte es sich um einen
etwas direkteren Kontakt, wenn Sie erlauben.«

»Wenn ich was erlaube?«

»Gute Antwort«, sagte Kerstin Holm. »Fangen wir von
vorn an. Warum nennen Sie sich Birgitta Flodberg?«

»Wieso?«

»Birgitta verstehe ich«, sagte Kerstin Holm mit aufgesetz-
ter Rücksichtslosigkeit. »Sie heißen ja tatsächlich Hanna Birgitta Ljungkvist. Aber woher kommt Flodberg? Sie waren
doch nie mit einem Flodberg verheiratet, also ist es ein ange-
nommener Nachname.«

Birgitta Flodberg sah völlig gleichgültig aus. Sie nahm einen tiefen Lungenzug und starrte in das blasse Sonnenlicht
des Sommermorgens hinaus. »Ich weiß nicht, wovon Sie reden«, sagte sie mit einer Müdigkeit, die nicht von dieser Welt
zu sein schien.

»Hanna Ljungkvist wohnte Ende der Achtzigerjahre in
Sollefteå. Mit fünfzehn Jahren wurde sie in der Nacht zum

dritten Juli neunzehnhundertneunundachtzig in der Nähe des Dorfes Saltbacken vergewaltigt, und mit sechzehn, am vierten April neunzehnhundertneunzig, brachte sie im Söderkrankenhaus in Stockholm die Tochter Emily zur Welt. Emily hieß in ihren vier ersten Lebensjahren tatsächlich Ljungkvist. Aber gleichzeitig mit der Entlassung von Sten Larsson aus dem Gefängnis in Härnösand verschwanden sowohl Hanna Ljungkvist als auch Emily. Hanna hatte Larsson als Täter identifiziert. Warum hatten Sie Angst vor ihm?«

Birgitta Flodberg saß schweigend da und zog an ihrer Zigarette. Ihr Blick verlor sich am blassblauen Himmel über Hammarby Sjöstad.

Kerstin Holm fuhr fort: »Die Entschädigung reichte dafür aus, dass Hanna, gerade sechzehn geworden und hochschwanger, sich eine Einzimmerwohnung in Skärmarbrink beschaffen konnte. Sie brachte ihre Tochter Emily zur Welt und begann in kriminellen Kreisen zu verkehren. Der Name Hanna Ljungkvist taucht zwischen neunzehnhundertneunzig und dreiundneunzig in einer Reihe von Ermittlungen in Fällen kleinkrimineller Delikte auf. Was waren das für Kreise, in denen Sie gelandet waren? Und wie gelang es Ihnen, trotz all Ihrer kriminellen Kontakte das Kind zu behalten?«

Birgitta Flodberg schwieg weiter.

Kerstin Holm tat, als verlöre sie die Geduld. »Nun kommen Sie schon, Birgitta«, rief sie. »Sie sind eben dreißig geworden und haben sich die größte Mühe gegeben, auszusehen wie mindestens vierzig. Niemand in Ihrer Generation heißt Birgitta, Sie sind Hanna. Wieso haben Sie den Namen gewechselt?«

Frau Flodberg schüttelte nur den Kopf, sehr leicht, es war kaum mehr als ein Zucken.

»Ich frage mich, ob Sie nicht längst wussten, dass Ihr Hintergrund uns helfen könnte, Emily zu finden. Ich frage mich, ob Sie überhaupt wollen, dass sie gefunden wird?«

Jetzt wandte Birgitta Flodberg sich tatsächlich in Kerstins Richtung. Ihr Blick war dunkel, beinahe zornig. Aber sie schwieg weiter.

Richtige Strategie, dachte Kerstin. Endlich. Sie beschloss, die Schrauben noch etwas fester anzuziehen: »Wessen verdammtes Kind war dies eigentlich? Das Kind eines Vergewaltigers, eines wahnsinnigen Pädophilen. Als Emily verschwand, wurde Ihnen plötzlich klar, wie Sie sie während ihrer ganzen Kindheit gehasst haben. Sie war das Zeichen Ihrer Schwäche, der Beweis dafür, dass Sie sich hatten vergewaltigen lassen. Sie war eine Verunreinigung, und es war Zeit, dass diese Verunreinigung verschwand.«

Herrgott, dachte Kerstin Holm. Was tue ich hier? Ich habe das Gleiche erlebt wie diese Frau, und ich war sogar erwachsen. Ich hatte mich so verdammt an diese Welt der Vergewaltigung gewöhnt, dass ich es für das Natürliche hielt. Und ich habe auch ein Kind bekommen. Aber ich habe es weggeworfen. Sie hat ihres behalten und es geschafft. Birgitta Flodberg ist stärker und besser als ich.

»Nein«, sagte Birgitta Flodberg neutral.

»Was?«, sagte Kerstin und merkte, dass sie sich in eigenen Gedanken verrannt hatte.

»Nein, Emily war keine Verunreinigung«, sagte Birgitta Flodberg ruhig. »Ich vermisse sie. Ich würde mein Leben dafür geben, sie zurückzubekommen. Auch wenn sie mich hasst.«

»Man kann eine zweite Chance bekommen«, sagte Kerstin mindestens ebenso sehr zu sich selbst wie zu Birgitta. Eine Atmosphäre von Frieden, von unerwartetem gegenseitigen Verständnis, breitete sich zwischen den Frauen aus.

»Warum haben Sie nichts davon erzählt?«, fragte Kerstin.

»Es geht nicht«, sagte Birgitta. »Es tut zu weh.«

»Was genau tut so weh?«

»Alles. Die Vergewaltigung, die Flucht, die Drogenunterkünfte.«

»Und dass Sie den falschen Täter identifiziert haben?«

Die Atmosphäre verflüchtigte sich.

»Ich weiß nicht, wovon Sie sprechen«, sagte Birgitta Flodberg scharf.

»Emilys und Sten Larssons DNA sind bei der Analyse. Und das Sperma von der Vergewaltigung. Es kann sich nur um Stunden handeln, bis wir erstens wissen, ob Emily Stens Tochter ist, und zweitens, ob Sten der Vergewaltiger war. Also vergeuden Sie jetzt keine Zeit mehr, Hanna.«

Birgitta Flodbergs jetzt sehr konzentrierter Blick wurde zusehends schmaler. Es sah aus, als überlegte sie.

Schließlich sagte sie: »Ich wollte es einfach hinter mich bringen. Elvira, also Elvira Blom, meine Freundin, zu der wir auf dem Weg nach Hause waren, als es passierte, war noch in Lebensgefahr, sie hatte einen solchen Schlag auf den Kopf bekommen, dass sie künstlich beatmet werden musste. Und ich selbst stand völlig unter Schock. Ich musste einfach weg. Die Polizei war sehr eifrig, sie fanden einen Verdächtigen, der außerdem pädophil war. Ich war bereit, ihn zu opfern, um meine Ruhe zu haben. Um den ganzen Scheiß loszuwerden und nach Stockholm abhauen und anonym werden zu können. In Ångermanland war ich ja doch nur die Göre, die sich in Discos herumtrieb und sich betrank und vielleicht nicht einmal vergewaltigt wurde, sondern es genossen hatte. Ich musste da weg, um jeden Preis.«

»Erzählen Sie von Anfang an«, sagte Kerstin Holm und wagte es, Birgitta Flodberg die Hand auf den Arm zu legen.

Sie guckte nur darauf und sagte: »Wir waren fünfzehn Jahre alt und gingen zum ersten Mal in die Disco. Elvira wohnte in Saltbacken, und ich wollte bei ihr übernachten. Wir tranken ein bisschen an dem Abend, nicht besonders viel, und als wir aus dem Bus stiegen, wollten wir eine Abkürzung durch den Wald nehmen. Mitten im tiefsten Wald, mitten in der Nacht, stürzt sich jemand auf uns. Ich sehe, dass er Elvira mit einem großen Stein auf den Kopf schlägt, dann wirft er sich auf mich und vergewaltigt mich. Als er fertig ist, vergewaltigt er sie auch noch, obwohl sie bewusstlos ist.«

»Wie sah er aus?«

»Ich habe nur sehr wenig von ihm gesehen,und das habe ich der Polizei geschildert. So fanden sie diesen Sten Larsson. Es passte nicht, er war viel zu schmal, aber ich ließ mich darauf ein. Ich identifizierte ihn bei einer Gegenüberstellung, weil die Polizei ihn eigentlich vorher schon als den Schuldigen präsentiert hatte. Dann bin ich nach Stockholm gezogen, und Ende Februar bin ich kurz zurückgekommen, wegen der Gerichtsverhandlung. Da war ich im siebten Monat.«

»Was fühlten Sie für das Kind in Ihrem Bauch? Warum beschlossen Sie, es zu behalten?«

»Ich weiß es nicht. Ich war wohl einfach so apathisch, dass ich den Zeitpunkt verpasst habe. Meine Eltern hatten sich von mir abgewendet, sie versuchten, so zu tun, als wäre es nicht passiert. Ich glaube, dass meine Mutter einmal sagte, sie finde, ich sei dick geworden …«

»Und als Emily geboren wurde?«

»Als Emily geboren wurde, habe ich sie sofort geliebt. Aber ich geriet draußen in Skärmarbrink in kriminelle Kreise und wurde ins Drogenmilieu hineingezogen, ohne selbst besonders viel gekifft zu haben. Und ein paar Jahre ging es mir ziemlich mies. Aber ich habe mich die ganze Zeit ordentlich um Emily gekümmert. Ich hatte eine Bekannte beim Sozialamt, die das gesehen hat. Sie war souverän, sie hatte erkannt, dass Emily mich am Leben hielt, und sie passte ein bisschen auf mich auf. Und dann hatte ich genug. Ich sagte mir, dass Sten Larsson vielleicht eine Riesenwut auf mich haben würde, wenn er aus dem Gefängnis kam, und außerdem passte es gut damit zusammen, dass ich mein Leben veränderte – ich wechselte den Namen. Flodberg habe ich mir ausgedacht, weil es so absurd war, Fluss und Berg, und Birgitta war mein zweiter Vorname. Vielleicht würde es helfen, dass Larsson mich nicht fand, wenn er wütend war.«

293

»Und der Täter?«

Birgitta Flodberg schüttelte den Kopf. »Ich weiß nichts von ihm. Vielleicht ist er noch immer da oben in Saltbacken.«

Kerstin nickte und unterdrückte eine Bemerkung. Stattdessen sagte sie: »Und wie hat Emily alles erfahren? Sie war diejenige, die dafür gesorgt hat, dass die Klassenfahrt nach Saltbacken unternommen wurde. Sie war allem Anschein nach dort, um den Mann zu treffen, den sie für ihren Vater hielt. Stattdessen ist sie verschwunden, und wir haben Sten Larsson ermordet aufgefunden.«

Birgitta Flodberg hob tatsächlich die Augenbrauen. »Ermordet?«

»Es kann durchaus sein, dass Emily ihm die Kehle durchgeschnitten hat«, sagte Kerstin, die wirklich eine drastische Reaktion brauchte.

Doch Birgitta Flodberg sagte nur: »Emily ist nicht besonders gewalttätig.«

»Wir haben Zeugen, die etwas anderes sagen. Außerdem interessierte sie sich stark für Messer im Internet.«

»Unsinn. Sie ist ein sensibles und etwas verletztes Mädchen. Und ich weiß wirklich nicht, wie sie das mit Saltbacken und Sten Larsson herausbekommen hat. Ich habe ihr nichts erzählt.«

»Hat sie nie nach ihrem Vater gefragt?«

»Sie ist mit einer Lüge aufgewachsen«, sagte Birgitta Flodberg, zündete sich eine neue Zigarette an und hielt den Blick auf die Tischplatte gesenkt. »Ich habe ihr erzählt, ihr Vater sei bei einem Autounfall ums Leben gekommen, als ich mit ihr schwanger war. Ich hatte sogar ein Foto von einem unbekannten Mann, das ich ihr gezeigt habe, als sie klein war. Und es gibt keine Großeltern mehr, die ihr etwas erzählen könnten.«

»Gibt es irgendetwas in Ihrer Wohnung, was es ihr ermöglicht haben kann, Sie als Hanna Ljungkvist zu identifizieren?«

Birgitta Flodberg zog die Stirn in Falten und dachte nach. Plötzlich nickte sie und sagte: »Wir sind vor einem Jahr hierhergezogen. Beim Umzug kann sie meine alten Schulbücher entdeckt haben, die noch auf dem Speicher liegen.«

»Und in denen der Name Hanna Ljungkvist steht?«

Birgitta Flodberg nickte wieder.

»Nicht nur das«, sagte sie. »Da steht wahrscheinlich sogar Hanna Ljungkvist, Nipanskolan, Sollefteå, Schweden, Erde, Universum …«

»Und es ist möglich, dass Emily diese Bücher zu Gesicht bekommen hat? Hat sie etwas gesagt?«

»Da hatten wir schon aufgehört, miteinander zu reden …«

»Sie sind also vor einem Jahr hier eingezogen?«

»Ja.«

»Sind diese Wohnungen nicht ziemlich teuer?«

Birgitta Flodbergs Blick schweifte wieder aus dem Fenster. »Doch«, sagte sie. »Es reicht gerade eben, dass man jeden Monat über die Runden kommt.«

»Wo haben Sie vorher gewohnt?«

»In einer Zweizimmer-Mietwohnung in Alby.«

»Schon ein Unterschied, nicht wahr?«, sagte Kerstin Holm und fühlte sich mies. »Ich war selbst vor einem Jahr hier und habe mir eine Wohnung angesehen. Ich rechnete damals aus, dass es bei mir nicht für die Kapitaleinlage und die laufenden monatlichen Kosten reichen würde.«

»Es kommt haargenau hin«, sagte Birgitta Flodberg mit ihrer dünnen Stimme und dem in die Ferne gerichteten Blick.

Kerstin Holm bohrte weiter:

»Ich würde fast sagen, sie sind *zu* teuer für eine Teilzeit arbeitende Telefonistin bei Telia.«

»Ich hatte noch einen Rest von der Entschädigung. Ich hatte Fondsanteile gekauft, die sich gut verzinst haben.«

»Da sagen Ihre Steuererklärungen aus den letzten zehn Jahren aber etwas anderes. Sie sagen, dass Sie nie irgendwelches Vermögen hatten. Trotzdem haben Sie offenbar andert-

halb Millionen in bar als Kaufpreis für die Wohnung hinge-
blättert. Denn einen Kredit haben Sie nicht aufgenommen.«

Birgitta Flodberg starrte mit ausdruckslosem Gesicht auf
den Himmel über Hammarby Sjöstad und sagte mit sehr
dünner Stimme: »Ich hatte etwas gespart…«

»Dann haben Sie das Gesparte unter die Matratze gelegt«,
sagte Kerstin Holm. »Aber Sie würden trotzdem nicht solche Summen zusammenbekommen haben. Woher kam das
Geld?«

»Ich hatte gespart…«

»Und ich glaube, dass das Geld, mit dem Sie diese Wohnung bezahlt haben, eine entscheidende Rolle bei der Frage
nach Emilys Schicksal spielt. Woher kam es?«

»Ich hatte gespart…«

»Sie scheinen sich sehr viel mehr Sorgen um Ihre finan-
zielle Situation zu machen als um Ihre Tochter.«

»Ich hatte gespart…«

»Und ich habe jetzt genug über Ihr Sparen gehört«, sagte
Kerstin Holm und stand auf. »Sie müssen mich leider zu einem ordnungsgemäßen Verhör ins Polizeipräsidium beglei-
ten.«

»Das habe ich auch schon einmal gehört«, sagte Birgitta
Flodberg mit sehr, sehr dünner Stimme.

296

23

Das Pflegeheim lag natürlich im Wald. Lena Lindberg hatte es geahnt, als sie in die ångermanländische Wildnis geschickt wurde, während Sara und Gunnar sich dem Wesentlichen widmeten. Da war eine Festplatte, mit der man sich beschäftigen musste, da waren DNAs, da war ein Carl-Olof Strandberg zu knacken, da war – ja, alles Mögliche. Aber natürlich, ausgerechnet sie wurde wieder auf Wanderung in den Wald geschickt.

Es war zwar Vormittag und hell, aber das Wort hell hatte in diesem Urwald keine rechte Bedeutung. Was zwischen den schnurgeraden Stämmen durchsickerte, war eher ein Dunkel, vielleicht mit einigen kleinen Einsprengseln von schimmerndem Licht.

Sie wanderte einen Pfad entlang, der ihr immer unsichtbarer vorkam. Es würde nicht lange dauern, bis sie sich wieder total verlaufen hätte.

Der Dampfdrucktopf kochte.

Aber dann öffnete sich eine Lichtung, und ein herrenhausähnliches Gebäude wurde sichtbar. Es war eine Idylle, zumal das Haus in das reine Licht des frühen Sommers gehüllt war. Lena Lindberg ging näher ran und gelangte zu einer Treppe, die zu einer Veranda hinaufführte, auf der ein Mann mit sehr breitem Gesicht saß und sabberte. Er war wie ein Hüter dieses Hauses der gebrochenen Idylle.

Denn das war die Lage im Inneren des Herrenhauses.

Immerhin gelang es Lena Lindberg, eine Krankenschwester zu finden, eine Frau vom eher robusten Butch-Typ, und sich in ein separates Zimmer führen zu lassen, wo eine Frau in den Dreißigern auf einem Bett saß und verwirrt aussah. Sie trug ein langes, weißes Nachthemd, war hellblond, und wenn die Speichelspuren in den Mundwinkeln nicht gewesen wären, hätte man sie für einen Engel halten können.

Aber sie war kein Engel. Sie war Elvira Blom, und sie war seit fünfzehn Jahren aufgrund einer Vergewaltigung in einem tiefen, dunklen Wald hirngeschädigt.

Verfluchte Begierde, dachte Lena Lindberg, zog einen Stuhl heran und setzte sich.

»Ich dachte, es wäre…«, sagte Elvira Blom, ehe Lena etwas sagen konnte. »Aber jetzt ist es…«

»Lena Lindberg«, sagte Lena Lindberg. »Ich bin von der Polizei. Wer, dachten Sie, ist es?«

»Gott«, sagte Elvira Blom und sah Lena mit wässrigen Augen an. »Der kleine Gott.«

»Der kleine Gott?«

»Obwohl er ziemlich groß ist«, sagte Elvira Blom und nickte langsam. »Dafür, dass er ein kleiner Gott ist.«

»Ich bin gekommen, um mit Ihnen über ein schreckliches Ereignis in der Vergangenheit zu sprechen, Elvira. Ich weiß nicht, ob Sie…«

»Die Ver-ge-walti-gung«, sagte Elvira Blom und sabberte.

»Äh, ja«, sagte Lena Lindberg etwas unsicher. »Erinnern Sie sich daran?«

»Nein, ich war be-wusst-los…«

»Erinnern Sie sich an irgendetwas? Sie und Hanna, Sie sind nach der Disco aus dem Bus gestiegen, wissen Sie noch? Und dann kannten Sie eine Abkürzung durch den Wald nach Hause.«

»Da war ich gesund«, nickte Elvira Blom. »Später war ich be-wusst-los. Und jetzt bin ich nicht so gesund. Aber manchmal bin ich froh. Wenn der kleine Gott kommt.«

»Das kann ich mir vorstellen«, sagte Lena Lindberg und verlor allmählich die Hoffnung. »Erinnern Sie sich, was geschah?«

»Er hat mich geschlagen«, sagte Elvira Blom mit großen Augen.

298

»Erinnern Sie sich daran?«

»Nein, aber er hat es erzählt. Aus meinem Kopf kam Blut.«

»Viel Blut, ja … Erinnern Sie sich gar nicht …? Warte, was haben Sie gesagt, Elvira?«

»Aus meinem Kopf kam Blut.«

»Nein, das nicht. *Wer* hat es erzählt?«

»Ich verstehe nicht, was du meinst, Frau Polizei. Ich bin nicht ganz gesund, verstehst du.«

Lena Lindberg schloss die Augen, und es gelang ihr, einen zusammenhängenden Gedanken zu fassen: »Wer hat Ihnen erzählt, dass der Mann im Wald Sie geschlagen hat?«

»Das haben viele erzählt«, sagte Elvira Blom und drückte ihren Zeigefinger immer fester auf das Augenlid. »Der Doktor hat es erzählt, als ich aufgewacht bin. Er war dick. Ich sagte, er soll eine Kur machen, und er hat gelacht und gesagt, genau das hätte er versprochen, wenn ich je wieder aufwache. Als ich ihn das nächste Mal sah, war er schlanker und trauriger.«

»Passen Sie auf Ihr Auge auf«, sagte Lena Lindberg und fasste Elviras Hand. Sie hielt sie fest, ganz vorsichtig, und fragte: »Der, der Sie geschlagen hat, hat der erzählt, dass er Sie geschlagen hat?«

Elvira sah Lena erstaunt an. »Aber das habe ich doch gesagt. Der kleine Gott.«

»Der kleine Gott?«

»Ich habe Frau Polizei doch von dem kleinen Gott erzählt. Der groß ist.«

»Und der manchmal kommt und Sie besucht?«, sagte Lena Lindberg mit Nachdruck.

»Ich bin froh, wenn der kleine Gott kommt«, sagte Elvira Blom und versuchte, ihren Arm an sich zu ziehen. »Er bringt Cola-Schlangen mit. Ich bin nicht froh, wenn Frau Polizei kommt. Sie fasst mich so fest am Arm.«

Lena Lindberg ließ Elviras Arm sofort los und merkte plötzlich, dass sie tatsächlich ziemlich fest zugepackt hatte, als ihr der Zusammenhang klar zu werden begann.

Denn jetzt begann etwas klar zu werden.

»Der Sie geschlagen hat, das war also der kleine Gott?«

»Er ist sehr lieb. Er weiß, dass ich Cola-Schlangen mag. Hat Frau Polizei Cola-Schlangen für Elvira?«

»Und er hat Sie im Wald geschlagen?«

»Er hat es selbst gesagt. Da hat er geweint. Das tut er manchmal, wenn er hier ist.«

»Wann ist er zuletzt hier gewesen?«

»Das ist ganz lange her.«

»Wie lange denn?«

»Sicher ... sicher ... vorgestern ...«

»Und er hat Sie also geschlagen.«

»Aber es war eine andere Hand, die geschlagen hat, sagt er. ›Ich habe jetzt eine andere Hand‹, sagt er.«

»Was hat er damit gemeint, Elvira?«

»Er sagt ...«

Elvira Blom lächelte breit und sah tatsächlich wie ein Engel aus. »Er sagt, dass er damals fünf Finger hatte.«

»Wieso fünf Finger?«, sagte Gunnar Nyberg.

Dann schwieg er fast eine Minute lang.

Eine Minute, die ihm Sara Svenhagen nur schwer verzeihen konnte. Er hätte wirklich den Lautsprecher des Handys einschalten können.

Stattdessen legte er ohne ein Wort auf.

»Na ...?«, sagte Sara und sah ihn an.

Sie saßen in dem verlassenen Ferienhof und fühlten sich selbst ein wenig verlassen. Der Lärm der Schulkinder war einem Schweigen gewichen, das beinahe noch mehr lärmte. Ein schwaches Pfeifen war jetzt deutlich zu hören, es war

Wind, der unablässig durch die Ecken und Winkel des alten Hauses strich.

Gunnar Nyberg schwieg wieder eine Weile. Dann sagte er: »Der Vergewaltiger hat fünf Finger.«

»Kein besonderes Kennzeichen«, sagte Sara Svenhagen finster.

»Der Vergewaltiger von 1989, also«, sagte Gunnar Nyberg. »Jetzt ist er kein Vergewaltiger mehr. Jetzt hat er vier Finger. An der linken Hand. Und außerdem ist er vorgestern hier gewesen. Er hat vormittags gegen elf Uhr Elvira Blom im Pflegeheim Stjälken bei Sollefteå besucht.«

»Warte«, sagte Sara und hielt die Hand in die Höhe. »Was sagst du da? Dass es *nicht* Sten Larsson war, der Emilys Mutter und ihre Freundin vergewaltigt hat?«

»Elvira Blom zufolge nicht.«

»Aber Elvira Blom ist doch, ja, plemplem …?«

»Lena hatte den Eindruck, dass sie es in diesem Fall nicht war.«

»Und das Personal?«

»Sie bestätigen, dass Elvira manchmal Besuch von einem Mann bekommt. Unter anderem haben sie gerade bestätigt, dass er, zwei Stunden bevor Emily in den Wald ging, im Pflegeheim gewesen ist. Lena ist gerade dabei, eine Personenbeschreibung zusammenzustellen. Danach nimmt sie Elvira Blom und eine Frau, die sie als Butch-Schwester bezeichnet, mit zur Polizeiwache von Sollefteå. Alf Bengtsson hat da einen Künstler aus dem Ort, der als Polizeizeichner agiert.«

»Und die provisorische Beschreibung?«

»Lena sagt, er erinnert an mich«, sagte Gunnar. »Aber mit vier Fingern an der linken Hand.«

»Also groß?«

»Und fleischig, Lena zufolge. Bin ich fleischig? Was zum Teufel heißt fleischig?«

»Ich verstehe, was sie meint …«

»Und nicht nur fleischig, sondern auch beefig. Fleischig,

beefig und ziemlich rot im Gesicht. Aber ich bin doch nicht rot im Gesicht?«

»Hin und wieder…«, sagte Sara vorsichtig, aber ihr Gedanke war anderswo unterwegs. Sie wusste nicht recht, wo, aber der Gedanke ging zum Wald. Dem ewigen Wald.

Gunnar sagte: »Als Lena ihren Ausweis zeigte, hat diese Butch-Schwester in ihrer Brieftasche ein Foto von mir gesehen und gesagt, dass es ziemlich ähnlich ist. Warum hat Lena ein Foto von mir in der Brieftasche?«

Sara Svenhagen antwortete nicht. Sie war nicht da. Sie war irgendwo zwischen den Baumwipfeln auf der Flucht und rannte durch das Waldstück zwischen Gammgården und dem Ångermanälv. Ihr Gedanke suchte etwas. Ein Glied. Ein fehlendes Glied. Ein materialisiertes Versäumnis.

»Hallo«, sagte Gunnar. »Halli-hallo.«

Es war seltsam, sich über dem Wald und doch in ihm zu befinden. Sara flog in Höhe der Baumwipfel, und von allen Seiten sickerte ein grünliches Licht herein. Wie eine Reihe von Lichtbrettern, die sich überlappten, massive Dinger aus grünem Licht, die sich kreuzten und ineinander übergingen, ein magisches Netzwerk materialisierten Lichts. Und plötzlich gab es schwarze Flecken in diesem Lichtnetzwerk, wie eine Reihe von Kommazeichen. Erst kamen sie in einer geraden Kolonne, die sich vergrößerte, dann lösten sie sich in einer eher chaotischen Ansammlung vermischter Trennzeichen auf.

»Mist, verfluchter«, sagte Sara und lehnte sich über den Tisch im verlassenen Speisesaal des alten Hofs. Sie zog den dicken Stapel automatisch aufgezeichneter Zeugenaussagen zu sich heran und begann, wild zu blättern.

»Was tust du?«, sagte Gunnar Nyberg, ohne eine Antwort zu erwarten.

Aber er bekam doch eine: »Versäumnisse«, sagte Sara mit seltsamer Stimme.

»Verdummnisse«, sagte Gunnar resigniert.

Dann riss Sara ein Blatt aus dem Stapel und las vor: »›Manchmal sah ich ein paar von den Jungs zwischen den Bäumen. Alle brüllten: ›Emily‹, so laut sie konnten mit ihren krächzenden Stimmbruchstimmen. Wer sie genau waren, weiß ich nicht, aber auf einer Lichtung sah ich einen von ihnen – den großen, diesen Wichtigtuer, ich glaube, Jesper heißt er –, wie er etwas in die Höhe hielt. Ich dachte, dass ich mich damit nicht befassen müsste, also ging ich schnell zur anderen Seite hinüber und stieß auf den Pfad. Da kam ich mir vor, als wäre ich allein auf der Welt. Als ich fast beim Fußballplatz war, flog ein Schwarm Krähen auf, wahrscheinlich Krähen, mit einem richtigen Knall, ungefähr zehn Meter vor mir. Sie haben mich zu Tode erschreckt. Mit rasendem Herzen trat ich auf den Fußballplatz hinaus und sah mich um.‹«

»Okay«, sagte Gunnar skeptisch. »Die Zeugenaussage von Lisa Lundén, oder? Die erste? Felicias Edelkaufhaus-Mutter?«

Sara nickte und wiederholte eine Passage mit starker Betonung: »Als ich fast beim Fußballplatz war, flog ein Schwarm Krähen auf, wahrscheinlich Krähen, mit einem richtigen Knall, ungefähr zehn Meter vor mir.«

»Okay«, wiederholte Gunnar genauso wie vorher.

»Warum fliegen diese Krähen auf?«

»Weil Mama Lisa sie zu Tode erschreckt hat. Hat sie bei mir auch getan.«

»Nein«, sagte Sara. »Sie ist zu weit weg. Das kann nicht stimmen. Diese Krähen fliegen sicher aus einem anderen Grund auf.«

»Du meinst …?«

»Weil noch jemand da ist.«

»Wer? Sten Larssons Mörder?«

Sara nickte, stand auf und sagte: »Wir müssen noch mal in den Wald.«

Und sie waren wieder draußen im Wald. Diesmal schlugen sie den Weg über den Fußballplatz ein. Sie blieben auf dem gemähten kleinen Platz stehen, ungefähr in der Mitte zwischen den beiden Toren, die keine Netze hatten. Sara Svenhagen warf einen Blick in die Zeugenaussage.

»Das ist hier ja ein richtiges Dschungelquiz«, sagte Gunnar Nyberg.

»Felicia und Vanja müssen von Süden gekommen sein«, sagte Sara und zeigte nach Süden. »›Am anderen Ende tauchte meine hübsche Felicia auf, zusammen mit dieser unerträglich unförmigen Vanja, die sie immer im Schlepptau haben muss. Sie tat, als sähe sie mich nicht. Der Pfad ging auf der anderen Seite des Fußballplatzes weiter, ich folgte ihm und kam kurz darauf an den Fluss.‹ Dort im Osten verläuft der Pfad, siehst du ihn? Mutter Lisa muss also genau von Westen gekommen sein. Und ein paar hundert Meter in genau dieser Richtung haben wir Sten Larssons vergrabenen Körper gefunden.«

Sie ging langsam an der westlichen Längsseite des Fußballplatzes entlang. Im dichten Wald tat sich eine natürliche Öffnung auf. »Hier ist sie hineingegangen«, sagte Sara und trat in den Wald.

Gunnar seufzte und folgte ihr.

Während sie durch den Wald stapften, sagte Sara: »Hier irgendwo muss sie die Krähen gesehen haben, die aufflogen. Zehn, zwanzig Meter entfernt. So weit kann man hier nicht sehen. Sie muss auf so etwas wie einer Lichtung gewesen sein.«

»Dahinten ist es etwas heller«, sagte Gunnar und zeigte nach Westen.

Er kämpfte sich durch das Unterholz und kam zu einer Stelle, die einer Lichtung ähnelte. Er blieb am südlichen Ende stehen und wartete auf Sara.

Sara blieb stehen und zeigte: »Hier muss Lisa durchgekommen sein. Also müssen die Krähen am anderen Ende der Lichtung, im Norden, aufgeflogen sein.«

Und sie ging dorthin.

Hinter einem besonders dicken Kiefernstamm fanden sich deutliche Vertiefungen in der Moosdecke. Fußspuren. Große Fußspuren.

Und am Baumstamm etwas, das aussah wie – Hautfetzen?

»Hat er hier gestanden und sich vorgebeugt?«, sagte Sara und zeigte auf den Stamm. »Haben wir so viel Glück?«

»Es sieht tatsächlich fast so aus«, stimmte Gunnar zu.

»Vielleicht sollten wir unsere DNA-Sammlung vergrößern«, sagte Sara und wählte eine Nummer auf ihrem Handy.

Während sie mit Kommissar Alf Bengtsson sprach, um die Kriminaltechniker kommen zu lassen, wanderte Gunnar Nyberg umher und dachte nach.

Als Sara Svenhagen das Gespräch beendete, hatte er genug nachgedacht. »Wir können die ganze Geschichte jetzt wohl rekonstruieren. Da die Krähen aufflogen, muss er sich bewegt haben. Wie spät war es da? Wir wissen, dass Lisa Lundén hier ankam, unmittelbar nachdem sie gesehen hatte, wie Jesper Gavlin Emilys Stofffetzen fand, oder? Da war es ungefähr zwanzig nach eins. Ist er da gekommen? Die Abdrücke deuten darauf hin, dass er ziemlich lange gestanden hat. Was geschieht? Emily ist bereits seit zwanzig Minuten im Wald. Jesper Gavlins Gruppe sieht Sten Larsson ungefähr fünf Minuten später in Gestalt eines Elchs. Da ist Sten noch am Leben. Emily müsste weit weg sein. Sten bewegt sich in die Richtung hierher, zu der Stelle hundert Meter weiter im Westen, wo er sterben wird. Der andere Mann steht hier und wartet. Alle drei bewegen sich also in einem Gelände, in dem sich eine Menge Menschen an einer Suchaktion beteiligen.«

»Man kann sich natürlich vorstellen, dass Emily sich im Wald versteckt hält und gar nicht weit weg ist«, sagte Sara und schob das Handy in ihre Jackentasche. »Aber das lässt sich immer noch sehr schwer rekonstruieren. Jedenfalls ist es immer wahrscheinlicher, dass dieser Mann Sten Larssons Mörder ist.«

»Und Emily Flodberg mitnimmt«, fügte Gunnar Nyberg hinzu.

»Es sieht fast so aus«, sagte Sara Svenhagen. »Aber wie sieht dann das Szenario insgesamt aus? Emily hat Kontakt mit Sten Larsson und hat ihm gesagt, er sei ihr Vater. Für Sten – der, wenn er wirklich an der Vergewaltigung 1989 unschuldig ist, keinen einzigen aktenkundigen Übergriff in seinem Register hat, sondern nur den Besitz von Kinderpornografie –, für Sten ist dies eine Offenbarung. Vielleicht ist es wie eine Einladung zu einem späten Debüt in real life. Es ist endlich Zeit für ihn, den Schritt aus der virtuellen Welt heraus in die wirkliche zu tun. Dieses Mädchen, das ihn Papa nennt, legt sich sozusagen für ihn zurecht. Es ist wie ein Geschenk von oben.«

»Oder vielleicht eher von unten«, sagte Gunnar grimmig.

»Aber woher kommt dann dieser andere Mann? Und was genau sagt uns, dass es derselbe Mann ist, der Elvira Blom im Pflegeheim besucht hat?«

»Große Füße«, sagte Gunnar. »Fleischig und beefig.«

»Viele Männer haben große Füße«, sagte Sara. »Aber woher kommt er? Woher weiß er, dass Sten und Emily sich treffen wollen? Und an welchem Ort? Und welche Absicht verfolgt er?«

»Und wer ist er?«, fragte Gunnar. »Wenn er ein regelmäßiger Besucher von Elvira Blom ist und ausdrücklich die Schuld für die Vergewaltigung 1989 auf sich genommen hat – dann ist er …«

Sara Svenhagen nickte und reckte sich. »Dann ist *er* der Vater von Emily …«

24

Es war Mittwoch, der sechzehnte Juni, halb zehn am Morgen, und das Wetter war prächtig. Paul Hjelm hatte sich seit Langem nicht so gut gefühlt. Er hatte besser geschlafen als seit Monaten, von einer lieblichen Frauenstimme in den Schlaf gewiegt, und als er von seinem Dienstwagen die Norrtullsgata hinaufging, spürte er einen inneren Frieden wie seit der Zeit mit Christina nicht mehr. Er fragte sich, was wohl aus ihr geworden war, seiner Liebe von vor zwei Jahren. Doch er fragte sich nur kurz. Denn jetzt hatte er das anspruchslose Gebäude unmittelbar neben dem Norrtull-Krankenhaus erreicht, in dem die Theta International Communications AB zu Hause war.

IT-Berater liebten griechische Buchstaben. Vielleicht weil die eigenen Buchstaben – I und T – den magischen Klang verloren hatten, der vor ein paar Jahren von ihnen ausgegangen war. Die Zeiten waren lange vorbei, da die Stockholmer City von IT-Beratern überfüllt war, die das Gold mit Händen scheffelten. Die Zeiten hatten sich geändert, und die wenigen IT-Berater, die übrig geblieben waren, hatten ihren Glamour kräftig heruntergeschraubt.

Einen Moment lang hatte Paul Hjelm das Gefühl, er hätte Bengt Åkesson mitnehmen sollen auf die Abenteuer des Vormittags – ehrlich gesagt, wusste er nicht einmal, wo der Beschuldigte sich befand –, doch dies hier wollte er allein erledigen. Er war einer Geschichte auf der Spur, die weit über Åkessons mediokren Kopf hinausging.

Das war die offizielle Version. Die inoffizielle war, dass er mit Christine Clöfwenhielm in ihrem großen Atelier am Tegnérlund allein sein wollte.

Theta International Communications AB besaß drei Etagen in der Norrtullsgata, und der stellvertretende Geschäftsführer befand sich, wie zu erwarten war, ganz oben. Nachdem Paul Hjelm in der unteren Etage in die Fänge einer rabiaten Empfangsdame geraten war, die darauf bestanden hatte, ihn Paul Hjälte zu nennen, nahm eine Sekretärin Hjelm mit einer Miene in Empfang, als wäre er ein Angehöriger des Königshauses. Es kam Hjelm sonderbar vor, war jedoch vermutlich eine geschäftlich überaus brauchbare Strategie. Er fühlte sich noch besser, als er ins Allerheiligste eintrat, das Zimmer des Geschäftsführenden Direktors.

Die Empfangsdame unten müsste allerdings bei nächster Gelegenheit ausgetauscht werden.

Olof Lindblad war ein liebenswürdiger Mann in den Fünfzigern, durchtrainiert, angemessen entspannt, nicht ohne eine gewisse Aura von Wohlhabenheit und Lebensart. Ein Mann, der die guten Dinge im Leben zu schätzen gelernt hatte. Hjelm empfand sofort Sympathie für ihn.

Er wurde Lindblad gegenübergesetzt, der Hjelms Visitenkarte ansah und nicht ohne Verwunderung sagte: »Abteilung für Interne Ermittlungen?«

»Ja«, sagte Paul Hjelm. »Im Augenblick geht es allerdings um etwas anderes.«

»Und das wäre …?«, sagte Lindblad entgegenkommend und legte die Visitenkarte vor sich auf den Schreibtisch.

Paul Hjelm fixierte ihn. Eine Reihe von Gedanken schoss ihm durch den Kopf. Er dachte – in ziemlich unstrukturierter Form – an das Europa des 18. Jahrhunderts, an Leopold Chamelle, an den Herrensitz des Herzog Gravemonte in Südfrankreich, an Rigmondo, an Andreas Clöfwenhielm und Fac ut vivas.

Er sagte: »Herr Lindblad, Sie geben auf der Mitarbeiterseite von Theta International Communications Mitgliedschaft in folgenden Organisationen an: Djurgården IF, Danderyds Golfclub, Rotary, Fac ut vivas und David Bowie Official Fan Club.«

»Geht es hier also um mich?«, sagte Lindblad mit einem überraschten Lächeln. »Was könnte ich verbrochen haben?«

»Nicht das Geringste«, sagte Hjelm und hatte das Gefühl, Lindblads Lächeln zu imitieren. »Aber ich interessiere mich für Ihre Mitgliedschaft in Fac ut vivas. Was ist das?«

»Ehrlich gesagt, habe ich keine Ahnung«, sagte Lindblad mit unverändertem Lächeln. »Diese Homepage wird ständig aktualisiert, und keiner scheint etwas richtig machen zu können. Was für ein IT-Unternehmen ein wenig peinlich ist.«

»Es stimmt also nicht?«

»Ich gehöre zu den Kapitalisten, die noch nie einen Golfschläger in der Hand gehalten haben, beispielsweise. Bei Rotary bin ich, weil dort manchmal gute Schriftsteller Lesungen halten. Und David Bowie habe ich seit Space Oddity nicht aus den Augen gelassen. Ein paar richtig, ein paar falsch.«

»Aber Sie haben schon einmal von Fac ut vivas gehört?«

»Ich fürchte, nein«, lächelte Lindblad. »Diese Homepage ist ein schrecklicher Mischmasch. Zum Glück sehen die Kunden dort nicht nach. Ich wünschte, ich könnte Ihnen helfen. Worum handelt es sich denn?«

»Ich interessiere mich für einen Orden mit Namen Fac ut vivas«, sagte Paul Hjelm und machte Anstalten aufzustehen.

Olof Lindblad kam ihm zuvor, stand auf und streckte die Hand aus. »Es gibt viele und alle möglichen Orden auf dieser Welt«, sagte er und schüttelte Hjelm die Hand. »Es handelt sich also um eine offizielle Ermittlung?«

»So offiziell ist sie noch nicht«, sagte Hjelm und schüttelte die Hand.

»Sie ermitteln also auf eigene Faust?«, lächelte Lindblad und ließ Hjelms Hand los.

»Vorläufig ja«, sagte Hjelm und ging.

Während er in der Norrtullsgata mit seinem Dienstvolvo eine ganz und gar vorschriftswidrige Kehrtwendung machte und am Odenplan herauskam, dachte er über Olof Lindblad nach. War etwas an ihm nicht echt gewesen? Gab es den geringsten Anlass, seinen Angaben über das allgemeine Chaos auf der Homepage zu misstrauen?

Als ihm tatsächlich der Gedanke kam, dass irgendetwas falsch geklungen hatte, musste er kurz vor dem Einbiegen nach links in die Dalagata wegen einiger Gymnasiasten von Vasa Real eine Vollbremsung machen. Der Gedanke verflüchtigte sich, und nach einem trotz allem ziemlich gutmütigen Faustschütteln in Richtung der verwirrten Siebzehnjährigen fuhr er die Dalagata zum Vasapark hinauf und dachte an die feine Trennungslinie zwischen Fiktion und Wirklichkeit.

Er wendete bei der Adolf-Fredriks-Musikschule und gelangte zum Tegnérlund. Er hüpfte förmlich aus dem Wagen wie ein aufspringender Ball, nachdem es ihm gelungen war, nicht nur einen perfekt gelegenen Parkplatz zu finden, sondern den Wagen auch präzise einzuparken, und begab sich zur angegebenen Adresse. Dort tippte er den Türcode ein und enterte die zwei Treppen mit geschmeidigen Schritten. Als er die Tür mit dem Namen Clöfwenhielm erreichte, fühlte er sich so lebendig wie lange nicht mehr. Nicht einmal ein zunehmend aufdringlicher Gedanke vermochte ihn zu stören, als er an der Tür klingelte.

Der Gedanke lautete: Warum wollte Olof Lindblad wissen, ob es sich um eine offizielle Ermittlung handelte?

Die Frau, die ihm öffnete, trug eine stark verschmierte Schürze, und ihre Hände waren aus Lehm. So sah es jedenfalls aus. Nicht ein Quadratmillimeter Haut war an den Händen zu sehen. Aber ansonsten war sie mit ihrem zerzausten blonden Haar eine ansprechende Erscheinung.

»Entschuldige«, sagte Christine Clöfwenhielm. »Ich wusste ja, dass du kommst, aber ich konnte nicht an mich halten. Ich habe gerade eine intensive Schaffensperiode. Komm mit in die Küche, ich wasche mir eben die Hände.«

Es störte Paul Hjelm nicht im Geringsten, dass er nicht zu Wort kam. Umstandslos folgte er dem Sog der Energie, die

Christine Clöfwenhielm auf dem Weg in die Küche nach sich zog.

Es war eine große, offene Landküche mit reichlich Arbeitsflächen. Hjelm setzte sich in die breite Fensternische und beobachtete ihr energisches Händereiben.

»So«, sagte sie schließlich, trocknete sich die Hände ab und lächelte ihn an. »Jetzt wollen wir mal sehen. Du möchtest also das Clöfwenhielm'sche Erbgut ansehen, war es das?«

»Willst du gar nicht wissen, warum?«, sagte Paul Hjelm und erwiderte ihr Lächeln.

»Du sagtest doch, es wäre geheim«, sagte sie mit ihrer auffallend schönen Stimme.

Doch Hjelm war verhext. Die Frage, ob er im Voraus beschlossen hatte, sich verhexen zu lassen, kam ihm zu keinem Zeitpunkt in den Sinn.

»Geheim und geheim«, sagte er. »Es ist eine seltsame Geschichte. Ich hoffe, in dem Erbgut auf eine kleine Spur zu stoßen. Es ist nicht ausgeschlossen, dass ich dir später mehr erzählen kann. Du scheinst auf jeden Fall einen sehr spannenden Vorfahr gehabt zu haben.«

»Andreas?«, sagte Christine Clöfwenhielm. »Ja, als du von ihm erzählt hast, habe ich einmal nachgesehen, was ich über ihn habe. Er scheint ein ziemlich langweiliges Beamtendasein im königlichen Münzwerk geführt zu haben. Nach einiger Zeit wechselte er in die neu eingerichtete Nummernlotterie, wo der Dichter Carl Michael Bellman später als Sekretär auftauchte. Das scheint das Spannendste in seinem Leben zu sein – dass er in seinen alten Tagen einige Jahre lang Bellmans Vorgesetzter war.«

»Da kann man mal sehen«, sagte Paul Hjelm. »Das wusste ich nicht. Bellman selbst war ja wohl auch mit diesem Ordenswesen verquickt. Was ist zum Beispiel der *Bacchi Orden*?«

»*Bacchi Orden* ist ein Werk, glaube ich«, sagte Christine Clöfwenhielm. »Eine Parodie auf das Ordenswesen. Aber er war Mitglied von Par Bricole, das wohl eher den harmloseren Erscheinungen im schwedischen Ordenswesen zuzurechnen ist. Ihr Ziel ist die Bewahrung des schwedischen Kulturerbes, Gesang, Musik, Theater und die Kunst der Rede. Nicht besonders geheimnisvoll.«

»Dann erlaube ich mir, noch einmal zu fragen, ob du von Fac ut vivas gehört hast? Andreas war der Gründer und viele Jahre Großmeister.«

»Und ich muss auch jetzt antworten, dass ich nicht die blasseste Ahnung habe. Wenn es so war, hat er sein wirkliches Leben hinter einer grauen Fassade verborgen. Was an und für sich in der Geschichte der Menschheit keine Seltenheit ist …«

»Das mag so sein«, sagte Paul Hjelm zögernd. »Und jetzt?«, sagte Christine Clöfwenhielm und schlug die Hände zusammen. »Ist es an der Zeit, das Allerheiligste zu betreten? Leider sind die Briefe auf dem Dachboden … zusammen mit dieser vermaledeiten Rüstung … Wir können auf dem Weg in mein Atelier schauen, falls es dich interessiert.«

»Sehr gern«, sagte Paul Hjelm. »Du bist Bildhauerin?«

»Ja«, sagte Christine und begann durch die Wohnung zu wandern. »Ich bin Bildhauerin. Ich mache Skulpturen. Den Rest muss man eben sehen.«

Sie waren bei einer lehmbefleckten Tür angekommen, die Christine Clöfwenhielm mit gespielter Ehrfurcht öffnete. Sie ging ganz, ganz langsam auf.

Paul Hjelm befand sich in einem Paralleluniversum. Die Skulpturen waren menschlich und auch wieder nicht. Es waren moderne, perfekt abgebildete Gegenwartsmenschen, aber gleichzeitig hatten sie etwas zutiefst Mystisches. Es lag etwas Tiefes und Ernstes über der festlichen Erotik, die Gestalt mit Gestalt, Charakter mit Charakter verband. Sie füllten einander aus, sie begehrten einander, sie vollendeten sich ineinander. Es war eine Kavalkade des Eros, eine Manifestation der menschlichsten aller menschlichen Urkräfte.

Und sie traf Paul Hjelm mit einer Kraft, die er der Kunst schon nicht mehr zugetraut hatte. Es war die eigentümlichste und selbstverständlichste Kunst, die er seit Langem gesehen hatte.

Er ging an den eigenartig verschlungenen Skulpturen vorbei. Er ließ die Hand über ihre wild begehrenden und zugleich friedlichen Körper gleiten. Er konnte nicht anders, als sie zu berühren.

»Ja«, sagte Christine Clöfwenhielm, »berühr sie. Es ist meine Hoffnung, dass man nicht anders kann, als sie zu berühren.«

Hjelm hielt inne. Er blickte zu den großen Skulpturen auf und sagte atemlos: »Fantastisch.«

»Danke«, sagte Christine und schien beinahe zu erröten.

Eine Weile standen sie im Atelier, und die immer dichter werdende Atmosphäre schien sich um sie zu schließen. Er sah sie an, er versuchte zu begreifen, wie dieser Mensch solche Kunst zu schaffen in der Lage war, und er glaubte tatsächlich, es zu verstehen. Er verstand in vollstem Ernst. Und es war fantastisch, schön, erschreckend, wunderbar, widerwärtig, und er glaubte plötzlich, dass alles Menschliche, vom Dunkelsten bis zum Hellsten, vom Schwersten bis zum Leichtesten, vom Tragischsten bis zum Allerlustigsten in dieser Stimmung, die sie umfing, aufgehoben war.

Er schüttelte den Kopf.

Und sie sah plötzlich traurig aus. Als wäre sie zu einer Einsicht gekommen. Sein Instinkt sagte ihm, zu ihr zu treten und sie zu umarmen, aber das ging ja nicht.

»Wollen wir weitergehen?«, sagte sie.

»Wohin denn?«

»Auf den Dachboden«, sagte Christine Clöfwenhielm lächelnd.

Paul Hjelm musste lachen. »Ja, natürlich.«

Sie gingen ins Treppenhaus und nahmen den Aufzug. Als sie dicht beieinander in dem kleinen Aufzug standen, hatte er die Vision, dass sie zwei ihrer Skulpturen waren, zwei dieser zusammenhängenden, aneinandergepressten Wesen, die sich ans Leben klammerten, indem sie sich aneinanderklammerten.

»Komm mir nicht zu nahe«, sagte sie.

»Warum nicht?«, erlaubte er sich zu sagen.

»Weil ich völlig verschmiert bin und du einen sehr feinen Anzug anhast. Armani?«

»Ja«, sagte er und hätte nichts lieber getan als seinen Armani verschmiert.

Der Aufzug hielt. Christine Clöfwenhielm öffnete ihn und ging zu einer massiven Stahltür, schloss sie auf und ließ ihn eintreten. Sie ging voraus zu einem unerwartet großen Speicherraum, der von der erwähnten Rüstung bewacht wurde. Sie sah ziemlich altersschwach aus.

»Die acht großen Kartons dort drüben enthalten die Briefe«, sagte Christine und zeigte in das dunkle Innere.

Er ging hinein und tastete sich im Dunkeln vor. »Diese hier?«, sagte er und strich mit den Fingern über etwas Kartonähnliches.

Seine Hände glitten weiter durchs Dunkel. Sie ertasteten einen neuen Karton. Er wandte sich zur Speichertür um.

Christine Clöfwenhielm war verschwunden.

Paul Hjelm ließ seine Hand noch ein Stück weitertasten, in die dunkelste Ecke. Ein weiterer Karton löste den vorigen ab. Er tat noch ein paar Schritte ins Dunkel.

Doch was auf den dritten Karton folgte, war kein Karton.

Auf einmal wurde es unglaublich kalt in Paul Hjelms erhitzter Welt.

Es war eine Hand, eine warme menschliche Hand.

Und aus dem Dunkel kamen ihm Olof Lindblads Worte entgegen: ›Sie ermitteln also auf eigene Faust?‹«

Aber die Hand, die sich jetzt erhob, war nicht die Olof Lindblads.

Es war eine Hand mit vier Fingern.

Und es war alles zu spät.

25

Das Erste, was Steffe für das Geld kaufte, war ein Computer. Er fand nicht einmal die Zeit, die Tatsache zu verfluchen, dass er seinen alten gewohnten Rechner zu Hause gelassen hatte. Es kam ihm ganz natürlich vor.

Das hätte nicht so sein dürfen. Es hätte jetzt vorbei sein sollen. Er hatte das Geld bekommen – mehr als er je in seinem ganzen Leben gesehen hatte – und hätte im Triumph nach Hause zu Marja zurückkehren sollen. Jetzt hätte er mit dem Geld vor den verblüfften Gesichtern der Liebhaber herumwedeln sollen. Warum tat er es nicht?

Er saß in dem muffigen Hotelzimmer in dem muffigen Vorort, und während er versuchte, den Internetanschluss des neu gekauften Laptops in Gang zu bringen, stellte er sich diese Frage.

Warum war er nicht nach Hause zu Marja zurückgekehrt?

Hatte es mit dem zu tun, was die Frau gesagt hatte? Dass er an einer Grenze balancierte? Nein, nicht an einer Grenze. Was hatte sie gesagt? Wenn er sich richtig anstrengte, konnte er sich jedes Wort, das aus ihrem Mund gekommen war, in Erinnerung rufen. Rand war das Wort. »Sie balancieren am Rand.«

Und dann kam der Rest wie von selbst: »Wir können diese Lebenskraft in uns wiederfinden. Manchmal tun wir es sehr deutlich, wenn wir uns verlieben, wenn wir Kinder bekommen, aber meistens ist sie wirr und gefesselt und schwer zu erkennen. Gelingt es uns aber, die Kraft wiederzufinden und in reiner Form zu kultivieren – wir können sie die sexuelle Energie nennen –, dann können wir sie genau betrachten und entscheiden, ob sie positiv oder negativ ist. Strebt sie zum Leben oder zum Tod? Das ist der Rand, an

315

dem Sie balancieren, Stefan Willner, und deshalb interessieren Sie uns.«

Sie *interessierten* sich für ihn. Für *ihn*, den kleinen Stefan Willner. Das war so merkwürdig, dass er hören musste, was sie eigentlich wollten.

Aber war das wirklich der Grund dafür, dass er, anstatt zu Marja nach Hause zu fahren, einen Computer gekauft hatte und in das muffige Hotelzimmer in dem muffigen Vorort zurückgekehrt war?

Waren nicht eher die Bilder der Grund?

Er rief das Bildbearbeitungsprogramm des Computers auf. Da lagen die Bilder. Die alberne Kamera in seinem Handy war um Klassen besser, als er zu hoffen gewagt hatte.

Da waren sie alle, deutlich zu erkennen. Das aufgeschwollene, brutale rote Gesicht des Leibwächters. Das schmale graue Rattengesicht des Buchhalters. Und da waren die schönen Gesichtszüge der blonden Frau. Drei Bilder, die nicht mehr nur eine Lebensversicherung, sondern ein Versprechen waren. Das Versprechen einer noch reicheren Zukunft. Steffe war auf den Geschmack gekommen. Geschmack an Geld – aber nicht nur daran. Auch an Spannung.

Und dann das vierte Bild. Er holte es auf den Bildschirm.

Die Buchstaben und Ziffern waren wirklich zu lesen. Er hatte das gesamte erste Blatt des ersten Ordners auf das Foto bekommen. Und alle Ziffern und Buchstaben waren da, wo sie hingehörten.

Was waren das für enorme Mengen von Papieren in diesen Ordnern im Büro des Buchhalters im Lagerraum in Nacka? Dieses hier musste das letzte Blatt sein, das Blatt, das zuletzt abgeheftet worden war.

Er versuchte, die Buchstaben und Ziffern zu verstehen. Sie waren ihm auf seltsame Art undurchdringlich erschienen. So lange, bis ihm einfiel, dass all die Schrägstriche, die die Ziffern und Buchstaben voneinander trennten, ins Internet gehören könnten. Von www und http und diesen ganz normalen Formen war allerdings nicht viel zu sehen, hier schien es sich um sehr viel kompliziertere Adressen zu handeln.

Aber Internetadressen waren es doch?

Schließlich lief der Internetanschluss des Laptops. Er war im Netz. Und unter den Ziffern und Buchstaben auf dem Blatt Papier gab es eine Zeile, die mit Bleistift eingekreist war. Ein harmloser Kreis nur, ziemlich dünn, um eine der Adressen herum.

Er tippte sie in den Computer ein.

Und starrte in das Herz der Finsternis.

Was ihm begegnete, war ein Höllenbild.

Ein Kind, dessen Blick während der Vergewaltigung bricht. Steffe konnte nicht hinsehen. Es tat in seinem ganzen Wesen weh. Mein Gott, wie schrecklich. Etwas in ihm revoltierte, traf ihn in seinem allerschwärzesten Kern.

Er sah Marja im Kreis der Liebhaber. Und sie nahmen sie so hart, so brutal, so wild, und es tat so weh. Dieses Entsetzen, dieser schlimmste Schrecken seines Lebens war auch die intensivste Fantasie seines Lebens. Sie sprengte sein trauriges Elektrikerdasein, und er wollte, dass sie Wirklichkeit würde. Er musste das Dasein zerreißen, damit sie lebendig wurde.

Jetzt kannte er den eigentlichen Grund, weshalb er wieder in dem muffigen Hotelzimmer in dem muffigen Vorort saß.

Der Grund war, dass er am Rand balancierte.

Strebte seine Lebenskraft zum Leben oder zum Tod?

»Das ist der Rand, an dem Sie balancieren, Stefan Willner, und deshalb interessieren Sie uns.«

Sie wollten ihn retten, wer immer sie waren. Sie wollten ihn vor seinem Todestrieb retten und ihn zu einem treuen Untertan machen. Aber wem untertan?

Er ließ den Blick über die widerwärtige Homepage gleiten. Es gab eine ganze Menge Bilder, und die meisten waren ähnlich, hatten dieses Motiv des Übergangs ins Todesreich. Vom Leben zum Tod, von positiver Lebenskraft zu negativem Todestrieb.

Am Ende stand ein kleiner Text: »Die Normalität setzt voraus, dass die Sexualität ein bestimmtes Aussehen hat, ein kontrolliertes Aussehen. Aber die Sexualität ist grenzensprengend, sie erweitert unsere Sinne in alle Richtungen. Wir können Dinge tun und erleben, die wir nicht für möglich gehalten haben. Wir sind unglaublich viel größer, als die Normalität behauptet. Wir können uns für zwei Wege in unserem Leben entscheiden: 1. Die Sexualität auf eine Handlung unter anderen reduzieren, auf etwas, was ab und zu einfach getan werden muss, und sie in banale Rahmen zwingen, bei ausgeschaltetem Licht, unter der Decke. Zusehen, dass sich der Mensch selbst begrenzt. Und stirbt, ohne an der großen, mächtigen, universalen Kraft teilgehabt zu haben, die sich Sexualität nennt. 2. Die imposante Kraft des Dunkels bejahen und alle Begrenzungen überschreiten, alle Rahmen sprengen, die von unglaublich viel minderwertigeren Menschen errichtet worden sind, als du selbst es bist. Akzeptieren, dass die Moral die Angst des Schwachen vor dem Starken ist.«

Unterschrift: »Kurtz of Darkness«.

Steffe starrte den Text an. Er beinhaltete Dinge, die er selbst nicht mal zu denken gewagt hatte, aber er traf ihn mitten in die Magengrube.

In diesem Augenblick klingelte das Handy.

Das andere, das Handy in dem zerrissenen Stoffbeutel.

Er antwortete: »Ja.«

Eine Frauenstimme, die er eindeutig wiedererkannte, sagte: »Haben Sie nachgedacht, Stefan Willner?«

»Ich weiß nicht, worüber ich nachdenken soll«, sagte Steffe.

»Das wissen Sie sehr gut«, sagte die Frauenstimme.

»Ich weiß nicht, was Sie wollen.«

»Doch, das wissen Sie. Sie sind ein eifersüchtiger Mann, Stefan Willner. Sie glauben, Sie wollen nichts anderes, als die Dinge mit Marja geraderücken. Aber Sie sind nicht sicher, ob es wirklich das ist, was Sie wollen. Vielleicht wollen Sie etwas ganz anderes.«

»Und was sollte das sein?«

»Töten«, sagte die Frau. »Sie balancieren am Rand. Die Sexualität ist eine positive Kraft, eine Urkraft, aber sie ist leicht als negative, als destruktive Kraft misszuverstehen. Vor allem für Männer. Wenn Sie zu uns kommen, werden Sie die positive Kraft in Aktion erleben. Sie ist sehr viel größer und vielfältiger als das Schwarze, von dem Sie gelockt werden.«

»Welches Schwarze?«, sagte Steffe und sah auf den Bildschirm.

»Auch das wissen Sie sehr gut«, sagte die Frau. »Das Schwarze, das Sie hinabzieht in den Untergang und viele mitreißen wird in den Abgrund. Es gibt keinen Weg heraus aus dem Schwarzen. Außer dem Weg des Lichts. Und die Urkraft des Lichts ist nicht unschuldig und harmlos. Sie ist noch mächtiger, noch großartiger als das Schauspiel, mit dem die Finsternis locken und prahlen kann. Sie wird die Finsternis immer besiegen.«

»Was tut ihr?«, sagte Steffe. »Glaubt ihr, es geht um einen mittelalterlichen Kampf zwischen Gut und Böse, Schwarz und Weiß, Gott und Teufel? Seid ihr George W. Bush?«

Die Frau lachte ein wenig. »Nein, der sind wir nicht. Aber den uralten Kampf gibt es nach wie vor in neuen Formen. Er ist keine Erfindung, und es ist kein Zufall, dass er die Mythen der Völker immer bestimmt hat. Es gibt eine positive und eine negative Kraft, und beide liegen unaufhörlich im Kampf miteinander. Aber heutzutage ist dieser Kampf doch recht unbedeutend. Die Lebenskraft ist heutzutage grundsätzlich beiseitegedrängt. Wir können keinen Kampf gegen die Neutralen, gegen die große Majorität führen, die die Kraft der Kraft nicht anerkennt, aber wir können den Kampf gegen die Negativen führen, die an die Kraft der Kraft glauben, so wie wir – aber mit umgekehrtem Vorzeichen. So gesehen, geht es wieder um die Finsternis gegen das Licht. Und wenn man, wie Sie, Stefan Willner, an die Kraft der Kraft glaubt – dass sie unser Leben bestimmt –, muss man sich für eine Seite entscheiden. Die meisten Menschen müssen das nicht – sie haben die Kraft versiegen lassen –, aber Menschen wie Sie, die ihr Herz auf den Händen tragen, müssen sich für eine Seite entscheiden. Glauben Sie nicht, dass der Handlungsspielraum auf der Seite der Finsternis größer ist. Er ist es nur auf den ersten Blick.«

Während die Frau sprach, betrachtete Steffe den Bildschirm und das Handy, das Handy und den Bildschirm. Er dachte an den Begriff ›am Rand‹ und dachte buchstäblich daran. Er dachte an unterschiedliche Lockungen, unterschiedliche Arten von Begehren.

Gesetzt, es gibt nur eine einzige Kraft. Und gesetzt, es gibt nur zwei verschiedene Arten, sich zu dieser Kraft zu verhalten.

Wie leicht das wäre.

»Was schlagen Sie vor?«, fragte Steffe, so cool er konnte.

»Sie sind zu einer unserer Veranstaltungen eingeladen«, sagte die Frau. »Damit es Ihnen leichter fällt, sich zu entscheiden …«

»Hören Sie. Ich wollte Ihnen nur ein altes Skelett für ein bisschen Geld verkaufen. Wie kommen Sie auf die Idee, dass ich – wie haben Sie gesagt? – ein Mensch bin, der ›sein Herz auf den Händen trägt‹?«

»Sie haben es nicht des Geldes wegen getan.«

»Doch, doch. Was ist das für eine ›Veranstaltung‹?«

»Es ist eine Art Ritual …«

»Bei dem also das Skelett eine Rolle spielt?«

»Das Skelett? Ach, Sie meinen Rigmondo?«

»Rigmondo?«

»Ja, das Skelett, wie Sie es nennen, spielt eine gewisse Rolle. Aber nur symbolisch. Wir kehren zu unseren Wurzeln zurück. Er hat einen großen Symbolwert, der Gute.«

»Sagen wir, dass ich kommen will, wie soll das dann gehen?«

»Wir nehmen kurz vorher mit Ihnen Kontakt über dieses Handy auf und beschreiben Ihnen den Weg.«

»Können Sie nicht mehr sagen? Was wird geschehen? Wie muss ich angezogen sein?«

Die Frau lachte. »Ich garantiere Ihnen, Stefan Willner, das ist ein sehr nebensächliches Problem.«

»Okay«, sagte Steffe, »ich bin bereit.«

»Gut«, sagte die Frau. »Wir lassen von uns hören.«

Dann war sie weg.

Steffe vermisste ihre warme Stimme sofort. Er wandte den Blick zur unheimlichen Homepage des Kurtz of Darkness.

Er würde nie sagen können, was er in den nächsten Minuten durchlebte. Er würde nie, am wenigsten sich selbst gegenüber, die Frage beantworten können, wie er zu seinem Entschluss kam.

Aber er kam zu seinem Entschluss.

Der Deckname ›Kurtz of Darkness‹ leuchtete in einem anderen Licht als der Rest des Textes auf der Homepage. Er klickte ihn an und erhielt eine E-Mail-Adresse.

Er wechselte in sein eigenes E-Mail-Programm und schrieb langsam: »Ich weiß, dass ihr gejagt werdet. Ich weiß, wer euch jagt. Ich habe Bilder von ihnen. Ich weiß, wie ihr sie finden könnt. Was ist es wert?«

Es dauerte noch einmal fünf Minuten, bis er die Mail abschickte. Er wusste nicht recht, was er fühlte, als er sie abschickte.

Steffe hatte eine Grenze überschritten.

Aber er wusste nicht recht, welche.

26

Es waren nicht viele Leute auf dem Flur der A-Gruppe, wie Kerstin Holm feststellte, als sie aus der Tür ihres Zimmers schaute.

Sie vermisste die Kampfleitzentrale, den kleinen Sitzungsraum der A-Gruppe, in dem sie sich zu sammeln pflegten, um alle Aspekte eines Falles gründlich zu drehen und zu wenden.

Es war schon nach zwölf, und sie hatte seit gestern nichts von Bengt Åkesson gehört, kurz bevor er bei Paul Hjelm eingetreten war, um hingerichtet zu werden. Sie hatte keine Ahnung, was danach geschehen war. Und irgendwie wollte sie nicht zuerst anrufen. Sie zwang sich dazu, die Sache ruhen zu lassen. Falls er sie brauchte, würde er sich schon melden. Der Gedanke, *sie* könnte *ihn* brauchen, stand überhaupt nicht zur Debatte.

Sie ging zurück in ihr Zimmer und las die E-Mail von Sara noch einmal. Es war schwer zu schlucken.

Ihr blieb nichts anderes übrig, als noch einmal darüber nachzudenken, wie sie sich mit dem Inhalt der Mail Birgitta Flodberg nähern sollte.

Denn jetzt war es vollkommen klar. Birgitta Flodberg alias Hanna Ljungkvist saß auf der Lösung des Rätsels. Aber sie wollte nicht reden.

Kerstin Holm ließ sie noch ein paar Minuten in dem einsamen Vernehmungszimmer sitzen, in dem sie sie vor zwei Stunden allein gelassen hatte. Aber jetzt war es an der Zeit. Sie musste nur den richtigen Ansatzpunkt finden. Saras Mail hatte einige Voraussetzungen verändert.

Schließlich stand sie auf und ging in den leeren Korridor hinaus. Auf dem Weg zum Flodberg'schen Vernehmungszimmer hatte sie zwei Kontrollpunkte zu passieren.

Der erste war Raum 302, in dem Arto Söderstedt und Viggo Norlander seit urdenklichen Zeiten hockten. Sie trat ein, ohne anzuklopfen. Hauptsächlich um zu kontrollieren, dass das Trennen von türkisen und hellblauen Büroklammern nicht zur Ganztagsbeschäftigung wurde.

Sie saßen über einen Bildschirm gebeugt und betrachteten die widerwärtigste Kinderpornografie, die Kerstin Holm je untergekommen war. Es drehte ihr den Magen um.

»Pfui Teufel!«, stieß sie aus, ohne sich beherrschen zu können.

»Ja«, sagte Viggo Norlander. »Arto und ich haben gerade gesagt, dass wir zusammen sieben Kinder haben. Sieben Kinder, die allesamt zu Opfern von Kurtz of fucking Darkness und seiner verfluchten Gemeinde werden könnten. Und Ragnar Hellberg sind ebenso wie uns die Hände gebunden. In Schweden treibt der vielleicht schlimmste Pädophilenring aller Zeiten sein Unwesen, und wir können nur zusehen.«

»Und so sieht das aus«, sagte Arto Söderstedt mit einer Handbewegung zum Bildschirm. »Wir leben wirklich in einer wunderbaren Welt.«

»Dies hier ist eine seiner zehn Homepages«, sagte Norlander, »und er ist, wie gesagt, nur einer in dem Ring. Zwar das Zentrum, aber trotz allem einer von mehreren hundert schwedischen Männern, die jeden Tag den Schmerz von Kindern genießen, sich an ihnen vergreifen und Fotos davon machen, sodass der Missbrauch im Internet immer und immer wieder stattfindet. Ich fühle nicht oft das Bedürfnis zu töten.«

»Und mit dem Gefühl bist du nicht allein«, sagte Söderstedt, klickte voller Ekel das Bild weg und wandte sich zu Kerstin Holm um. »Es ist jetzt ziemlich klar, dass dieser Pädophilenring einem Frontalangriff ausgesetzt ist. Woher der kommt, wissen wir nicht, aber sie schlagen hart zu. Sie gehen so rücksichtslos wie möglich zu Werke. Sie schneiden

den Pädophilen mit Klaviersaiten den Hals durch und stellen sie so zur Schau, dass ganz Stockholm auf die beiden Schnittflächen des durchtrennten Halses starren kann.«

»Das ist er also«, nickte Kerstin Holm und spürte, dass sie blass wurde. »Es ist nicht zu fassen.«

»Jetzt solltest du dich ein bisschen klarer ausdrücken«, sagte Arto Söderstedt und streckte seinen krummen Rücken.

»Das ist Emily Flodbergs Vater«, sagte Kerstin. »Er ist der Mann, der Pädophile ermordet.«

»Aber er ist doch tot«, sagte Viggo Norlander. »Sten Larsson. Den Gunnar ausgegraben hat.«

»Gunnar hat es ja wohl nicht allein gemacht«, sagte Kerstin. »Aber er war nicht Emilys Vater.«

»Gunnar?«

»Nein, Gunnar Nyberg ist nicht Emilys Vater. Das ist richtig. Aber er ist ihm offenbar ziemlich ähnlich. Komischerweise.«

»Wartet mal«, sagte Arto Söderstedt und hob beide Hände. »Jetzt komme ich nicht mehr mit. Sten Larsson ist *nicht* Emilys Vater?«

»Nein, Birgitta Flodberg hat gelogen, als sie ihn im Sommer neunundachtzig identifizierte. Um das Ganze schnell hinter sich zu bringen.«

»Und es gibt einen anderen Kandidaten? Der jetzt andere Pädophile abmurkst? Denn ein Mann, der zwei Fünfzehnjährige vergewaltigt, muss wohl als Pädophiler bezeichnet werden. Bringt er sich selbst um? Seine eigene Vergangenheit? Ist das die übermenschliche Kraft, die wir sehen?«

»Ich glaube, das ist die beste Analyse, Arto«, sagte Kerstin. »Keine Verachtung ist so stark wie die Selbstverachtung und kein Hass so stark wie der Selbsthass.«

»Woher wissen wir, dass es dieselbe Person ist?«

»Das wissen wir nicht genau. Aber das zweite Opfer, die hirngeschädigte Elvira Blom in einem Pflegeheim in der

Nähe von Sollefteå, erhält dann und wann Besuch von einem Mann, der gesagt hat, er sei der Schuldige. Und er war da, als Emily verschwand und Sten Larsson ermordet wurde. Vieles deutet darauf hin, dass er zum fraglichen Zeitpunkt im Wald war.«

»Aber von da ist ja noch ein weiter Weg bis zum Serienmörder von Pädophilen in Stockholm.«

»Nicht bei der Sichtweise, die du gerade angedeutet hast, Arto. Er ist auf einer Büßerreise. Er hat sich aus den Trümmern seiner selbst erhoben und will für seine Vergangenheit Wiedergutmachung leisten. Außerdem hat er sich anscheinend einen Finger abgeschnitten, vielleicht als Erinnerung an die Sünden der Vergangenheit.«

Arto Söderstedt blinzelte und starrte Kerstin Holm an. »Einen Finger abgeschnitten?«, sagte er skeptisch.

»So hat es sich offenbar bei Elvira Blom angehört.«

»So weit stimmt es«, sagte Söderstedt. »Das ist die Stärke der Gefühle, die wir auch in den Schnittflächen des durchtrennten Halses sehen.«

»Aber«, sagte Viggo Norlander, »um sich zum richtigen Zeitpunkt am richtigen Ort zu befinden, muss er Kenntnis von Sten Larssons und Emily Flodbergs Verabredung gehabt haben. Woher hat er die Kenntnis? Ist er zusätzlich auch Computerfreak?«

Kerstin Holm und Arto Söderstedt starrten sich an, dann richteten sich beider Blicke auf Viggo Norlander. Die Situation war ihnen nicht unbekannt.

»Habt ihr euch noch immer nicht an den Minimalismus gewöhnt?«, sagte Norlander mit einem kleinen Lächeln.

Söderstedt hielt einen schulmeisterlichen Zeigefinger in die Höhe und sagte: »Wenn er an die zehn Pädophile ermordet hat, dann muss er beinahe ein Computerfreak sein. Wie kommt man diesen Meistern der Verkleidung anders auf die Spur? Er muss in diesen Pädophilenring eingebrochen sein. Er ist beides, Muskeln und Gehirn.«

»Wenn es nicht eine Organisation ist«, sagte Norlander.

»Er ist die Muskelkraft der Organisation«, nickte Kerstin Holm. »Das ist logischer. Die Organisation hat Computergenies, die suchen.«

»Aber ist eine solche Organisation wirklich logisch?«, fragte Söderstedt. »Wo gibt es so etwas? Eine Bürgerwehr im Internet?«

»Das herauszufinden«, sagte Kerstin Holm und konterte Söderstedts Zeigefinger, »ist eure nächste Aufgabe, meine Herren!«

»Und was tust du?«, fragte Söderstedt.

»Ich rede mit Computergenies«, sagte Kerstin Holm und verließ die Herren mit den neuen Aufgaben.

Sie ging ein paar Schritte weiter zu Zimmer 304. Da sah es aus, als hätten die Herren ihr Zimmer seit mehreren Tagen nicht verlassen. Es roch auch so. Jorge Chavez und Jon Anderson begannen langsam, aber sicher, ihrem neuen Zimmergenossen Axel Löfström zu gleichen.

»Lagebericht«, sagte sie trocken.

Jon Anderson blickte auf wie aus einer anderen Welt und sagte mit einem jenseitigen Lächeln: »Wir haben endlich Emilys Hotmail-Adresse gefunden. Und ich bin gerade fertig mit einem E-Mail-Wechsel zwischen ihr und einem älteren Herrn, bei dem es sich mit Sicherheit um Sten Larsson handelt.«

»Hat er sie gefunden oder sie ihn?«

»Letzteres«, sagte Jon Anderson und nickte. »Die erste E-Mail schreibt sie direkt an seine offizielle Telia-Adresse, die unter der Rubrik Tischler sogar im Telefonbuch steht. Danach benutzen sie beide Hotmail-Adressen. Sie hat ihn vermutlich ganz einfach in den Gelben Seiten gefunden.«

»Was schreibt sie?«

»Ich kann die erste Mail vorlesen. Sie ist kurz und bündig: ›Hej, Sten Larsson. Ich glaube, ich bin deine Tochter. Ich bin

326

geboren, neun Monate nachdem du meine Mutter vergewaltigt hast, die damals Hanna hieß. Melde dich. E.‹«

»Es hatte also nichts mit ihren Nacktfotos im Internet zu tun?«, fragte Kerstin Holm.

»Es scheint keinen Zusammenhang mit ihrer Homepage zu geben, nein«, sagte Jon Anderson. »Larsson antwortete auf jeden Fall per Hotmail: ›Hej, E. Ich glaube, du liegst völlig falsch. Aber ich rede gern weiter. Erzähl mir mehr. Küsschen, Sten Larsson.‹«

»Küsschen?«, sagte Kerstin Holm. »Schon?«

»Wir haben Sten Larssons Gewohnheiten überprüft, soweit seine Festplatte uns zugänglich war. Er ist ein sehr routinierter Surfer auf diversen Jugendseiten. Überall im Netz, wo sich Kinder tummeln, ist Sten Larsson dabei, häufig unter dem Nick ›Mädchen_traurig_12‹. Er gibt sich als trauriges zwölfjähriges Mädchen aus und benutzt folglich die Abschiedsphrase ›Küsschen‹.«

»Emily besteht auf jeden Fall weiter darauf«, sagte Jon Anderson. »›Doch, du bist mein Vater. Das habe ich in alten Zeitungen im Internet gelesen. Ich will dich treffen.‹ Langsam und dem Anschein nach widerwillig geht Larsson schließlich darauf ein. Aber zwischen den Zeilen kann man lesen, dass ihm der Mund wässerig geworden ist So weit stimmt unser Szenario. In einer späteren Mail heißt es: ›Ich will versuchen, es zu schaffen, dass wir unsere Klassenfahrt nach Gammgården machen, so heißt ein Hof in Saltbacken. Können wir uns da sehen?‹ Larsson antwortet: ›Wir können uns im Wald bei Gammgården treffen. Du gehst zweihundert Meter genau nach Westen, bis du an eine Lichtung mit einem großen Stein kommst, der Riesenklotz genannt wird. Du kannst ihn gar nicht verfehlen.‹«

»Bei einem Findling hat Lena die ersten Spuren von Larsson entdeckt«, nickte Kerstin Holm. »Aber Emily ging stattdessen nach Norden. Und vermutlich folgte der kleine Gott ihr äußerst aufmerksam. Schließlich trafen Emily und Sten

327

aufeinander. Vielleicht versuchte Sten, Emily schon dort draußen im Wald zu vergewaltigen. Vielleicht trat der kleine Gott da mit seiner Klaviersaite in Aktion.«

»Der kleine Gott?«, sagte Anderson.

»Emilys richtiger Vater«, sagte Jorge Chavez und blickte von seinem Bildschirm auf. »Sara hat die ganze Geschichte in einer Mail erzählt. Das bedeutet aber, dass er die Korrespondenz zwischen Emily und Sten verfolgt hat.«

»Deshalb bin ich eigentlich hier«, sagte Kerstin Holm. »Ich möchte, dass ihr eure Energien neu ausrichtet: Wer kann die Hotmail-Korrespondenz zwischen Emily und Sten verfolgt haben? Und wie ist das zugegangen?«

»Das könnte schwierig werden ohne die Festplatte«, sagte Löfström und zog die Stirn in Falten.

»Wir arbeiten an der Festplatte«, sagte Holm grimmig.

»Schwierig, aber nicht unmöglich«, erwiderte Löfström und machte sich sogleich über die Tastatur her.

Chavez imitierte Löfströms Stirnrunzeln und wandte sich an Holm: »Aber das würde doch bedeuten, dass Emily jetzt bei ihrem richtigen Vater ist. Dem richtigen Vergewaltiger. Ist das nicht ziemlich gefährlich?«

»Wir glauben, dass er inzwischen sozusagen bekehrt ist«, sagte Kerstin Holm. »Dass er jetzt stattdessen andere Pädophile ermordet. Wenn es so ist, dürfte für Emily keine akute Gefahr bestehen. Zum ersten Mal beginne ich zu glauben, dass sie wirklich noch lebt.«

»Aber«, stöhnte Chavez und versuchte mit angestrengter Miene, alle Fäden zu ordnen, »aber er beging doch am Tag darauf schon den nächsten Mord in Stockholm? Am Monteliusväg? War Emily da bei ihm?«

»Es wird immer wahrscheinlicher, dass es sich um eine Organisation handelt«, sagte Kerstin Holm. »Emilys richtiger Vater wäre dann der *hit man* der Organisation, um es einmal so zu sagen. Und dann befand sich Emily bei der Organisation, während ihr Vater deren *dirty work* ausführte.«

»Um es einmal so zu sagen«, sagte Chavez.

»Organisierte Pädophilenserienmorde?«, sagte Jon Anderson. »Wie führt man so etwas durch?«

»Ich glaube, wir kommen der Antwort sehr viel näher, wenn ihr die euch zugeteilte Aufgabe ernst nehmt«, sagte Kerstin Holm und zeigte auf die Bildschirme. »Es ist wahrscheinlich, dass es diese Organisation war, die die Korrespondenz zwischen Sten Larsson und Emily Flodberg mitverfolgt hat. Vermutlich sind sie darauf gestoßen, als sie ein Mitglied des Pädophilenrings eingekreist haben, nämlich Sten.«

»Oder sie hatten eine Spezialbewachung auf Emily angesetzt«, sagte Chavez. »Dein kleiner Gott scheint seine Opfer ja ständig unter Kontrolle gehabt zu haben. Auf jeden Fall Elvira Blom. Warum dann nicht auch Birgitta Flodberg und ihre Tochter? Emily war ja praktisch eine Frucht ihrer in höchstem Grade illegitimen Verbindung.«

»Das werde ich jetzt herausfinden«, sagte Kerstin Holm und verließ den miefigen Computerraum.

Im Korridor atmete sie ein paarmal tief durch, bevor sie zu dem kleinen Vernehmungsraum hinüberging. Die Wache sitzende Polizeiaspirantin nickte kurz, als Kerstin Holm die Tür öffnete und eintrat.

Birgitta Flodberg hatte ihre verbiestertste Miene aufgesetzt. Diesen Blick, der nicht mehr die Chance bekam, zu den matten Wolkenschleiern über Hammarby Sjöstad hinaufzufliehen. Stattdessen richtete sie ihn, äußerst wässrig, in Kerstin Holms Augen.

»Okay, Birgitta«, sagte Kerstin und setzte sich. »Ich schalte das Tonbandgerät noch nicht ein. Zunächst möchte ich Ihnen sagen, dass ich alles weiß. Die Dinge sind in ein anderes Licht gerückt. Wir wissen von den Besuchen eines großen und schweren Mannes in den besten Jahren bei Elvira Blom. Dem Mann, der sie höchstwahrscheinlich vor fünfzehn Jahren vergewaltigt und ihr eine schwere Hirnverletzung beigebracht hat. Er bringt ihr Cola-Schlangen. Ihnen hat er Geld gebracht. Genug jedenfalls, um damit eine teure Dreizimmerwohnung in Hammarby Sjöstad zu kaufen.«

Birgitta Flodberg blieb gänzlich unbeteiligt.

Kerstin Holm hob ihre Stimme und fuhr fort: »Wir müssen wissen, wer er ist. Er ist groß, fleischig und muskulös, hat ein fleckiges Gesicht, und Ihre Freundin Elvira nennt ihn den kleinen Gott. Er hat vier Finger an der linken Hand.«

Immer noch keine Reaktion.

»Er hat Ihre Tochter, verflixt noch mal«, platzte Kerstin Holm heraus. »Der Kinderschänder, der Sie vergewaltigt und Ihr Leben kaputtgemacht hat, der Vergewaltiger, der Elviras Gehirnschaden auf dem Gewissen hat, dieser Mann hat jetzt Ihre Tochter in seiner Gewalt. Wie können Sie hier sitzen und ihn decken? Hassen Sie Ihre Tochter so sehr, dass Sie ihr wünschen, genauso vergewaltigt zu werden wie Sie?«

Jetzt sah Birgitta Flodberg tatsächlich ein wenig zornig aus. Kerstin entschied sich, hart dagegenzusetzen: »Sie haben es von Anfang an gewusst. Sie haben der Polizei die Arbeit derart erschwert, dass Sie sich auf einen langen Aufenthalt im Frauengefängnis Hinseberg gefasst machen können, wo Sie zur Abwechslung ausprobieren können, wie es ist, von Frauen vergewaltigt zu werden.«

Falscher Weg. Birgitta Flodberg entspannte sich und kehrte zu ihrer gleichgültigen Haltung zurück.

Neuer Versuch: »Emily ist dabei, wenn er seine Morde begeht. Verstehen Sie das? Er mordet in Serie, und Ihre Tochter ist bei ihm. Das ist schlimmer als eine Vergewaltigung.«

»Nur Kinderschänder«, sagte Birgitta Flodberg. »Und sie ist nicht dabei, sie weiß nichts davon.«

Kerstin Holm merkte, wie sie die vorzeitig gealterte Dreißigjährige anstarrte. »Woher wissen Sie das?«, sagte sie mit Nachdruck.

Aber Birgitta Flodberg kehrte in ihren neutralen Zustand

330

zurück. Allerdings spielte diesmal ein leichtes Lächeln um ihre Mundwinkel.

»Nein«, sagte Kerstin Holm. »Jetzt sind Sie zu weit gegangen, um zu schweigen. Sie wissen also, dass er unterwegs ist und Kinderschänder ermordet. Aber damit nicht genug. Sie wissen, dass Emily nicht bei ihm ist. Sie haben also Kontakt gehabt. Nur mit ihm oder auch mit Emily?«

»Nicht mit Emily«, sagte Birgitta Flodberg. »Sie will nichts von mir wissen.«

»Wo ist sie?«

»Ich weiß es nicht. Aber ich weiß, dass es ihr gut geht. Wahrscheinlich besser als seit langer, langer Zeit. Ich habe nicht viel getaugt als Mutter.«

»Wieso nicht?«

»Wir sind uns entglitten. Sie kam auf die falsche Bahn. Ich habe es gesehen, konnte aber nichts dagegen tun. Ich meine, sie geriet auf die schiefe Bahn. Ich wusste, dass sie sich mit Nacktbildern und dergleichen abgab, aber ich konnte nichts dagegen tun.«

»Aber es gab andere, die das konnten?«

Birgitta Flodberg verstummte wieder. Kerstin zählte langsam bis zehn. Sie war nicht sicher gewesen, wie viel Birgitta Flodberg eigentlich wusste. Jetzt hatte sie das Gefühl, dass sie vielleicht *alles* wusste.

»Er ist nicht allein, nicht wahr?«, sagte sie, so milde sie konnte.

Flodberg schloss fest die Augen und sagte: »Es gibt eine Lebenskraft. Die macht den Unterschied aus, ob man lebt oder nur überlebt. Man kann ohne sie überleben, das tun die meisten. Ich tue das. Er hat sie mir genommen in jener Nacht im Juli 1989. Er kann sie mir nicht zurückgeben, wie sehr er es auch versucht. Aber wenn die Lebenskraft da ist – Emily hat sie, alle in ihrem Alter haben sie –, dann kann sie entweder positiv sein oder negativ, lebens- oder todesbejahend. Bei Emily war sie im Begriff, todesbejahend zu werden. Die

Sexualität war im Begriff, destruktiv zu werden. Sie muss umgelenkt werden.«

»Und das tut sie? Die Organisation, der Emilys Vater angehört? Sie lenkt negative Sexualität um?«

»Wenn die negative Sexualität einen Menschen beherrscht, kann sie nicht mehr umgelenkt werden. Es ist nur möglich, solange sie auf dem Weg ist, das zu tun.«

»Wer sind diese Leute? Liebe Birgitta, reden Sie jetzt. Das sind Mörder.«

»Sie tun die Arbeit, die die Polizei tun sollte, aber die Polizei versagt.«

»Nein. Wir leben in einem Rechtsstaat. Dieser Rechtsstaat hat keine Todesstrafe. Wir haben nicht das Recht, andere Menschen zu töten, es sei denn in Notwehr.«

»Das hier *ist* Notwehr. Sie töten *aktive* Pädophile, die sich regelmäßig an Kindern vergreifen. Genau dann, wenn sie im Begriff sind, es zu tun. Es sind keine Unschuldigen, keine passiven Kinderpornogucker, sondern aktive Gewalttäter, die scharenweise das Leben von Kindern zerstört haben und weiter zerstören werden. Ich weiß, was das mit einem macht. Und ich war immerhin fünfzehn. Die meisten sind erst fünf Jahre alt.«

»Und was ist mit Sten Larsson?«, sagte Kerstin Holm. »Er hatte kein Register solcher Übergriffe. Dagegen war er zum Opfer eines Justizirrtums geworden. Durch Ihre Schuld, Birgitta.«

»Sie waren sich bei ihm offenbar nicht sicher. Dass seine Sexualität negativ war, das war dagegen eindeutig, aber sie wussten nicht, ob sie aktiv war.«

»Also durfte Emily Versuchskaninchen spielen? Oder Lockvogel?«

»Sie ließen sie ihre Korrespondenz mit Larsson zu Ende bringen. Aber sie überwachten ihre Schritte. Und als die beiden sich da oben im Wald begegneten, versuchte er, sie zu vergewaltigen. Da sind sie eingeschritten.«

»Woher wissen Sie das, Birgitta?«

»Er hat es mir erzählt.«

»Wer ist er? Wer sind die Leute?«

»Ich weiß es nicht. Für mich ist er nur ›er‹. Er taucht manchmal mit Geld auf. Er hat solche Angst. Seine Vergangenheit sucht ihn heim. Seine Sexualität ist noch immer negativ, er hat sich den kleinen Finger abgeschnitten, um sich immer daran zu erinnern. Sie kann nicht positiv gemacht werden. Er erzählt mir davon, wie er versucht, die Dinge wieder geradezurücken. Er weiß nicht, ob es möglich ist, ob er ein Recht hat zu leben. Aber er hat beschlossen, es zu versuchen. Und da hat er von den Leuten erzählt. Aber keine Einzelheiten. Er hat bestimmt darauf geachtet, dass ich keine wichtigen Informationen bekomme. Damit ich selbst in einem Kreuzverhör nichts verraten kann.«

»Und jetzt wollen sie Ihre Tochter umpolen. Weil sie ein bisschen mit ihrer Sexualität experimentiert. Haben Sie eine Ahnung davon, welcher Art von Gehirnwäsche sie unterzogen werden soll? Haben Sie die blasseste Ahnung, welchen Ritualen sie sich zu unterwerfen gezwungen sein wird?«

»Sie ist vierzehn und verkauft Pornobilder von sich selbst im Internet. Es ist doch klar, dass etwas dagegen getan werden muss. Aber ich schaffe das nicht.«

»Wir haben seine DNA«, sagte Kerstin Holm. »Er hat da oben im Wald Spuren hinterlassen. Seine Tage sind gezählt.«

»Wir werden ja sehen«, sagte Birgitta Flodberg mit einem kleinen Lächeln.

»Haben Sie wirklich nichts anderes, an das wir uns halten können, Birgitta?«

»Nein. Ich habe wirklich nichts anderes.«

»Okay«, sagte Kerstin und stand auf. »Ich schicke einen Polizeizeichner herein, der Ihnen helfen soll, ein Bild von Emilys Vater zu zeichnen. Es ist wichtig, dass Sie so genau wie möglich sind.«

Sie verließ Birgitta Flodberg und trat hinaus in den Korridor. Als sie zu ihrem Zimmer kam, war sie so in Gedanken vertieft, dass sie an dem jeansbekleideten Mann, der am Türpfosten lehnte, einfach vorbeiging.

»Hej«, sagte er.

Sie blickte auf. Direkt in einen blauen Bannkreis.

Sie hatte nicht erwartet, dass die Wirkung so stark sein würde, aber sie unterschätzte ja immer die physische Wirkung, die Bengt Åkesson auf sie ausübte. Als ob sie vergessen hätte, dass sie einen Körper hatte.

In ihr klang die Stimme von Birgitta Flodberg: ›Es gibt eine Lebenskraft. Sie entscheidet darüber, ob wir leben oder nur überleben. Man kann ohne sie überleben, das tun die meisten.‹

Kerstin Holm hatte den Kontakt mit ihrer Lebenskraft geknüpft, aber ihn dann wieder abgebrochen. Warum? Vorübergehende Arbeitsüberlastung? Oder erstarrte Lebenskraft?

Sie legte auf jeden Fall die Hand auf Bengt Åkessons Arm und sagte: »Aber hej, Bengt. Wo bist du abgeblieben?«

»Wo bist *du* abgeblieben, Kerstin?«

»Gehen wir rein.«

Sie gingen in ihr Zimmer. Als sie ihm den Rücken zugekehrt hatte, trat er an sie heran und drehte sie zu sich. Dann drückte er seine Lippen auf ihre, und sie öffnete sie. Es war ein Kuss, der ihre Situation zusammenfasste, all die Frustration und Unsicherheit, die sie voreinander und vor dem Leben empfanden. Es war ein Kuss, der Rettung bedeutete.

Lebenskraft, dachte Kerstin, als sie sich dann gegenüberstanden und in die Augen sahen. Wenn diese Irren recht haben. Wenn es wirklich eine grundlegende Lebenskraft gibt.

Sie setzten sich an den Schreibtisch. Jeder auf eine Seite.

»Hjelm ist weg«, sagte Bengt Åkesson ohne jede Einleitung.

Kerstin verstand nicht, was er sagte. »Weg?«, sagte sie nur.

»Wir haben zusammen an dem Fall gearbeitet, seit gestern Abend.«

»Zusammen? Ich dachte, er sollte gegen dich ermitteln?«

»Wir kamen überein, dass es so das Beste war. Marja Willners Anzeige wegen sexueller Belästigung war so offensichtlich falsch. Das Beste, was wir tun konnten, war, ihren Mann zu suchen. Wir waren schon ein gutes Stück vorangekommen. Wir haben ein Skelett mit einem Penisknochen gefunden …«

»Wie bitte?«

»Ein Skelett mit einem genetischen Defekt.«

»Und was hat das mit der Sache zu tun?«

»Marja Willners Mann hatte es aus der Grube in Gamla Stan geklaut, wo er arbeitete. Dann ist er verschwunden. Heute Morgen wollten wir untersuchen, was das für ein Skelett war. Hjelm sagte, er wollte ein paar Dinge von zu Hause aus recherchieren. Aber heute Morgen tauchte er nicht auf. Keiner weiß, wo er ist. Zu einem Arbeitsessen mit Niklas Grundström ist er nicht erschienen.«

»Ich kenne das von ihm«, sagte Kerstin Holm mit einem kleinen Lächeln und nickte. »Er ist auf etwas gestoßen. Dann löst er sich in Luft auf.«

»Aber er meldet sich wenigstens am Handy«, sagte Åkesson. »Jetzt hat er den ganzen Tag nicht geantwortet.«

»Er ist ein großer Junge. Er kann auf sich selbst aufpassen.«

»Komm nicht mit solchen Phrasen, das bringt nichts«, sagte Åkesson gereizt. »Es ist etwas passiert.«

Kerstin Holm betrachtete ihn. Sie konnte nicht abstreiten, dass diese schnell aufflammende Reizbarkeit ihr eigentlich gefiel. Sie war – leidenschaftlich.

»Weißt du, woran er gearbeitet hat?«

»Er wollte mehr über das Skelett mit dem Penisknochen herausfinden. Es ist wirklich ein verdammt komischer Anblick.«

Damit warf er ein paar Fotos auf den Schreibtisch. Sie betrachtete sie.

Es stimmte. Ein komischer Anblick.

»Hat Willner diese Bilder gemacht, als er das Skelett in einem Sarg abtransportierte?«

»Aus der Stora Nygata«, nickte Åkesson.

»Und Paul wollte von zu Hause aus mehr darüber herausfinden, mitten in der Nacht? Internet also. Hast du seinen Computer gecheckt?«

»Er ist nicht in seinem Zimmer, da ist Hjelm gar nicht gewesen. Ich frage mich, ob wir zu ihm nach Hause fahren sollten.«

»Ich habe einen Zweitschlüssel zu seiner Wohnung in Kniv-Söder«, sagte Kerstin Holm. »Aber wir haben hier gerade alle Hände voll zu tun. Ein schwieriger Fall, der kurz vor seiner Lösung steht.«

»Es kann aber sein, dass er tot in seiner Wohnung liegt«, sagte Bengt Åkesson mit Nachdruck.

Kerstin Holm machte eine düstere Miene und sagte nach einer reichlich langen Bedenkzeit: »Okay. Fahren wir hin.«

27

Es war ein ziemlich großer Raum. Mehr wusste er eigentlich nicht. Die Wände waren irgendwie luftig, wattiert. Die Hälfte des Raumes wurde eingenommen von einer Art Käfig mit Gitterstäben vom Boden bis zur Decke. Im Inneren des Käfigs befand sich ein am Boden befestigtes Bett ohne Matratze. Auf diesem Bett hatte er gesessen, seit er mit einem dicken Brummschädel erwacht war. Und das musste vor ungefähr fünf Minuten gewesen sein.

In der seltsamen Luftigkeit der Wand öffnete sich eine unsichtbare Tür. Als sie aufging, sah er, wie dick die Wand, wie dick die Luftigkeit war. Fast dreißig Zentimeter.

Drei Personen kamen herein. Zuerst ein dünner, etwas anämischer Mann um die fünfundvierzig Jahre. Danach ein gröberer, fleischiger Mann ungefähr im gleichen Alter und mit vier Fingern an der linken Hand. Und schließlich kam eine zarte blonde Frau in den Dreißigern, nicht mehr zerzaust und lehmbekleckert, sondern mit einer wohlgeformten Pagenfrisur.

Christine Clöfwenhielm sagte: »Gut, dass du aufgewacht bist, Paul Hjelm. Wir müssen reden.«

Hjelm betrachtete die kleine Einstichstelle in seiner Armbeuge und sagte mit rauer Stimme: »Wo bin ich?«

»In unseren Räumen«, sagte Clöfwenhielm. »Keine Sorge, du bist in Sicherheit. Und die Wände sind absolut schallisoliert, es hat also keinen Sinn, zu schreien oder Lärm zu machen.«

»Das ist absoluter Irrsinn«, stieß Hjelm aus. »Ihr habt mich also betäubt, gekidnappt und in einen Käfig gesteckt?«

Die drei zogen Stühle von der Wand heran und setzten sich direkt vor das Gitter, das vom Boden bis zur Decke reichte, mindestens vier Meter in die Höhe.

337

»Du bist zu nahe gekommen«, sagte Christine Clöfwenhielm. »Wir stehen kurz vorm Ziel, nicht mehr lange, und es wird viel geschehen. Du solltest uns mit deiner Neugier nicht stören.«

»Neugier? Ich bin Polizist, verdammt. Ich muss Verbrechen verhindern. Und ihr begeht Verbrechen. Fac ut vivas. Fuck off.«

»Wir sind immer die Hüter der Lebenskraft gewesen«, sagte Christine Clöfwenhielm. »Schon seit Rigmondo 1742 als lebendes Zeichen der Lebenskraft nach Schweden kam.«

»Was habt ihr mit ihm vor? Leichenschändung? Nekrophilie?«

»Du hast ein falsches Bild von uns. Fac ut vivas begann als eine libertinäre Gesellschaft, mit Mitgliedern beiderlei Geschlechts, zur Verteidigung einer freien, vitalen und grenzenlosen Sexualität. Andreas Clöfwenhielm vor allem hat sich genau mit den alten Hieros-Gamos-Ritualen vertraut gemacht, und man hat – in einer äußerst harten und kargen Welt – versucht, eine Atmosphäre innerer Wärme herzustellen, auf der selbstverständlichen Grundlage gleichberechtigter Sexualität. Liebe und Monogamie, wenn man so will, selbstverständlich, aber nicht nur. Heterosexualität und Missionarsstellung, wenn man so will. Aber nicht nur. Alles war erlaubt, und nicht zuletzt mithilfe von Rigmondos unendlichem Potenzial konnte man sehr viel erforschen. Ich bezweifle, dass es jemals eine andere schwedische Ordensgesellschaft gegeben hat, die so viele Grenzen ausgeweitet hat wie Fac ut vivas. In der Frühzeit versuchte die Gesellschaft, die menschliche Sexualität möglichst weitgehend zu erfassen, und dann entdeckte sie mehr und mehr, dass es eine tiefe Kluft darin gab.«

»Was sind Hieros-Gamos-Rituale?«, fragte Paul Hjelm.

»Sakrale Hochzeitszeremonien«, sagte Christine Clöfwenhielm. »Fruchtbarkeitsriten, die den Menschen durch die Geschichte begleitet haben. Nichts ist so heilig gewesen wie die Fruchtbarkeit, nichts so sorgsam gehütet worden wie die Sexualität. Erst in unserer Zeit ist sie zu etwas Sekundärem gemacht worden, einer Handlung unter anderen, der man sich gelegentlich widmet, falls man dazu die Kraft hat. Aber selbst in diesen grimmigen Zeiten wissen wir, wenn wir nachdenken, welche Energie die Sexualität verleiht. Sie ist die Kraft, die uns erhebt, die unsere Schritte schweben lässt. Sie ist die Lebenskraft selbst. Das war es, was Andreas und das frühe Fac ut vivas im Laufe der Zeit entdeckten. Und sie entdeckten, dass sie pervertiert werden kann. Wir sind keine moralische Vereinigung mit dem Ziel gesunder und nüchterner Sexualität, im Gegenteil. Wir bejahen alle Formen der Expansion und Erneuerung. Solange sie im Endeffekt lebensbejahend sind, solange die Lebenskraft eine Lebenskraft und keine Todeskraft ist. Man kann sich Experimenten widmen, zum Beispiel Fesseln und Rollenspielen, und es als Würze in die Lebenskraft einfließen lassen. Aber dann geht man ein größeres Risiko ein, ist man dem Punkt etwas näher, an dem die Lebenskraft zur Todeskraft wird. Und zugleich mit der Entwicklung von Fac ut vivas wurde es zu einem Bestandteil unserer Politik, die Lebenskraft voll zu bejahen, aber über die Grenzzone zur Todeskraft zu wachen.«

»Das klingt nach Freud«, sagte Hjelm. »Lebens- und Todestrieb. Freud, erstes Kapitel, Grundkurs.«

»Aber wir waren vor ihm«, sagte Christine Clöfwenhielm und lächelte.

Paul Hjelm spürte, dass er es nicht lassen konnte, mit ihr zu lächeln, trotz der etwas prekären Situation, in der er sich befand.

Prekäre Situation?, dachte er und musste lachen. Zum Teufel, ich bin noch nicht ganz tot.

»Das Einfachste ist doch das, was wir heutzutage machen«, sagte Christine und beobachtete den lachenden Gefangenen mit amüsiertem Blick. »Nämlich einfach auf die Lebenskraft zu pfeifen. Sie in Klammern zu setzen und nur zu überleben. Die Sexualität einen unentbehrlichen, aber eher unerwünschten Teil des Daseins sein zu lassen. Ein bisschen Sex als Extra nach einem guten Essen. Ein Sahnehäubchen auf dem Brei. Das Pünktchen auf dem i. Nicht aber, sie als grundsätzliche Triebkraft in ein Leben einfließen zu lassen, das wirklich lebt. Das ständig vital ist.«

»Ist das nicht eine unbillige Forderung in einem ziemlich hektischen Alltag?«, fragte Paul Hjelm.

»Im Gegenteil«, sagte Christine Clöfwenhielm. »Wie sollen wir einen ziemlich hektischen Alltag ohne Lebenskraft durchstehen? Das ist der Grund, weshalb wir zusammenbrechen. Deshalb sind heutzutage alle ausgebrannt und haben Nervenzusammenbrüche. Weil wir nicht eins sind mit unserer innersten und tiefsten Triebkraft.«

Sie hielt inne und sah ihre Kollegen an, die links und rechts neben ihr saßen, jeder auf seinem Stuhl, eine graue und eine rote Gestalt, eine dünne und eine breite.

»Was habt ihr mit mir vor?«, fragte Paul Hjelm schließlich. »Ihr könnt mich nicht freilassen. Ich weiß, wer du bist, Christine. Ich weiß, wo du wohnst. Ihr werdet mich töten, oder?«

»Natürlich nicht«, sagte Christine Clöfwenhielm. »Wir mussten dich nur in deinem blinden Vorpreschen für einen Moment bremsen. Wir stehen vor entscheidenden Ereignissen.«

»Aber dann erwische ich dich doch, sobald ich freikomme.«

»Ich habe Nachforschungen über dich anstellen lassen, Paul Hjelm«, sagte Christine. »Uns steht ein Stab der absolut avanciertesten Internettechniker Schwedens zur Seite. Wir sind der Polizei ständig weit, weit voraus. Und vermutlich bewirken wir mehr.«

»Und was glaubst du über mich zu wissen?«

»Was du gefühlt hast, als du heute Morgen zu mir kamst. Ich kenne mich mit dieser Lebenskraft inzwischen ganz gut aus, ich kann sie zum Beispiel in menschlichen Stimmen erkennen. Ich hörte, wie sie erwachte, als wir heute Nacht miteinander telefoniert haben. Das Müde wird vital, allein durch meine Stimme. Das war für mich der Anlass, dich ein wenig überprüfen zu lassen. Du hast deine Frau Cilla aufgrund von Diskrepanzen in eurer jeweiligen Lebenskraft verlassen, oder? Du hast deine Lebenskraft bei einer Frau namens Christina wiedergefunden.«

»Woher wisst ihr von Christina?«, entfuhr es Hjelm.

»Man kann ziemlich leicht alte E-Mails wiederfinden. Alles, was ins Netz geht, bleibt da, in irgendeiner Form. Aber nach Christina ist die Lebenskraft in dir in gewisser Weise verkümmert. Korrigiere mich, wenn ich mich irre. Es wurde zu schwierig. Du hast nicht den richtigen Weg gefunden. Die Frauen verhielten sich nicht so, wie du es wolltest. Du hast falsche Schlüsse gezogen. Dass es für dich keine Frau gibt. Dass du dazu verdammt bist, allein zu bleiben. Aber du bist immer noch auf der Jagd nach der Lebenskraft in dir. Du bist durchaus nicht verloren. Du hast sie heute Vormittag gespürt. Ich glaube, der ganze Morgen hat darin gebadet. Irre ich mich?«

»Ich dachte, du wärst eine normale Frau«, sagte Hjelm.

»Und normale Frauen, was immer das ist, sind also dein Ding?«

»Jedenfalls keine Frauen, die sich Experten für etwas so Diffuses wie die ›Lebenskraft‹ nennen und die behaupten, die Vitalität eines Mannes an seiner Stimme erkennen zu können. Und definitiv keine Großmeisterinnen, die sexuelle Rituale leiten.«

»Das wollte ich dich tatsächlich selbst entscheiden lassen, Paul Hjelm. Ich wollte dich an einer unserer Zeremonien teilnehmen lassen. Schon heute Abend. Die Einweihung des glücklich wiedergefundenen Skeletts Rigmondos und die Bekehrung eines Mädchens, das auf dem Weg zum Destruktiven ist.«

»Ich verstehe nicht, warum ihr den drastischen Schritt getan habt, einen Polizisten zu kidnappen«, sagte Paul Hjelm. »Es sieht nicht so aus, als tätet ihr etwas Ungesetzliches. Etwas Einfältiges, etwas völlig Abgedrehtes, ja; aber nichts direkt Ungesetzliches. Jedenfalls nicht bisher.«

»Das Bild, das du hast, ist nicht ganz vollständig«, sagte Christine Clöfwenhielm mit einer kleinen Grimasse. »Unsere wichtigste Funktion heute ist es, über die Grenze zur Todeskraft zu wachen. Und dabei müssen wir schonungslos sein. Da die Polizei machtlos ist.«

»Schonungslos?«

»Weißt du, wie viele Leben ein Pädophiler im Durchschnitt zerstört? Das solltest du wissen, du bist Polizist. Man sagt, es seien ungefähr fünfundzwanzig. Jeder Pädophile vergreift sich in seinem Leben an fünfundzwanzig Kindern. Jedes dieser Geschöpfe wird zerstört. Die Pädophilen sind die Massenmörder unserer Zeit. Obwohl wir es nicht wahrhaben wollen. Das ist der Effekt der Todeskraft. Der Effekt der umgekehrten Lebenskraft.«

»Und ihr haltet das also auf?«

»Ja. Und jetzt sind wir tatsächlich nahe daran, den zu erwischen, der zurzeit der Schlimmste von allen ist. Kurtz of Darkness nennt er sich. Manchmal auch King of Darkness. Wir sind ihm auf der Spur.«

»Und wenn ihr ihn findet, ermordet ihr ihn?«

»Wir halten einen Massenmörder auf, ja.«

»Verdammt noch mal, Christine. Ihr ermordet Pädophile?«

»Sie schlüpfen durch das Rechtssystem. Was immer wir im Rahmen des Rechtsstaates tun, sie sind bald wieder da und vergreifen sich an anderen Kindern. Das ist nicht hinzunehmen. Es erfordert drastischere Maßnahmen.«

Paul Hjelm betrachtete Christine Clöfwenhielm und ihre beiden Helfershelfer durch die dicken Gitterstäbe und sagte mit großer Deutlichkeit: »Jetzt habe ich tatsächlich zum ersten Mal Angst bekommen.«

342

28

Der Kahle konnte sich nicht erinnern, wann ihm zum letzten Mal ein Schauer über den Rücken gelaufen war. Es musste Jahre, wenn nicht Jahrzehnte her sein. Es war ein merkwürdiges Gefühl, als hätte er tatsächlich teil an jener Welt, in der alle anderen sich befanden.

Aber jetzt lief ihm wirklich ein Schauer über den Rücken.

Er betrachtete die kurze Mitteilung auf dem Schirm vor sich. In ihrer ganzen Anspruchslosigkeit war sie einschneidend. Die Dinge gingen einer drastischen Veränderung entgegen – ein Szenario offenbarte sich ihm.

Er las noch einmal, und wieder lief ihm der Schauer den Rücken hinunter. ›Ich weiß, dass ihr gejagt werdet. Ich weiß, wer euch jagt. Ich habe Bilder von ihnen. Ich weiß, wie ihr an sie herankommt. Was ist das wert?‹

Was war es wert?

Was war es wert zu überleben? Was war es wert, mit dem weitermachen zu können, was das Leben einem zugedacht hatte?

Was war es wert, weitermachen zu können mit dem, was an die Stelle eines normalen Lebens getreten war?

Drei Nicks waren erst vor ganz kurzer Zeit von der Liste verschwunden. Der Kahle ahnte, was ihnen zugestoßen war. Es kamen nie irgendwelche Bestätigungen. Sie waren ganz einfach verschwunden.

Und als er die beiden Schnittflächen von Hasse Kronos' durchtrenntem Hals gesehen hatte, war ihm aufgegangen, was die Stunde geschlagen hatte.

›Kronos‹ war Hasses Nick. Der griechische Gott, der seine Kinder aß. Hasse war einer von denen, die der Kahle persönlich kannte. Hasse war unschlagbar, wenn es um das Beschaffen von Kids ging. Bewegte sich ständig in der Nähe von Kindertagesstätten und bekam unmittelbar Kontakt zu den Kids. Das Letzte, was der Kahle von Hasse gehört hatte, war, dass er sich einen Kindergarten auf Mariaberget vornehmen wollte. Es war logisch, dass er seine Tage dort beschloss, als makabres Ausstellungsobjekt.

Wer sie auch waren, sie wussten, was sie taten.

Dann waren kürzlich zwei weitere Nicks verschwunden. Sie kamen von irgendwo aus dem Norden. Einen kannte er nicht, sein Nick war ›Mädchen_traurig_12‹, aber er war anscheinend der Kumpel von einem alten Kumpel des Kahlen, Calle, mit dem Nick ›Knabenliebe‹.

Calle, der Meister im Sommerhaus, der Mann, der die Jungen das Gedächtnis verlieren ließ, bevor sie starben.

Und Calle war auch verschwunden.

Verdammt, dachte der Kahle. Nicht nur Hasse, auch Calle. Übel.

Und es war vollkommen klar, dass ›Kurtz of Darkness‹ selbst die Hauptzielscheibe war.

Aber Angriff war die beste Verteidigung.

Und jetzt tat sich ihm eine Möglichkeit auf.

Ein unerwartetes Angebot, das man nur prüfen musste. Er las noch einmal: ›Ich weiß, dass ihr gejagt werdet. Und ich weiß, wer euch jagt. Ich habe Bilder von ihnen. Ich weiß, wie ihr an sie herankommt. Was ist das wert?‹

Der Kahle versuchte, den Tonfall zu analysieren. Was für ein Mensch war das? Konnte es die Polizei sein? Ragnar Hellbergs allen aktiven Pädophilen nur allzu gut bekannte Gruppe beim Reichskriminalamt? Es machte nicht den Eindruck.

Es kam ihm direkter und naiver vor. Bestimmt kein Insider, keiner aus dem Kreis. Nicht einmal einer mit dem rechten Begehren.

Ein Mensch, der sich nicht anstrengen muss, um mich den Wert dessen erkennen zu lassen, was er zu verkaufen hat.

Es war wichtig, im gleichen Stil zu antworten.

Er schrieb: ›Der Wert ist hoch. Wie gehen wir vor? K. O. D.‹ Und schickte die Mail ab.

Wenn der Verkäufer wirklich seriös war, saß er an seinem Computer und wartete. Vielleicht konnten sie einen Chat verabreden. Mails waren auf die Dauer schwerfällig.

Allerdings nicht, wenn es so schnell ging wie jetzt.

Die Antwort kam schon nach knapp zehn Minuten. ›Zeig, dass du seriös bist. Ich verkaufe die Bilder sofort. Zahle fünfzigtausend auf folgendes Konto ein, jetzt. Ich muss es sofort sehen können.‹

Und dann folgte eine Kontonummer.

Der Kahle betrachtete die Ziffern und dachte an mögliche Risiken. Aber gerade diese Risiken waren ausgeschlossen, hier war er ordentlich geschützt. Mit seinem eigenen Codiersystem, mit dem er so viel Geld verdient hatte, dass er seine Bedürfnisse besser und einfacher befriedigen konnte als sonst irgendjemand.

Dachte er.

Er schrieb: ›Was soll ich mit den Bildern ohne Namen, Anschriften etc.?‹

Diesmal ging es noch schneller. ›Das ist eine Geste des guten Willens. Ich will sehen, dass Geld da ist.‹

Der Kahle schnitt eine Grimasse. Der Verkäufer war clever. Er wusste, worum es ging. Sie würden sicher Geschäfte machen können.

Er schrieb: ›Und dann? Wie komme ich an sie ran?‹

Die Antwort lautete: ›Wir sehen uns heute Abend. Du kommst direkt zu ihnen hinein.‹

Der Kahle lächelte und schickte die Fünfzigtausend. Dann wartete er.

Es dauerte eine Viertelstunde, und in dieser Viertelstunde legte er sich seinen kompletten Plan zurecht. Er musste ein paar Leute anheuern. Eine baltische Bande, die ihm früher schon gute Dienste geleistet hatte.

Dann kam die Antwort. Drei Bilder, und eine Mitteilung: ›Der Buchhalter, der Leibwächter und die Frau. Ich habe keine Namen. Sind unnötig. Wichtig ist, dass du sie erkennst, wenn ihr euch begegnet. Ich will eine halbe Million Vorschuss auf dasselbe Konto. Sobald ich weiß, wohin wir fahren, melde ich mich. Sie begehen heute Abend ein Ritual, zu dem ich eingeladen bin. Ich weiß nicht, wer sie sind, aber sie sind stark. Wenn alles erledigt ist, will ich noch einmal eine halbe Million. Dann verschwinde ich aus deinem Leben.‹

Leben?, dachte der Kahle und schrieb: ›Das Geld kommt, sobald sie sich gemeldet haben. Ich kann nicht eine halbe Million schicken, ohne zu wissen, ob es wirklich stattfindet.‹

Die Antwort lautete: ›Das klingt plausibel. Aber wenn du etwas unternehmen willst, solltest du deine Truppen schon vorab mobilisieren. Sie melden sich bestimmt sehr kurzfristig. Aus Sicherheitsgründen.‹

Der Kahle schrieb: ›Verstehe. Ich werde bereit sein.‹

Und dann begann er, seine Truppen zu mobilisieren.

29

Der Anblick warf Sara Svenhagen um Jahre zurück. Sie konnte sich nicht mehr schützen, konnte nicht so tun, als ob es nie geschehen wäre, konnte sich nicht einbilden, dass es nicht überall rings um sie herum stattfände. Es beeinflusste sie noch immer. Vielleicht sogar schlimmer als zuvor.

Vielleicht war es wirklich so. Vielleicht war dies die eigentliche Ursache der Störungen in ihrem Sexualleben. Die Ursache dafür, dass die Lust weg war.

Ein verzögerter Effekt, der seine explosive Wirkung erst entfaltete, als Isabel, ihre wunderbare kleine Tochter, in die Gefahrenzone kam.

In die Reichweite der Pädophilen.

Vielleicht war es ihnen wirklich gelungen, ihre Lust zu zerstören. Wenn auch um viele Jahre verzögert.

Wie lange war es eigentlich her, dass sie in der Abteilung Ragnar Hellbergs aufgehört hatte? Dem Gefühl nach eine Ewigkeit. Aber eine Ewigkeit war es nicht. Jedenfalls aber eine Lebenszeit.

Isabels Lebenszeit.

Und jetzt, da die stinkende Homepage des verfluchten »Kurtz of Darkness« vor ihren Augen stand und ihr Blickfeld verpestete, brach wieder alles über sie herein. Der unendliche Schmerz. Das groteske Gefühl der Ohnmacht. Das Verlangen – ja, *Verlangen* –, immer mehr und mehr und mehr zu tun, um diese Aktivitäten aufzuhalten. Jenes Verlangen, um dessentwillen sie so lange an der Schwelle zum wirklichen, echten Burn-out balanciert war.

Dem Burn-out, vor dem sie der Wechsel in die A-Gruppe gerettet hatte.

Das und ihre Ehe mit Jorge Chavez.

Sie war erfüllt von Trauer und Schuld. Hatte sie ihn deswegen zurückgewiesen? War der Zusammenhang von Ursache und Wirkung so einfach zu konstruieren? Gab es nicht immer ein komplexes Bündel von Ursachen? Sie wusste es nicht.

Sie wusste nur, dass sie Menschen wie »Kurtz of Darkness« hasste, mit einem feuerroten glühenden Hass. Und dass sie trotzdem eine starke und große Sehnsucht nach ihrem Ehemann Jorge zu empfinden begann.

Er rückte immer mehr in den Vordergrund. Sie wollte ihn anfassen, seine Haut berühren.

Aber seltsamerweise war es nicht ihr Hass, auf den sie am stärksten reagierte hier in der Polizeiwache von Sollefteå, wohin das Trio nun zurückgekehrt war. Nein, die stärksten Reaktionen waren – sprachlich.

Obwohl es eine Weile dauerte, bis sie es verstand.

Anfangs war sie vor allem über die merkwürdige Reaktion verwundert, die sie nicht losließ.

Wiedererkennen?

Ja, sie erkannte den Text wieder. Dieses seltsam wohlformulierte Phrasenpaket, das unter den unfreiesten Bildern, die die Welt aufzubieten hatte, sexuelle Freiheit propagierte.

»Die Normalität setzt voraus, dass die Sexualität ein bestimmtes Aussehen hat, ein kontrolliertes Aussehen. Aber die Sexualität ist grenzensprengend, sie erweitert unsere Sinne in alle Richtungen. Wir können Dinge tun und erleben, die wir nicht für möglich gehalten haben. Wir sind unglaublich viel größer, als die Normalität behauptet. Wir können uns für zwei Wege in unserem Leben entscheiden: 1. Die Sexualität auf eine Handlung unter anderen reduzieren, auf etwas, was ab und zu einfach getan werden muss, und sie in banale Rahmen zwingen, bei ausgeschaltetem Licht, unter der Decke. Zusehen, dass sich der Mensch immer selbst begrenzt. Und stirbt, ohne an der großen, mächtigen, universalen Kraft teilgehabt zu haben, die sich Sexualität nennt.

2. Die imposante Kraft des Dunkels bejahen und alle Begrenzungen überschreiten, alle Rahmen sprengen, die von viel
unbedeutenderen Menschen errichtet worden sind, als du
selbst einer bist. Akzeptieren, dass die Moral die Angst des
Schwachen vor dem Starken ist. Kurtz of Darkness«.

Sie hatte die Argumentation doch schon gehört, teils sogar
wörtlich. Aber wo?

Sie wandte sich Gunnar Nyberg und Lena Lindberg zu.
Die beiden saßen neben ihr vor dem Computer, und in ihren
Gesichtern standen Wut und Abscheu in verschiedenen Ab-
stufungen.

»Erkennt ihr es wieder?«, sagte Sara Svenhagen.

Nyberg nickte kurz. »Sie haben ihre kleinen Rechtferti-
gungsreden, die Schweine«, sagte er. »Vermutlich müssen sie
ihre Handlungen auch vor sich selbst rechtfertigen. Sonst
würden sie wahrscheinlich untergehen.«

»So habe ich es nicht gemeint«, sagte Sara. »Ich meinte: Erkennt ihr es wieder? Wortwörtlich?«

»Verdammt!«, entfuhr es Lena Lindberg. »Das sind doch
Carl-Olof Strandbergs Worte. Er nannte uns die ›Hüter der
Normalität‹. Und hat er dann nicht genau gesagt: ›Sie setzen
voraus, dass die Sexualität in einer bestimmten Art erscheinen muss, einer kontrollierten Art‹?«

Sara stand auf und sagte: »Und er endete mit: ›Zusehen,
dass sich der Mensch immer selbst begrenzt. Und stirbt,
ohne an der großen, mächtigen, universalen Kraft teilgehabt
zu haben, die sich Sexualität nennt.‹«

»Der verfluchte Kerl gehört zu dem Netzwerk«, sagte
Lena. »Er steht diesem verdammten ›Kurtz‹ nahe. So nahe,
dass er ihn zitiert. Vor uns.«

»Jetzt werden wir ein richtiges Gespräch mit Carl-Olof
Strandberg führen«, sagte Gunnar Nyberg und ging mit
energischen Schritten zur Arrestzelle.

Lena und Sara folgten ihm. Unterwegs kamen sie an dem
besenkammerähnlichen Raum vorbei, in dem ein junger

Mann mit großem Backenbart und einer beeindruckenden Laborausrüstung hauste.

Als die drei mit glühenden Gesichtern hineinschauten, sah der Datenrestaurator Jerker Ollén mit zerstreuter Erfindermiene auf und sagte: »Ja.«

»Ja?«, sagte Sara Svenhagen.

»Ja, ich hab's. Jedenfalls zur Hälfte. Die halbe Festplatte von Sten Larsson ist hoffnungslos futsch, aber ich glaube, die andere Hälfte habe ich restauriert. Was ihr sucht, ist sehr wahrscheinlich ›Knabenliebe‹ beziehungsweise ›Mädchen_ traurig_12‹. Ich habe die Mitteilungen, die zwischen den beiden ausgetauscht wurden, gerade ausgedruckt. Es dürfte sich um Carl-Olof Strandbergs beziehungsweise Sten Larssons Decknamen im Rahmen des aktuellen Pädophilennetzes handeln.«

Jerker Ollén hielt Sara Svenhagen einen ziemlich dicken Stapel hin. Er sprach ausschließlich mit ihr, der Tochter des legendären Brynolf. Als gäbe es die anderen gar nicht.

Sie sah den Stapel rasch durch und zuckte zusammen. Sie hielt ihren Kollegen eine der Seiten hin und zeigte auf einen Passus. Gunnar Nyberg und Lena Lindberg nickten nachdrücklich.

Sara sagte: »Gibt es einen Austausch mit einem ›Kurtz of Darkness‹ oder ›King of Darkness?‹«

»Einen Moment«, sagte Ollén und konsultierte seinen mächtigen Maschinenpark. Während er drei verschiedene Tastaturen bearbeitete, fuhr er fort: »Das hier ist also Sten Larssons Festplatte. Sein Nick ist in diesem Kreis ›Mädchen_ traurig_12‹, in anderen Kreisen hat er mindestens noch zwei weitere. Derjenige, mit dem er am meisten diskutiert hat, heißt ›Knabenliebe‹ und dürfte Strandberg sein. Es gibt einen kurzen Schriftwechsel, ja, mit einem ›Kurtz of Darkness‹. Ich drucke ihn aus. Ich sehe, dass in der Mess ›Knaben‹ erwähnt wird.«

»In der Mess?«, sagte Nyberg.

Jerker Ollén reagierte nicht, sondern tippte einfach weiter.

»Mess?«, sagte Sara Svenhagen.

»In der Mail«, sagte Ollén. »Message.«

Auch diese Ausdrucke fanden schließlich den Weg zu Sara, und das Trio wanderte weiter durch den Flur.

Unterwegs schnappten sie sich Kommissar Alf Bengtsson. Gunnar Nyberg sagte: »Wir nehmen das Verhör in der Zelle vor. Ohne Zeugen. Du lässt uns einfach hinein und gehst wieder.«

»Ich bin der Verantwortliche«, sagte Bengtsson mürrisch.

»Ich kann veranlassen, dass Kerstin Holm oder, wenn du willst, Waldemar Mörner anruft und dich von jeder Verantwortung befreit.«

»Nicht nötig«, sagte Bengtsson sauer und schloss die Zellentür auf.

Carl-Olof Strandberg saß auf seiner Pritsche und sah zerknirscht aus, als hätte er geweint. Aber als das berüchtigte Polizeitrio in die Zelle kam, strafften sich seine Gesichtszüge, und er nahm wieder die Aura des väterlich zuverlässigen Kinderarztes an.

Der Blick war nicht ganz der übliche, da er offenbar sehr deutlich sah, dass die Situation nicht ganz die übliche war. Die übliche war heftig, diese war heftiger.

Gunnar, Sara und Lena holten sich Stühle in die karge Zelle, setzten sich und sahen ihn an.

Schließlich sagte Gunnar Nyberg mit der schleppenden Urkraft eines Kirchenchorbasses: »›Knabenliebe‹ calling ›Kurtz of Darkness.‹«

Carl-Olof Strandbergs Augen wurden ein wenig schmaler. Er sagte nichts.

Sara Svenhagen wedelte mit ihrem Papierstapel und sagte: »Ein bisschen Konversation von Sten Larssons Festplatte.«

»Ist es nicht etwas komisch, sich in einem Pädophilennetz ›Mädchen_traurig_12‹ zu nennen?«, fragte Lena Lindberg.

»Da erwartet doch niemand, dass ein trauriges Mädchen mitmacht. Vermutlich hat man keine Ahnung, was ein trauriges Mädchen ist. Dieser Teil des emphatischen Gemüts ist einfach außer Kraft gesetzt.«

»Ich weiß nicht, wovon Sie reden«, sagte Carl-Olof Strandberg schlicht.

»Sie wissen genau, wovon wir reden«, sagte Gunnar Nyberg, »und jetzt wissen Sie außerdem, was wir wollen. Wie schwer wollen Sie es uns machen?«

»Nein, ich weiß nichts«, sagte Strandberg und starrte zu Boden.

Das hatte er bisher noch nicht getan.

Etwas hatte sich verändert.

»Wir haben es eilig«, sagte Sara. »Und für Sie ist es auch wichtig. Sie können nämlich in diesem Moment einem alten Kumpan das Leben retten. Sonst endet er genauso wie Sten.«

Sie blätterte in dem Stapel Computerausdrucke und sagte: »Dies hier hat Sten Larsson vor ein paar Monaten an ›Knabenliebe‹, das heißt an Sie, geschrieben: ›Hast du die Bilder gesehen, die zuletzt eingestellt worden sind? Etwas für dich, glaube ich. Du und K.O.D., ihr könntet vielleicht alte Erinnerungen aufwärmen?‹ Und noch ein paar Wochen vorher: ›Du und K.O.D., was habt ihr eigentlich damals in den Achtzigerjahren in Südafrika gemacht?‹«

Gunnar Nyberg sagte: »Sie sind persönlich mit ›Kurtz of Darkness‹ befreundet, der das schlimmste Pädophilennetz seiner Zeit leitet. Es hat tausend und abertausend Mitglieder. Und Ihr Kumpan ist das Zentrum. Wer ist es?«

»Er hat Ihre Emily Flodberg nicht«, sagte Carl-Olof Strandberg etwas unerwartet.

»Das wissen wir«, sagte Nyberg, »aber derjenige, der Emily Flodberg hat, will Kurtz auf die gleiche Art und Weise ermorden wie Sten.«

Strandberg blickte auf. »Ich bezweifle, dass er sich so ohne

Weiteres ermorden lässt. Wenn ich überhaupt weiß, wer er ist. Was ich nicht tue. Sten irrt sich.«

»Was haben Sie in Südafrika gemacht?«, fragte Sara Svenhagen.

»Das ist ein Codewort. Es bedeutet etwas ganz anderes.«

»Nämlich?«

»Dass Sten erstklassige Erdbeeren bei Ica gekauft hat.«

Gunnar Nyberg stand auf, sodass sein Stuhl umfiel. Sara stand ebenfalls auf, vor allem um Nyberg in Schach zu halten. Wie immer sie das anstellen wollte. Den Mann, der Türen zertrümmerte.

»Das haben Sie schon einmal gemacht«, sagte Strandberg und versuchte, hochnäsig auszusehen. »Sie werden mich nicht noch einmal mit Muskelkraft überrumpeln.«

Die Stimme Lena Lindbergs klang vom Stuhl herauf sehr milde: »Erlaubt ihr, dass ich es versuche?«

Sara und Gunnar starrten sie an. Schließlich drückte Sara vorsichtig auf Gunnars Oberarm, auf der Seite, die Strandberg abgewandt war, und sie verließen die Zelle.

Lena Lindberg saß allein da und beobachtete Carl-Olof Strandberg. Er blinzelte ein wenig erstaunt, als hätte er dies ganz und gar nicht erwartet. Die kleine, stille, schöne Sau …

»Sie wissen, dass wir diesen Namen haben müssen«, sagte sie friedlich.

»Und warum sollte ich Ihnen den verraten?«

»War er mit Ihnen im Sommerhaus? Als die beiden Jungen ermordet wurden und der dritte stumm wurde?«

»Ich weiß nicht, wovon Sie reden.«

»Es verhält sich wohl folgendermaßen«, sagte Lena immer noch friedlich. »Kurtz hat die perfekte Maskierung im Internet erfunden. Eine Art von Codierung, die bislang undurchdringlich ist. Sie wissen, wenn wir ihn aus dem Verkehr ziehen, dann ist es mit den Codes vorbei. Plötzlich steht das ganze Pädophilennetz nackt und bloß da. Sie sind jetzt der Held. Sie schützen Ihren Freundeskreis mit Ihrem eigenen

Körper. Nur Sie stehen der Enttarnung im Wege. Das gibt Ihnen Macht. Und Sie lieben es, Macht zu haben. Das war es, was Sie in dem Sommerhaus getan haben. Als Sie drei Kinder ermordet haben. Und was Sie in Südafrika während der Apartheid taten, daran mag ich gar nicht denken. Und doch wissen Sie so wenig von Schmerzen.«

»Was?«, sagte Strandberg überrascht. »Was haben Sie gesagt?«

»Und doch wissen Sie so wenig von Schmerzen.«

»Was zum Teufel soll das? Sie wissen also viel von Schmerzen?«

»Ja«, sagte Lena und lächelte ihr allerwärmstes Lächeln.

»Was wollen Sie damit sagen?«

»Sagen Sie nur, wer er ist und wo er zu finden ist.«

»Nein.«

Der Schlag kam so unerwartet, dass sogar das Blut überrascht war. Es schien lange Zeit nicht aus Carl-Olof Strandbergs Wange hervortreten zu können. Aber schließlich kam es aus der tiefen Wunde geflossen, die Lena Lindbergs lange Nägel in seinem Gesicht hinterlassen hatten.

»Aber…«, sagte Strandberg erstaunt und betrachtete skeptisch seine blutige Hand.

»Es hat ein bisschen gedauert, um es zu lernen«, sagte Lena immer noch milde. »Aber es gefällt mir ganz gut.«

»Aber man wird Sie feuern«, sagte Strandberg erstaunt und betastete seine Wange. Das Blut floss an seinem Hals herab.

»Wenn ich dafür gefeuert werde, dass ich eine Menge Kinder rette, nehme ich es auf mich. Sie kommen hier nicht raus, bevor Sie geredet haben, Strandberg. Das sollten Sie gleich einsehen.«

Sie beugte sich zu ihrer Tasche hinunter. »Ich weiß, das hier ist eine Überraschung, Strandberg«, sagte sie. »Und wenn es Sie tröstet, es ist auch für mich eine Überraschung.«

Sie war nicht mehr dort. Sie war in einem dunklen Keller. Und sie umkreiste Geir, und sie hob die Peitsche.

Sie war glücklich.

»Was haben wir da gemacht?«, sagte Gunnar Nyberg nervös. »War das gut?«

Sara Svenhagen schloss die Augen und sagte: »Du hast auch mit Kinderpornografie gearbeitet, Gunnar. Du weißt, was es für ein Gefühl ist und was es mit einem macht.«

»Sollen wir hoffen, dass sie ihn nur erschreckt? Dass sie ihm nur auf subtile Art droht?«

»Hoffen wir das«, sagte Sara, ohne besonders hoffnungsvoll zu klingen.

Jedenfalls nicht in dieser Hinsicht.

Sie war erstaunt über sich selbst. Sie war erstaunt, wie dünn die Schicht der Zivilisation war. Es war glasklar, dass der Rechtsstaat mit einem Phänomen wie Pädophilie nicht angemessen umzugehen wusste. Sie war ein Teil des Rechtsstaats, ein Teil des Rechts selbst, und niemand hatte mehr als sie das Unzureichende gespürt, die Tendenz des Rechtsstaats, sich selbst Fesseln anzulegen, wenn die Dinge zu schwierig wurden. Was macht man mit einem Menschen, von dem man weiß, dass er weitere Verbrechen begehen, andere Kinder erniedrigen wird, immer und immer wieder? Ja, man lässt sie wieder frei. Und irgendwo steht der ganze Rechtsstaat auf dem Spiel. Als sie den Blick in Lena Lindbergs Augen sah, hatte Sara gewusst, dass sie eine Schwelle überschritt. Sie hatte die Entschlossenheit im Blick gesehen – und dann dieses andere, dieses Ungreifbare, das die Beziehung zwischen Lena und ihr so lange gestört hatte. Dieses Dunkle, das sie nicht verstanden hatte.

Bis jetzt, vielleicht.

Sie standen im Flur und hatten das Gefühl, nichts tun zu können. Jetzt hatten sie die Chance, ein Pädophilennetz schlimmster Sorte zu sprengen, und sie hatten die Chance in die Hände Lena Lindbergs gelegt, die vielleicht sehr labil war.

Die Zeit verging.

Viel weniger Zeit zwar, als sie fühlten, aber trotzdem ziemlich viel Zeit. Später hätten weder Sara noch Gunnar sagen können, wie viel Zeit es war.

Die Zellentür ging auf. Lena Lindberg kam heraus. Sie sah aus wie immer. Sie verschloss die Tür. Dann drehte sie sich zu ihnen um und sagte: »›Kurtz of Darkness‹ heißt Daniel Wiklund, ist zweiundfünfzig Jahre alt und ehemaliger selbstständiger Unternehmer in der Computerbranche. Er wohnt in der Bastugata auf dem Mariaberg auf Södermalm in Stockholm. Kennzeichen: rasierter Schädel.«

Sie sahen sie an. Dieses süße, zuvorkommende Gesicht, das ihr den Titel »Stockholms netteste Polizistin« eingebracht hatte. Und jetzt dieses andere …

»Was hast du mit ihm gemacht?«, fragte Sara finster.

Lena Lindberg lächelte schwach und sagte: »Ich habe ihm Schläge angedroht.«

»Mehr nicht?«

»Er hat im Handgemenge eine Verletzung an der Wange abbekommen. Der Rest war Angst. Er ist ein ängstlicher kleiner Mensch.«

»Ich fühle mich auch gerade wie ein ängstlicher kleiner Mensch«, sagte Gunnar Nyberg und atmete aus.

Lena fuhr fort. »Und er wird auch keine Anzeige erstatten. Er schien fast schon erleichtert, dass er reden konnte. Ich weiß sogar, was Calle und Daniel in Südafrika getan haben. Strandberg scheint so etwas wie den grand old man gegeben zu haben. Ich glaube, ›Kurtz of Darkness‹ sieht zu ›Knabenliebe‹ auf. Vielleicht wie zu einem Vater. Mit allem, was das für diese Menschen bedeutet.«

Sara Svenhagen betrachtete Lena Lindberg. Sekunden vergingen.

Dann hob sie ihr Handy und sagte: »Also Daniel Wiklund.«

30

Jorge Chavez meldete sich am Handy, und als er die Stimme seiner Frau hörte, fühlte er eine solche Wärme in sich aufsteigen wie lange nicht mehr. Es verschlug ihm die Sprache, und er fing an zu stottern, bis Sara Svenhagen sagte: »Konzentrier dich jetzt.«

Er schaltete den Bildschirm aus und hörte konzentriert zu.

Als er Sara bis zum Ende zugehört hatte, sagte er: »Da bleibt mir die Spucke weg!«

Und damit war das Gespräch beendet.

Jon Anderson, der neben ihm saß, warf ihm einen bildschirmmüden Blick zu und sah die Verwandlung. Sie verwandelte auch ihn. Er nahm seine langen Beine vom Schreibtisch, holte tief Luft und merkte, wie miefig es im Zimmer 304 des Polizeipräsidiums von Stockholm roch.

Er sah Chavez' flinke Hände über die Tastatur fliegen und den Namen Daniel Wiklund im Polizeiregister aufrufen.

Fehlanzeige. Kein unbezahltes Knöllchen, keine Steuerhinterziehung. Nichts.

»Wer ist Daniel Wiklund?«, fragte er, weil Chavez offenbar nicht beabsichtigte, die Information ungefragt weiterzugeben.

»›Kurtz of Darkness‹ im Pädophilenring«, sagte Chavez, ohne den Blick vom Bildschirm zu lösen.

»Identifiziert? Wie denn?«, platzte Jon Anderson heraus.

»Davon weiß die Geschichte nichts zu berichten«, sagte Jorge Chavez. »Sara war in diesem Punkt etwas zurückhaltend. Ein erfolgreiches Verhör eben. Die Frage ist, was wir machen. Bist du ein guter Beschatter?«

»Beschatter?«

»Der kleinste Verdacht, und er entwischt. Ich schlage vor, wir fahren in die Bastugata und beschatten ihn.«

»Wir sollten vielleicht Kerstin informieren«, sagte Anderson.

»Selbstredend«, sagte Chavez. »Zu gegebener Zeit.«

Und dann machten sie sich auf den Weg. Schrittweise kehrten sie aus der virtuellen Welt in die wirkliche zurück. Sie verließen ihren Kurzzeitkollegen, den durch und durch virtuellen Axel Löfström, ohne ein Wort.

Die Luft auf dem Korridor der A-Gruppe wurde im Sommer unerträglich heiß. Das war ein allgemein anerkanntes Mysterium. Aber jetzt kam sie ihnen fabelhaft frisch vor, und aus dem Haus zu kommen war die reinste Gesundheitskur. Die wurde allerdings durch die Luft in Chavez' Dienstwagen wieder beeinträchtigt.

In der Bastugata fanden sie überraschenderweise einen Parkplatz. Sie blieben im Wagen sitzen, zehn Meter von der Haustür am oberen Ende der Bastugata.

»Kennzeichen: Glatze«, sagte Chavez. »C'est tout.«

»Wie kriegen wir raus, ob er zu Hause ist?«, sagte Jon Anderson. »Wir können ja nicht einfach klingeln.«

»Zweiter Stock, Fenster zur Straße und auf Riddarfjärden«, sagte Chavez. »Einer von uns muss raus und gucken. Vielleicht sieht man etwas durchs Fenster. Und du bist viel zu groß, um keine Aufmerksamkeit zu erregen.«

»Und du bist viel zu dunkelhäutig für dieses rassenreine Viertel«, sagte Anderson.

Trotzdem ging Chavez. Er überquerte die Straße und wanderte an dem roten Zaun des Ivar-Lo-Parks entlang, bei den Eltern von Kleinkindern hier am Marienberg eher als Bastispark bekannt. Plötzlich wurde die Haustür auf der anderen Straßenseite geöffnet.

Ein unansehnlicher Mann mit Vollglatze trat heraus.

Chavez versuchte, nicht zusammenzuzucken. Er ging scheinbar unbeteiligt weiter.

Der Mann ging in die entgegengesetzte Richtung, hinunter

zum Auto. Chavez drehte sich um und sah ihn am Dienstwagen vorbeigehen. Daniel Wiklund war zwanzig Zentimeter von Jon Anderson entfernt, als Chavez dachte: Jetzt bloß nicht die Tür aufmachen.

Dann verschwand der Kahle um die Ecke. Dort führte eine Treppe zur Timmermansgata hinunter. Chavez sprintete über die Straße und lief hinterher, so leise er konnte. Er drückte sich an die Fassade und lugte um die Ecke, die Treppe hinunter. Daniel Wiklund befand sich auf der Mitte und hatte den Blick nach unten gerichtet. Der Kahle wanderte vom Fuß der Treppe die Tavastgata abwärts. Er griff in die Jackentasche und holte einen Autoschlüssel hervor. Die Leuchten eines metallicblauen Saab blinkten kurz auf, und Chavez sprintete zurück zum Dienstwagen.

Er warf sich in den Wagen und sagte zu dem verdutzten Jon Anderson: »Metallicblauer Saab unten an der Kreuzung Timmermansgata, Tavastgata. Wie kommt man am schnellsten dahin, verflixt. Hier oben ist ja alles Einbahnstraße.«

»Wovon redest du?«, fragte Anderson mit großen Augen.

»Du bist mir ein Beschatter«, sagte Chavez und gab Gas die Bastugata hinauf, auch Einbahnstraße. »Er ist doch direkt am Wagen vorbeigegangen, dicht neben dir.«

»Scheiße«, sagte Anderson und kam in die Gänge. »Fahr bei Blecktornsgränd herum, dann kommst du in der richtigen Richtung zur Tavastgata hinunter.«

Als sie in die Tavastgata einbogen, war der metallicblaue Saab weg. Chavez fuhr mit Vollgas wie ein Irrer die schmale Straße entlang. Er durfte nicht weg sein. Er durfte nicht.

Er war es auch nicht. Er war an einer hartnäckigen roten Ampel vor der Einfahrt in die Hornsgata festgehalten worden. Es wurde gerade grün. Der Saab bog nach rechts in die Hornsgata ab, Richtung Hornstull. Chavez kam erst bei der Ampel an, als sie wieder auf Rot umsprang. Er fuhr über Rot und wäre beinahe mit den von links kommenden Wagen zusammengestoßen.

Ein Kleinlaster hatte sich zwischen sie und den Saab geschoben, aber sie konnten den Saab sehen. Jetzt stand er wieder an einer roten Ampel. Als sie grün wurde, fuhr er geradeaus, Richtung Ringvägen. Chavez folgte ihm in angemessenem Abstand bis Hornstull, wo er Richtung Liljeholmsbron fuhr. Der metallicblaue Saab gehörte zu der kleinen Minorität von Autos, die auf der E4 die Geschwindigkeitsbegrenzung einhielten, bis er bei der Bredängsabfahrt abbog und nach Sätra weiterkurvte, wo er vor einem tristen Wohnblock in der Nähe einer großen Sporthalle anhielt. Der Kahle stieg aus und begab sich zu einem der anonymen Eingänge.

Chavez und Anderson blieben in dem alten, stinkenden Dienstwagen sitzen, an dessen Marke sich niemand erinnerte, und sahen sich an.

»Nur mal eine Frage«, sagte Anderson. »Warum nehmen wir ihn nicht einfach hops?«

Chavez schnitt eine Grimasse und sagte: »Du und ich, wir haben uns in der virtuellen Welt befunden, während alle anderen es mit diversen Formen von Action zu tun hatten, vor allem oben in Ångermanland. Ich habe die virtuelle Welt satt. Ich habe Lust auf ein wenig richtige, altmodische Polizeiarbeit.«

»Aber besteht nicht die Gefahr, dass er sich in Luft auflöst? Wenn wir ihn jetzt verlieren. Dann kommt vielleicht der ganze Pädophilenring davon. Wie könnten wir damit leben?«

»Hier ist etwas im Gange«, sagte Chavez. »Wir haben zwar noch ein paar lose Fäden, aber wir wissen, dass die Figur gejagt wird. Irgendeine Art von Rächern ist kurz davor, ihm die Kehle durchzuschneiden. Normalerweise lebt er sehr zurückgezogen. Er hat ein großes IT-Unternehmen verkauft, das er während des großen Booms gestartet hat, und sitzt jetzt allein und reich und isoliert da und lenkt diesen Pädophilenring mit eiserner Hand. Was macht er dann also jetzt? Warum fährt er nach Sätra? Er trifft da jemanden, und bestimmt keinen aus seinen alten Unternehmerkreisen. Dies hier ist eine zwielichtige Gegend. Denk mal nach. Er weiß, dass die Schlinge um seinen Hals langsam zugezogen wird. Er ist ein rücksichtsloser Pädophiler und außerdem vermutlich ein hartgesottener Exunternehmer. Geht er nicht zum Gegenangriff über?«

»Ziehst du nicht gerade ziemlich weitreichende Schlüsse?«, sagte Jon Anderson und blickte sich in der tristen Vorortgegend um. »Es kann doch um alles Mögliche gehen. Vielleicht besucht er seine Mutter.«

»Dann übergeben wir diese Sache jetzt Ragnar Hellbergs Abteilung für Kinderpornografie«, sagte Chavez und zog sein Handy heraus.

Als er die Nummer einzutippen begann, legte Jon Anderson die Hand auf seine. »Warte«, sagte er.

»Warum denn?«, sagte Chavez mit Unschuldsmiene.

»Ich wünsche mir auch ein bisschen richtige altmodische Polizeiarbeit«, sagte Anderson.

Im Handy antwortete Fräulein Uhrzeit. Sie sagte: »Sechzehnter Juni, sechzehn Uhr, fünf Minuten und zwanzig Sekunden. Piep.«

Jon Anderson musste lachen, und sie setzten sich in dem stinkenden Wagen zurecht.

Als richtig altmodische Polizeispäher.

31

Kerstin Holm hatte ihren Zweitschlüssel zu Paul Hjelms Wohnung in der Slipgata auf Kniv-Söder nie benutzt. Es war ein seltsames Gefühl, die mythenumsponnene Junggesellenwohnung in Gesellschaft von Bengt Åkesson aufzusuchen.

»Tot liegt er jedenfalls nicht da«, sagte sie nach einem schnellen Blick durch die kleine Wohnung.

»Jedenfalls nicht hier«, sagte Bengt Åkesson und zog den Duschvorhang in dem kleinen, aber gepflegten Bad zur Seite.

»Dagegen glaube ich, auf dem Fußboden hier und da ein paar abgestorbene Lebensspuren ahnen zu können«, sagte Kerstin Holm, ging ans Fenster und zog die Jalousien hoch, sodass das Nachmittagslicht ins Zimmer drang.

Die Wohnung machte unbestreitbar einen etwas kümmerlichen Eindruck. Aber auch einen unbekümmerten. Paul Hjelm war es tatsächlich gelungen, sie ganz ansprechend erscheinen zu lassen, wenn auch in einer einsamen, vielleicht ein wenig resignierten Weise.

Er brauchte neue Lebenskraft.

Plötzlich, für einen winzigen Moment, stand Kerstin Holm eine große, schöne Wohnung vor Augen, die Paul und sie sich gemeinsam eingerichtet hatten. Dort wohnten sie zusammen mit Kerstins Sohn Anders, und hin und wieder kamen Pauls erwachsener Sohn Danne und seine erwachsene Tochter Tova zu Besuch. Es war eine Wohnung, in der die Liebe gedieh.

Die Vision verschwand. Es war sehr merkwürdig. Sie betrachtete Bengt Åkesson, der seinen jeansbekleideten Körper an einen Türpfosten lehnte.

Und sie dachte: Warst das wirklich nicht du, Bengt, den ich gerade gesehen habe? Waren es nicht unsere gleichaltrigen

Kinder, die zusammen mit uns in einer Wohnung leben, in der die Liebe gedeiht?

»Der Computer«, sagte Bengt.

Er lag auf dem Bett, mit angeschlossenem Breitbandkabel. Sie hoben ihn auf, setzten sich an Paul Hjelms anspruchslosen Couchtisch und versanken im Sofa. Es war wirklich bequem, das musste Kerstin zugeben.

Der Computer war angeschaltet. Er begann sofort zu arbeiten, als sie den Deckel hochklappten. Die Google-Homepage als Startseite. Und gespeicherte Suchworte, wenn man die Liste anklickte.

»Gehen wir hier nicht zu weit?«, fragte Kerstin. »Können wir das rechtfertigen?«

»Du meinst, falls er Pornos auf dem Computer hat?«

»Nein, ich meine, ob wir das Recht dazu haben.«

»Er ist den ganzen Tag verschwunden. Und nicht über sein Handy erreichbar.«

»Vielleicht liegt es hier. Er hat es vielleicht zu Hause vergessen.«

Und dann machte sie einen Testanruf. Nirgends in der kleinen Wohnung klingelte es.

»Komm schon«, sagte Åkesson. »Du bist genauso besorgt um ihn wie ich. Vielleicht noch mehr.«

»Das ›vielleicht noch mehr‹ kommentiere ich später«, murmelte Kerstin Holm und klickte auf Hjelms Google-Suchwortliste.

Sie blätterte die Suchworte bis zu »Penisknochen« durch und klickte es an. Die von Paul geöffneten Links hatten eine andere Farbe.

Und nun erschien die Geschichte von Leopold Chamelle, Rigmondo, Andreas Clöfwenhielm und Fac ut vivas auf dem Bildschirm. Und dazu die Namen Olof Lindblad und Christine Clöfwenhielm.

»Er hat hart gearbeitet«, sagte sie nach einer halben Stunde intensiven Lesens.

»Meine Güte«, sagte Bengt Åkesson, der ihr die ganze Zeit über die Schulter gesehen hatte. »Das Skelett hieß also Rigmondo und war eine Sexattraktion in der Stockholmer Unterwelt des achtzehnten Jahrhunderts?«

»So ungefähr«, sagte Kerstin Holm. »Euer Stefan Willner findet also das Skelett und verkauft es an diese anonyme Ordensgesellschaft Fac ut vivas, die offenbar immer noch existiert. Paul macht sich auf den Weg, um Olof Lindblad und Christine Clöfwenhielm aufzusuchen. Sie muss also mit Andreas verwandt sein, und er behauptet, Mitglied von Fac ut vivas zu sein. Aber zu ihr scheint es diese Verbindung nicht zu geben.«

»Beide stehen im Telefonbuch«, sagte Åkesson. »Er mit drei Nummern, davon einer geschäftlichen, sie mit zweien. Beide haben ein Handy. Rufen wir sie an?«

»Wenn sie irgendetwas mit Pauls Verschwinden zu tun haben, sollten wir sie nicht warnen. Es ist kurz nach halb fünf. Lindblad kann noch im Büro sein. Wie hieß die Firma, Theta International Communications AB? Norrtullsgatan. Ich schicke Arto und Viggo hin, und wir fahren zu Christine Clöfwenhielm in Tegnérlunden.«

»Ich bezweifle, dass Paul Hjelm verschwunden ist«, sagte Viggo Norlander auf dem Beifahrersitz in Arto Söderstedts altem Toyota Picnic, den dieser regelmäßig dienstlich benutzte, um die Reparaturkosten absetzen zu können.

»Warum soll er nicht verschwinden können wie alle anderen?«, sagte Söderstedt und gab Gas.

»Er kann doch sonst gut auf sich aufpassen«, sagte Norlander.

Das Familienauto bog von der Dalagata in die Odengata ein, glitt in die Nachmittagssonne, deren magisches Licht über dem Odenplan schwebte, und bog in die Norrtullsgata ein.

»Haben wir alles klar vor Augen?«, fragte Norlander. »Es war ein wenig diffus.«

Söderstedt sagte, während er in eine Parklücke fuhr: »Ein wenig diffus, ja. Aber wenn ich es richtig verstanden habe, kann es diese Gesellschaft Fac ut vivas sein, für die der Mann mit der Klaviersaite arbeitet. Und die kann auch Paul aus dem Verkehr gezogen haben, weil er zu dicht an ihre lichtscheue Aktivität herangekommen ist. Und dieser Geschäftsführende Direktor, den wir jetzt treffen wollen, hat irgendwo, wahrscheinlich irrtümlich, angegeben, dass er Mitglied von Fac ut vivas ist.«

»Okay…«, sagte Norlander zögernd und stieg aus dem Auto. »Trotzdem bin ich nicht hundertprozentig überzeugt.«

»Also gut«, sagte Söderstedt und schloss die Autotür. »Dieser Mann könnte wissen, wo Paul Hjelm ist. Und vermutlich weiß er noch viel mehr.«

Sie betraten das anspruchslose Gebäude, das Theta International Communications AB beherbergte, und trafen auf eine verhärtete Empfangsdame von ungefähr fünfundvierzig Jahren, die ihnen die Krallen entgegenstreckte. Söderstedt hielt seinen Ausweis hoch, legte seinen Kopf direkt in ihren Rachen und sagte: »Ja, da wären wir wieder.«

»Entschuldigung?«, sagte die Dame skeptisch.

»Wir von der Polizei waren doch schon heute Morgen hier, um mit Olof Lindblad zu sprechen.«

»Aber das waren nicht Sie«, sagte die Empfangsdame.

»Nein«, nickte Söderstedt und empfand ein Gefühl der Zufriedenheit. »Wer war es denn?«

Sie befragte ihren Computer und sagte: »Paul Held.«

»Held?«

»Ja. Um null neun vierunddreißig.«

»Prima«, sagte Söderstedt. »Wir würden dem Herrn Direktor gern ein paar ergänzende Fragen stellen, wenn es möglich ist.«

»Leider nicht«, sagte die Empfangsdame. »Er ist gerade nach Hause gegangen.«

»Gerade eben?«

»Ich fürchte, ja«, sagte die Empfangsdame zufrieden.

»Wann war das?«

»Es ist jetzt sechzehn vierundfünfzig, er ist um sechzehn einundfünfzig gegangen.«

»Er wohnt in Danderyd, nicht wahr? Wissen Sie, ob er mit dem Auto fährt?«

»Soweit ich weiß, fährt er meistens mit der Roslagsbahn«, sagte die Empfangsdame.

Söderstedt setzte sich in Bewegung. Im Laufen zog er einen Ausdruck der Mitarbeiterseite von Theta aus der Tasche, mit dem Foto Olof Lindblads. Er prägte sich das Bild ein und gab es an Norlander weiter, der hinter ihm herkeuchte.

»So eine Scheiße«, schnaufte Viggo Norlander.

»Los doch«, sagte Arto Söderstedt. »Wie kommt er zur Roslagsbahn? Ostbahnhof? Bus oder U-Bahn? Er wird den Bus nehmen, er geht zum Odenplan und nimmt den Bus die Odengata hinauf. Widersprich mir.«

»Ich bin ein alter Mann«, sagte Norlander. »Ich kann nicht sprechen, wenn ich laufe.«

Als sie zum Odenplan kamen, fuhr der Bus Nummer 4 gerade in ihrer Richtung ab. Sie sahen ihm nach, wie er unten an Sveavägen vor einer roten Ampel hielt. Söderstedt rannte los, Norlander krümmte sich.

»Ruf in fünf Minuten Lindblads Handy an«, rief Söderstedt über die Schulter dem zurückbleibenden Kollegen zu, während er ihm gleichzeitig seine Autoschlüssel zuwarf.

Arto Söderstedt hätte nicht gedacht, dass er jemals den Sveaväg bei der Odengata, eine Stelle mit der höchsten Verkehrsdichte Schwedens, im Berufsverkehr rennend überqueren würde. Aber das tat er. Und er war an Ort und Stelle, als Bus Nummer Vier ein Stück weiter vorn in der Odengata auf der anderen Seite des Sveaväg hielt. Er stieg ein und sah im hinteren Teil einen Mann sitzen, der stark an das Internetbild von Olof Lindblad erinnerte.

Es gibt Menschen, dazu gehören Schriftsteller, die sich auf Bildern nie ähnlich sind. Jedes Bild ist anders. Es ist, als hätten sie tausend Gesichter. Umso besser, dass Olof Lindblad nicht zu dieser illustren Gruppe gehörte.

Söderstedt setzte sich neben ihn und gönnte es sich, ein paarmal nach Luft zu schnappen, ehe er sagte: »Olof Lindblad?«

Er war in den Fünfzigern, durchtrainiert und ziemlich entspannt, und er reagierte lediglich mit einem erstaunten und sympathischen Heben der Augenbrauen.

»Ja?«, sagte er.

»Mein Name ist Arto Söderstedt von der Reichskriminalpolizei. Sie haben heute Morgen mit meinem Kollegen Paul Hjelm gesprochen, nicht wahr?«

Lindblad sah ihn mit ungerührter Miene an und sagte: »Das stimmt. Er fragte nach einer Gesellschaft mit einem lateinischen Namen, die ich leider nicht kenne. Der Name, er scheint irgendwie in meine Präsentation auf der Homepage unseres Unternehmens geraten zu sein.«

»Und er ist Ihnen völlig unbekannt?«

»Vollkommen«, nickte Olof Lindblad. »Was ich Ihrem Kollegen auch klargemacht habe. Er war zufrieden und ging nach ein paar Minuten wieder. Gibt es etwas Neues, da Sie sich so angestrengt haben, mich noch einmal aufzusuchen?«

»Angestrengt?«, keuchte Söderstedt.

»Sie hecheln ja wie ein Pudel«, sagte Lindblad.

»Das Neue ist, dass der fragliche Polizist verschwunden ist«, sagte Söderstedt, während der Bus an der nächsten Haltestelle hielt. »Er ist zuletzt in Ihrem Büro gesehen worden. Seitdem ist er spurlos verschwunden.«

»Das ist merkwürdig«, sagte Lindblad ohne größere Gefühlsregung. »Während unseres Gesprächs ist wirklich nichts Besonderes passiert.«

In diesem Augenblick klingelte Olof Lindblads Handy. Er holte es hervor und sah auf das Display. Söderstedt schnappte es sich und warf es durch die Bustür hinaus. Dort stand Norlander und fing es auf.

»Ostbahnhof«, rief Söderstedt Norlander zu, der nickte, wobei er wie die Parodie eines Gestressten aussah.

Olof Lindblad sah vor allem verdutzt aus. »Was ist denn jetzt los?«, sagte er nur.

»Wenn alles in Ordnung ist, bekommen Sie es oben am Ostbahnhof wieder und können wie immer mit der Roslagsbahn nach Hause fahren. Finden wir dagegen ein interessantes Gespräch, das gleich nach Paul Hjelms Besuch bei Theta geführt wurde, müssen wir genauer über die Sache sprechen. Klingt das nicht ganz vernünftig?«

Lindblad sah den verwirrenden Finnlandschweden mit scharfem Blick an. »Ich weiß wirklich nicht, worum es geht.«

Söderstedt lächelte und lehnte sich zurück. Der Bus bog jetzt auf den Valhallaväg ein und hielt am Ostbahnhof. Dort stand Söderstedt auf und wies Lindblad mit einer höflichen kleinen Geste an, vor ihm auszusteigen. Sie wurden von Viggo Norlander in Empfang genommen, der Söderstedts Toyota auf den Gehweg gelenkt hatte.

»Wie sieht's aus?«, fragte Söderstedt seinen Kollegen.

»Ich war doch schnell, oder?«, antwortete Norlander atemlos.

»Außerordentlich«, sagte Söderstedt. »Hattest du Zeit, es zu checken?«

Viggo Norlander sah stolz aus. »Die Nummer, die heute Morgen um null neun einundvierzig von Olof Lindblads Handy angerufen wurde, gehört Christine Clöfwenhielm in Tegnérlunden. Das ist doch da, wo Kerstin mit diesem Jeanskasper von der Stockholm-Polizei hinfährt?«

»Das ist kein Jeanskasper«, sagte Arto Söderstedt. »Das ist Kerstins Freund.«

»Au verflucht«, sagte Viggo Norlander erstaunt.

Kerstin Holm und Bengt Åkesson standen in einem Treppenhaus in Tegnérlunden und klingelten an einer Tür. Auf der Briefklappe stand »Clöfwenhielm«. Niemand öffnete. Hinter der Tür gab es keinerlei Anzeichen von Leben.

Bengt Åkesson holte ein kleines Universalwerkzeug aus der Tasche und klappte ein paar meißelähnliche Instrumente heraus. »Und ich will kein Wort über unsere Befugnisse hören.«

Kerstin Holm lächelte und hielt den Mund. Aber sie prüfte nach, ob ihre Dienstwaffe gut zugänglich unter der leichten schwarzen Sommerjacke steckte.

Åkesson fummelte eine Weile am Schloss herum. Holm hielt mit Adleraugen Wache.

Schließlich hatte er das Schloss geknackt und öffnete die majestätische Wohnungstür. Dahinter befand sich jedoch eine Gittertür. Åkesson seufzte, klappte ein paar andere Werkzeuge aus und schritt erneut zur Tat.

Bald war auch die Gittertür geöffnet. Sie betraten eine prachtvolle Wohnung, blickten in eine große, offene Landhausküche, wo sich noch Wassertropfen neben der Spüle fanden und Flecken von etwas, was wohl als Lehm zu bezeichnen war. Sie gingen tiefer in die Wohnung hinein. Eine Tür war verschlossen. Sie war mit ausreichend vielen Lehmflecken versehen, dass man sie für eine Ateliertür halten konnte. Die Tür zum Atelier einer Bildhauerin? Åkesson holte wieder seinen Dietrich heraus, und jetzt war er richtig in Fahrt. Mit einem kurzen Ruck ließ er das Schloss aufspringen und seinen verborgenen Mechanismus freigeben.

Sie kamen in eine höchst merkwürdige Künstlerwerkstatt. Als das Paar zwischen einer Sammlung eigenartig zusammengefügter Skulpturen, faszinierend und erschreckend in ihrer tiefinneren Befriedigung, herumzuwandern begann, klingelte Kerstin Holms Handy.

Arto Söderstedt sagte kurz: »Nachdem Paul bei Olof Lindblad gewesen ist und nach Fac ut vivas gefragt hat, rief

369

dieser sofort Christine Clöfwenhielms Handy an. Wenn wir davon ausgehen, dass Paul erst bei Lindblad war und dann zu Clöfwenhielm ging, war die Frau gewarnt, als er kam. Ich vermute, er ist entweder noch in der Wohnung oder von dort entführt worden.«

»Entführt klingt ziemlich albern«, sagte Kerstin Holm.

»Aber wie soll man es sonst nennen?«, sagte Arto Söderstedt.

»Er ist nicht hier«, sagte Holm. »Dafür sind hier die seltsamsten Skulpturen, die ich je gesehen habe.«

»Habt ihr Keller und Boden überprüft?«

»Noch nicht«, sagte Kerstin Holm und sah Bengt Åkesson an. Sie sah, dass er seine Jeansjacke aufknöpfte und das Schulterholster freilegte.

»Seid bloß vorsichtig«, sagte Söderstedt im Hörer.

»Unbedingt«, sagte Kerstin und schauderte. »Was habt ihr mit Olof Lindblad gemacht?«

»Wir bringen ihn zu einem ordentlichen Verhör ins Präsidium«, sagte Söderstedt. »Okay«, sagte Kerstin Holm und fügte hinzu: »Mehr Anhaltspunkte habt ihr nicht?«

»Unser Freund hat noch ein paar andere Handygespräche geführt, die werden wir überprüfen. Außerdem will ich versuchen, so schnell wie möglich eine Liste der Gespräche von Fräulein Clöfwenhielms Handy und Telefon zu bekommen. Aber das ist ja bekanntlich leichter gesagt als getan.«

»Gute Arbeit«, sagte Kerstin Holm und schaltete die Stimme ihres hellhäutigsten Untertanen ab.

Und vielleicht ihres besten.

»Was für Wahnsinnsskulpturen«, sagte Åkesson und schien zum ersten Mal ein wenig von seiner maskulinen Schutzschicht verloren zu haben. Ihr gefiel das. »Welche Urkraft«, fügte er andächtig hinzu.

»Und nun ist noch mehr Urkraft aus Rigmondos Penisknochen zu holen«, sagte Kerstin Holm mit entwaffnendem Lächeln.

»Aber keine Spur von Hjelm«, sagte Åkesson etwas nüchterner. »Oder?«

»Wir müssen auf den Dachboden.«

Gesagt, getan. Das Duo bestieg den Fahrstuhl. Kerstin ließ einen Finger über die Fahrstuhlwand gleiten. Er blieb an einem deutlichen Lehmfleck hängen.

Åkesson sah es und sagte: »Den kann sie jederzeit dort hinterlassen haben. Das beweist nichts.«

»Beweisen nicht«, sagte Kerstin Holm. »Aber andeuten. Es ist ein kleiner Fahrstuhl, mit zwei Personen darin. Wenn man sich nicht umarmen will, wird man an die Wand gedrückt.«

Sie waren oben an der Bodentür. Åkessons Dietrich kam wieder zum Einsatz. Außerdem nahm Åkesson eine Minitaschenlampe aus der Jackentasche. Und zog seine Dienstpistole mit deutlich aufforderndem Blick zu seiner Kollegin. Widerwillig holte Kerstin Holm ihre Dienstwaffe heraus.

Sie tasteten sich in dem dunklen Raum vor. Es gab zwar einen Lichtschalter, aber die bleiche Glühbirne erleuchtete nur einen kleinen Teil des mächtigen Bodens.

Alles war still.

»Stell dir vor, was hier für Dachwohnungen entstehen könnten«, flüsterte Bengt Åkesson.

Kerstin Holm nickte und dachte: Ich erkenne einen Wink mit dem Zaunpfahl, auch wenn er geflüstert wird.

Das Herz schlug laut und deutlich.

In einem der Bodenräume lag ein halbierter Mensch hinter dem Maschendraht.

Sie zuckte zusammen. Ein Augenblick tiefsten Entsetzens tat seine Wirkung, bis Åkessons Taschenlampenlicht den halbierten Menschen als eine liegende Rüstung entlarvte. An der Wand dahinter hingen ein paar Wappenschilde.

»Adelssymbole«, flüsterte Kerstin. »Clöfwenhielm. Das muss hier sein.«

Åkessons Taschenlampenlicht bohrte sich noch ein Stück

tiefer in den Bodenraum. In einer Ecke lagen eine Menge Kartons durcheinander, alte Briefe waren über den Fußboden verstreut.

»Spuren eines Kampfes«, sagte Åkesson, und auch seine Stimme war nicht unberührt.

»Scheiße«, sagte Kerstin und fühlte Trauer in sich aufsteigen.

»Verdammte Scheiße. Hier müssen sie Paul geschnappt haben.«

»Auf ein Neues«, sagte Bengt und übergab Kerstin die Taschenlampe. Er holte den Dietrich heraus und schob die Dienstpistole zurück ins Holster. Das Vorhängeschloss war kein Hindernis für seine Kunstfertigkeit im Handhaben des Dietrichs.

Sie gingen hinein. Åkesson wühlte in den Briefen. Er arbeitete sich bis in die Ecke vor. »Aha«, sagte er irgendwo tief im Dunkel. Kerstin leuchtete dorthin.

Bengt Åkesson hatte sich einen Plastikhandschuh übergezogen und kam mit einer Kanüle in der Hand zum Vorschein.

Eine Spritze.

»Verdammt«, sagte Kerstin. »Nimm sie mit.«

Sie betrachtete das Chaos alter Briefe. Etwas schaute darunter hervor. Etwas, was verloren worden war.

Es war sehr, sehr dünn.

Aber sehr, sehr stark.

Es war eine Klaviersaite.

Olof Lindblad saß in einem Verhörraum auf dem Flur der A-Gruppe und betrachtete einen lederbekleideten breiten Rücken. Viggo Norlander hatte sich umgedreht, in der etwas verzweifelten Hoffnung, Lindblad würde ihn angreifen und ihm die Gelegenheit geben, ihn gehörig zusammenzufalten. Aber Lindblad sah äußerst cool aus. Er würde nichts Übereiltes tun, das war klar.

Söderstedt beobachtete sie durch den Verhörspiegel. Er musste seine analytischen und intuitiven Verstandesgaben zusammennehmen, um Zugang zu Olof Lindblads Charakter zu finden. Das war wahrhaftig nicht leicht. Er würde sich nicht so bald ergeben.

Aber Arto Söderstedt war selten erfolglos. Und erfolglos zu sein, danach stand ihm auch diesmal nicht der Sinn.

Er ging in den Verhörraum und sagte. »Wir sollten schon versuchen, ein bisschen Ordnung in die Dinge zu bringen. Sie sind für die Entführung und vielleicht Ermordung eines ranghohen Polizeibeamten verantwortlich. Und das ist sehr merkwürdig. Denn Sie sind nicht der kriminelle Typ, überhaupt nicht. Das verwirrt mich.«

Lindblad sah ihn unbeteiligt an und sagte: »Ich weiß wirklich nicht, was ich hier soll.«

»Ich habe es Ihnen gerade gesagt. Ihr Leben wird nie wieder so sein wie vorher. Sie haben Familie, und Ihre vier Kinder in Ihrer Villa draußen in Danderyd werden sich bald fragen, warum der Papa nicht nach Hause kommt. Und was sollen wir dann antworten?«

»Dass Sie einem Irrtum erlegen sind.«

Söderstedt lachte auf. »Ja. Das stimmt. Ich habe mich in Ihrem Charakter geirrt. Sie sind viel verhärteter, als ich gedacht habe. Das bedeutet, wir sollten Sie mehr als Polizistenmörder als wie einen Kapitalisten mit obskuren Ordensneigungen behandeln. An sich ist es ja vorstellbar, dass die normalen Mitglieder keinen Überblick über alle Aktivitäten von Fac ut vivas haben und Sie deshalb unschuldiger sind, als es scheint ...«

Lindblad betrachtete den schwer durchschaubaren Weißfinnen und versuchte, sich einen Reim auf ihn zu machen. So viel war jedenfalls in Söderstedts Augen zu erkennen. Jetzt galt es, Lindblad dazu zu verleiten, dass er ihn unterschätzte. Das war ein sicherer Trumpf.

»Zumal es sich um eine äußerst mörderische Organisation

handelt«, sagte Söderstedt. »Eine Organisation, die allein in den letzten acht Monaten mindestens fünfzehn Menschen ermordet hat, indem sie ihnen den Hals mit einer Klaviersaite durchschneiden ließ.«

Olof Lindblad versuchte, seine neutrale Miene beizubehalten, aber es gelang ihm nicht. Glücklicherweise gelang es ihm nicht. Er wurde hinter der zerbröckelnden Maske deutlich bleich.

Söderstedt sagte so ungerührt wie möglich: »So ist das also. Sie gehören nicht dem inneren Kreis an.«

»Ich weiß nicht, wovon Sie sprechen«, sagte Lindblad hartnäckig.

»Haben Sie verstanden, dass unser Kollege Paul Hjelm von dieser Christine Clöfwenhielm und dem Mann mit den vier Fingern und der Klaviersaite entführt oder sogar ermordet worden ist? Haben Sie das verstanden?«

Olof Lindblad kämpfte mit sich selbst. Es war deutlich, dass ein heftiger Kampf in ihm stattfand. »Es ist eine positive, lebensbejahende Organisation«, sagte er schließlich sehr deutlich. »Es geht darum, seine innere Lebenskraft zu bejahen.«

Söderstedt warf Norlander, der ihn in dieser albern *bewundernden* Art ansah, einen Blick zu.

Söderstedt dachte: Und wenn es so ist? Wenn dieser Mensch, der von allen, die ich kenne, am häufigsten ›Schnauze‹ zu mir gesagt hat, mich im Innersten tatsächlich bewundert?

Das Dumme ist ja, dass ich dich bewundere, Viggo, dachte er schließlich und wandte sich Lindblad zu.

Nein, Olof Lindblad war wirklich kein hartgesottener Verbrecher. Eher ein Idealist. Söderstedt versuchte, sich gleichzeitig ein Bild davon zu machen, was Fac ut vivas für eine Organisation war. Es fehlte sehr an Information.

»Ich weigere mich, das zu glauben«, sagte Lindblad schließlich.

374

»Trotzdem sieht es so aus, als wüssten Sie, von wem ich spreche. Dem großen Mann mit vier Fingern an der linken Hand.«

»Das ist kein Mörder.«

»Sie wissen also, wer er ist? Wie heißt er?«

»Außer Christine kennt niemand die Namen.«

»Weil Christine Clöfwenhielm die Großmeisterin ist?«

»Ja«, sagte Lindblad und blickte zu Boden. Der innere Kampf war offenbar vorbei.

»Erzählen Sie alles, was Sie von ihm wissen«, sagte Söderstedt ruhig.

»Er tauchte vor etwa einem Jahr in dem Kreis auf. Er habe eine Sondereinladung, sagte Christine. Er sei ein Unikum. Denn er habe die Todeskraft in sich besiegt. Und er solle in dem Kreis die Chance erhalten, die Lebenskraft wieder aufzubauen. Und dann wäre er noch einzigartiger. Sie habe nie gehört, dass so etwas vorgekommen sei.«

»Was Sie sagen, ist ein bisschen schwer zu begreifen«, sagte Söderstedt. »Können Sie etwas deutlicher werden? Was tun Sie in Fac ut vivas? Wie funktioniert das für normale Mitglieder wie Sie?«

Olof Lindblad schüttelte den Kopf. »Wir haben bei unserem Leben geschworen, gegenüber Außenstehenden nichts zu sagen«, sagte er schwach. »Ich kann nicht…«

»Sie können mich raten lassen, und dann sagen Sie, ob es falsch ist.«

Der Geschäftsführende Direktor sah diesen seltsam weißen Finnlandschweden an, und das Komische war, dass sein Gesichtsausdruck dem Viggos zu ähneln begann.

»Lebenskraft und Todeskraft«, sagte Söderstedt nachdenklich. »Die Todeskraft besiegen. Weiblicher Großmeister. ›Eine positive, lebensbejahende Organisation‹. Ermordet Pädophile.«

»Falsch«, sagte Lindblad.

»Leider nicht«, sagte Söderstedt bedauernd. »Und dann

haben wir diesen Rigmondo, den Kerstin nur nebenbei erwähnte. Eine Gestalt aus dem achtzehnten Jahrhundert mit Penisknochen. Als Kultobjekt. Ungefähr wie die Reliquien bei den Katholiken. Das achtzehnte Jahrhundert ... Mit Wurzeln im Libertinismus, oder? Wir reden hier von sexualitätsbejahenden Ritualen, oder? Ich ahne Hieros-Gamos-Riten ...«

Lindblad betrachtete ihn mit scharfem Blick. Aber er sagte nichts.

»Seid ihr nicht einfach nur eine Gruppe von Swingern, die Pädophile hassen?«, sagte Söderstedt in herablassendem Tonfall.

»Dann haben Sie wirklich gar nichts verstanden«, entfuhr es Lindblad.

»Ihre Frau macht auch mit, oder? Geht es um Orgien mit Gruppensex?«

Lindblad schwieg. Er sah zu Boden. »Ich dachte, Sie hätten die Lebenskraft verstanden«, sagte er schließlich leise. »Sie schienen einer zu sein, der versteht. Aber das war falsch. Sie haben mich getäuscht.«

»Sie haben keine Ahnung, was ich verstehe und was nicht«, sagte Söderstedt. »Und das macht Sie verdammt unruhig. Aber Sie versuchen es herauszufinden. Nun reden Sie schon.«

Olof Lindblad bewegte sich ein wenig auf seinem Stuhl. Er sagte: »Wir leben in einer Zeit, in der das Sexuelle überbetont wird. Aber nur äußerlich. Innerlich ist es fast immer tot. Sex ist zur Gebrauchsware unter anderen geworden. Aber Sexualität ist etwas ganz anderes, nämlich die Basis unserer menschlichen Existenz, unsere innere Wachstumskraft, unsere treibende Lebenskraft. Die Banalisierung der Sexualität ist die Geißel unserer Zeit.«

»So weit bin ich einverstanden«, sagte Söderstedt. »Ich habe fünf Kinder.«

»Das habe ich geahnt«, sagte Lindblad. »Ich habe vier.«

»Ich weiß. Aber dann? Der nächste Schritt?«

»Die meisten Menschen von heute haben die Sexualität einfach zu einer Handlung unter anderen gemacht. Ich gehe einkaufen, ich jogge, gehe zum Sport, habe Sex, esse Schokolade, trinke Malt Whisky. Die Sexualität als Ware, die das Lebensgefühl ein wenig erhöht. So wie man aufhören kann, Schokolade zu essen, weil man davon dick wird, so kann man mit Sex aufhören. Man kann die Sexualität haben und verlieren, und man kann sie leicht durch einen anderen, kleineren Genuss ersetzen. So war es auch für mich. Bis ich meiner jetzigen Frau begegnet bin. Sie zeigte mir den Kern und die Wurzel des Lebens.«

»Und sie hat Sie mitgenommen zu Fac ut vivas?«

»Ja. Dem Menschen von heute fehlt die basale Lebenskraft. Und von denen, die die Sexualität wirklich ernst nehmen, tun es immer mehr aus den falschen Gründen, sie tun es mit einem destruktiven Dreh, der unsere grundlegende Lebenskraft zu einer Todeskraft macht. Neunundneunzig von hundert sind eigentlich gleichgültig gegenüber der Lebenskraft, aber der Letzte ist mehr und mehr auf den Tod orientiert. Jenseits der gleichgültigen asexuellen Masse findet heute ein Kampf zwischen Lebenskraft und Todeskraft statt, und zwar im Innersten unserer Seelen!«

Arto Söderstedt nickte und sagte: »Im Hinblick auf diesen Kampf kann es nicht überraschen, dass sich Fac ut vivas auf diejenigen stürzt, die für eine vom Todestrieb gelenkte Sexualität stehen ...«

»Das glaube ich immer noch nicht«, sagte Olof Lindblad. »Dann werden ja wir selbst ein Teil der ...«

Söderstedt nickte wieder und sagte: »Das scheint das eigentliche Paradox zu sein«, sagte er.

»Haben Sie irgendwelche Beweise?«, fragte Lindblad und näherte sich allmählich wieder seinem normalen Alltagsich an.

»Eine ganze Menge«, sagte Söderstedt. »DNA und Augenzeugen aus Ångermanland und jetzt auch Fingerabdrücke auf einer Kanüle und eine Klaviersaite. Mitsamt Zeugenaussage der Tochter des Mörders, die Fac ut vivas zu allem Überfluss entführt zu haben scheint, um sie in einem Ritual zu ›reinigen‹. Was ist das für ein Reinigungsritual?«

»In gewissen Situationen ist es möglich, einen Abwärtstrend umzukehren…«

»Das heißt, jemanden zu bekehren, der auf dem Weg ins Negative, ins Reich der Todeskraft ist?«

»So ungefähr, ja…«

»Haben Sie an einem solchen Ritual teilgenommen?«

»Ja«, sagte Lindblad und schwieg.

»Und jetzt steht also wieder ein Ritual bevor? Wann und wo?«

Olof Lindblad schwieg. Sein Blick senkte sich zu Boden. Es war nicht das Schweigen des hartgesottenen IT-Direktors. Es war ein anderes Schweigen.

Es war ein moralisches Schweigen.

Arto Söderstedt sagte sehr milde: »Fac ut vivas hat zwei Personen entführt, ein vierzehnjähriges Mädchen und einen engen Freund von mir. Ich gehe davon aus, dass nicht die Absicht besteht, einem von ihnen Schaden zuzufügen, aber wir müssen sie finden. Und das können wir nur durch dieses Ritual. Sie müssen davon berichten.«

»So läuft das nicht ab«, sagte Olof Lindblad, den Blick immer noch zu Boden gerichtet.

»Wie dann?«, fragte Söderstedt sehr deutlich.

Lindblad schnitt eine Grimasse, sodass sich sein Gesicht zusammenzog. Es sah aus, als beiße er sich an einer Zitrone fest.

Allem Anschein nach begriff er – ebenso wie Söderstedt und Norlander –, dass dies der entscheidende Augenblick war.

Was bedeuten Treue und Loyalität?

Was bedeuten Idealismus und Realismus?

Wo liegen unsere inneren Grenzen?

Olof Lindblad sagte: »Es beginnt immer um acht Uhr am Abend. Sie rufen eine halbe Stunde vorher an und teilen den Ort mit. Es ist immer ein anderer.«

»Und an welchem Tag wird das Ritual stattfinden?«, fragte Arto Söderstedt.

»Heute«, sagte Olof Lindblad und sah ihm tief in die Augen.

32

Sie hatten so lange im Wagen gesessen, dass dessen Inneres stark wie Zimmer 304 im Präsidium zu riechen begann. Nach drei Stunden in Sätra waren Jorge Chavez und Jon Anderson nicht mehr sicher, ob sie sich in der wirklichen oder in der virtuellen Welt befanden.

Eigentlich kam es ihnen nicht sicherer vor, als das ungreifbare Zeitloch sich plötzlich füllte. Eher unsicherer. Als wäre das gesamte Bewegungsmuster eine Fiktion.

Daniel Wiklund trat aus der Tür, durch die er drei Stunden zuvor ins Haus gegangen war. Aber jetzt war er nicht allein. Er wurde von drei großen Männern mit viel zu aufgeplusterten Jacken begleitet. Nicht nur, dass es Sommer war und die Jacken eher Winterjacken zu sein schienen. Sie waren auch noch ausgebeult.

»Sieh mal einer an«, sagte Chavez und erschauerte. Er vermochte sich nicht recht aus seinem dämmerschlafartigen Zustand zu lösen.

»Was für Witzfiguren!«, sagte Anderson und schüttelte seinen langen Körper. So gut das in Chavez' Miniaturauto möglich war.

Daniel Wiklund ging zu seinem metallicblauen Saab, während die drei Männer in einen schmutzigweißen Transporter stiegen. Er fuhr los, und sie folgten ihm.

Und noch ein Stück dahinter rollte ein kleines Auto, dessen Marke und Farbe schon lange vergessen waren.

Die Karawane bewegte sich in Richtung Stadt. Schon bei der Västberga-Abfahrt verließ sie die E4 und fuhr den Västbergaväg hinauf. Die Gefahr, entdeckt zu werden, wurde immer größer, und Chavez fiel zurück, bis die beiden Wagen verschwanden, als sie nach links in einen Weg einbogen, der Elektravägen hieß.

Chavez gab Gas und sah gerade noch, wie die beiden Wagen von Neuem nach links in die Västberga Allé und kurz darauf nach rechts abbogen. Alles roch nach altmodischem, aber aufgemöbeltem Industriegebiet, als der metallicblaue Saab und der weiße Transporter vor einem anspruchslosen Hotel mit Namen Västberga-Hotel hielten.

Der glatzköpfige Daniel Wiklund stieg aus und betrat das Hotel. In dem weißen Transporter war keine Bewegung zu erkennen. Zumindest nicht von der ziemlich ungünstigen Stelle aus, an der Chavez hatte parken müssen. Durch die sonderbaren Büsche, hinter denen sie gelandet waren, sahen sie die Wagen kaum.

Nach ungefähr zehn Minuten kam der Kahle zusammen mit einem größeren und jüngeren blonden Mann heraus, der einen Laptop in einer Schultertasche trug. Sie wechselten ein paar Worte, dann verschwand der Große. Als er zurückkam, saß er in einem Firmenwagen mit Plane, auf der deutlich der Schriftzug ›Kvarns Elektriska AB‹ zu lesen war.

»Sollte uns das etwas sagen?«, fragte Chavez.

Jon Anderson schüttelte nur den Kopf.

Der Große parkte den Firmenwagen zwischen den beiden anderen Autos. Und Daniel Wiklund stieg auf der Beifahrerseite ein.

Danach begann wieder ein Warten.

Aber diesmal konnten weder Jorge Chavez noch Jon Anderson in einen virtuellen Zustand eintreten.

Es tat sich etwas.

In der Wirklichkeit.

Die alte Uhr des Wagens zeigte halb acht.

33

Arto Söderstedt hätte nicht zusammenzucken müssen. Er wusste, wie das scharfe Signal klingen würde, und er hatte darauf gewartet. Stundenlang, mit steigender Spannung.

Aber er zuckte trotzdem zusammen. Und mit ihm alle anderen in dem kleinen Verhörraum: Viggo Norlander, Kerstin Holm, Bengt Åkesson und Olof Lindblad.

Lindblad sah bedrückt aus. Der Schatten des Verräters glitt über sein Gesicht, bevor sich seine Züge glätteten und er in sein Handy antwortete: »Ja, hier ist Olof.«

»Es ist so weit«, sagte eine wohlbekannte Frauenstimme.

Söderstedt sah deutlich einen heißen, trägen Lavastrom der Trauer durch Lindblads Kehle rinnen. Wenn sie ihm nur nicht zugeschnürt würde.

Das geschah nicht. Eher schien sie gereinigt, wie von heißem Honigtee.

Olaf Lindblad sagte mit unerwartet klarer Stimme: »Ich bin bereit.«

»Im Industriegebiet von Segeltorp«, sagte die Frauenstimme. »Du fährst zum Källängsväg und folgst den üblichen Markierungen.«

Dann war das Gespräch beendet.

Und alle Lebenskraft schien Olof Lindblad verlassen zu haben.

Das Handy klingelte mit einem scharfen Signal. Obwohl Steffe mit zunehmender Angst darauf gewartet hatte, schoss er hoch. Es gab kein Zurück. Er hatte den Vertrag mit dem Teufel unterschrieben. Den Helfershelfern des Satans war nicht zu entkommen.

Deshalb hatte dieser verdammte ›Kurtz of Darkness‹ die Spielregeln wohl verändert. Damit Steffe keinen Rückzieher machen konnte. Er warf einen Blick hinüber zum Beifahrersitz. Der Kahle nickte kurz und entschieden, und Steffe antwortete ins Handy: »Ja.«

»Es ist so weit«, sagte eine wohlbekannte Frauenstimme.

»Ich bin bereit«, sagte Steffe.

»Im Industriegebiet von Segeltorp«, sagte die Frauenstimme. »Sie fahren zum Källängsväg und folgen den gelben Markierungen.«

»Gelben Markierungen?«

»Wie bei einer Schnitzeljagd«, sagte die Frauenstimme und verstummte.

Steffe betrachtete das Handy, vor allem weil es ihm so schwerfiel, dem Blick des Kahlen zu begegnen. Es war der Blick eines toten Menschen.

Der Blick eines Monsters.

Er hatte so etwas noch nie erlebt.

Schließlich sah er ihn doch an.

Aber der Blick des Kahlen begegnete dem seinen nicht.

Er hatte einen Laptop mit kabellosem Internetanschluss vor sich und tippte Ziffern ein.

»Haben Sie gehört?«, fragte Steffe.

»Ja«, nickte der Kahle und betätigte die Enter-Taste. »Und jetzt ist Ihr Geld da. Sehen Sie, hier.«

Steffe blickte auf den Bildschirm und sah, dass sein Konto prall gefüllt war.

Ein Zittern ging durch seinen Körper. »Dann gehe ich davon aus, dass wir fertig sind miteinander«, sagte er und fügte hinzu, als der Kahle nichts sagte: »Ich hoffe, der Rest kommt später.«

»Wenn alles so läuft wie geplant«, sagte der Kahle mit einem harten Lächeln.

»Dann viel Glück«, sagte Steffe mit zusammengebissenen Zähnen.

Der Kahle lächelte ein freudloses Lächeln und sagte: »Danke.«

Dann stieg er aus dem Firmenwagen und verschwand in seinem eigenen metallicblauen Saab, gefolgt von einem schmutzigweißen Kombi.

Steffe blieb sitzen.

Aber seine Seele war nicht mehr da.

Es dauerte ein paar Minuten, bis er den Zündschlüssel umdrehte und losfuhr.

Daniel Wiklund hatte sein Bewusstsein gelöscht. Er sah den schmutzigweißen Transporter im Rückspiegel und versuchte, nicht zu denken. Er wusste, dass der Tod wartete. Auf die eine oder andere Art wartete der Tod.

Aber es musste zu Ende gebracht werden.

Er drehte den Rückspiegel zu sich herunter und betrachtete sein Spiegelbild. Er sah den kahlen Schädel und hatte Mühe, ihn mit sich selbst in Verbindung zu bringen. War das wirklich sein Kopf?

Die Gedanken kamen. Sie kamen gekrochen wie Maden.

Wie Maden in einem Brei von Eingeweiden.

Er dachte: Was zum Teufel ist das Böse?

Er dachte: Bin ich wirklich böse?

Was sind das für Dämonen, die ich vertreibe?

Aber dann besiegte er die Gedanken, trat die Maden in den Dreck und fuhr dem wartenden Tod entgegen.

Er entsicherte seine Pistole, während er fuhr.

Paul Hjelm saß nicht mehr im Käfig, aber gefesselt war er immer noch. Er saß ordentlich, aber unsichtbar an einen Stuhl gefesselt in einem großen Lagerraum in einem Keller; mehr wusste er nicht. Er war mit verbundenen Augen und sorgfältig zugeklebtem Mund hergebracht worden, und der Mund war immer noch zugeklebt. Der Stuhl stand links in der hintersten von mehreren Stuhlreihen. Neben ihm saß der große Mann mit vier Fingern an der linken Hand.

Hjelm sah ihn an. Der Mann blickte zurück. Den Schmerz, den er im Blick des Mannes sah, würde er nie vergessen.

Er war jenseitig.

Es war ein riesiger Lagerraum, fast wie eine Kirche, erleuchtet nur von großen Kerzen, die eine nach der anderen von einer Gruppe von Menschen angezündet wurden, Männern wie Frauen, ganz normal gekleidet. Nach oben zur Decke gab es eine Art von umlaufendem Absatz, eine Galerie mit einem Geländer. Außer den Stuhlreihen und den Kerzen, die nach und nach zu einem Kreis geordnet wurden, war der große Lagerraum völlig leer.

Bis auf dieses Ding.

Ganz vorn in dem großen Raum, in einer Öffnung des Kreises von Kerzen, der soeben gebildet wurde, stand ein großer Gegenstand auf einem Podest, verhüllt mit einem orangefarbenen Laken. Er sah aus wie eine Statue, die enthüllt werden sollte.

Hjelm glaubte zu verstehen, was es war.

Das Atmen fiel ihm schwer. Er versuchte, dem großen Mann neben sich ein Zeichen zu geben, aber es gab nicht viel, womit er Zeichen geben konnte.

Der große Mann mit den neun Fingern sah seinen Anstrengungen nur zu. Dann sagte er: »Es ist vielleicht einfach nur zu schwer zu verstehen …«

Dann wendete er sich ab und beobachtete das Geschehen vorn auf dem Boden des lang gestreckten Lagerraums.

Jetzt wurden Gegenstände in den Raum gerollt. Große verhüllte Dinger, die mit viel Mühe außerhalb des Lichtkreises an den Wänden aufgestellt wurden.

Der Stoff wurde entfernt.

Es dauerte eine ganze Weile, bis Paul Hjelm die Formen wiedererkannte.

Es waren Figuren. Statuen.

Christine Clöfwenhielms Skulpturen.

Kerstin Holm betrachtete Bengt Åkesson. Wie männlich durfte man eigentlich aussehen, wenn man Auto fuhr? Und gefiel ihr das wirklich?

Åkessons Art, die Liljeholmsbro zu überqueren, war ganz fantastisch, wenn man aktionistisches Autofahren schätzte.

Leider schienen weder Viggo Norlander noch Arto Söderstedt auf dem Rücksitz besonders entzückt zu sein. Sie waren wohl nur zu alt.

Oder bloß eifersüchtig.

Kerstin Holm war nicht ganz überzeugt davon, dass sie wirklich meinte, was sie dachte. Als sie merkte, dass sich ihre Kehle mit saurem Mageninhalt füllte, war sie eher überzeugt, ganz einfach zu lügen.

Sich selbst zu belügen.

Und das wäre dann nicht das erste Mal.

»Geht's ein bisschen ruhiger?«, fragte Viggo Norlander irritiert.

»Sollten wir nicht besser Unterstützung anfordern?«, fragte Arto Söderstedt.

»Es ist eine Ordensgesellschaft«, sagte Åkesson. »Kein Gangsterkollektiv.«

»Wir sind vier bewaffnete und routinierte Polizeibeamte«, sagte Kerstin Holm, auch jetzt nicht hundertprozentig überzeugt davon, dass sie hundertprozentig ehrlich war. »Und wir hatten nicht die Zeit, Kollegen zusammenzutrommeln, die mit der Sache genügend vertraut sind. Das hätte nur Sirenengeheul und Dummheiten gegeben.«

»Sie haben Paul Hjelm und Emily Flodberg«, beharrte

Arto Söderstedt. »Können wir sie wirklich allein befreien? Wo sind Jorge und Jon zum Beispiel?«

»In ihrem verschwitzten Computerraum«, sagte Kerstin Holm. »Ich konnte sie nicht erreichen.«

Der operative Chef der A-Gruppe heißt doch nicht etwa Bengt Åkesson?, dachte Arto Söderstedt sauer.

Aber er sagte nichts mehr.

Stattdessen faltete er alle Karten des Industriegebiets von Segeltorp auseinander, die er hatte auftreiben können. Und das waren ziemlich viele.

Das Industriegebiet war bedeutend größer, als er sich vorgestellt hatte.

Als der Wagen bei Midsommarkransen auf die E4 einbog, war es fünf vor acht.

Kerstin Holm wählte zum fünften Mal die Nummer von Jorge Chavez.

Chavez hörte das Klingeln. Und er sah Jon Andersons Blick von der Seite. Aber er tat nichts. Außer den beiden Autos in genau passendem Abstand zu folgen. Es war Präzisionsarbeit. Da hatte man keine Zeit, Anrufe anzunehmen.

»Es ist Kerstin«, sagte Anderson schließlich. »Müssen wir nicht Bescheid sagen, was wir tun?«

»Zufällig kein Netz hier«, sagte Chavez.

Und er war nicht ganz sicher, ob er sich selbst verstand.

Das Einzige, dessen er im Augenblick wirklich sicher war, war der Wunsch, Daniel Wiklund zu fassen. Und zwar so, dass er nie wieder freikam.

Das Bild von Sara war jetzt sehr deutlich. Alles, was zwischen sie geraten war, all die Abgewandtheit, war jetzt weit entfernt. Er sehnte sich reiner denn je nach ihr.

Er war glücklich, dass sie nicht hier war. Dass sie verschont blieb.

Da fuhr der metallicblaue Saab auf die Abfahrt nach Bredäng. Dicht gefolgt von einem schmutzigweißen Transporter.

»Fahren die zurück?«, sagte Anderson.

Und hörte Chavez nicht eine gewisse Enttäuschung in seiner Stimme? Die Enttäuschung, die er selbst spürte?

Aber es ging nicht nach Sätra. Die beiden Autos fuhren in die andere Richtung, auf die andere Seite der E4.

»Segeltorp?«, sagte Jon Anderson. »Ins Industriegebiet?«

»Scheint tatsächlich so zu sein«, sagte Jorge Chavez. »Da heißt es, den richtigen Abstand zu halten.«

Es war acht Uhr am Abend, und es herrschte nicht die geringste Andeutung von Dämmerung. Obwohl es Abend wurde, stand die Sonne hoch.

Es war noch viel Zeit übrig von diesem milden Junitag.

»Hier geht's um Präzision«, sagte Chavez und gab vorsichtig Gas.

Leise ertönte eine suggestive, rhythmisch pumpende Streichmusik aus den Wänden des Lagerraums. Paul Hjelm saß gefesselt neben dem großen Mann und wusste, dass ihm diese Musik in jeder anderen Situation gefallen hätte. Sie erinnerte irgendwie an Michael Nymans Musik zu den Filmen von Peter Greenaway, allerdings rhythmischer. Und ungeheuer suggestiv.

Leider konnte er sie in diesem Moment nicht wirklich genießen. Aber er blieb durchaus nicht unberührt von dem Schauspiel, das um ihn her inszeniert wurde.

Die verschmolzenen Skulpturen waren an den Wänden aufgestellt, der Lichterkreis war gebildet. Die alltäglich gekleideten Menschen waren durch solche in dem gleichen dünnen Betttuchstoff ersetzt worden, der weiterhin den Gegenstand an der jenseitigen Tangente des Lichterkreises verdeckte. Und diese Menschen, die eigentlich dieselben

Menschen waren, nahmen jetzt auf den Stühlen ringsherum Platz.

In dem flackernden Kerzenlicht versuchte Hjelm, die linke Hand des großen Mannes zu erkennen. Der kleine Finger war mit großer Präzision abgetrennt worden. Es war, als hätte es ihn nie gegeben. Als ob der Mann mit einem kleinen Finger weniger geboren war.

Aber so war es natürlich nicht.

Er hatte sich selbst für eine sündige Vergangenheit bestraft. So viel war klar. Und er schien nicht der Typ zu sein, der glaubte, viel zu verlieren zu haben.

Schließlich waren die Stühle besetzt. Überall saßen Männer und Frauen jedes Alters, in orangefarbene Laken gehüllt, nicht unähnlich den Kostümen der Hare-Krishna-Anhänger.

Das leise Raunen, das, noch eine Weile, nachdem alle ihre Plätze eingenommen hatten, den Raum erfüllt hatte, versiegte allmählich, und es wurde vollkommen still.

Jetzt erschienen zwei Gestalten in gelben Mänteln mit Kapuze. Sie gingen langsam nach vorn und stellten sich vor dem orangefarben verhüllten Gegenstand auf. Beide zogen langsam die Kapuzen ab. Die größere Gestalt war ein Mann von etwas mehr als mittlerem Alter, leicht anämisch und mit grauer Haut. Die kleinere war Christine Clöfwenhielm.

Sie hob die Hände und sprach mit imponierender Stimmkraft: »Seid gegrüßt, Mitglieder von Fac ut vivas. Wie ihr wisst, hat dieser Abend eine mehrfache Funktion, über das Normale hinaus.«

Es war eine Weile still. Hjelm beobachtete die kleine Gestalt, die wieder die Hände hob und sagte: »Unser Werk ist groß, meine Freunde. Und es ist im Begriff, noch größer zu werden. Lasst uns unsere ruhmvolle Vergangenheit enthüllen.«

Sie gab dem Anämischen, der offenbar ihre rechte Hand war, ein Zeichen, und er ergriff eine Schnur, die an dem orangefarbenen Laken hing, und zog daran.

Die Hülle fiel.

Und da stand Rigmondo, über zweihundert Jahre nach seinem Tod, in voller Manneskraft auch jenseits des Todes.

Das Skelett machte tatsächlich einen sehr merkwürdigen Eindruck, wie es da auf seinem Podest stand. Es war noch immer ziemlich geschwärzt, aber die Statur war eine ganz andere. Es war eine unerwartet stattliche Gestalt, die ihren Penisknochen dem versammelten Publikum entgegenstreckte.

Dem versammelten Publikum, das bewundernde Laute von sich gab.

Christine Clöfwenhielm hob wieder die Hände und sagte: »Als mein Vorfahr Andreas Clöfwenhielm Rigmondo zum ersten Mal auf einer Bühne vor dem Herrenhaus des Herzogs Gravemonte im südlichen Frankreich erblickte, stand ihm sein gesamtes zukünftiges Werk bereits klar vor Augen. Die Welt, in der er lebte, war dabei, sich aus dem Bann der Kirche zu befreien, aus einem Bewusstsein, das bis zum Tod mit Sünde und Schuld belastet war. Andere Kräfte hatten in der Menschheit zu brennen begonnen. Man hatte Spuren ursprünglicher Naturkräfte entdeckt, die die menschliche Zivilisation schufen und entwickelten. Die Sexualität war wieder im Begriff, ihre Leben spendende Kraft zu entfalten, und mein Vorfahr sah, sah sehr deutlich, dass es ein besseres Leben gab, in dem alle willkommen waren, die die Lebenskraft in Körper und Seele, in Geist und Materie keimen fühlten. Andreas nahm Rigmondo aus Frankreich mit, und als er Fac ut vivas schuf, wurde Rigmondo zur selbstverständlichen Zentralgestalt. Mit seiner Hilfe wurde die Lebenskraft in Schweden wieder freigesetzt. Wir brauchten die Kraft der Sexualität und der Lebenskraft nicht mehr zu fürchten, wir brauchten keine Angst mehr zu haben vor unserem Körper. Eine neue vitale Kraft breitete sich in Stockholm und im Lande aus. Und jetzt sehen wir ihn hier wieder. Im Schatten Rigmondos kann unser Werk weiterleben und sich weiter entwickeln.«

Christine schwieg. Langsam ließ sie den gelben Mantel fallen und stand nackt vor allen da.

»Heute Abend haben wir ein Mädchen bei uns, das wir in die Mysterien der wahren Lebenskraft einweihen wollen«, sagte sie mit einer Stimme, die Paul Hjelm die letzten Reste seines kritischen Widerstands verlieren ließ.

»Gelbe Markierungen«, sagte Viggo Norlander und zeigte auf eine.

Tatsächlich hing ein gelber Plastikstreifen flatternd an einem Straßenschild, als Bengt Åkesson den Wagen auf den Källängsväg im Industriegebiet von Segeltorp lenkte.

»Ich vermute, man soll einfach weiterfahren, bis man den nächsten sieht«, sagte Kerstin Holm.

Der Wagen fuhr langsam weiter und ließ die Zivilisation allmählich hinter sich.

»Da«, sagte Norlander und zeigte auf den nächsten gelben Plastikstreifen. Er blickte zur Seite, wo Arto Söderstedt wild in Karten und Plänen blätterte.

»Ich glaube, ich weiß, wo wir sind«, sagte Söderstedt wenig überzeugend.

»Ausgezeichnet«, sagte Bengt Åkesson gekünstelt und gab Gas.

Sie machten vier weitere Plastikstreifen aus.

Der letzte hing am Rande des Industriegebiets an einem abseits gelegenen Lagerhaus, das wie ein Flugzeugschuppen aussah.

Åkesson hielt ein Stück entfernt und parkte den Wagen auf einem versteckten Stellplatz, auf dem ziemlich viele andere Autos standen. Mehr als üblich an einem Werktagabend um acht Uhr in einem Industriegebiet.

Drei Gesichter wandten sich Arto Söderstedt zu.

Er blätterte wie wild und zog eine Skizze hervor. »Den

Haupteingang seht ihr ja«, sagte er und zeigte auf das größte Tor des Hangars. »Aber es scheint einen anderen Eingang zu geben. Auf der Rückseite des Gebäudes befindet sich eine Treppe. Das ist der Notausgang. Durch den kommt man offenbar auf eine Galerie, die oben um den großen Lagerraum herumläuft. Aber der Notausgang ist natürlich verschlossen...«

Bengt Åkesson grub in seiner Jackentasche und holte ein kleines Universalwerkzeug mit ein paar meißelähnlichen Instrumenten hervor. Er hielt es triumphierend in die Höhe.

»Das funktioniert«, sagte Kerstin Holm. »Glaubt mir.«

Als alle vier gleichzeitig ihre Dienstwaffe überprüften, kam sich Arto Söderstedt wie in einem Film von Quentin Tarantino vor.

Nicht schlecht, wenn man Mister White wäre, dachte er und stieg aus dem Auto.

Paul Hjelm konnte nicht genau sehen, was geschah, da sich alle Menschen um ihn herum erhoben hatten, außer dem großen Mann mit den neun Fingern. Sie gingen, nein, sie schritten in ihren luftigen Tuniken nach vorn und sammelten sich zu einem Kreis innerhalb der Kerzen. Auf einen Wink der nackten Christine Clöfwenhielm hin ging der anämische Mann zum hinteren Ende des Raums und verschwand in einer kleinen Tür. Während er fort war, wurde die Musik lauter, und die Menschen in dem Kreis ließen in einer Art von Wellenbewegung ihre orangefarbenen Mäntel fallen.

Dann standen sie allesamt vor Rigmondos aufgerichtetem Penisknochen, und alle erhoben ihre Hände und gaben einen summenden Ton von sich, der sich allmählich mit der suggestiv pumpenden Musik vereinigte.

Als der Anämische zurückkam, hielt er an der Hand ein Mädchen in einem orangefarbenen Umhang. Er übergab das

Mädchen mit einer fast zärtlichen Geste an die Großmeisterin.

Emily Flodberg sah sich fasziniert um. Sie befand sich in einem Meer nackter Körper.

Der große Mann mit den neun Fingern beugte sich zu Paul Hjelm hinüber und sagte andächtig: »Das ist meine Tochter.«

Hjelm starrte ihn an und versuchte zu verstehen.

Vor allem aber war er mit der Szene da vorn beschäftigt.

Christine führte Emily mit leichter Hand zum Mittelpunkt des Kreises. Die Schatten der Nackten fielen so, dass sie ungefähr die Form einer Uhr bildeten. Und mitten darin standen die beiden Frauengestalten, eine erwachsen und vital, die andere auf dem Weg ins unsichere, erschreckende, lockende Erwachsensein.

Christine ließ ihre nackten Arme ganz leicht über Emilys orangefarbenen Mantel gleiten und sagte: »Es gibt eine Lebenskraft, Emily. Das ist die vitale Kraft in unserem Leben. Du bist die Frucht einer Todeskraft, und du hast dieses Erbe dein Leben lang bekämpft. Aber du warst im Begriff, ihr zu erliegen. Der Todeskraft, die die Lebenskraft von innen her ständig bedroht, wenn sie stark ist.«

Dann befreite sie Emilys Körper von ihrem Mantel und ließ ihn auf den Boden sinken.

Nach einem Augenblick der Spannung öffnete Christine wieder den Mund und sagte mit Donnerstimme: »Genug jetzt. Hier spricht die Polizei.«

Alles vermischte sich vor Paul Hjelm. Alles wurde wahnsinnig. Christine Clöfwenhielm sprach mit der Stimme Kerstin Holms, und sie kam von oben, von der Decke, vom Himmel.

Hjelm blickte nach links und sah Viggo Norlander auf sich zukommen, die Pistole fest auf den großen Mann mit den neun Fingern gerichtet, und Hjelm warf den Stuhl, an den er gefesselt war, mit aller Kraft um. Er fühlte, wie sein Kopf auf den Betonboden des Lagerraums schlug, und für einen Moment verschwamm alles vor seinen Augen. Als er wieder sehen konnte, erkannte er in einem seltsamen Winkel Viggo Norlander. Er hielt die Waffe weiter auf den großen Mann gerichtet, ohne den Blick auch nur für eine Sekunde von ihm abzuwenden.

Arto Söderstedt und Bengt Åkesson kamen in den Kreis nackter Menschen gerannt, der sich unter chaotischem Geschrei auflöste, und Söderstedt zog Emily Flodberg an sich und trat ein paar Schritte aus dem Kreis heraus. Åkesson fasste Christine Clöfwenhielm am Arm.

Aus den höheren Himmelssphären herab ertönte Kerstin Holms Chorsängeralt: »Alle ziehen sich an und bleiben ruhig stehen.«

Söderstedt und Åkesson gingen mit Emily und Christine zur Seite. Sie versuchten, ihnen die abgefallenen Mäntel überzustreifen.

Norlander sagte, die Waffe weiter auf den großen Mann gerichtet: »Bist du okay, Paul?«

Hjelm nickte, soweit es mit seinem zugeklebten Mund möglich war, und versuchte, das Kreiseln im Kopf zu stoppen. Der große Mann war aufgestanden.

»Hände hoch«, schrie Viggo Norlander. »Die Hände auf den Kopf!«

Der Große tat, wie ihm gesagt wurde, mit allen neun Fingern auf seiner Glatze. Sein Blick war wie angenagelt auf Viggo Norlander gerichtet.

Da wurde die chaotische Situation von etwas noch Chaotischerem unterbrochen.

Schüsse knallten.

Ein Kugelhagel wie aus einer Maschinenpistole. Ein paar Menschen in dem nackten Kreis fielen hin, einige schrien laut.

Viggo Norlander blickte für den Bruchteil einer Sekunde

zur Seite. Als er den Blick wieder zurückwandte, war der große Mann verschwunden. Fort. Sein Blick wanderte durch den großen Lagerraum. Einige der Kerzen waren umgefallen, in dem Kreis herrschte das totale Chaos.

Ein Mann mit kahlem Schädel betrat den Raum und zeigte auf Christine Clöfwenhielm. Drei Männer mit Maschinenpistolen stürzten nach vorn und richteten ihre Waffen auf Christine und Bengt Åkesson.

»Alle auf den Boden!«, schrie Kerstin Holm.

Paul Hjelm sah das alles aus seiner ohnmächtigen liegenden Perspektive. Es lief wie in Zeitlupe ab, mit gefärbter Linse und in verdrehten Winkeln. Er sah, wie Kerstin Holm auf der Galerie ohne Zögern schoss. Norlander schoss. Arto Söderstedt schoss.

Zwei der Männer mit den Maschinenpistolen schossen. Einer von ihnen fiel vornüber. Der andere drehte sich um und fiel ebenfalls.

Hinter ihnen erschienen Jorge Chavez und Jon Andersson mit erhobener Dienstwaffe.

»Alle auf den Boden!«, schrie Chavez und schoss wie wild auf den dritten Maschinenpistolenmann. Norlander schoss ebenfalls auf ihn. Der Mann warf sich zur Seite und verschwand durch das Haupttor. Jon Anderson sprintete hinter ihm her.

Der Mann stand draußen und erwartete ihn. Ein groteskes Gefühl von Idiotie durchzuckte Anderson, als er geradewegs auf ihn zurannte. Der Mann hielt die Maschinenpistole direkt auf sein Herz gerichtet.

In diesem Moment war Jon Anderson ganz einfach tot. Aber anstatt zu schießen, ließ der Pistolenmann eine Knospe aus Blut aus seiner Stirn hervortreten, und als er fiel und Anderson sich umdrehte, stand Jorge Chavez mit rauchender Pistole hinter ihm.

Das hier ist eine Oper, dachte Jon Anderson und verlor das Bewusstsein.

Paul Hjelm schaute jetzt instinktiv in die Richtung Christine Clöfwenhielms. Bengt Åkesson lag am Boden. Er war offensichtlich durch einen Schlag mit einem Pistolenkolben gefällt worden, und diese Pistole wurde jetzt aus sehr geringer Entfernung auf Christines Kopf gerichtet. Der kahle Mann hielt sie im Würgegriff und richtete die Waffe auf ihre Stirn.

Die Waffe wurde schnell und bestimmt von dem großen Mann mit den neun Fingern beiseitegeschoben, der jetzt aus dem Schatten auftauchte. Er lockerte den Würgegriff des Kahlen, der Christines Gesicht schon blau anlaufen ließ. Sie riss sich los und floh. Kerstin Holm sprang eine Treppe hinunter und lief ihr nach. Arto Söderstedt schob Emily Flodberg in eine Ecke und hockte sich halb kniend vor sie, wie um sie zu schützen.

Der Große zog etwas aus der Tasche. Mitten in der grotesken Kakophonie glaubte Paul Hjelm einen spröden, aber klaren Ton wahrzunehmen, als sich die Schnur zwischen den Händen des Großen spannte.

Der Kopf des Kahlen war schon abgetrennt, als die beiden Schüsse fielen. Sie kamen im Winkel von neunzig Grad von verschiedenen Seiten. Der Mann mit neun Fingern fiel hintenüber, den Kahlen in seinen Armen. Beide waren tot, noch ehe sie den Boden erreichten.

»Das kann nicht wahr sein«, sagte Arto Söderstedt sachlich und starrte von seiner eigenen rauchenden Pistole zu Viggo Norlander auf der anderen Seite.

Und überall liefen nackte Menschen umher und schrien in Panik.

Chavez und Holm kamen herein. In der Ferne heulten Polizeisirenen.

»Wie zum Teufel kommt ihr hierher?«, sagte Kerstin Holm zu Chavez.

»Und wie zum Teufel kommt ihr hierher?«, sagte Jorge Chavez zu Holm.

Hallo, dachte Paul Hjelm egoistisch, ich liege hier und kann mich nicht rühren.

Kerstin beugte sich zu Bengt Åkesson hinunter, der den Kopf hob. Er blutete stark. »Bleib still liegen«, sagte Kerstin Holm und drehte sich zu Emily Flodberg um, die wie angenagelt in ihrer Ecke stand.

Zu ihr sagte sie: »Emily, guck weg. Es ist bald vorbei.«

»Das war also eine Rettungsaktion?«, sagte Emily mit überraschend fester Stimme.

Arto Söderstedt starrte auf die beiden Schnittflächen des abgetrennten Halses hinunter und dachte: Yes, das war eine Rettungsaktion.

Dann übergab er sich.

Viggo Norlander kam zu ihm, legte ihm den Arm um die Schultern und sagte: »Du und ich, Arto, wir waren die Einzigen, die noch nie getötet hatten.«

»Scheiße«, sagte Arto Söderstedt und erbrach sich noch einmal.

Kerstin Holm schrie, so laut sie konnte: »Alle bleiben jetzt ruhig stehen. Sonst schießen wir.«

Wie leicht es sich auf einmal sagt, dass man schießen wird, dachte sie und ging zu Paul Hjelm. Sie kniete sich neben ihn, zog das Klebeband ab und sagte: »Und hier liegst du und lässt es dir gut gehen.«

Die Schreie vereinigten sich mit der Musik zu einer durchdringenden Kakaphonie.

Es war eine Kriegszone.

Paul Hjelm sagte: »Und das alles nur meinetwegen …«

34

Vermutlich war es Einbildung, aber die Kampfleitzentrale wirkte wie in Staub gehüllt. Als die Mitglieder der A-Gruppe nacheinander den ehemaligen Vortragssaal betraten, war es, als würde er geputzt. Als würde aller Staub weggebrannt.

Denn die Eintretenden standen im Mittelpunkt des Geschehens. Im Blickpunkt der Medien.

Sie waren die heißesten Personen der Stadt.

Und keiner von ihnen wollte es sein, wirklich keiner.

Zuerst trat ein Trio ein, das gerade aus Ångermanland angekommen war. Sie fühlten sich ein wenig fremd, und im Grunde waren sie damit zufrieden. Es blieb unklar, ob die anderen Helden oder Schurken waren, aber Sara Svenhagen, Gunnar Nyberg und Lena Lindberg waren auf jeden Fall weder das eine noch das andere.

Zumindest nicht verglichen mit den anderen. Allerdings erlebten es sowohl Gunnar Nyberg als auch Sara Svenhagen, dass Bilder aus der kleinen Zelle auf der Polizeiwache von Sollefteå blitzartig vorüberflimmerten.

Was in Lena Lindbergs Innerem eigentlich vor sich ging, war weniger sicher. Sara versuchte, ein Auge auf sie zu haben, um zu sehen, ob Anzeichen irgendeines Traumas auftauchten, doch Lena wirkte ganz im Gegenteil stabiler, undurchdringlicher denn je. Und vielleicht musste Sara sich damit zufriedengeben.

Sie hatten auf dem verlassenen Gelände von Gammgården in Saltbacken gesessen und am Waldrand in einer gewissen Ruhe in Gesellschaft eines Weinkartons den anbrechenden Abend eingetrunken, als Jorge Chavez anrief. Sie hatten gerade die DNA-Resultate aus dem Labor erhalten und aufgehört, darüber nachzugrübeln. Sten Larsson war nicht mit

Emily Flodberg verwandt. Das war wiederum der große Mann mit den neun Fingern. Er war ihr Vater, und er stand im Straftatenregister. Unübersehbar. Er hieß Leif Lindström und hatte sich in den Achtziger- und Neunzigerjahren wiederholt sexueller Übergriffe an Minderjährigen schuldig gemacht. Bei seinem letzten Gefängnisaufenthalt – er war vor etwa einem Jahr aus Hall entlassen worden – hatte er sich ohne Begründung seinen linken kleinen Finger abgeschnitten. Er bekam in Hall nur Besuch von einer einzigen Person. Ihr Name war Christine Clöfwenhielm.

Es war neun Uhr am Abend, und der dichte Wald schien immer näher zu rücken. Es war, als säßen sie dort alle drei und drückten sich dichter und dichter aneinander. Als wäre etwas sehr, sehr Dunkles im Begriff, in ihre Herzen einzudringen. Aus dem Dunkel kam eine Art Rede, die sie offenbar an die dünne Schale der Zivilisation erinnern wollte, an das Urzeitdunkel unter der Oberfläche, an die schwer fassbaren inneren Triebkräfte des Lebens.

»Ja«, sagte Sara Svenhagen, und das Dunkel kam näher.

Sie sagte während des gesamten Telefonats nichts. Erst ganz am Schluss. Da sagte sie: »Bist du okay, Jorge?«

Sie sagte es mit einer Stimme, wie sie sie fast ein Jahr lang nicht hatte aufbringen können, sie sagte es mit all der Wärme, die plötzlich freigesetzt wurde. Wie wenn das Eis bricht.

Als sie später wieder vereint waren, Jorge und Sara, Sara und Jorge, da war all das Schwierige, waren all die verfluchten Eisschichten, die sich zwischen ihnen aufgetürmt hatten, wie fortgeblasen. Oder fortgebrannt.

Es war seltsam. Aber es war wunderbar.

Sara fühlte, dass sie lächelte, als sie sich auf ihren Platz in der Kampfleitzentrale setzte. Gunnar Nyberg setzte sich neben sie. Er dachte zurück an das Gespräch. Er dachte zurück an die Momente, als sie dort am Waldrand gesessen hatten, und er dachte daran, wie Sara, seine allerfeinste Sara, erbleicht war. Während des gesamten Gesprächs war sie immer blasser geworden, und als sie sagte: ›Bist du okay, Jorge?‹, war sie weißer, als er je einen lebenden Menschen gesehen hatte.

Als sie geendet hatte, sagte sie: »Es hat in Stockholm eine Schießerei gegeben. Fünf Tote, mehrere Verletzte, darunter Paul Hjelm, Jon Anderson und Bengt Åkesson. Jorge, Jon, Arto und Viggo haben getötet. Paul und Bengt haben eine Gehirnerschütterung, Jon ist in Ohnmacht gefallen. Drei Mitglieder des Ordens Fac ut vivas haben Schussverletzungen erlitten, keine lebensgefährlich. Daniel Wiklund und Leif Lindström sowie drei baltische Gangster sind tot.«

»Baltische?«, sagte Nyberg, dem nichts Besseres einfiel.

»Und Emily Flodberg ist unverletzt«, sagte Sara, in deren Gesicht die Farbe langsam wieder zurückkehrte.

Gunnar Nyberg nickte. »Mission accomplished«, sagte er, nahm einen großen Schluck Kartonwein und spürte, wie unsäglich er sich nach Ludmila sehnte.

Das Einzige, was Lena Lindberg denken konnte, war, dass sie hätte dabei sein wollen. Als sie sich als dritte Person in der Kampfleitzentrale auf ihren Platz setzte, war es immer noch nur dieser Gedanke: Ich wollte, ich wäre gestern Abend in der Lagerhalle im Industriegebiet Segeltorp dabei gewesen.

Als Arto Söderstedt und Viggo Norlander hereinkamen, sah sie die beiden so voller Neid an, dass sie nicht umhinkonnten, sich zu wundern.

Obwohl ihnen ganz andere Dinge durch den Kopf gingen.

Sie dachten praktisch genau das Gleiche. Wahrscheinlich war das in der Weltgeschichte noch nie vorgekommen. Was man auch über das alte Gespann sagen mochte, es wäre kaum gewesen, dass die beiden sich glichen. Ihre immer solidere Freundschaft fußte im Gegenteil gerade auf Ungleichheit.

Doch seit dem gestrigen Abend um kurz nach acht hatten ihre sonst so ungleichen Gedankenbahnen sich einander angenähert, bis sie im Moment des Einschlafens zusammenfielen. Was bedeutete, dass dieser Moment des Einschlafens nicht stattfinden konnte. Beide dachten: Warum haben wir, unabhängig voneinander, auf den großen Mann mit den neun Fingern geschossen? Warum haben wir ihn in den Kopf geschossen? Beide dachten: Was hat uns da gepackt? Wovon konnten wir uns nicht losreißen?

Die Gespräche des Morgens hatten sich hauptsächlich um den gemeinsamen Entschluss gedreht, niemals herausfinden zu wollen, wessen Kugel tödlich gewesen war.

Todmüde nahmen sie in der Kampfleitzentrale ihre Plätze ein und wussten, dass sie sich auf jeden Fall ein Stückchen nähergekommen waren.

Nach ihnen betrat ein ebenso geducktes wie ungleiches Paar den Raum. Was sie vereinte, waren die Bandagen um den Kopf. Sowie je eine schwierig einzuschätzende Beziehung zu Kerstin Holm. Eigentlich hatten weder Paul Hjelm noch Bengt Åkesson etwas in der Kampfleitzentrale zu suchen. Dennoch war ihre Anwesenheit selbstverständlich. Sie grüßten, setzten sich in eine Ecke und sahen ein wenig mürrisch aus.

Hjelm hatte die Nacht im Söder-Krankenhaus verbracht. Christine Clöfwenhielm war seltsam gegenwärtig. Ihre wohlgesetzten Worte und ihre fantastische Erscheinung. Die ganze Nacht fragte er sich, was mit ihr geschehen war.

Åkesson seinerseits dachte sonderbarerweise an Marja Willner, die Frau, die ihn auf überaus seltsamen Wegen mitten in eine wahnsinnige Schießerei befördert hatte. Er fühlte das Bedürfnis, sie zu treffen und einen Punkt hinter einen Satz zu setzen, der zu etwas eskaliert war, was er sich in seinen wildesten Gedanken nicht hatte vorstellen können.

Als Nächste traten Jorge Chavez und Jon Anderson ein. Keiner hatte einen spontanen Applaus erwartet – es war kein guter Zeitpunkt dafür –, aber dennoch kam er. Er wurde nicht von Worten begleitet, und keiner würde sagen können, wer damit begonnen hatte.

Jon Anderson setzte sich. Er hatte zwar zum ersten Mal in

seinem Leben einen Menschen erschossen – einen der Wahnsinnigen mit den Maschinenpistolen – und damit vermutlich dazu beigetragen, den Verlust an Menschenleben zu begrenzen. Aber vor sich sah er etwas ganz anderes – einen Moment, den er sein Leben lang nicht vergessen würde. Er läuft frontal auf einen der Irren mit Maschinenpistole zu, der die Waffe auf ihn richtet. Und fällt.

Anderson klatschte am Ende des spontanen Beifalls mit und verstand, was lebenslange Dankbarkeit war. Sie kam ihm überhaupt nicht falsch vor.

Jorge Chavez stand mitten in dem plötzlichen Lärm und wusste nicht, was er fühlen sollte. Er hatte gegen mehr Vorschriften verstoßen, als er aufzählen konnte, er hatte eine große Anzahl falscher Schlüsse gezogen und sich eigenmächtig verhalten. Dennoch hatte er durch sein Eingreifen eine ganze Reihe von Menschenleben gerettet. Zwei Menschen hatte er getötet – und dennoch in der Nacht gut geschlafen. Er hatte sich Wange an Wange mit Klein-Isabel hingelegt, sich intensiv nach ihrer Mutter gesehnt und war eingeschlafen, ehe er noch die Frage beantworten konnte: Warum macht mein Gewissen mir nicht zu schaffen?

Als der metallicblaue Saab und der weiße Transporter am Haupteingang der Lagerhalle im Industriegebiet Segeltorp vorfuhren und die vier Männer herausstürmten, hatte Jorge Chavez auf der Stelle verstanden: Auf irgendeine Weise wartet dort drinnen der Tod. Er lief hinter ihnen her, Jon Anderson neben ihm. Und als die Maschinenpistolen in Anschlag gebracht wurden, erlebte er eine tiefe Ruhe, eine absolute Klarheit, in der keine Fragezeichen, keine Komplikationen, keine Überlegungen möglich waren.

Er fragte sich, ob er jemals wieder einen derartigen Augenblick erleben würde.

Als der Applaus verklang, fuhr ein einzelnes Händepaar fort zu klatschen, und je länger es klatschte, desto ironischer klang es.

Alle Anwesenden blickten zur Tür und sahen Kerstin Holm dort stehen und klatschen. Endlich hörte sie auf, trat nach vorn und setzte sich ans Katheder. Sie blickte mit neutraler Miene auf ihre versammelten und verwundeten Truppen.

Zeit verging.

Schließlich sagte sie: »Ich habe gerade ein langes Gespräch mit Waldemar Mörner geführt.«

Wieder verging Zeit von der Art, die nicht gemessen werden kann.

Dann fuhr sie fort: »Mörner seinerseits hatte ein langes Gespräch mit dem Reichskriminalchef, der ein langes Gespräch mit dem Justizminister hatte, der ein langes Gespräch mit dem Ministerpräsidenten hatte.«

»Applaudieren sie?«, fragte Söderstedt unschuldig.

»Soweit man mit einer Hand applaudieren kann«, sagte Kerstin Holm. »Sie klatschen mit der einen und drohen mit der anderen.«

»Stummer Applaus also«, fasste Söderstedt zusammen.

»Es hat tatächlich den Anschein, als sollten die Medien darüber entscheiden«, schnaubte Holm. »Man wartet ab. Und ich glaube, man wartet ab, bis die Medien sich entschieden haben, ob es heldenhaft oder wahnsinnig war. Und sie schwanken noch, wie ihr sicher bemerkt habt.«

Es war wieder für eine unbestimmbare Weile still.

»Es könnte sein«, sagte Kerstin Holm schließlich, »dass die A-Gruppe künftig aus drei Personen besteht. Den drei Unschuldigen in Ångermanland. Der Rest wird gefeuert.«

Das Schweigen wurde nur noch intensiver.

»Es wird eine umfassende interne Untersuchung geben, die auch den Chef der Stockholmer Internabteilung einschließen wird. Er hat nämlich für einen höheren Polizeivorgesetzten auf einem wichtigen Posten als Internermittler ungewöhnlich eigenmächtig agiert.«

»Im Unterschied zu allen anderen hier im Raum Versammelten«, sagte Paul Hjelm und versuchte, Kerstin Holms Neutralität zu imitieren, die ihres Vorgängers Jan-Olov Hultin durchaus würdig war.

»Lasst uns jetzt versuchen, die Sache nicht ins Lächerliche zu ziehen«, sagte Kerstin Holm mit stärkerem Nachdruck. »Wir wissen, dass wir ein Blutbad verhindert haben, aber es ist möglich, dass eine reguläre Einsatztruppe mehr verhindert hätte. Aber die zu rufen war wirklich keine Zeit. Und wäre die nationale Einsatztruppe beteiligt gewesen, wäre bestimmt wesentlich mehr Blut geflossen. Aber vielleicht wären Christine Clöfwenhielm und ihr engster Vertrauter dann nicht entkommen.«

»Dann wären sie tot gewesen«, sagte Paul Hjelm. »Sie ist also davongekommen?«

»Ich bin ihr nachgejagt, aber sie war verschwunden. Wahrscheinlich hat ihr engster Vertrauter, der andere Gelbgekleidete, der etwas Ältere, Anämische, sich im selben Moment aus dem Staub gemacht, in dem Daniel Wiklund und seine drei Gangster erschienen, und einen Wagen vorgefahren. Vermutlich hatten sie einen ausgearbeiteten Fluchtplan.«

»Und keine Spuren?«

»Nein«, sagte Kerstin Holm. »Erfreulicher ist, dass der Pädophilenring gesprengt ist. Als Ragnar Hellbergs Leute in Daniel Wiklunds Wohnung in der Bastugata kamen, fanden sie das Verschlüsselungsprogramm. Heute ist der Tag der großen Razzia. Wahrscheinlich werden sie in den Medien die Heldenrolle der A-Gruppe übernehmen.«

»Wenn wir denn Helden sind«, sagte Söderstedt.

»Ja, wenn«, sagte Holm.

Jorge Chavez sagte: »Und es war also dieser Stefan Willner, der Wiklund zu Fac ut vivas und zu der Lagerhalle im Industriegebiet Segeltorp geführt hat? War es der, den Jon und ich vor dem Hotel Västberga gesehen haben?«

»So sieht es aus«, sagte Kerstin Holm.

»Was ist aus den Mitgliedern von Fac ut vivas geworden?«,

fragte Sara Svenhagen. »Wenn ich recht verstanden habe, müssen ja an die dreißig Personen dort gewesen sein.«

»Sie sind im Laufe der Nacht von der Stockholmer Polizei vernommen worden«, sagte Holm. »Das hat man uns freundlicherweise erspart. Alles deutet darauf hin, dass niemand von den Orangegekleideten dem inneren Zirkel angehörte. Der innere Zirkel bestand aus Christine Clöfwenhielm, dem namenlosen Anämischen, Leif Lindström sowie einer Reihe anonymer Computer- und Internetspezialisten. Lindström ist fort, aber die Übrigen sind noch da. Wir durchsuchen natürlich die Clöfwenhielm'sche Wohnung in der Tegnérgata, aber wahrscheinlich werden wir keine Spuren finden. Leif Lindström wohnte anscheinend in seinem Wagen – es war vielleicht ein Teil der Selbstkasteiung. Es war übrigens ein dunkelblauer Opel Astra – einer der Wagen, die Marcus Lindegren bei der Suche nach Emily oben in Saltbacken gesehen hat. Darin saßen Leif Lindström, der gerade Sten Larsson getötet hatte, und Emily Flodberg, die gerade gerettet worden war. Fasern aus diesem Auto wurden an unserem geköpften Freund am Monteliusväg gefunden. Er ist von Hellbergs Leuten identifiziert worden. Er hieß Hasse Kvist und war ein alter Freund von Daniel Wiklund. Genau wie euer Carl-Olof Strandberg oben in Sollefteå. Der übrigens in seiner Zelle auf der Polizeiwache in Sollefteå erhängt aufgefunden worden ist. Vorher scheint er es fertiggebracht zu haben, sich noch einige Verletzungen beizubringen. Das hat auf jeden Fall Kommissar Alf Bengtsson berichtet.«

Sara Svenhagen und Gunnar Nyberg blickten Lena Lindberg an. Sie verzog keine Miene.

»Was kann ich noch sagen?«, fuhr Kerstin Holm fort. »Fac ut vivas hatte einen reumütigen, selbstmordgefährdeten Leif Lindström im Gefängnis lokalisiert, sie bekehrten ihn und gaben ihm Geld, um so viele seiner Opfer wie möglich zu entschädigen. Das Clöfwenhielm'sche Adelsgeschlecht ist alles andere als verarmt.«

Sie atmete ein paarmal tief durch und fuhr fort: »Emily Flodberg ist wieder bei ihrer Mutter. Sie versuchen, wieder zueinanderzufinden.«

»Es ist nicht leicht, heutzutage vierzehn zu sein«, sagte Sara Svenhagen mit einem kleinen Lächeln. »Wir glaubten, wir sollten ein verschwundenes Mädchen suchen, und haben eine ganze verborgene Gesellschaft aufgedeckt.«

»Wann war es schon leicht, vierzehn zu sein?«, sagte Arto Söderstedt.

»Allerdings«, sagte Sara Svenhagen, und das Lächeln lag immer noch auf ihren Lippen.

Kerstin Holm blickte auf ihre Gruppe. Sie lächelte und fühlte einzig und allein eines.

Dass sie zu Hause war.

35

Bengt Åkesson traf Marja in einem Café an der Hornsgata.
Sie saß schon da und erwartete ihn. Er fühlte sich grotesk mit
seinem Verband. Sie hatte einen großen Caffè Latte für ihn
bestellt und war dabei, die Haut zu entfernen, die sich an der
Oberfläche gebildet hatte. Das rührte ihn.

Er setzte sich.

Sie sagte mit Soulstimme: »Haben Sie Steffe gefunden?«

Er sagte: »Steffe ist jetzt ein Verbrecher. Er hat archäologischen Besitz von unschätzbarem Wert gestohlen. Und
dann hat er sich mit einem Pädophilennetz verbündet und
das Blutbad verursacht, von dem Sie auf jeder Titelseite
in Schweden lesen können. Und außerhalb Schwedens
auch.«

»Und Sie waren dabei und haben geschossen?«

»Ja«, sagte Åkesson, und etwas in ihm schwoll an. Vermutlich der Hahnenkamm, dachte er und wurde nachdenklich.
»Steffe ist es wirklich gelungen, ›die ganze beschissene Geschichte zu verändern‹«, sagte er.

»Und warum wollten Sie mich treffen?«, fragte Marja
kühl.

Åkesson blickte ihr in die schönen dunkelbraunen Augen
und suchte nach einer Antwort. Er suchte die Antwort auf
ihre Frage in ihren Augen.

Er sagte: »Ich muss Sie auf Knien bitten, die Anzeige zurückzuziehen. Sie hat mir mehr Leiden verursacht, als Sie
sich vorstellen können.«

»Aber Steffe ist noch nicht aufgetaucht«, sagte Marja.
»Das war unsere Vereinbarung.«

»Ich weiß«, sagte Åkesson, »ich weiß. Aber wenn er jetzt auftaucht, wandert er ja doch in den Knast.«

»Dann haben wir uns nichts zu sagen«, sagte Marja Willner.

Steffe sah Marja allein im Café sitzen. Er sah sie durch das Fenster. Einen Augenblick dachte er daran, hineinzugehen und sich neben sie zu setzen und nur zu sagen, dass alles gut sei und sie jetzt so viel Geld hätten, dass sie reisen könnten, wohin sie wollten und so lange sie wollten.

Du brauchst deine Liebhaber nicht, Marja.

Aber dann sah er, dass sie zwei Caffè Latte bestellte, und die Welt wurde eine andere.

Er wartete. Und vielleicht war einfach nur der groteske Verband des Liebhabers der Tropfen, der das Fass überlaufen ließ. Ein dicker Verband um den ganzen Kopf – und das war besser als er. Das war besser als Steffe.

Erst als er die Hornsgata überquerte, begriff er, dass er seine Seele wirklich und wahrhaftig dem Teufel verkauft hatte.

Dass ihm nichts mehr blieb.

Bengt Åkesson fragte sich, was er hier eigentlich machte. Er liebte doch Kerstin Holm? Was tat er hier? Wohin hatte ihn sein blindes, suchendes Begehren geführt? Er dachte an seine Tochter, er dachte an sein Leben. Warum konnte er sich nicht begnügen? Warum suchte er das Unmögliche?

Was war es, was von ihm ausgegangen war und Marja dazu gebracht hatte, ihn anzuzeigen?

Die Cafétür bimmelte. Es dauerte ein paar Sekunden zu lange, den großen blonden Mann zu erkennen, der sich hereindrängte und eine Schusswaffe zog.

Marja Willner stand auf. Sie streckte hilflos die Hand aus und sagte: »Aber Steffe.«

Er schoss ihr in den Kopf. Das Blut spritzte über den Cafétisch.

Dann richtete er die Mündung auf Bengt Åkesson. Åkesson warf sich zur Seite. Der erste Schuss traf ihn an einer unbestimmbaren Stelle irgendwo im Rumpf. Der zweite traf in die Brust.

Während er das Bewusstsein verlor, dachte Bengt Åkesson: Kerstin, ich liebe dich. Alles andere ist falsch. Alles andere wurde falsch.

Das Letzte, was er sah, ehe das Blickfeld zusammenschnurrte und erlosch, war Stefan Willner, der sich die Pistole in den Mund steckte und abdrückte.

Das Blickfeld verschwand in einem Meer von Blut.

36

Der Arbeitstag war vorüber. Paul Hjelm war zwar wegen gewisser eigenmächtiger Handlungen gehörig in die Mangel genommen worden, nicht zuletzt von seinem Chef Niklas Grundström, aber es ließ sich nicht abstreiten, dass der Tag ein ganz anderes Tempo gehabt hatte als die letzten. Es war unglaublich, wie viel man in der ersten Hälfte einer Arbeitswoche schaffen konnte. Es war der Mittwoch vor Mittsommer, und Paul Hjelm fühlte sich merkwürdig aufgeräumt, als er das Polizeipräsidium verließ. Die Sonne stand hoch am Himmel, und es war kaum vorstellbar, dass dies der schlechteste Sommer seit achtundsiebzig Jahren in Schweden werden sollte.

Es war noch nicht lange her, dass er in einem Käfig gesessen hatte, betäubt und in Lebensgefahr. Aber auf paradoxe Art und Weise hatte das Vorgefallene wieder Kraft in sein Leben gebracht.

Lebenskraft.

Er erreichte seinen metallicblauen Dienstvolvo, der wieder ›hoher Staatsbeamter‹ schrie. Er stand in der Bergsgata, ziemlich schlecht geparkt, und natürlich steckte ein Knöllchen unter dem Scheibenwischer. Er schnappte es sich, ohne zu fluchen, und sprang hinein.

Und fühlte im selben Moment einen Pistolenlauf an der Schläfe.

»Bleiben Sie ganz, ganz still«, sagte eine gut polierte Stimme.

Hjelm warf einen Blick in den Rückspiegel und sah einen überaus korrekten grauen Herrn auf dem Rücksitz, der ihm eine Pistole an den Kopf hielt. Er sah aus wie ein Buchhalter.

Die Tür der Beifahrerseite wurde geöffnet, und Christine Clöfwenhielm stieg ein.

»Bitte fahren Sie jetzt los«, sagte der Buchhalter höflich.

Paul Hjelm ließ den Motor an. Es war seltsam, aber er hatte keine Angst. Er war nur froh, sie zu sehen.

»Ist Ihnen klar«, sagte Hjelm und fuhr zur Scheelegata hinunter, »dass Ihre Mordserie und Ihr Fluchtplan beinahe das Leben zahlreicher Mitglieder gekostet hätte? Wenn die Polizei nicht eingegriffen hätte, wären sehr viele gestorben. Nicht zuletzt Sie selbst.«

»Ich glaube, dass mir alles klar ist«, sagte Christine Clöfwenhielm. »Es war ein einkalkuliertes Risiko.«

»Fahren Sie auf der E4 nach Norden«, sagte der Buchhalter vom Rücksitz.

Hjelm fuhr um den Kreisel und nahm die Hantverkargata in Richtung Fridhemsplan. Er sagte: »Aber für die Mitglieder war es kein einkalkuliertes Risiko.«

»Wir haben ihr Mandat, die Organisation zu führen«, sagte Christine. »Wir sind uns vollkommen einig in Bezug auf die Ausrichtung.«

»Der Pädophilenring ist jedenfalls gesprengt«, sagte Hjelm. »Die Pädophilen verschwinden von der Straße. Mindestens dreißig auf einmal. Das hätten Sie nie leisten können. So etwas leistet nur der Rechtsstaat.«

»Der Rechtsstaat lässt sie wahrscheinlich in Erwartung eines Gerichtsverfahrens in ein bis zwei Jahren frei. Dann bekommen sie ein Jahr Gefängnis, und anschließend ist die ganze Bande wieder draußen.«

»Ich verstehe«, sagte Hjelm. »Und was für Pläne haben Sie jetzt? Warum kidnappen Sie mich zum zweiten Mal? Was habe ich mit der Sache zu tun?«

»Das wissen Sie sehr wohl«, sagte Clöfwenhielm mit einem kleinen Lächeln.

»Nein, da muss ich Sie enttäuschen«, sagte Hjelm und fuhr über den Lindhagensplan zur E4 in Richtung Norden.

»Ich mag Sie«, sagte Christine Clöfwenhielm einfach. »Sie senden Schwingungen aus, die ich sehr schätze. Es war tragisch, dass ich den armen Leif bitten musste, sich Ihrer anzunehmen.«

»Ihr armer Leif hat fünfzehn Menschen ermordet«, sagte Hjelm.

»Bevor Sie ihn ermordet haben«, sagte Christine. »Warum haben Sie ihn erschossen? Sind der Polizei die Sicherungen durchgebrannt?«

»Er hatte gerade einem Menschen den Hals durchtrennt«, sagte Hjelm. »Was hätte die Polizei denn tun sollen? Ihn erst einmal den nächsten töten lassen?«

»Hören Sie auf, wie ein Polizeibeamter im Dienst zu sprechen. Das passt nicht zu Ihnen. Es sieht folgendermaßen aus: Wir haben vor, Fac ut vivas im Ausland wieder aufzubauen. Sie fahren uns nach Arlanda. Wir haben unser Gepäck im Kofferraum. Aber das ist nicht alles, was wir dahaben. Wir haben auch ein neues Leben für dich, Paul Hjelm.«

»Danke. Ich brauche kein neues Leben.«

»Nicht?«, sagte Christine. »Du hast dich scheiden lassen, um ein neues Leben zu beginnen. Aber ist es besonders neu geworden? Du hast eine Frau getroffen, von der du geglaubt hast, sie wäre die Frau fürs Leben. Aber daraus wurde nichts. Seitdem hast du mehr oder weniger im Zölibat gelebt, und deine ganze Lebenskraft ist in sich zusammengesunken. Du lebst nicht mehr, du überlebst. Und du weißt sehr genau, dass das nicht reicht.«

»Und was schlagen Sie vor?«

»Ich möchte, dass du mein Partner wirst, Paul Hjelm.«

Hjelm bog auf die E4 ein. Der Verkehr strömte unerwartet glatt. Aber was wirklich strömte, war das Blut in Paul Hjelms Adern. Es brannte.

»Partner?«, sagte er, und seine Stimme klang belegt.

»Mein Partner im Bejahen der Lebenskraft und bei der Bekämpfung der Todeskraft. Und vor allem, um dem Lebensüberdruss Einhalt zu gebieten.«

»Aber ihr seid Verbrecher!«, stieß Hjelm aus.

»Ohne uns hättet ihr den Pädophilenring nie geknackt, vergiss das nicht. Wir stehen auf derselben Seite. Nur wollen wir eine Gesellschaft nicht akzeptieren, die uns so auslaugt, dass wir die Grundlagen des Lebens vergessen. Leider verteidigst du diese Gesellschaft, Paul, wenn du dich in die offizielle Polizeirolle kleidest.«

»Und was genau soll es heißen, dass du ein neues Leben für mich im Kofferraum hast?«

»Ja«, sagte Christine. »Pass, ein Flugticket zu einem sehr angenehmen Ort, eine neue Identität und natürlich neue Kleidung. Ich weiß, dass du willst, Paul. Ich weiß, dass du mich begehrst.«

»Ja, das tue ich«, sagte Paul unverblümt. »Aber ich kann deshalb nicht ein ganz anderer werden.«

»Doch«, sagte Christine lächelnd. »Genau das kannst und musst du. Genau darüber reden wir. Der Lebenskraft zu folgen, weg von der Tristesse.«

Eine Weile war es still im Wagen. Hjelm blickte in den Rückspiegel. Der Buchhalter hatte die Pistole zurückgezogen, aber sie war noch nah genug.

»Und wenn ich mich weigere?«

»Das kannst du tun«, sagte Christine. »Dies ist keine Drohung, sondern ein Angebot. Ich biete mich dir an. Sonst fahren wir ohne dich. Ich wünsche mir, dass du mitkommst. Ich will dich haben.«

Während der restlichen Fahrt nach Arlanda war es vollkommen still im Wagen.

Später sollte Paul Hjelm versuchen, seine Gedanken in dieser Viertelstunde zu rekonstruieren. Sein ganzes zukünftiges Leben wurde in dieser kurzen Zeitspanne entschieden. Und er sollte seine Gedanken in einer einzigen Frage zusammenfassen: Warum leben wir?

»Fahren Sie ins Parkhaus«, sagte der Buchhalter vom Rücksitz.

Hjelm lenkte seinen metallicblauen Dienstwagen in das

Parkhaus von Arlanda und fuhr auf einen abseits gelegenen Parkplatz in der obersten Ebene. Dort blieben sie stehen.

Paul Hjelm dachte: Ist Leben Mut oder Feigheit? Dummdreistigkeit oder Vorsicht? Einen wie großen Anteil am Leben sollen die Liebe und das Begehren einnehmen? Wo sind unsere Grenzen?

»Ich habe Kinder«, sagte er.

»Deine Kinder sind erwachsen«, sagte Christine und beugte sich zu ihm. »Es lässt sich so einrichten, dass du sie treffen kannst. Und wir werden in Zukunft keine Verbrechen mehr begehen. Wir werden nur die Lebenskraft bejahen. Nicht wahr, Jacob?«

Der Buchhalter lächelte im Rückspiegel und sagte: »Ich frage mich, ob man sagen kann, dass wir irgendwelche Verbrechen begangen haben. Wir ließen Leif Einblick in unsere Nachforschungen nehmen, das war alles.«

»Das war alles«, sagte Christine und kam näher. Sie war jetzt nur zwei Zentimeter von Pauls Gesicht entfernt.

Er fühlte sich von Leben durchströmt.

»Ja oder nein, Paul?«, sagte sie, und ihr Atem duftete himmlisch. »Ja oder nein? Ich muss jetzt die Antwort wissen.«

Ein Leben zog durch Paul Hjelm. Es war ein Stoß von Freude und Trauer, Leben und Tod, Begehren und Tristesse, Schmerz und Glück. Es enthielt alles.

Und er sagte: »Nein.«

Christines Kuss bewirkte, dass der kleine Einstich der Kanüle im Nacken kaum spürbar war.

Mit ihren Lippen auf seinen schlief er ein.

37

Lena Lindberg ging durch Stockholm. Sie ging wirklich durch ganz Stockholm. Das war etwas anderes, als durch den dunklen, schrecklichen Wald zu gehen. Sie fühlte sich zu Hause.

Aber ›fühlte‹ war nicht das richtige Wort. Sie wusste nicht, ob sie überhaupt besonders viel fühlte. Es war, als ob alles erstarrt wäre.

Als ob sie den Wald nie verlassen könnte.

Der Spaziergang hatte im großen Lager der Polizei begonnen, wo Beweismaterial gesammelt wurde, für das es in den verschiedenen Abteilungen keinen Platz gab. Sie ließ sich das Beweismaterial der Ereignisse des gestrigen Abends vorlegen.

Und dann stand sie vor Rigmondo.

Das Skelett machte mit seinem eigentümlichen Glied einen seltsamen, tief ergreifenden Eindruck. Sie versuchte zu verstehen, womit Fac ut vivas sich eigentlich befasste. Was sie im Innersten meinten.

Sie war sich gar nicht sicher, ob sie begriff, worin der entscheidende Unterschied zwischen Lebenskraft und Todeskraft bestand.

Sie blieb vor Rigmondo stehen, und vielleicht, vielleicht erreichte sie etwas, was einer Einsicht gleichkommen konnte.

Dann begann der lange Spaziergang.

Sie dachte an Carl-Olof Strandberg. Sie dachte an die Zelle und was sich dort drinnen abgespielt hatte. Sie dachte daran, was geschehen musste, damit ein so verhärteter Mensch wie Strandberg Selbstmord beging.

Sie dachte daran, dass sie selbst diese Kraft hatte.

Diese Macht.

Richtig und falsch, dachte sie.

Hätte sie nicht getan, was sie getan hatte, dann wäre Daniel Wiklund nicht von Jorge und Jon verfolgt worden. Dann hätten drei Männer mit Maschinenpistolen freie Hand gegen mehr als dreißig Ordensmitglieder und die ganze verdammte A-Gruppe gehabt. Dann hätte der Tod anders zugeschlagen.

Die wahre Heldin bin ich, dachte Lena Lindberg.

Ich habe fünfzig Leben gerettet.

Und dann dachte sie wieder an die Zelle. Sie dachte an den Preis des Rechtsstaates. Sie dachte an Gerechtigkeit kontra Recht.

Es gab viel nachzudenken.

Sie dachte an die Gewalt, die schlimmere Gewalt verhindert hatte. Sie dachte an den Schmerz, der schlimmeren Schmerz verhindert.

Und sie dachte, dass das alles nur Ausreden waren.

Sie dachte: Lebenskraft oder Todeskraft?

Dann dachte sie, dass sie rettungslos verloren war.

Sie hatte das Tor der Todeskraft einen Spalt geöffnet, und jetzt konnte sie es nicht mehr schließen.

Sie zitterte, als sie in eine einsame Gasse einbog und vor einer unansehnlichen Tür stehen blieb.

Eine Silhouette wie ein Fels stand vor der Tür. Lange bevor sie die Gesichtszüge erkannte, wusste sie, wer es war. In ihrem Inneren geschah etwas. Sie fragte sich, was es war. Geir wandte sich zu ihr, und obwohl die vollkommen helle Nacht dunkler war, als sie je eine Nacht empfunden hatte, war sein forschender Blick sehr deutlich.

Er sagte: »Du musst darauf vertrauen, dass ich weiß, was gut für dich ist.«

Sie nickte, und er klopfte an.

Ein kräftiger Mann mit Schnurrbart öffnete die Tür einen Spalt weit.

Geir sagte: »Dunkelziffer.«

Der Kräftige nickte, öffnete die Tür und sagte: »Willkommen.«